~ Como se vingar de James ~

JANE FALLON

⁊ Como se vingar de James ⁊

Tradução de
Marilene Tombini

EDITORA RECORD
RIO DE JANEIRO • SÃO PAULO
2011

CIP-Brasil. Catalogação-na-fonte
Sindicato Nacional dos Editores de Livros, RJ

F185t Fallon, Jane, 1960-
Como se vingar de James / Jane Fallon; tradução de Marilene Cezarina Tombini. – Rio de Janeiro: Record, 2011.

Tradução de: Got you back
ISBN 978-85-01-09253-3

1. Romance inglês. I. Tombini, Marilene Cezarini. II. Título.

10-6444.   CDD: 823
                            CDU: 821.111-3

Título original:
Got you back

Copyright © Jane Fallon 2008

Texto revisado segundo o novo Acordo Ortográfico da Língua Portuguesa.

Todos os direitos reservados. Proibida a reprodução, no todo ou em parte, através de quaisquer meios. Os direitos morais da autora foram assegurados.

Composição de miolo: Abreu's System

Direitos exclusivos de publicação em língua portuguesa para o Brasil adquiridos pela
EDITORA RECORD LTDA.
Rua Argentina, 171 – Rio de Janeiro, RJ – 20921-380 – Tel.: 2585-2000, que se reserva a propriedade literária desta tradução.

Impresso no Brasil

ISBN 978-85-01-09253-3

Seja um leitor preferencial Record.
Cadastre-se e receba informações sobre nossos lançamentos e nossas promoções.

EDITORA AFILIADA

Atendimento e venda direta ao leitor:
mdireto@record.com.br ou (21) 2585-2002.

Stephanie fechou os olhos e estendeu as mãos, a empolgação quase incontrolável de seu filho a contagiando, fazendo com que se sentisse uma criança novamente. Era difícil acreditar que já haviam se passado nove anos. Neste mesmo dia, nove anos antes, ela estava tremendo de frio e chorando porque chovia e seu cabelo ficaria péssimo. Além disso, James, inesperadamente, entrara no quarto de hotel onde ela se arrumava, ignorando todas as advertências de que dava azar ver a noiva antes da cerimônia, pois sabia que ela estaria nervosa e que, mesmo preocupada com a quebra da tradição, ela gostaria de vê-lo.

— Você vai precisar de uma capa de chuva — disse ele — e de galochas. Ah, e talvez de um capuz. Vai ficar linda.

Apesar do nervosismo, Stephanie riu.

— Quero dizer, não posso casar se você estiver parecendo um rato afogado... seria ruim para a minha reputação.

A mãe de Stephanie, que a ajudava a se espremer para entrar no pouco tradicional vestido de cetim cinza e que nunca tivera exatamente o mesmo senso de humor de James, mostrou reprovação e tentou conduzi-lo para fora do quarto, mas ele já havia se acomodado numa poltrona no canto e se recusou a sair dali. Quando chegou a hora de irem para o cartório, Stephanie sentia-se à vontade e controlada, certa de que aquele seria o dia mais feliz de sua vida, como deveria ser.

Por fim, seu cabelo ficou grudado na cabeça, parecendo barbante molhado, e James lhe disse que ela nunca estivera tão linda, e falou isso com tamanha convicção que ela realmente acreditou.

Todos os anos desde então, ele dava uma grande festa no aniversário de casamento deles, surpreendendo-a com presentes muito criativos: no primeiro ano, um par de botas Wellington num modelo cheio de estilo, referência ao tempo que fazia no dia do casamento, mas também um presente que agora ela valorizava por outro motivo: um lembrete do último fim de semana que eles passaram pisando na lama em Glastonbury antes de ela descobrir que estava grávida de Finn; quando Finn tinha 2 anos, e Stephanie estava quase enlouquecendo, ela ganhou uma noite numa pousada, junto com uma oferta dos pais dele de cuidar da criança; e no ano anterior, um regador de plantas florido, no qual ela estava de olho havia algum tempo.

Motivada pelo entusiasmo dele, ela também planejou algumas surpresas, algo que sua família nunca fomentara, sendo o Natal uma época mais para "O que você quer? Um liquidificador novo? Ótimo, é isso que vou lhe dar". Com o passar dos anos, ela comprou livros e aparelhos eletrônicos para ele, sendo que, uma vez, quando estava especialmente sentimental, dera uma fotografia dos três juntos numa moldura de prata. A regra era que os presentes deveriam ser segredo até o grande dia, algo com que Finn, confidente de ambos nos estágios de planejamento, sempre teve que lidar.

Esse ano Stephanie comprara um saca-rolha em forma de peixe para James, algo que Finn jurava que o pai ficara admirando numa vitrine, embora ela tivesse suas dúvidas. Ele abriu o presente com ansiedade, rasgando o embrulho, e certamente pareceu encantado, embora Stephanie soubesse que ele nunca deixaria transparecer o contrário. Agora era sua vez, e ela estava morrendo de curiosidade.

— Vamos logo.

Stephanie riu, ouvindo as risadinhas entusiasmadas de Finn.

— Não olhe — disse James, e ela sentiu uma caixinha quadrada e leve cair em suas mãos estendidas. Ela desconfiava de que ele lhe daria o novo livro de Jamie Oliver. Na verdade, ela tinha jogado várias indiretas para Finn de que era isso que queria. Aquilo não parecia ser o novo livro do Jamie Oliver. — OK, agora você pode abrir.

Ela fez o que ele mandou. Havia em suas mãos uma caixinha vermelha, pequena mas distinta. Isso não estava certo. O combinado era não gastar muito: os presentes eram uma lembrança, uma diversão. Sem dúvida, o que valia era a intenção. Tudo bem, ela pensou, vou abrir e encontrar um colar de plástico do Mercado de Camden. Essa vai ser a brincadeira.

Finn saltitava.

— Abra.

Ela fez uma expressão do que imaginou ser genuína expectativa. James já fizera isso antes: uma vez embrulhara uma caixa enorme com um belo papel e quando ela a desembrulhou havia outra caixa e depois outra, até que a única coisa que restou foi uma caixa de fósforos vazia. Em seguida, ele pegou o presente verdadeiro de trás do sofá. Finn achou a coisa mais engraçada do mundo.

Ela abriu a caixa. Dentro havia algo que parecia uma razoável imitação de um bracelete de prata incrustado com pedras cor-de-rosa. Stephanie olhou para James com ar debochado. Ele ergueu as sobrancelhas como quem diz: "Bem, o que você esperava?" Ela tirou o bracelete de seu leito de cetim branco. Decididamente não era de plástico.

— James?
— Você não gostou? — perguntou Finn.
— É claro que eu gostei; adorei, mas é demais. Desde quando fazemos isso? Quero dizer, gastar uma fortuna com presentes. Isto deve ter custado um dinheirão.
— Eu queria te dar uma coisa legal, algo adequado, para variar. Mostrar como gosto de você. Na verdade, o quanto eu *amo* você.
— Eca — disse Finn, fazendo cara de quem ia vomitar.
— É lindo. Nem sei o que dizer.

Ela olhou para ele, a cabeça inclinada para o lado.
— Bem, "Obrigada, James, por ser tão amável e generoso" seria um começo — disse ele, tentando parecer sério.

Ela sorriu.
— Obrigada, James, por ser tão... O que era mesmo?
— Amável e generoso.
— Isso, exatamente o que você disse.
— E por ser um marido tão maravilhoso, sem falar no quanto você é bonito e inteligente, e alguns até diriam que é um gênio.

Stephanie riu.
— Ah, não, você vai ter que me dar mais que um bracelete da Cartier para eu dizer tudo isso.
— Lembre-se bem disso no ano que vem — disse James, rindo também —, quando estiver fazendo compras.

Stephanie pôs o bracelete no punho. Ficou perfeito, exatamente o que ela própria teria escolhido se fosse comprar, exceto pelo fato de que ela provavelmente teria

achado caro demais e acabaria optando por algo bem menos especial. James, quando queria, ainda conseguia surpreendê-la. Ela o envolveu pelo pescoço num abraço.
— Obrigada.

1

Cinco dias depois

Não foram particularmente as palavras que a aborreceram: foram os beijos que se seguiram. Além do fato de que a mensagem estava assinada com uma inicial, sem nem sequer um nome. Como se o remetente não tivesse dúvida de que ele saberia de quem se tratava. Como se ele recebesse mensagens como aquela todos os dias. Talvez recebesse, pensou Stephanie com tristeza.

Stephanie estava casada com James fazia nove anos, a maioria dos quais fora perfeitamente feliz — ou ao menos ela pensava assim, embora de repente nada parecesse tão certo. Eles tinham um filho, Finn, de 7 anos, que era inteligente e engraçado, e, acima de tudo, saudável; um gato preto e branco, o Sebastian, que parecia compartilhar todas essas qualidades; e um peixinho dourado chamado Goldie, que era... bem, um peixe. Ainda faltava pagar 42.500 libras pela hipoteca, eles tinham 11.300 libras na poupança conjunta, 2.238,72 em dívidas no cartão de crédito e uma herança conjunta de aproximadamente 35 mil a caminho quando seus pais, já idosos, falecessem, embora não houvesse qualquer sinal de que isso fosse acontecer logo: a longevidade era um traço comum em suas famílias.

Nesses anos em que eles estavam juntos, James havia perdido o apêndice e Stephanie ganhara, para felizmente perder em seguida, algumas pedras renais. James havia engordado uns 12 quilos, a maior parte em torno da cintura, enquanto os valentes esforços de Stephanie na academia significavam que ela estava com apenas alguns quilos a mais do que quando eles se conheceram. Tinha, é claro, adquirido algumas estrias, mas junto com elas viera Finn. Portanto, valera a pena. Sem dúvida, para a idade combinada de 77, eles dois ainda estavam com vantagem no quesito beleza.

Muita saudade de você. K. Bj bj bj.

Ela refletiu sobre a noite anterior. James chegara em torno das 18h30, como de costume. Parecia completamente normal. Estava cansado, mas feliz por estar em casa. Passou pela rotina usual pós-trabalho: trocou de roupa, ficou meia hora brincando com Finn no jardim, leu o jornal, jantou, viu TV e depois foi dormir. Não tinha sido exatamente uma noite brilhante, a conversa mal rivalizara com a da mesa-redonda do Algonquin, mas tinha sido... normal. Uma noite exatamente igual a milhares de outras que eles passaram juntos.

Ela se lembrou de que James contara uma história para ela e o filho durante o jantar. Uma história engraçada sobre como ele conseguira retirar uma lasca da pata de um afgan hound apesar de, por baixo das calças, a jiboia da família estar subindo por sua perna. Ele encenou tudo, fazendo uma voz rouca para retratar os pensamentos confusos do cachorro, o que fez Finn se contorcer de tanto rir. Por mais divertidas e engraçadas que fossem suas histórias, ele tendia a se transformar no herói delas; sempre havia uma mensagem subjacente de "Vejam quão bárbaro eu sou". Mas era simplesmente James. Ele ficara meio pomposo ao longo do tempo, um tanto convencido demais, mas ela sempre tomara aquilo como insegurança, chegando até a achar meigo. Ele era tão transparente, pensava ela com carinho. Aparentemente, não era bem o caso.

Era geralmente assim: James dizia algo para se engrandecer, Stephanie caçoava dele, que ria, admitindo ter exagerado seu papel em qualquer história que estivesse contando. Era como uma encenação: cada um sabia o que era esperado deles e quais eram seus limites. Gostavam daquilo, ou assim imaginavam. Discutiam sobre qualquer coisa, por mais que fosse trivial ou considerado tabu: política, religião, quem tinha voz melhor, Nathan do Brother Beyond ou Limahl do Kajagoogoo. Era o que faziam. A noite anterior não fora exceção. James tentara insistir que *ER* era um retrato mais realista da vida de um hospital americano do que *Grey's Anatomy*.

— Talvez você tenha razão — falou Stephanie. — Só estou dizendo que você não sabe.

James bufou daquele seu modo meio sério, meio irônico.

— Acontece que eu trabalho na área médica.

Indignada, Stephanie deu uma risada de deboche.

— James, você é veterinário. Não entende nada de hospitais, a não ser pelas 18 horas que passou sentado na sala de espera vomitando num saco de papel enquanto eu estava em trabalho de parto. Eu nem consigo fazê-lo ir ao médico quando está doente.

— Você sabia — disse James, ignorando o último comentário dela — que em alguns países um veterinário pode tratar um ser humano, mas um médico não pode cuidar de um animal?

— Isso quer dizer...?

— Só estou dizendo que o que eu faço e o que um médico faz são coisas intimamente ligadas.

— E isso o torna um especialista na rotina de um hospital americano de periferia?

— Bem, sei mais que você, pelo menos. Você sabe que eu acataria o que você diz se estivéssemos discutindo sobre, aah, sei lá... Um programa sobre beleza ou sobre moda. — Ele riu presunçosamente como quem diz, "Te peguei".

Com uma almofada na mão, Stephanie mirou a cabeça dele.

— Seu cretino arrogante — retrucou ela, rindo, desfazendo sua pose de convencimento.

— Toquei num ponto fraco, foi? — disse ele, rindo com ela. — Está chateada porque sabe que eu tenho razão?

Stephanie ficou olhando para as quatro palavras, de fato quatro palavras e uma letra, além dos três beijos. Ela não tivera a intenção de olhar. Não era o tipo de mulher que ficava examinando as mensagens no celular do marido enquanto ele estava no banho, mas hoje, ao perceber que ele deixara o telefone em casa e ao fazer uma varredura na tentativa de encontrar o número da recepcionista da clínica, Jackie, ela se flagrou passeando pelas mensagens dele procurando... bem, nada específico, só olhando. Sentiu todo o sangue sumir de sua cabeça ao olhar para saber de quem era a mensagem. "K", dizia. Só "K". Não Karen ou Kirsty ou Kylie, para lhe dar uma pista. Nenhuma Kimberley, Katrina ou Kristen. Apenas "Muita saudade de você. K. Bj bj bj", como se houvesse uma única pessoa no mundo cujo nome começasse com K, e como se James fosse saber exatamente quem era. Ela estava procurando na agenda dele, tentando descobrir se a tal "K" tinha um número que ela reconhecesse, quando ouviu a porta da frente se fechando com uma batida. Apressadamente largou o telefone, afastando-se dele num salto, como se tivesse sido picada por algum bicho. Mergulhou as mãos na água excessivamente quente da pia e tentou parecer tranquila quando James entrou na cozinha a passos largos.

— Você viu meu telefone? — perguntou ele, sem nem sequer parar e dar um oi.

— Não — disse Stephanie, e depois se perguntou por que não dissera simplesmente "Sim, está ali". Ora, porque ele poderia notar que ela andara bisbilhotando nele, por isso.

Ele deu uma olhada rápida pela cozinha, saiu apressadamente outra vez, e ela o ouviu subindo as escadas correndo. Pegou o telefone de sob a cadeira, onde o tinha deixado cair, apertou todos os botões até que a tela principal aparecesse e depois foi até o vestíbulo.

— James, achei seu telefone. Está aqui — gritou.

— Obrigado. — Ele lhe deu um beijinho no rosto ao pegar o aparelho. — Eu já estava em Primrose Hill — disse, revirando os olhos e indo para a porta.

—Tchau — disse ela, triste, para as costas dele. Fechou a porta e se sentou, pesadamente, na escada.

Certo, refletiu, preciso pensar sobre isso de modo racional. Não posso tirar conclusões precipitadas. Mas foi a linguagem, o excesso de intimidade, os três beijos, em vez do simples "bjo", que atualmente todos pareciam considerar adequado até nas mensagens profissionais mais formais. E por que ele teria um número no telefone registrado somente como "K"? Porque não queria que ela soubesse quem era, pensou.

Ficou tentada a bisbilhotar o computador dele, vasculhar seus e-mails para ver se conseguia encontrar alguma pista, algum sinal de quem K poderia ser, mas sabia que não devia se transformar numa dessas pessoas. A gente começa dando uma olhada nos e-mails e em seguida já está abrindo a correspondência dele no vapor da chaleira ou cheirando o colarinho da camisa toda vez que ele chega em casa, feito um cão apaixonado. Era preciso dar a James o benefício da dúvida. A verdade era que, mesmo não tendo um casamento perfeito, mesmo que atualmente eles não passassem tempo suficiente juntos e, quando passavam, a rotina familiar parecesse atrapalhar todo o resto, ela nunca teria pensado que ele procuraria outra mulher. Nem em mil anos.

Ela nem conseguia imaginar que ele era capaz de uma coisa dessas, pois mesmo que ele estivesse entediado e cansado do casamento — e ela não tinha nenhum motivo real para acreditar que isso fosse verdade —, ele não faria isso com o filho deles. Sendo bem franca, ela nem conseguia imaginar que outra mulher pudesse se jogar nos braços daquele homem presunçoso que tinha o hábito de cutucar os ouvidos com um cotonete enquanto assistia à televisão. Mas talvez estivesse interpretando tudo errado. Precisava sair de casa antes que a tentação do computador ficasse irresistível. Tinha que chegar ao ateliê e falar com Natasha. Ela saberia o que fazer.

— Não faça nada — disse Natasha quando Stephanie lhe contou toda a história. — Provavelmente não é nada, e ele só vai ficar ressentido com você por ter examinado todas as mensagens. Aliás, por que você fez isso?

— Eu não estava... Não fazia ideia.

— Talvez seja de um amigo. Kevin, Kelvin ou Keith?

— Três beijos?

— Um metrossexual — insistiu Natasha. — Eles são bem saidinhos. Ou um admirador gay? Kieron? Kiefer?

— Não acho que seja um cara.

— Ou uma tia?

— Não.
— Alguém do trabalho?
— Três beijos?
— Concordo que a coisa não parece boa. Só não faça nada agora, tá bom? Dê um tempo.
— Tá bom — disse Stephanie, relutante.
Ela sempre seguia os conselhos de Natasha.
— Merda — disse ela, cinco minutos depois. — Acabo de me dar conta. Aquele bracelete que ele me deu no nosso aniversário de casamento... Estava se sentindo culpado. Foi por isso que gastou tanto. Não foi um gesto de amor, foi uma desculpa.

2

Stephanie não conseguiu tirar James da cabeça durante o dia todo. Desde que tinham se mudado para Londres, três anos antes, a impressão era de que eles mal se viam. O combinado era que ele só iria tolerar a vida na cidade se pudesse dividir a semana entre seu antigo posto rural perto de Lincoln e o novo emprego, em que arrancava garras de gatos-de-bengala e prescrevia dietas para cães obesos na refinada St. John Wood. Tinha dito que não queria abrir mão do trabalho com animais de fazenda. Tinha sido para isso que estudara. Trabalhar com criação, com animais produtivos, não com animais de estimação mimados da classe média alta. Vacas leiteiras, carneiros destinados ao abatedouro, não Gorducho, Peludinha e Sr. Garras. Portanto, agora ele ia para o campo todos os domingos de manhã e retornava a Londres na quarta-feira à noite, cansado e irritado com todo o tumulto. Ele tinha outra vida por lá, pensou ela, na maior infelicidade. Por que ela sempre tinha achado tão improvável que pudesse haver outra mulher também? Ele tinha meios, oportunidade, motivação. Era o crime perfeito.

A princípio ela achou que às vezes poderia ir e voltar com ele, mas assim que Finn foi para a escola lhe pareceu ridículo deslocá-lo a cada duas ou três semanas. Além disso, na verdade fora uma espécie de alívio precisar se preocupar com uma pessoa a menos por alguns dias. No entanto, era inevitável que, durante um tempo separados, os laços que os uniam começassem a se desfazer, que seus dois mundos fossem coincidir cada vez menos. De todo modo, ele nunca se interessara muito pelo trabalho dela, nunca conseguira entender bem o quanto era vital que a nova cara do seriado *Holby City* não chegasse a uma premiação usando o mesmo vestido que uma das garotas do *Girls Aloud*.

Ela conhecera James quando voltara para a casa dos pais, em Bath, para economizar dinheiro. Acidentalmente, atropelou o gato do vizinho com seu Citroën e, traumatizada, o levou direto para uma clínica veterinária onde James, na época, fazia estágio. Uma tristeza, mas o gato não sobreviveu, apesar dos esforços dele. Porém, em algum ponto em meio a sangue, tripas e lágrimas, James convidou Stephanie para sair e ela aceitou. A perda de Tiddle compensara de alguma forma.

Tudo indicava que James ficara tão impressionado com a ambição e o talento dela quanto ela com o dele. Foi amor à primeira vista. Bem, lascívia e um pouco de afinidade, o que é tudo que realisticamente se pode esperar. Porém, em algum momento, quando ela descobriu que estava grávida de Finn, James a convenceu a desistir de seu sonho grandioso de ser a nova Vivienne Westwood e passar para algo menos desgastante, algo que lhe permitisse passar mais tempo com o bebê.

A princípio ele dera todo o apoio — afinal, fora ideia sua — incentivando-a a virar uma estilista freelance e a aproveitar todos os confortos domésticos que seu trabalho de meio período, e realizado no quarto de hóspedes, lhe proporcionava. Mas depois, três anos antes, quando ela decidiu que queria mais, que pretendia ter uma carreira em vez de apenas um trabalho, e o persuadiu a comprar uma casa em Londres para poder ficar perto das jovens ricas e sem estilo próprio, dispostas a empregar alguém que lhes encontrasse roupas, ela percebeu que ele se constrangia um pouco com o trabalho dela.

— Stephanie veste gente que não sabe se vestir — dizia ele aos amigos, achando-se engraçadíssimo. — Não, ela não é uma enfermeira, nada que se preze tanto.

Lembrando-se disso, Stephanie jogou no sofá uma pilha de roupas, que a La Petite Salope acabara de entregar, exatamente no momento em que Natasha saiu do quartinho ao lado, segurando uma peça vermelha.

— A Shannon Fearon é tamanho 44? — perguntou ela, falando de uma jovem ex-atriz de seriados que recentemente reconquistara a atenção do público ao vencer um concurso de canto entre celebridades e que Stephanie estava vestindo para uma sessão de fotos à tarde.

— De verdade ou oficialmente?
— De verdade.
— Sim.
— Certo, então isso vai dar.

Natasha começou a tirar da gola do vestido a etiqueta que marcava tamanho 44, depois mexeu numa caixinha de metal e encontrou uma etiqueta 40 para substituir a anterior. Era sempre uma boa ideia fazer a cliente se sentir magra e confiante. Assim, se um jornalista perguntasse o tamanho que elas usavam, poderiam responder que estavam bem abaixo da média para uma mulher britânica, sem entregar que claramente estavam falando bobagem, inconscientemente baixando os olhos.

— Bom — disse Stephanie, sem olhar.

Natasha se sentou, empurrando para o lado a pilha de vestidos amarrotados.

— Pare de pensar nisso — disse ela —, caso contrário vai realmente virar alguma coisa, mesmo que não seja nada. Não se preocupe com as coisas antes do tempo. Esse é o meu lema.

— Um deles — disse Stephanie.

Natasha trabalhara ao lado de Stephanie cortando moldes quando esta ainda atuava como costureira, e depois concordara imediatamente em ir trabalhar como assistente quando Stephanie se instalou como estilista, cinco anos depois. Disse que não queria nenhuma responsabilidade. Para Natasha, trabalho era algo que se fazia durante o dia. Depois ia-se para casa e esquecia-se disso. Natasha tinha uma casa ótima, um marido que a adorava e três filhos bem comportados e arrumadinhos. Nunca precisara se preocupar com mensagens de texto ao acaso ou com o que Martin fazia metade da semana. Portanto, quase não tinha marcas de expressão e parecia pelo menos cinco anos mais jovem que os 41 registrados na certidão de nascimento. Com o passar dos anos, ela tinha se tornado muito mais uma amiga do que uma colega de trabalho.

— Deboche se quiser, mas você sabe que eu sempre estou certa — dizia ela agora.

— É claro que está — disse Stephanie carinhosamente. — Vou tentar. Só que me deixa muito furiosa a ideia de que alguma vaca imbecil possa ter prestado atenção no James, tentado roubar meu marido bem debaixo do meu nariz sem nem pensar em mim e na minha vida. E no meu filho.

— Você tem certeza disso?

— Não — disse Stephanie. — Não tenho.

Mas a ideia não saía de sua cabeça. O que mais poderia significar, afinal? Muita saudade de você. Bj bj bj. Ela não conseguiu se concentrar na sessão de fotos e se flagrou discutindo com Shannon, que reclamava que um vestido específico a deixava gorda. "É porque você *é* gorda", Stephanie teve vontade de gritar, mas isso teria sido injusto. Shannon não era gorda, mas era baixa e tinha proporções desastrosas, portanto tendia a parecer atarracada. Por fim, Natasha sugeriu que Stephanie fosse para casa mais cedo, antes que houvesse uma briga.

Por sorte Finn já estava lá, jogando bola no jardinzinho com Cassie, a babá, o que permitiu que Stephanie se ocupasse do preparo do lanche.

Aos 7 anos, Finn ainda podia ser convencido a lhe fazer companhia, e embora ela geralmente brigasse com ele para que não brincasse com seu novo jogo favorito de rolar os minitomates pela mesa da cozinha, tentando fazê-los cair na tigela do gato (um ponto se caíssem na da água, dois se caíssem no de Whiskas), ficou tão agradecida pela distração que simplesmente o liberou. Logo antes das 18 horas ela ouviu a porta da casa abrir e fechar novamente.

— Olaaá — ela ouviu James chamar.

— Oi — ela deu um jeito de responder, com voz fraca.

Ele subiu direto, sem parar na cozinha para vê-la. Não que isso a surpreendesse: ele geralmente ia para o quarto e se trocava para então se acomodar com o jornal até a hora do jantar. Raramente ele lhe perguntava como tinha sido seu dia no trabalho, e, se o fizesse, ela normalmente não contava tudo, pois ele iria revirar os olhos ou fazer algum comentário sarcástico, achando que passaria como piada. Se fosse honesta consigo mesma, ela perceberia que também raramente perguntava como tinha sido o dia dele na clínica. Adorava animais, mas não conseguia simular interesse em histórias sobre suas garras encravadas ou seus quadris deslocados. Mas Stephanie acreditava que todos os casamentos passavam por uma fase assim quando havia crianças. Simplesmente havia mais coisas com o que se preocupar, assuntos mais importantes a levar em consideração do que "Como foi seu dia de trabalho?". Ela achava que eles superariam isso quando Finn estivesse um pouco mais velho e que viveriam uma velhice feliz juntos, com todo o tempo do mundo para se permitir jogar conversa fora. Era óbvio que estava iludida, pensava agora, enquanto martelava um peito de frango até ele ficar quase transparente. Parou ao ver Finn, lívido, ao lado de seu cotovelo.

— Tá tudo bem? — perguntou ele, com sua melhor voz de adulto, imitando o modo como ela falava com ele várias vezes por dia.

Ela se inclinou e beijou a cabeça dele.

— Tá tudo bem sim, querido.

— Não parece — disse ele, teimando com ela.

Ele tinha uma expressão preocupada no rosto, e Stephanie sentiu-se culpada por permitir que seu humor o afetasse. Ela pegou um tomate, fazendo-o rolar pela mesa e cair na cabeça do espantado Sebastian, onde quicou em sua orelha e foi direto para a tigela de frango orgânico ao molho.

Mesmo tentando, Finn não conseguiu conter um sorriso.

— Excelente — disse ele.

3

Se alguém perguntasse a James Mortimer como ia sua vida — e se ele estivesse a fim de falar a verdade, pois, de fato, não fizera confidências a ninguém no último ano, sabendo que contar para uma pessoa seria contar para o mundo —, ele teria dito que andava complicada. Teria dito que amava profundamente sua mulher, Stephanie, mas que em algum momento a relação havia ficado um pouco segura demais e talvez até um pouco tediosa; diria que adorava seu filho e nunca iria querer magoá-lo; que seus sentimentos por Katie beiravam o amor e que quando estava com ela sentia-se vivo e revigorado de um modo que a rotina da vida familiar já não conseguia fazê-lo se sentir.

Ele não iria admitir que o que estava fazendo era errado porque estava tentando se convencer de que não havia mal nenhum nisso. Acreditava que estava feliz, que Stephanie estava feliz e Katie certamente também. Portanto, era um pouco como uma bomba-relógio esperando para explodir. Ele sabia que qualquer dia teria que tomar uma decisão, optar por uma ou outra vida. Um dia seria Stephanie que insistiria para ele abrir mão de sua vida em Lincolnshire e se mudar para Londres em tempo integral, ou Katie que se cansaria de esperar que ele se estabelecesse no interior. Mas até isso acontecer, essa vida lhe convinha. Contanto que não pensasse demais no que estava fazendo.

Se estivesse sendo honesto, James provavelmente teria dito que os momentos mais tranquilos, mais despreocupados de sua existência dupla eram as longas viagens entre Londres e Lincoln, Lincoln e Londres. Ele aproveitava o tempo no carro, ouvindo música e cantando sozinho. Fazia diversas paradas, não só em postos de gasolina: às vezes ia até Bedfordshire ou Hertfordshire e parava em um bar tranquilo ou em um restaurante cotado pelo Michelin, um homem comum aproveitando seu tempo entre duas vidas.

Ele nunca tivera a intenção de criar uma vida dupla. Conhecera Katie numa época em que se sentia particularmente deprimido, especialmente maltratado por Stephanie. Andava com pena de si mesmo — coitado do James, trabalhando tanto e enfrentando uma longa jornada até o interior porque sua mulher insiste que é assim que deve ser. Estava cansado de viajar e sentia-se solitário em suas noites afastado de casa, isolado no apartamento que ficava em cima da clínica, fazendo refeições de micro-ondas e tomando cerveja direto da lata. Como sua rotina era tão entrelaçada com a da mulher e do filho, ele sempre se sentira parte de uma equipe, mas agora sentia falta do cotidiano da vida familiar. Estava infeliz. Katie era doce, bonita, estava vulnerável e chorava, de tal modo que pareceu a coisa mais natural do mundo passar o braço pelos ombros dela. Então, é claro, uma coisa levou à outra. Desde que se casara, não era a primeira vez que ele se virava para olhar uma mulher bonita, mas nunca havia tomado uma atitude em relação a isso. Achou que era "um pouco de diversão", o clássico "o que ela não sabe não vai magoá-la", o clichê "é diferente para os homens, sexo é só sexo, não significa que amam menos suas mulheres".

Ele convidou Katie para jantar e ela aceitou. Quando ele se deu conta, já estava apresentando a história que preparara de antemão, de que seu casamento acabara e que a única razão para ir a Londres todos os fins de semana era para ver o filho. Como Lower Shippingham era um lugar tão pequeno, a notícia acabou se espalhando e agora ele tinha que sustentar a mentira com os colegas de trabalho e os amigos. Sorte a dele que ninguém conhecia Stephanie. Afinal ela nunca se cansava de dizer que odiava Lower Shippingham e todo mundo de lá, portanto havia pouca chance de que um dia ela aparecesse para uma visita.

Katie comeu mexilhões, ostras e camarões com as mãos e ele riu, dizendo-lhe que ela o lembrava Daryl Hannah em *Splash — uma sereia em minha vida*, o que ela interpretou como um elogio. Ele se encantou com sua docilidade, sua visão — ingênua, alguns diriam — esperançosa do mundo. Ele sempre achara engraçado o cinismo seco de Stephanie, eles sempre haviam compartilhado um senso de humor meio cruel, mas o otimismo de Katie era tão... inquestionável! Era relaxante passar uma noite com alguém que não procurava modos de contestar tudo que a gente diz só para conseguir um efeito cômico.

A outra coisa que Katie fez que garantiu que James iria querer vê-la outra vez foi dizer não. Ele a acompanhou até seu chalé, tendo comprado camisinhas na máquina do toalete do restaurante antes de irem embora. Nos degraus da porta, ela lhe agradeceu pela noite adorável e permitiu que ele a beijasse apenas o suficiente para demonstrar que estava interessada, depois afastou-o e disse boa-noite. James ficou intrigado. Foi fácil assim. Ele percebeu que deveria vê-la de novo.

Enfim Katie o deixou esperando por seis encontros antes de convidá-lo para sua cama, num sexo confortável e sem exigências. Ele não se sentiu pressionado a desempenhar um papel, tão concentrada ela estava em garantir que ele estivesse gostando. A essa altura, ele já fora fisgado, tinha se acostumado à cozinha caseira, às massagens nas costas e à vida aconchegante e tranquila no chalé de Katie, bem mais confortável que o apartamento em cima da clínica.

De repente, Katie era sua namorada, não apenas uma mulher com quem ele saíra uma vez. E ele descobriu que gostava daquilo. Tornava sua vida no interior muito mais doméstica. Nas primeiras vezes que retornou a Londres para passar o fim de semana ele ficava suando frio, numa mistura de culpa e medo de ser descoberto. Sentiu-se um miserável, como se a barbaridade que estava cometendo só se tornasse realidade quando ele estava com a família. Prometeu a si mesmo que daria um basta no relacionamento com Katie, que tentaria fingir que nunca acontecera, que daria um jeito de compensar Stephanie e Finn. Mas então ele retornou a Lincolnshire e Katie estava lá, querendo cuidar dele, e ele se convencia de que não estava magoando ninguém, só tentando tornar a vida longe de casa um pouco mais suportável.

Essa noite ele chegou em casa do trabalho em St. John Wood no horário de sempre, suando e irritado após um trajeto de meia hora que em qualquer outro lugar teria levado dez minutos. Ele se sentia deslocado em Londres. Fora criado no interior e, embora tivesse passado cinco anos em Bristol estudando veterinária, sempre soubera que voltaria a morar e trabalhar no campo. Ele conseguia entender por que Stephanie precisara voltar a trabalhar, a ter uma carreira, mas era impossível negar que se ressentia, pois isso significava a necessidade de passar metade da semana na cidade.

Ele olhou para a lista dos pacientes do dia seguinte, que Jackie lhe enviara por e-mail, como sempre fazia no fim de cada dia, todos relacionados daquele modo afetado que a prática veterinária urbana geralmente tinha, com o primeiro nome do animal, e não do seu dono: Fofa O'Leary, uma gata siamesa para escovar os dentes, Manolito Pemberton, um chihuahua com problemas nas patas — causado, James não tinha dúvida, pelo fato de que seu dono idoso nunca o deixava tocar o chão —, Snoopy Titchmarsh, Branquinho Hughes-Robertson, Focinho Allardyce. A lista se estendia, sem que nenhum deles tivesse um problema verdadeiro. Ele suspirou. Três dias de mimados substitutos de bebês. Quando ele se sentia especialmente maltratado, sentia que Stephanie deveria ser mais agradecida por ele passar metade de sua vida num trabalho que detestava.

Stephanie não sabia o que esperava quando viu James aquela noite — que ele viesse dizer "Conheci uma mulher chamada Kathy" ou que de repente começasse a falar de uma colega chamada Kitty que nunca mencionara antes. Só não havia se preparado para encontrar o velho James.

— Teve um bom dia? — perguntou ela, reunindo o máximo de dignidade que conseguiu, ao se sentarem à mesa.

— Ótimo — disse ele, sorrindo de um modo que a impossibilitou de engolir a comida.

— Alguma coisa exótica?

Geralmente os dias descritos como "ótimos" eram aqueles em que ele fazia alguma operação complicada num animal de estimação incomum. Uma salamandra ou, uma vez, até um macaquinho. Pelo menos, era isso que ela sempre pensara. Nitidamente errado. *Muita saudade de você. K. Bj bj bj.*

— Não — disse ele, enfiando na boca um enorme pedaço de frango.

Ela esperou para ver se ele iria elaborar uma história. Nada.

— Jonas ganhou um cachorrinho — falou Finn, tirando seu pai da enrascada.

Stephanie não fazia ideia de quem era Jonas, mas sabia onde isso iria dar.

— Não, Finn, nada de cachorrinhos.

— Isso não é justo. Jonas tem um ano a menos que eu e pode ter um cachorro, então por que eu não posso?

— Quem é esse Jonas? — perguntou Stephanie, sem ligar muito para a resposta.

— Ah, mãe, você é tão burra. — Finn suspirou e voltou a se concentrar na comida.

James cantarolava de boca fechada entre os bocados de comida, algo que costumava fazer e que Stephanie sempre achara irritante, mas hoje isso parecia ter assumido um novo significado. Era como se estivesse dizendo: "Veja como estou feliz. Veja que ótima semana eu tive, transando com a Katherine."

Stephanie olhou para ele do outro lado da mesa. Preciso me controlar, pensou. Uma mensagem não significa que ele esteja tendo um caso. Ele deu um sorriso do tipo eu-não-tenho-qualquer-responsabilidade-neste-mundo e ela desviou o olhar.

— Coma as ervilhas — disse ela para Finn, tentando aparentar seu ser normal.

— Já comi, sua burra — disse Finn, pegando o prato e virando-o para baixo para demonstrar o que dizia. — Tá vendo?

Depois que Finn foi convencido a ir para a cama, lá pelas 20h30, Stephanie alegou que estava com dor de cabeça e anunciou que iria dormir. James esticou a mão para tocar a dela quando ela passou por ele, os olhos ainda grudados na TV.

— Boa-noite, querida — disse. — Espero que melhore. — O celular dele, que estava na mesinha de centro, apitou, anunciando o recebimento de uma mensagem.

"Deve ser da Karen", Stephanie teve vontade de dizer, mas, em vez disso, saiu da sala bufando. Ou talvez seja Kara, Kayla, ou Katie, pensou ela, acidentalmente acertando o nome, embora, é claro, ainda não soubesse.

4

Katie Cartwright estava apaixonada, tinha certeza disso. Não sabia de onde surgira essa atração repentina e arrebatadora por James, mas surgira, e agora era só nisso que conseguia pensar. Ela já se apaixonara antes — ou, pelo menos, achara que sim. Afinal de contas, tinha 38 anos. Seria estranho se essa fosse a primeira vez. Na verdade, ela nunca tinha ficado sem um homem a tiracolo durante toda a vida adulta. Assim que um sumia no horizonte, outro sempre aparecia dando a volta na esquina. Mas ela nunca se sentira assim. Já conhecia James fazia quase um ano, pensou agora. Quase um ano antes, seu cachorro, Stanley, precisara fazer uma cirurgia em uma das patas e ela tinha chorado muito porque estava com medo de que algo desse errado. Quando se deu conta, o bondoso (para não dizer bonito) veterinário estava com o braço em seus ombros, e o resto é história, como dizem.

Eles foram cautelosos no início. James estava separado da mulher e lhe dissera que queria dar a esse novo relacionamento a melhor chance possível, fazer tudo direito, o que incluía irem devagar. Eles precisavam ter certeza de que estavam fazendo o melhor para os dois, antes de darem um passo maior. A princípio, Katie achou que isso seria um pouco difícil, sem mencionar desanimador, mas sabia que com isso James estava levando o caso deles a sério, considerando-a alguém com quem poderia passar a vida. Então ela aceitou quando ele disse que teria que ir para Londres às quartas de manhã e que não voltaria até domingo à noite. Ela nunca questionou por que ele não a convidava para ir com ele: sabia que quando ele estava lá precisava se hospedar na casa de amigos até encontrar uma base permanente e que o pequeno apartamento deles mal dava para os dois, ainda mais com James lá também.

Depois de uns dois meses, ele levou a escova de dentes e algumas outras coisas para o banheirinho todo feminino dela. Gradativamente, as roupas dele começaram a ocupar espaço no guarda-roupa dela, além dos livros e da papelada que se insinuavam na mesa de jantar. Ela adorava a sensação de estar sendo envolvida pelos pertences dele, que ele estivesse marcando território, como um gato macho fixando seus limites. Ela vivia para os domingos, segundas e terças, quando aqueles pertences ganhavam a companhia do dono. Entendia por que ele não podia ficar com ela o tempo todo — havia o trabalho na clínica da cidade —, mas recentemente ele começara a dar pistas de que hora dessas poderia abrir mão do trabalho em Londres, e ela achava que havia uma promessa ali, em algum lugar, de que os dois pudessem viver seu felizes-para-sempre juntos no campo.

Katie tivera várias carreiras, sem nunca encontrar uma que combinasse totalmente com ela. Pouco antes, depois de uns dois anos de curso noturno, ela se estabelecera como acupunturista e massagista com especialização em aromaterapia, e recebia clientes várias vezes por semana em casa. O fato de que frequentemente as consultas se transformavam em tratamento contínuo lhe era conveniente. Ela adorava a sensação de estar ajudando as pessoas. Sabia que era boa ouvinte e que tinha uma perspectiva positiva da vida, algo que seus clientes achavam edificante. Levava um tempo para manter clientes regulares, mas ela sabia que seria assim, pois o povo local não aceitava com facilidade as terapias alternativas.

Ironicamente, se Katie tivesse estudado a psicologia que agora precisava praticar em seus clientes, teria quase com certeza deduzido que seu comportamento, aceitando passivamente um relacionamento com um fóbico em relação a compromissos que parecia feliz mantendo a ligação deles como uma aventura de meio expediente, se originava em sua baixa autoestima. Que isso a impossibilitava de arriscar o confronto com James ou até de sugerir que ela transferisse todos os seus clientes para o início da semana para poder passar os outros dias em Londres com ele. Que, lá no fundo, ela sabia que a história de ele se hospedar com amigos era só uma desculpa. Em vez disso, ela se convenceu de que era vítima de uma força irresistível, irremediavelmente capturada pelo amor. Como Julieta com seu Romeu, ou Cathy com seu Heathcliff, ela se sentia incapaz de interromper o que estava acontecendo. Ficava contente de esperar. James era um homem cuidadoso. Ele precisava ter certeza de que era a hora certa antes de dar qualquer grande passo.

5

Na manhã seguinte, o despertador acordou Stephanie às 6h45. Por um instante, ela ficou sem saber por que tinha acertado o relógio para uma hora tão ridícula e quase se virou para voltar a dormir, mas então seu coração despencou e ela se lembrou do que tinha acontecido.

— Desligue... desligue!

James agitava o braço na direção dela, olhos ainda fechados. Ele detestava o início da manhã.

Ela rastejou para fora da cama. Estava quase claro lá fora e o dia prometia ser belo e primaveril, embora ela nem ligasse. Foi até o banheiro no fim do corredor, depilou-se, fez uma esfoliação, depois se esfregou com a escova que estava abandonada, pendurada atrás da porta havia meses e que, pensou agora, ela podia ter usado para limpar a sujeira incrustada da pia. Depois maquiou-se com cuidado — não a passada usual de rímel, mas a coisa toda, desde a base até sombra cintilante embaixo das sobrancelhas. Parecia importante para sua autoestima que ela estivesse em sua melhor forma hoje. Quando ouviu Finn se levantar, ela já estava vestida e pronta. Deu a Sebastian um bacalhau cinza tirado de uma lata; a Goldie, sua nada apetitosa ração marrom, e tentou não pensar no motivo para estar fazendo isso, tentando sair de casa uma hora antes do que de costume para evitar ver o marido.

— Nossa, você está incrível — exclamou Cassie, quando Stephanie abriu a porta para ela às 7h50. — Dia importante?

— Quase isso — disse ela, tentando sorrir.

— O que está acontecendo? — quis saber Finn.

Stephanie afagou a cabeça dele.

— Nada.

— Mas Cassie acabou de perguntar se você tinha um dia importante e você disse que sim. Por que é importante?

— Porque é, só isso.

— Mas por quê? — Finn nunca descansava até obter as respostas para suas muitas perguntas.

— Você pegou sua merenda? — perguntou Stephanie, tentando distraí-lo.

— Pare de mudar de assunto. Por que hoje é um dia importante?

Stephanie não conseguia achar as palavras. Só queria sair de casa antes que o despertador de James o acordasse, às 8h.

Por sorte, Cassie a salvou:

— Todo dia é um dia importante — disse ela, afastando Finn da porta para que Stephanie pudesse sair.

— Exatamente — disse Stephanie, pegando a bolsa e verificando sua lista rotineira. Celular, chaves, dinheiro. Estava tudo lá.

— Isso é burrice — Stephanie ouviu o filho dizer enquanto ela descia as escadas. Deu-se conta de que não lhe dera um beijo de despedida e voltou correndo.

Virou-se para sair de novo, acenando para Cassie, que levava Finn para a cozinha. Exatamente quando ela estava saindo de casa, James apareceu no pé da escada. Stephanie tentou dar a impressão de não tê-lo visto, mas, em meio ao pânico, deixou cair a bolsa, e metade do que havia dentro se espalhou no chão do vestíbulo.

— Bom-dia — disse James, esfregando os olhos. Começou a arrastar os pés rumo à cozinha e então se espantou. Percebeu o quanto ela estava bem. Ainda em plena forma. Ela evocou sua melhor voz rouca — por que ele iria querer olhar para outra mulher?

— Bom-dia.

Ele olhou para ela lentamente, de cima a baixo.

— Por que você se arrumou toda? — perguntou ele, sorrindo. — Até parece que vai se exibir numa vitrine em Amsterdã.

Ela sabia que ele esperava uma risada, que ela retrucasse com algo igualmente mordaz, mas ela simplesmente não conseguiu. Não conseguiu ou não quis se dar ao trabalho? Não tinha certeza.

— Certo — disse ela. — Tá bom então... bem, até mais tarde.

— Tchau, amor — disse enquanto ela saía de casa.

— Bem, então você tem duas opções.

— Se eu estiver certa.

Stephanie e Natasha passaram a manhã na Selfridges, vasculhando os andares de vestuário feminino em busca de ideias para as três freguesas que iriam vestir para o BAFTA (uma aspirante a atriz desejando dar a impressão de ter estilo próprio; uma estrela de seriados de meia-idade que, temendo que a imprensa tivesse adivinhado sua condição de lésbica, queria parecer o mais feminina possível; e a terceira era uma estrela de um reality show que ainda não tinha sido convidada para nada, mas desejava garantir sua foto no jornal do dia seguinte mostrando o máximo de carne possível, nem que para isso tivesse que tirar a roupa).

— Se você estiver certa, o que, é claro, precisa ser confirmado antes. Se estiver, você tem duas opções. Ou o confronta ou não. É isso.

— E se eu não confrontá-lo? O que acontece?

— Não sei. Você enterra a cabeça na areia e espera tudo passar.

Stephanie suspirou.

— O que você acha que eu devo fazer?

— Se fosse comigo, eu cortaria as bolas dele e depois faria as perguntas.

— Deve ser alguém em Lincoln.

— E o pessoal com quem ele trabalha lá? Você faz ideia de como se chamam?

— Acho que a recepcionista se chama Sally. Eu me lembro dela de antes de a gente se mudar. Mas eu nunca falo com ela. Só ligo para o celular dele. E tem uma enfermeira veterinária chamada Judy que sempre esteve lá.

— Quem mais?

— Os outros dois veterinários são homens, eu acho. Simon e Malcolm... Algo assim — disse ela, dando-se conta de que já não tinha muita certeza de quem eram os colegas de James. — Simon é casado com uma mulher que se chama Maria. E a gente acha que Malcolm é gay.

— E onde é que ele fica quando está lá? Nenhuma senhoria chamada Krystal ou Kira?

— Nenhuma senhoria. Tem um apartamento em cima da clínica. Ele fica lá sem pagar nada. — Ela parou subitamente, evitando se chocar contra uma jovem mãe com um bebê num carrinho e muitas sacolas de compras. — Desculpe — disse ela à mulher, que demonstrou impaciência, fazendo uma cena ao se desviar dela.

— Isso é loucura — disse Stephanie, virando-se para Natasha. — É só uma mensagem. Desde quando eu virei o tipo de mulher que pressupõe que o marido está tendo um caso só porque ele recebeu uma mensagem estranha? Deve ser só alguém fazendo uma brincadeira.

Natasha expirou ruidosamente.

— Você consegue me dizer honestamente que acha que ele seja incapaz de fazer isso?

Por um instante, Stephanie sentiu que iria cair em pranto.

— Obviamente você acha que é possível.

— Só não acho que seja *im*possível, só isso.

— Se for verdade, não tem jeito de fingir que está tudo bem. Não tem como deixar que ele escape dessa numa boa.

— Primeiro você precisa descobrir o que está acontecendo — disse Natasha. — Depois a gente pensa no que fazer.

Então, naquela noite, Stephanie esperou que James adormecesse. Até que seu sonoro ressonar tomasse conta do quarto. Na ponta dos pés, ela foi até a mesinha de cabeceira dele e pegou o celular. Fazendo uma breve pausa para verificar se ele ainda estava fora do ar, ela saiu furtivamente do quarto e desceu as escadas até a cozinha. Lá, pensou em pôr água para esquentar, retardando o terrível momento em que teria que se rebaixar naquele ato de espionagem, quando o laço de confiança entre os dois se romperia para sempre. Mas sabia que precisava fazer isso rapidamente, antes que ele se virasse e sua ausência o despertasse.

Ao ligar o telefone, o ícone de nova mensagem recebida apareceu imediatamente com o bipe que a acompanhava. O dedo de Stephanie hesitou sobre o botão de "ler". Será que realmente queria fazer isso? Abrir essa caixa de Pandora? Mas ela tinha certeza de que essa mensagem — que só podia ter sido enviada depois de James ter desligado o celular, quando eles foram para a cama, perto da meia-noite — devia ter sido enviada por alguém que nutria mais que um simples interesse profissional por seu marido. Ela prendeu a respiração. Droga. Lá vai.

Durma bem meu fofo. Bons sonhos. Bj bj bj

Ela olhou para ver de quem era a mensagem. K.

Stephanie quase teve uma ânsia de vômito, sem saber bem se causada pelo trauma de confirmar suas suspeitas ou pela doçura nauseante da mensagem. Assim como ela, James sempre fora o tipo de pessoa que odiava linguagem sentimental e melosa dos casais no auge do romantismo. Era uma das coisas que tinham em comum, o modo como zombavam dos amigos que se davam apelidos carinhosos e falavam como bebês. Por um tempo, alguns anos antes, eles tinham começado a se chamar de "Mozinho" e "Chuchu" por pura diversão, ironia, mas depois de algumas semanas Stephanie percebeu que, se não tomassem cuidado, aqueles apelidos podiam pegar e, sem querer, eles se tornariam iguais àqueles de quem zombavam; então, pararam. Ela passou os olhos pelos contatos de James até chegar no "K". O número era de um celular, nenhum que Stephanie vira antes. Não fazia ideia de quem era essa mulher — só que, fosse quem fosse, ela estava bem feliz de roubar o marido de outra.

Stephanie desligou o telefone antes que sucumbisse à vontade de rastrear as mensagens antigas. Tinha todas as provas de que necessitava. Procurar mais seria como cutucar com vara um ferimento já doloroso. Esperou pela chegada das lágrimas. Já vira esse tipo de coisa acontecer na TV, e as mulheres invariavelmente caíam no choro, vertendo lágrimas e se lamentando para depois acabar batendo no peito dos maridos com os punhos cerrados. Porém, ela se sentia estranhamente calma. Já havia pensado em deixar James antes, é claro, assim como metade dos casais às vezes pensa, indivíduos tentando se imaginar reinventados, recomeçando e sem cometer os mesmos erros, mas sempre soubera que nunca faria isso. Ela nunca o teria magoado desse modo.

Natasha nem sequer reclamou quando seu telefone tocou à 1h30.

— Deve ser Stephanie — disse ela a Martin, levando o telefone lá para baixo para não perturbá-lo muito. Sabia que receber uma chamada de Stephanie a essa hora significava apenas uma coisa: ela conseguira sua prova.

— Então? — disse ela, sem se dar ao trabalho de dizer "alô".

— Bem, eu não estava imaginando coisas.

— Ah, Steph, sinto muito.

— Eu só... eu... — disse Stephanie, e logo parou, como se não soubesse o que dizer.

— Tudo bem — disse Natasha, entendendo a situação. — Vai ficar tudo bem. É melhor ficar sabendo. Pelo menos você pode planejar as coisas agora, decidir o que vai fazer.

— Só não entendo como ele pôde fazer isso com a gente.

— Porque é um cretino. Que outra explicação pode haver? Você precisa lembrar que não tem nada a ver com você e tudo a ver com ele, tá bom?

— O que é que eu vou fazer?

— Honestamente? — disse Natasha, empolgando-se com o tema. — Você precisa fazê-lo sofrer.

— Mas por quê?

— Porque você vai se sentir melhor e ele vai se sentir um merda. Vamos lá, você consegue pensar em algo que vai atingi-lo bem onde dói.

Natasha acreditava com convicção em não deixar as pessoas escaparem impunes: caixas que lhe davam troco de 5 libras em vez de 10, homens que tentavam apalpar as mulheres no trem, gente que furava fila, maridos que traíam suas mulheres.

— Como o quê? Cortar as mangas dos ternos dele, algo do gênero? Ele só tem três, isso não chegaria a destruir a vida dele.

— Pouquíssimo original. Já foi feito antes, assim como distribuir a coleção de vinhos aos vizinhos junto com o leite da manhã e deixar o celular dele ligado num disque-sexo durante a noite toda. Você precisa de algo muito maior. Muito mais real.

— Isso é loucura. — Stephanie se sentou, na maior infelicidade. — Não vou fazer joguinhos.

— Bem, seja o que for, você só não pode ficar sentada deixando a coisa acontecer.

— Preciso descobrir quem ela é — disse Stephanie. — É isso que eu preciso saber em primeiro lugar.

No domingo de manhã, ela ajudou James a fazer a mala, como de costume, para as três noites que ficaria fora, pegando para ele camisas passadas e meias limpas, verificando se ele estava com seu iPod e barbeador. Ela analisara o marido cuidadosamente durante o café da manhã, mas ele parecia exatamente o mesmo de sempre. Atualmente ele estava quase sempre distraído, então ela nem sabia que mudança esperava encontrar nele.

Estava um dia lindo, ensolarado e fresco, e eles tinham combinado de caminhar no parque e passar pelo zoológico antes de ele partir, para que Finn pudesse ver os lobos, os pequenos cangurus e as cabeças das girafas a distância. Ela observou James caminhando na frente, conversando animadamente com Finn, sem conseguir imaginar por que ele estava fazendo o que estava fazendo, se arriscando a perder sua convivência com o filho.

A resposta, é claro, embora Stephanie não soubesse, era que James em nenhum momento imaginara que pudesse ser descoberto. O abismo entre a vida com Stephanie e a vida com Katie era tamanho que nunca lhe passara pela cabeça que pudessem colidir. Ele não tinha intenção de deixar sua mulher, assim como não pretendia abrir mão da namorada. Não era culpa dele que Stephanie tivesse se entediado com a vida deles no interior e que às vezes ela trabalhasse até tarde. Além disso, ele achava relaxante a obstinada dedicação de Katie e seu modo não crítico de ser. Às vezes ele achava que sua vida ficara complicada demais, que o esforço de precisar se lembrar de inventar histórias sobre o tempo que passava em Lincoln e sobre suas façanhas em Londres era meio estressante, mas, em suma, ele não teria mudado. Aquilo lhe convinha.

Se ele pudesse voltar atrás — com a capacidade de levar em consideração seu comportamento com uma presciência racional —, é claro que não teria feito as mesmas escolhas. Qualquer coisa que tivesse feito na vida, nunca teria começado com a intenção de magoar Stephanie e Finn. Mas a vida não funcionava desse modo, não permitia que a gente fosse para o futuro e testemunhasse as consequências dos próprios atos. As coisas simplesmente acontecem e a gente faz as escolhas conforme vive, esperando cegamente que tudo dê certo. E, fazendo um balanço, ele achava que tinha dado.

Logo antes das 13 horas, James deu um beijo de despedida em Stephanie, entrou no carro e iniciou a longa viagem até Lincolnshire.

6

Nas noites de domingo, Katie sempre tinha um jantar de boas-vindas esperando por James. Uma lasanha feita em casa ou um empadão de frango e cogumelos. Ela achava importante deixar a casa o mais parecido possível com um lar, torná-la um refúgio, um santuário aonde James ansiasse por chegar após as tensões da vida urbana. Depois da comida pronta, ela tomava banho, retocava a maquiagem, acendia velas e afofava as almofadas. Em noites mais quentes, como essa, ela arrumava a mesa no jardim, acendia o aquecedor a gás e colocava uma garrafa de vinho branco num balde de gelo. Ela detestava que um dos dois dias de folga de James fosse usado para viajar. Ele trabalhava demais. A vida, na opinião de Katie, não deveria ser toda dedicada ao trabalho.

Em Londres ele ficava na casa de amigos, Peter e Abi. Sempre chegava em casa com histórias engraçadas sobre a última briga dos dois ou algum desastre culinário de Abi. Ela era péssima cozinheira, mas, dizia James, gostava de acreditar que era uma mãe terna, nutrindo todos à sua volta. Ele dormia numa cama de armar no escritório de Peter, e certa noite a cama desabara, ele lhe contou, acordando a casa inteira. No passado, Katie tentara convencê-lo a vir para casa num sábado, mas era o único dia que ele tinha para ver o filho, Finn, que, ela achava, tinha 7 anos — ou 8? Ela vira fotos dele, um menino adorável com um sorriso banguela. Cabelos e olhos castanhos, que devia ter herdado da mãe, pois James era louro. Ela adorava que James quisesse passar o tempo que pudesse com o filho.

A ex-mulher de James, Stephanie, morava em Londres agora — fora a mudança para lá que cravara o último prego no caixão que era o casamento deles, ele sempre dizia. Ele detestava ter que ficar afastado do ar puro e das pessoas do campo, com quem se sentia mais à vontade. Tinham passado por um divórcio amargo, que deixara James sem dinheiro para morar em qualquer lugar que não fosse o velho apartamento fedorento em cima da clínica veterinária. Pelo que Katie sabia, Stephanie ficara com a bela casa que eles tinham em Londres. James raramente falava dela. Quando ele pegava Finn aos sábados, ela sempre estava fora, deixando o filho aos cuidados da babá, Cassie, portanto tudo indicava que eles raramente se falavam atualmente. Qualquer assunto relacionado ao filho era passado por meio de recados ou de Cassie. Katie esperava que James logo achasse que já era tempo de Finn fazer-lhe uma visita. Ela adorava crianças e estava louca para conhecê-lo, sabia que ele se apaixonaria por ela instantaneamente porque era sempre assim com as crianças, e James veria que família feliz eles formavam. Um dia, pensava ela, talvez ela e James pudessem ter um bebê. Ela só tinha 38 anos. Ainda havia tempo. Justo.

Às 17h55 ela ouviu o carro chegar. A porta do chalé era bem na estrada e se abria direto para a salinha de estar. A calçada era praticamente inexistente, então era possível sair do carro direto para a casa sem tocar em nada no caminho. Katie escancarou a porta dramaticamente e se jogou nos braços de James enquanto ele entrava.

— Fez boa viagem? — perguntou ela finalmente, soltando-se do abraço.

James beijou a cabeça dela.

— Sim — disse ele, jogando a maleta no sofá. Stanley pulou para cumprimentá-lo.

— E Finn? Como estava ontem?

— Ótimo — disse ele. — Eu o levei ao zoológico. — Ele farejou o ar ruidosamente, sentindo a necessidade de mudar de assunto, talvez porque o exagero o estivesse deixando desconfortável. — Que cheiro bom. O que é?

— Adivinhe — disse Katie, brincalhona, um hábito seu.

Ela lhe pedia para adivinhar as coisas mais ridículas, coisas que ele não tinha como saber. "Adivinhe quem eu vi hoje", perguntava ela, ou "Adivinhe o que a minha mãe disse", "Adivinhe o que eu li no jornal".

— Filhote de polvo recheado e alcachofras — disse James.

— Não, seu bobo, é *coq au vin*. Lembra? Comemos isso na segunda vez que saímos juntos. Nós dois pedimos exatamente a mesma coisa, *coq au vin*, purê de batatas e cheesecake de sobremesa. Direto dos anos 1980.

— Bem, eu estou morrendo de fome — disse James, erguendo-a nos braços e rodopiando. Stanley deu um latido empolgado.

— Ah, esqueci. Sally deixou um recado para você — disse Katie enquanto eles dividiam uma taça de Pinot Noir no pequeno pátio. — Pediu que você fosse direto para a fazenda do Carson de manhã. Simon vai encontrar você lá.

— Ela disse por quê?

— Hã... imunização, inoculação, incubação, algo assim. Vacas, acho. Ela disse que não é nada preocupante. — Ela notou que James a olhava. — Ah, eu deveria começar a anotar as coisas, não é?

— Tudo bem. — Ele sorriu, segurando a mão dela. — Você não seria você se fizesse isso.

James raramente falava com Sally, a recepcionista da clínica veterinária do interior, a menos que fosse necessário. Ela forçava uma intimidade que o irritava e o deixava desconfortável, como se estivesse sempre tentando pegá-lo numa mentira.

— Teve um bom fim de semana com Finn? — dizia ela agora, depois que ele a cumprimentou.

James ignorou a pergunta.

— Você pode me dizer qual é o meu primeiro compromisso amanhã de manhã? — perguntou ele. — Katie ficou um pouco confusa.

Ele pôde ouvir o suspiro na voz dela.

— Na fazenda do Carson às 9 horas. Inoculação rotineira em toda a manada leiteira. Simon vai encontrá-lo lá. Eu *falei* para Katie tudo isso.

— E agora falou para mim — disse James, sarcástico.

— Muito obrigado, Sally.

— Meu Deus, essa garota é péssima — disse ele, ao desligar o telefone. James tinha uma vaga lembrança de que tentara dar um beijo na boca de Sally numa festa de Natal alguns anos antes, antes de conhecer Katie. Tinha uma visão embaçada dela o empurrando, dizendo que ele era um ridículo de um velho degenerado. Era algo em que ele não gostava de pensar.

— Foi culpa minha — disse Katie. — Se eu tivesse anotado o que ela disse, você não precisaria ter telefonado.

James puxou Katie para o colo dele.

— Você é legal demais — disse ele. — Vê o bem em todo mundo. — Ele aconchegou o nariz no pescoço dela e, ao mesmo tempo, escorregou a mão até o seio. As preliminares disfarçadas em afirmações positivas: sempre um bom passo.

— Se você procurar o que há de bom nas pessoas sempre será recompensado — disse ela, e James desejou que ela não tivesse a mania de sempre estragar o momento com sua filosofia Nova Era.

7

As noites de domingo estavam muito diferentes para Stephanie. Após a correria reunindo o material de Finn para a escola no dia seguinte, um ritual desesperador que se repetia mais ou menos do mesmo modo todas as semanas...
— Onde estão seus tênis?
— Não sei.
— Quando foi a última vez que você os usou?
— Não sei.
— Usou no fim de semana?
— Não lembro.
— Onde está sua bolsa de educação física?
— Aron Simpson ganhou um hamster. Se chama Spike.

... e a luta para levá-lo para a cama às 20h30, ela geralmente se sentava no sofá e ficava olhando apaticamente para a TV até a hora de ir dormir.

Hoje, no entanto, ela não conseguia se concentrar nem em *Ugly Betty*. A cabeça estava a mil. Acabara se rendendo e fizera uma vistoria nos e-mails de James, mas não encontrara nada. É claro que ele não seria tão burro. Já que estava tudo perdido, ela vasculhara a escrivaninha e a mesa de cabeceira. Não tinha ideia do que seria capaz de fazer em seguida. Talvez pudesse ligar para Sally, na clínica, mas o que iria dizer? "Acho que James pode estar transando com uma mulher cujo nome começa com K. Você tem alguma ideia de quem seja?" Que humilhação! Poderia ir a Lincoln dar uma bisbilhotada, escondendo-se atrás das moitas e esperando não ser vista por James. Podia pegar a lista telefônica local e ligar para todas as mulheres cujos nomes começassem com K. Ela não sabia por que era tão importante saber quem era K., mas sem isso ela sentia que não haveria uma conclusão. Ficaria com a sensação de que bancara a boba, perdendo seu homem para uma mulher invisível.

Natasha não estava contente. Acenou, pedindo a Stephanie que fosse para a sala menor ao lado. Com certeza seria impossível fazer isso se estivesse sendo observada. Olhou ao redor, buscando um lugar onde se sentar, mas, como de costume, todas as superfícies disponíveis estavam cobertas de vestidos, bolsas e sapatos que eram entregues regularmente para as clientes escolherem. Ela tirou uma pilha de revistas de moda da cadeira de Stephanie e se sentou diante da escrivaninha; tomou fôlego, verificou o número escrito num papel e pressionou os botões.

"Oi, aqui é a Katie", cantou uma voz gravada no outro lado da linha. "Agora não estou disponível. Por favor, deixe seu recado após o sinal." Natasha desligou, suspirando aliviada por não ter que passar pela conversa que ela e Stephanie tinham planejado ("Oi, eu sou da Paddy Paws Pet Suprimentos Médicos e estou tentando encontrar o Dr. James Mortimer. A clínica me deu o seu número." Pausa para Katie dizer "Ah, não, desculpe, aqui é a Katie" [como agora se sabia], e então daria seu sobrenome, esperava-se, e talvez se oferecesse para dar o recado a James ou passasse o número dele. Então Natasha desligaria com toda a educação possível). Bem, ela tinha o primeiro nome. Era meio caminho andado.

— Então? — perguntou Stephanie, voltando depois que Natasha a chamou.

— Ela se chama Katie. — Natasha deu de ombros. — Não falei com ela. Foi direto para a caixa de mensagens.

— E como era a voz dela? — Stephanie se jogou no sofá no canto da sala. — De jovem? Velha?

— Difícil dizer. Mais para jovem, acho — disse Natasha, nervosa.

— Quanto? Trinta e dois? Quinze?

— Não sei, só não é... velha.

Stephanie revirou os olhos.

— Só para ter uma ideia. Sotaque?

— Meu Deus, não sei dizer. Só... normal.

— Normal sulista ou normal nortista? Ou normal escocês?

Natasha suspirou.

— Só normal. Por que não liga para ela? É óbvio que o telefone está desligado. Você pode ouvir a mensagem e decidir por si mesma como ela é.

— E se ela atender?

— Ela não vai atender.

— Mas e se atender?

— Você desliga. Tome.

Natasha apertou o redial e entregou o telefone para Stephanie, que o segurou longe do ouvido, como se fosse uma bomba.

— Ouça — sussurrou Natasha.

Stephanie pôs o telefone no ouvido assim que ouviu a voz de Katie. Fechou os olhos e escutou com atenção, como se ouvir aquela voz fosse lhe dar um retrato da mulher. Ao fim da mensagem ela desligou o telefone com força e sentou-se de novo, claramente deprimida.

— Então...? — disse Natasha, hesitante.

— Ela só parece uma mulher — disse Stephanie, esfregando os olhos com as costas da mão.

— O que você quer fazer agora?
Stephanie olhou para o relógio.
— Estamos atrasadas para a Meredith. Precisamos ir.

Meredith Barnard, a megera dos seriados (um marido morto, dois casos de amor fracassados, um deles com um homem que acabou se descobrindo ser seu irmão e uma pena de prisão perpétua por agressão física, tudo passado em sua vida fictícia), não estava disposta a experimentar os vestidos para o BAFTA. Estava irritada, pois Stephanie chegara tarde e distraída, e sem tentar disfarçar. Os vestidos que elas haviam levado, disse ela, faziam com que se sentisse um travesti.

Stephanie e Natasha a elogiaram, mas ela não arredava pé, recusando-se a experimentar até o vermelho tomara que caia com saia rabo de peixe.

A verdade era, pensou Stephanie, sentindo um pouco de pena dela apesar de sua indelicadeza, que ela *realmente* parecia um travesti dentro dos vestidos — em qualquer um deles —, mas ela tinha dito que desejava uma imagem mais feminina. Se tivesse deixado que elas escolhessem, Stephanie e Natasha a teriam colocado dentro de um smoking com calça preta, bem no estilo Marlene Dietrich. Talvez tivessem acrescentado um bigode falso, uma cartola e acabado com a história.

— Você simplesmente não entendeu as instruções que eu lhe dei — dizia Meredith agora. — Se eu quisesse ficar parecida com Shirley Bassey, teria dito.

Stephanie se conteve para não dizer que se elas conseguissem fazer Meredith parecer metade do que era Shirley Bassey seria um milagre.

— Eu só quis destacar suas curvas. Você tem boas curvas — disse ela. Um excesso delas e todas nos lugares errados, pensou, quase rindo.

— A fronteira entre feminino e vulgar é bem estreita, é o que estou dizendo. E eu realmente acho que você cruzou essa fronteira com este vestido.

Stephanie sabia que não adiantava discutir com ela.

— Olha, Meredith, eu realmente lamento muito que você se sinta desse modo. Vamos continuar procurando. Confie em mim, vamos encontrar algo perfeito para você.

— Assim espero — disse Meredith. — Estou te pagando bem para isso.

Às 18h15 elas tinham chegado a um impasse. Stephanie recusou o convite de Natasha para um drinque a caminho de casa — como sempre fazia nos dias em que James não estava porque gostava de estar em casa para pôr Finn na cama — e acenou para um táxi, que a deixaria em Belsize Park, depois continuaria com Natasha até sua aconchegante casa em Muswell Hill.

— Eu vou falar com ela — disse Stephanie ameaçadoramente, enquanto passavam pela Chalk Farm Road.

— Meredith? — perguntou Natasha, cuja mente ainda estava concentrada nos dramas vespertinos.

— Katie. Decidi que vou telefonar para ela, dizer que sei de tudo e ver o que ela diz.

Natasha expirou ruidosamente.

— Talvez fosse melhor apenas contar a James que você descobriu o que ele anda fazendo.

— Não. Ele vai mentir, dizer que não é verdade e depois instruí-la a não falar nada também. Nunca vou descobrir o que está acontecendo.

— Certo — disse Natasha, embora não desse a impressão de que realmente quisesse dizer isso.

— Quando eu souber que ele está no trabalho — disse Stephanie, decidida, abraçando a amiga e saindo do táxi.

8

Katie nunca aguardava com prazer as manhãs de quarta-feira. Em primeiro lugar, significava despedir-se de James até o domingo seguinte. A rotina dele às quartas era sempre a mesma: ele ia para o trabalho cedo, atendia os pacientes até as 13 horas, almoçava rapidinho e depois pegava a estrada para a longa viagem até Londres. Trabalhava na clínica em Londres às quintas e sextas, folgava aos sábados e voltava para o interior aos domingos. Essa manhã ela se levantara cedo — geralmente gostava de ficar na cama até as 9h, bebendo o chá que James sempre lhe levava antes de sair para o trabalho — e o ajudara a fazer a mala para os dias seguintes. Ela gostava da domesticidade, do simples prazer de lhe entregar uma pilha de roupas limpas e bem passadas e de lhe preparar um bom café da manhã, para o caso de uma emergência impedi-lo de almoçar. Essa manhã ela fez ovos, bacon e cogumelos com uma montanha de torradas e um bule de café moído na hora ao estilo francês. Ficou rondando James enquanto ele comia, enchendo a xícara dele quando ela se esvaziava e se oferecendo para passar manteiga na torrada.

James nunca teria dito, mas ele achava toda aquela atenção, preocupação e mimos um tanto opressiva. Quando chegava quarta de manhã, ele invariavelmente já estava ansioso para ter o descanso da semana, para as trocas mais maduras que tinha com Stephanie, dois adultos negociando as questões cotidianas de suas vidas em vez da relação de cuidadora/criança-adulto que às vezes sentia ter com Katie. Ele adorava o desamparo dela, seu assombro infantil diante do mundo, seu otimismo ingênuo, mas às vezes isso o irritava. Às vezes ele não queria se empenhar na fala infantil e na encenação adolescente. Às vezes só queria tomar seu café da manhã.

Além disso, ao chegar a quarta-feira, seu desejo de ver o filho sempre o consumia. Ele falava com Finn todos os dias, é claro, assim como com Stephanie, embora isso muitas vezes fosse estressante, pois tinha que buscar um canto isolado onde Katie não o ouvisse sempre que Stephanie ligava. Ele dizia que era Simon ou Malcolm. Revirava os olhos, torcia a boca, dizia "Trabalho" e saía para outro cômodo. Katie nunca parecia duvidar que ele estivesse dizendo a verdade. Não fazia parte de sua natureza.

Nesse dia, como em qualquer outra manhã de quarta-feira, Katie ficou parada na porta de entrada despedindo-se com um aceno, retendo uma lágrima e tentando manter uma expressão corajosa para não aborrecê-lo. Afinal, era ele quem precisava levar uma vida não tranquila. Ela podia se sentir meio solitária nos dias em que ele ficava fora, mas tinha Stanley, seus amigos e sua adorável casinha. Não precisava dormir numa cama de montar e comer a péssima comida de Abi. Assim que ele foi embora ela lhe mandou uma das muitas mensagens de amor que sempre enviava para lhe fazer companhia na viagem. Mais tarde, sem que ela soubesse, James se sentaria na loja de conveniências de um posto de gasolina, onde tentaria freneticamente apagar todas antes de chegar em casa.

Depois de sua partida, a outra razão para Katie ter pavor das quartas-feiras abateu-se sobre ela. Todas as manhãs de quarta dos últimos três meses, ela atendia um cliente, Owen, para uma sessão de acupuntura. Geralmente, Katie adorava todos os seus clientes. Acreditava que todo mundo era, por natureza, bom, e que só as circunstâncias forçavam as pessoas a se comportar mal. E não era que não gostasse de Owen. Sentia muita pena dele. A vida do sujeito era um lixo: a mulher o abandonara e se mudara com o vizinho para a casa ao lado. Owen lhe contara que, deitado na cama à noite, ele podia ouvir Miriam e seu ex-amigo, Ted, fazendo sexo selvagem no quarto ao lado. Por isso ele agora dormia num colchão de ar na sala e usava o quarto como depósito. Perdera o emprego no açougue porque fora flagrado esfregando saliva (pelo menos ele afirmou que era saliva, mas vai saber? Podia ser qualquer fluido corporal, ninguém quis olhar de perto) num lombo de porco que seria entregue a Ted e Miriam. Não havia uma abundância de empregos em Lower Shippingham, portanto ele estava vivendo com o seguro-desemprego, ficava em casa o dia todo e às vezes gritava que Miriam era uma vadia, sabendo que ela estava logo ali para ouvir.

No início, Katie achou que poderia ajudar Owen. Estava claro que ele tinha problemas de autoestima e ela queria fazer tudo que pudesse para capacitá-lo a readquirir a confiança. Além disso, as 25 libras que ele lhe pagava por sessão vinham a calhar. Embora já fizesse algumas semanas que ele não lhe pagava nada, na verdade. Sentindo pena dele, ela concordara que eles podiam abrir uma conta, que ele pagaria quando voltasse a trabalhar. O total já estava em mais de 100 libras.

Mas aos poucos Owen começou a preocupá-la. Ela o flagrava olhando para ela cheio de fé, dependendo de cada palavra sua. Uma vez ele conseguira se armar de coragem para convidá-la para jantar fora e ela tivera que recusar o convite com gentileza. Precisara alertá-lo de que, como sua — como ela se denominaria? — terapeuta complementar, não seria ético. E, mesmo que não fosse esse o caso, tinha um namorado. Ele fora muito amável em relação a isso, dizendo-lhe que uma das coisas de que ele mais gostava nela era sua fidelidade a James. No entanto, nas semanas seguintes, ele passara as sessões debatendo sua inadequação com as mulheres, sua mágoa e raiva de que a vida tivesse lhe reservado um mau legado, seus profundos sentimentos de menos valia, enquanto ela enfiava agulhas em seu escalpo. Embora Katie não tivesse medo de Owen — ela não sentia que ele estivesse a ponto de pular em cima dela nem de fazer convites inadequados —, ela começava a sentir que o caso estava muito complicado. Não estava preparada para lidar com verdadeiros problemas emocionais. Começava a entender que Owen precisava de ajuda profissional. Tentou levantar essa questão com ele, sugeriu que ele procurasse um clínico geral que lhe desse uma indicação de um especialista, mas ele se aborreceu. Não quis ouvir.

A sessão dessa manhã não foi melhor. Eles conversaram sobre os assuntos de sempre: a solidão de Owen, sua falta de autoestima, e Katie sugeriu que ele queimasse óleo de ylang-ylang para melhorar o humor.

— Eu sei que estou sempre dizendo isso — disse ela —, mas por que você não se muda? Não faz bem morar perto de algo que deixa você tão infeliz.

— Por que sou eu que tenho que sair? — disse ele, repetindo o que já dissera várias vezes antes.

— Não veja a coisa desse modo. Você deve pensar no que é melhor para você.

— Se eu me mudar, eles terão vencido — disse Owen, todo ofendido.

— Não é um jogo, Owen. Nesse caso não é uma questão de alguém vencer ou perder.

— Você não entende.

— Sabe de uma coisa? — disse ela gentilmente. — Não entendo mesmo. E é por isso que talvez seja melhor eu deixá-lo relaxar. Deixe que as agulhas ajam.

— Não. Não sai. Eu me sinto melhor quando a gente fala sobre as coisas.

— Você sabe que eu não sou uma verdadeira terapeuta — disse ela, rindo — e posso estar lhe dando conselhos errados.

— Tudo bem — disse ele, retribuindo o sorriso. — Eu ignoro tudo mesmo.

Hoje, embora distraída, ela estava sem disposição para escutar a autopiedade de Owen, por causa da ligação que recebera logo antes de ele chegar.

Fazia cerca de uma hora que James havia ido embora e Katie estava arrumando a casa, tentando deixar o lugar com aspecto profissional, um espaço relaxante onde pudesse receber os clientes. Estava acendendo incensos para tirar o cheiro de Stanley do quarto vago quando o celular tocou. Olhando a tela, não reconheceu o número — podia ter sido qualquer pessoa —, mas Katie considerava o fato de o telefone tocar uma oportunidade. Nunca se sabe o que a vida lhe reserva, sua mãe sempre dizia. Agarre tudo pelo pescoço e faça o melhor que puder. Nunca teria lhe ocorrido não atender.

— Alô — dissera ela, com sua voz mais positiva.

Tinha lido em algum lugar que devido à falta de pistas visuais as pessoas pareciam mais entediadas e desligadas ao telefone do que realmente eram. Era importante projetar positividade. Sorria enquanto fala, dizia o artigo, e a pessoa do outro lado vai perceber.

Um momento de silêncio, e depois uma voz dissera...

— Katie?

— Sim — respondera ela, animada.
— Aqui é Stephanie Mortimer.
Katie pensou rapidamente. Stephanie, esse era o nome da mulher de James. Elas nunca haviam se falado antes, mas, pensou ela, nervosa, Stephanie não parecia estar irradiando simpatia.
— Olá, Stephanie. Que prazer finalmente falar com você.
Houve um longo silêncio. Katie ficou ansiosa.
— Não há nada de errado, não é? James não sofreu nenhum acidente, sofreu?
— Você sabe quem eu sou? — perguntou Stephanie.
— Sou a mulher de James.
— É claro que eu sei quem você é — disse Katie, e então a campainha da porta tocou. Owen, bem pontual para sua sessão, como sempre. — Stephanie, sinto muito, mas vou ter que desligar. Posso retornar a ligação? No número que está aqui?
— OK. — Stephanie pareceu surpresa. — Vou ficar por aqui a manhã toda.
Então, agora Katie não conseguia se concentrar. Isso era um acontecimento, um marco. Certo, Stephanie não parecia um poço de simpatia, mas uma vez que elas começassem a conversar ela sabia que se dariam bem. Katie se dava bem com todo mundo. E depois seria só uma questão de tempo até que Stephanie sugerisse que James levasse Finn para ficar alguns dias e eles passariam a brincar de Famílias Felizes.

9

Stephanie desligou o telefone e, por um momento, pensou ter imaginado o que acabara de acontecer. Tentara duas ou três vezes antes de conseguir completar a ligação para o número de Katie. Pedira a Natasha que fosse olhar vitrines em torno da Sloane Street, munida com as medidas de Meredith, uma câmera Polaroid e um caderno. Ela sabia que, mesmo sentada na sala ao lado, Natasha não conseguiria resistir e grudaria o ouvido na porta para escutar a conversa, e Stephanie achava que não conseguiria se tivesse plateia.

Ela tinha repassado mentalmente o que planejava dizer a Katie. Iria se anunciar com dignidade, estava decidida a não ficar histérica, não queria dar a Katie a desculpa de pensar "Ah, agora entendo por que ele não quer ficar com ela". "Sou Stephanie, a mulher de James", pretendia dizer, mas depois era difícil imaginar como as coisas andariam, pois Katie poderia negar que conhecesse James ou cair no choro, cheia de remorso, e implorar perdão. Stephanie esperava que fosse a última opção; não porque pretendesse perdoá-la, longe disso, mas porque seria difícil lidar com uma negação enfática: ela sentiria que Katie estava em vantagem. O que certamente não esperava era a tranquila simpatia do "Olá, Stephanie" de Katie, a segurança de seu "Que prazer finalmente falar com você".

Agora não tinha ideia do que fazer. O passo seguinte seria de Katie, o que deixava Stephanie muito desconfortável. Se não tivesse ouvido a campainha tocar, teria achado que ela estava inventando desculpas para desligar o telefone, dando-se uma vantagem psicológica. Não posso ficar ainda mais paranoica do que já estou, censurou-se. A única coisa a fazer agora seria sentar e esperar. Se Katie não ligasse de volta, ela tentaria outra vez e tantas mais até conseguir falar com ela. Não a deixaria se livrar dessa facilmente.

James estará a caminho de Londres em breve, pensou ela, apavorada com sua chegada. Ela queria estar totalmente a par do que estava acontecendo antes que ele pisasse em casa. Uma pessoa prevenida vale por duas e toda essa baboseira. Ela tentou ligar para Natasha, mas a ligação caiu direto na caixa postal, pois ela provavelmente estaria no metrô, então ligou para Cassie e ficou ouvindo-a, agradecida, divagar sobre uma conversa que tivera com uma das outras babás na escola.

Olhou para o relógio: 10h15. Estava com medo de sair de sua mesa, nem que fosse para ir ao banheiro, não queria perder a ligação caso Katie cumprisse o que prometera. Por que não ligara para ela do celular? Decidiu que necessitava de uma atividade para se distrair, e arrumar o ateliê podia ajudar. Cerca de 45 minutos depois, quando ela estava ajoelhada em meio aos cintos e carteiras *clutch* da estação, o telefone tocou. Ao correr para atender, ela quase caiu de cara no chão.

— Stephanie Mortimer — disse, tentando não transparecer a falta de fôlego, o que poderia ser mal interpretado como nervosismo e, por conseguinte, fraqueza.

— Stephanie, oi, é a Katie.

Lá estava aquele tom impenitente outra vez. O que havia de errado com aquela mulher? Será que não sentia um mínimo de vergonha pelo que fizera... pelo que ainda estava fazendo?

— Olá — disse Stephanie tranquilamente. — Obrigada por retornar.

— Tudo bem. Então... hãã... que ótimo falar com você.

Talvez haja algo de errado com ela, pensou Stephanie. É bipolar ou sofre de amnésia, qualquer coisa assim.

— Katie, talvez você não tenha ouvido o que eu disse antes. Eu sou a *mulher* de James. Estou sabendo de vocês dois.

Ela pensou ter ouvido Katie engolir em seco. Na verdade, ela o fez, mas não pelo motivo imaginado. De fato, Katie estava bebendo água no gargalo de uma Evian.

— É claro que sim. James me disse que iria lhe contar.

Agora Stephanie estava realmente confusa. E mais, começava a se irritar. Isso não estava sendo de modo algum como imaginara.

— James não me contou. Eu vi uma de suas mensagens no celular. Sem querer. Não estava procurando nem nada. — Não queria que aquela mulher pensasse que ela era do tipo ciumenta, irracional.

Agora foi a vez de Katie parecer confusa.

— Bem, talvez eu tenha entendido errado, achei que ele tivesse me dito que ele mesmo iria lhe contar porque não queria que você soubesse de nada por meio de fofocas. No caso de você encontrar alguém conhecido daqui, pois ficaria numa situação constrangedora.

Katie estava começando a desejar não ter ligado de volta sem falar com James antes. Estava claro que Stephanie estava com problemas. Talvez a separação não tivesse sido tão amigável quanto James fizera parecer. Na verdade, ela *tentara* ligar para ele após a saída de Owen, mas James, que devia estar com a mão dentro de uma vaca, não atendeu.

— Bom, fico contente que você esteja sabendo. Assim fica muito mais civilizado, não acha? Tudo bem claro.

— Isso é tudo que você tem a dizer? "Fico contente que você esteja sabendo"? — disse Stephanie asperamente. — Que tal "desculpe" ou que você está envergonhada ou algo assim? Afinal, você está trepando com o meu marido!

Katie se encolheu, tanto pela linguagem quanto pela insinuação por trás da acusação de Stephanie. Ela raramente falava palavras chulas. Não achava necessário, ou, pelo menos, só em último caso.

— Ex-marido — disse ela, cautelosa. Era evidente que Stephanie estava meio perturbada.

Stephanie ficou paralisada.

— O que foi que você disse?

— Eu disse que ele é seu ex-marido. O homem com quem eu estou... o homem que estou namorando. Se você tem algum problema com isso, então é entre vocês dois.

— Ele disse a você que nós estamos separados?

— É claro — disse Katie, ansiosa. — Vocês estão, não é?

— Não — disse Stephanie. — Não até a última vez em que eu o vi.

Katie sentiu como se estivesse caindo por uma toca de coelho. Passou-lhe um vento pelos ouvidos e o chão parecia estar escorregando embaixo dela.

— E Peter e Abi? — perguntou ela, baixinho.

— Quem?

— Peter e Abi. O pessoal que o hospeda quando ele está em Londres. E a cama de armar, a péssima comida de Abi e as piadas cretinas de Peter?

— Não faço a menor ideia do que você está falando — disse Stephanie. — Quando James está em Londres ele mora comigo. Na nossa casa. Com nosso filho.

Katie sabia tudo sobre negação. Era um mecanismo de defesa que protegia a pessoa delirante de ter que lidar com a gravidade de algo que lhe acontecera, pelo menos até que estivesse forte o bastante para assumir as consequências. Mas um ano e meio era muito tempo para ainda não aceitar que o marido tinha ido embora. Ela tinha certeza de ter lido em algum de seus muitos livros de autoajuda que não se devia concordar com as fantasias de pessoas delirantes. Respirou fundo.

— Eu realmente sinto muito, Stephanie, e sei que isso deve ser duro para você, mas James está comigo agora. Não há nada que você possa fazer para mudar o que aconteceu. Você precisa seguir em frente.

Stephanie sentiu um disparo de oxigênio abastecido de adrenalina inundar-lhe o cérebro. Aquilo parecia um pesadelo. Ela havia achado que Katie poderia negar seu envolvimento com James, mas o que nunca, jamais, poderia ter imaginado era que Katie fosse, na verdade, negar a relação dela, Stephanie, com ele. No entanto, assim que Katie falou daquele modo meio condescendente, Stephanie entendeu que ela acreditava estar dizendo a verdade. Não havia dúvida de que James convencera a amante do término de seu casamento.

— Katie — disse ela, tentando ficar calma —, eu não sei o que o James falou para você... Ou melhor, sei sim. Está claro que ele disse que não estamos mais juntos, mas a verdade é que ele está mentindo. Está me enganando e claramente está enganando você...

Ela parou de falar quando Katie interrompeu, a voz meio trêmula:

— Desculpe, Stephanie, mas eu preciso desligar. Tenho outro cliente. Foi bom falar com você e eu realmente sinto muito mesmo que você esteja achando tão difícil.

Katie se despediu e desligou o telefone antes que Stephanie tivesse a chance de responder. Ela pôs as mãos na cabeça. E agora?

10

Depois de desligar o telefone, Katie começou a tremer. Tantas vezes ela havia fantasiado sobre finalmente falar com Stephanie e consolidar sua pequena nova família, mas em nenhuma dessas fantasias as coisas tinham sido assim. Stephanie parecera... bem... louca; delirante, zangada e difamatória, tudo ao mesmo tempo. Pobre mulher, pensou Katie. Eu não fazia ideia de que estivesse tão infeliz. James sempre dera a impressão de que Stephanie provocara a separação, como se ela tivesse posto a ambição acima do casamento, sem pensar duas vezes.

Preciso falar com James, pensou. Pegou o telefone e ligou para o celular dele. A chamada caiu na caixa postal, como muitas vezes acontecia quando ele estava trabalhando. Ela meio que entrou em pânico ao pensar na mensagem que ia deixar, não pretendia preocupá-lo, então deixou um calmo e carinhoso "Oi, amor" seguido por "Me liga quando tiver um tempinho". Ela desejou que ele retornasse a ligação antes de partir para Londres, pois sempre que ele estava lá, a comunicação era um pouco mais incerta. James sempre lhe dizia que o sinal do celular era ruim no apartamento de Peter e Abi no Swiss Cottage e que, para falar com ela, ele precisava se arriscar subindo até o telhado. Portanto, não fazia sentido ligar para ele à noite e, com isso, ele nunca lhe dera o número de Peter e Abi. De repente, ela se deu conta. Nem sabia o sobrenome deles, nunca pensara em perguntar — por que o faria? —, portanto nem podia ligar para o 102 e pedir o número

Ela se lembrou de respirar fundo. Certamente, não poderia haver nenhuma verdade no que Stephanie tinha dito. James não podia estar levando uma vida dupla. Ele e Katie não tinham conversado sobre a importância da honestidade e do respeito para com o companheiro e ele não fora tão inflexível quanto Katie?

Ela deu um salto quando o celular tocou. James. Ela hesitou um instante antes de atender, sem saber bem o que dizer.

— Você ligou — gritou ele, quando ela finalmente disse alô. Ele parecia estar no meio do campo em algum lugar.

— Ah, liguei sim — disse ela, como se tivesse esquecido. — Só queria dizer para você dirigir com cuidado.

— Sempre faço isso — disse ele baixinho. — Eu te ligo quando chegar lá.

— James — disse Katie, antes que ele desligasse —, eu estava pensando se você já tem o número da casa de Peter e Abi. Lembra que eu pedi e você disse que ia conseguir? É que parece loucura a gente não poder se falar à noite e eu me preocupo com você subindo naquele telhado no escuro.

— Meu Deus, eu não sirvo para nada mesmo — disse ele, convincente. — Esqueci. Vou tentar me lembrar à noite. Mas, sabe como é, não quero ficar incomodando eles a cada cinco minutos com o telefone tocando. Eles já são muito importunados por minha causa.

— Bem, só para emergências então. Você não acha que eu deveria ter um número para emergências, já que o sinal do seu celular é tão ruim?

— Claro. Ah, preciso desligar agora. Eu ligo depois.

Ele desligou antes que ela pudesse dizer alguma coisa.

Katie, que não estava acostumada a desconfiar das pessoas, que nunca questionava se o que se via na superfície era o reflexo verdadeiro do que estava por baixo, sentiu as pernas ficarem bambas e sentou-se pesadamente à mesa. Algo não estava certo.

Mais tarde, quando James ligou para dizer que tinha chegado bem e que estava indo dormir, ela pediu novamente para ele pegar o número e ele rapidamente mudou de assunto. Ela se perguntou por quanto tempo ele poderia levar isso. Se ela lhe pedisse toda vez que eles se falassem, que desculpa ele poderia arranjar? Ela queria pensar que estava exagerando, que tudo estava bem, que não tinha nada com que se preocupar, mas começava a parecer improvável.

— Qual é o sobrenome de Peter e Abi? — ela perguntou, fora de qualquer contexto, tentando parecer casual, quando ele ligou pela segunda vez.

Ele respondeu sem hesitar:

— Smith. Por que você não para de me perguntar sobre eles?

— Smith. Peter e Abi Smith. Ou ela manteve o nome de solteira?

— Agora eu vou dormir, boa-noite.

— Boa-noite, querido — disse Katie, triste. — Durma bem.

— Você tem o endereço? — perguntou a simpática voz do homem ao telefone. Katie ligara para o 102. — Porque há muitos Smiths.

— Swiss Cottage em algum lugar, não sei.

— Código de área?

— Desculpe. NW alguma coisa, acho.

Ele suspirou.

— Eu tenho 76 P. Smiths no nordeste de Londres. Mais 18 Peters. O que você gostaria de fazer?
Katie soube que estava derrotada.
— Nada. Obrigada.

Smith, pensou James, fora uma tacada de gênio. Ele não fazia ideia de por que Katie estava subitamente tão interessada em Peter e Abi, mas sabia que ela não tinha uma célula sequer de desconfiança no organismo. Nunca fora o tipo de mulher que lhe perguntava onde estava se chegasse em casa cinco minutos atrasado, nem o interrogava sobre o que fizera quando não estavam juntos. Pensando bem, Stephanie era igual, ele se deu conta, sentindo um raro espasmo de reconhecimento da culpa. Não dava para escapar disso: ele não conseguia tirar nenhum prazer em enganar duas mulheres que podiam ser enganadas com tanta facilidade, que o amavam a ponto de verdadeiramente confiar nele.

Tirou o pensamento da cabeça. Sentia-se confiante de que Katie não estava tentando flagrá-lo. Poderia arrumar um motivo plausível para que Peter e Abi não quisessem que ele desse o número deles a ninguém, nem para emergências. Estavam sob proteção à testemunha? Escondendo-se de cobradores? Tinham trocado de número recentemente para evitar ligações incômodas de ex-namorados violentos e foram aconselhados pela polícia a não dar o número a ninguém, quem quer que fosse? Não, precisava ser mais prosaico que isso, mas ele arrumaria algo e, felizmente — ou infelizmente —, sendo Katie quem era, ela acreditaria em qualquer coisa que ele dissesse.

De fato, Katie estava lutando para decidir no que acreditar. Não havia dúvida de que James estava ocultando alguma coisa. Ela só não tinha certeza de se queria aceitar exatamente o que isso era. Talvez devesse ter pelo menos escutado Stephanie, ter-lhe dado o benefício da dúvida. Cogitou se deveria ligar para ela outra vez, embora fosse difícil imaginar o que diria: "Certo, então eu reconheço que basicamente a acusei de estar delirando, mas agora eu gostaria de satisfazer esse seu delírio e depois decidir de uma vez por todas se eu acredito ou não em você." Isso não chegaria a conquistar a simpatia de Stephanie. E, de todo modo, já eram 22h30: não podia ligar para ela agora e se arriscar a acordá-la. Stephanie tinha um filho pequeno e provavelmente levantava bem cedo para aprontá-lo para a escola, então devia dormir cedo. Seria preciso esperar até de manhã. Isso lhe dava a noite toda para decidir exatamente como se sentia. James ligaria para ela assim que chegasse à clínica, como sempre fazia. Ela tentaria pensar em algum modo de desafiá-lo, alguma pergunta que fosse difícil de responder. Então saberia.

— Tive uma ideia — disse ela ao atender o telefone na manhã seguinte. Estava de pé desde as 6h, infeliz demais para dormir. — Estava pensando que talvez eu pudesse ir até Londres amanhã à noite. Reservo um hotel, então não seria problema para Peter e Abi. Seria como um feriado.

Ela ouviu James engolir em seco.

— Mesmo? Mas isso é loucura. Quero dizer, eu mal ia ficar com você. Eu passo o sábado inteiro com Finn, lembra?

Num instante, Katie soube que Stephanie tinha dito a verdade. Ela tentou uma última tacada:

— Mas nós teríamos as noites e o domingo de manhã...

— É uma boa ideia — disse James, interrompendo-a —, mas depois de passar o dia correndo pelo zoológico, pelo *aquarium* ou seja lá o que for, eu só quero chegar e dormir. Não seria uma boa companhia. Desculpe, amor. Outra hora, talvez. E você sabe, hora dessas Stephanie vai concordar que eu lhe apresente Finn e então você poderá vir todos os fins de semana.

— Tá bom — disse ela de mansinho. — Como você quiser.

Katie desligou o telefone. Sentiu-se mal. Sabia o que precisava fazer.

11

Quando o telefone tocou, Stephanie estava no meio da conversa com Natasha sobre James, contando a história toda e comentando o fato de que ele parecia bem contente ao chegar em casa na noite anterior, abençoadamente alheio como estava de que Stephanie finalmente desencavara o tamanho de sua fraude.

— E quanto a Katie — dizia ela pela, talvez, décima vez nos últimos dois dias.

Mal notando que Natasha revirava os olhos, ela estava para se lançar na repetição de sua estranha conversa com a amante do marido, quando viu que a mulher estava lhe telefonando.

— É ela — disse, num sussurro teatral sem sentido.

— Bem, atenda, então — disse Natasha, impaciente.

Stephanie atendeu:

— Alô — disse ela, do modo mais neutro que conseguiu.

— Stephanie — disse a voz agora familiar —, é a Katie.

— Hum hum — grunhiu Stephanie, sem conseguir confiar em si mesma com palavras de verdade até ouvir o que Katie tinha a dizer.

— Eu... eu acho que a gente começou com o pé esquerdo, e talvez tenha sido culpa minha.

— Bem, transar com o marido de alguém às vezes pode dar nisso — disse Stephanie, antes que pudesse se conter.

Ouviu Katie tomar fôlego como se estivesse se recompondo antes de falar:

— Eu sei que isso deve ter sido um choque para você — disse Katie —, mas precisa acreditar que foi um choque para mim também. Quando James me disse que vocês estavam divorciados, eu não tinha por que não acreditar. E agora... agora eu não sei o que pensar.

— Então você pensou em me ligar e me acusar de estar fantasiando outra vez? — Pare com isso, Stephanie, pensou ela.

Katie não parecia disposta a reagir aos convites de Stephanie para uma briga:

— Não — disse ela. — Eu queria me desculpar por não ter ouvido você. É que agora eu sei que ele mentiu. Acho. Para ser bem franca, Stephanie, eu não sei o que pensar.

A voz de Katie estava embargada e Stephanie percebeu que ela estava tentando conter o choro.

— Tudo bem — disse ela, mais gentil, acenando para Natasha, que estava saindo. — Vamos fingir que estamos começando agora. Eu liguei para você para dizer que o homem com quem você está se relacionando é meu marido e você acredita em mim. Eu aceito que você pensava que ele estivesse descompromissado. O que a gente faz agora?

Cerca de uma hora mais tarde, Stephanie e Katie ainda estavam conversando. Stephanie descobriu que Katie estava com o marido dela havia um ano. E não era como se ela e James tivessem ocultado seu relacionamento dos outros: ela nunca vira a necessidade disso, pois não fazia ideia de que pudessem estar fazendo qualquer coisa que devesse ser escondida.

Ao mesmo tempo, Katie descobriu que seu namorado ainda vivia com a mulher e que embora os últimos anos desde a mudança para Londres às vezes tivessem sido tensos, eles ainda estavam muito bem casados. Soube que Finn fora poupado dos traumas causados por pais em guerra e que em vez de ver seu pai só por algumas horas aos sábados, ele passava metade da semana com ele e a outra metade, ansioso para vê-lo de novo. Soube que, assim como ela confiava que James estivesse enterrado no trabalho e sacrificando o conforto e a vida familiar nos dias em que estava em Londres, da mesma forma Stephanie acreditava que ele estivesse fazendo o mesmo quando se encontrava em Lincolnshire.

Ambas reconheceram que ele estava vivendo uma mentira. Stephanie, que teve alguns dias para se acostumar com a ideia, estava tentando reprogramar sua raiva, de modo a ficar bem focada em James, e não em Katie. Por mais que tentasse odiá-la, ficou difícil manter esse sentimento depois de saber que Katie fora tão enganada quanto ela.

— Então, o que vamos fazer a partir de agora? — perguntou ela enfim.

— Vou ligar para ele e dizer que não se dê ao trabalho de voltar — disse Katie, chorosa. Katie, que nunca fora magoada antes, estava mal. — Eu nunca ficaria com o marido de outra mulher. Nunca, Stephanie. Você precisa acreditar em mim. Vou matar esse cara, juro, eu vou. Vou pegar as coisas dele, deixar lá na clínica e nunca mais vê-lo.

— Não sei — disse Stephanie. — A gente não deve se precipitar. Ainda não devemos dizer a ele o que sabemos, não até termos decidido se isso é o melhor a fazer. Não mostre sua jogada cedo demais, minha amiga Natasha sempre diz. Sempre dá para apresentá-la mais tarde, mas uma vez que a gente mostra, não tem como voltar atrás.

Stephanie não sabia por que desejava adiar o confronto com James. Em parte, pensou, por estar com medo de que, se contasse a ele que sabia sobre Katie, ele ficasse aliviado, jogasse as mãos para o alto e dissesse "Aleluia. Até que enfim não preciso mais viver uma mentira. Posso deixar você e viver com a mulher que eu amo". Ela achava que não suportaria a humilhação.

— Eu sei que é uma coisa estranha de pedir — continuou ela —, mas vamos pensar um pouco no assunto pelo menos. Vinte e quatro horas a mais não vão fazer nenhuma diferença.

— Tá bom — disse Katie, relutante. — Quando ele me ligar hoje à noite vou tentar fingir que está tudo bem.

— Simplesmente deixe o telefone desligado — disse Stephanie. — Deixe ele se preocupar com o que você está tramando.

Katie passou a mão na testa e se apoiou na mesa da cozinha. É claro que iria esperar para ver os planos de Stephanie. Afinal, ela tinha muito mais direito sobre James que ela — até Katie precisava admitir isso agora. Ela podia estar perdendo um namorado, mas Stephanie estava arriscada a perder um marido, o pai de seu filho. Mesmo assim, era difícil imaginá-la se sentindo pior que ela, Katie, nesse momento. Como podia ser verdade? James, o James legal, engraçado, adorável? Katie sempre acreditara que as pessoas que tinham sofrido nos relacionamentos traziam isso com elas de algum modo. Isso não era o mesmo que pensar que mereciam, com certeza não, mas ela confiava que, se a gente se comportasse bem, se desse a alguém todo apoio, lhe permitisse liberdade, a pessoa iria retribuir sendo honesta e franca. Ela nunca pedira a James que mentisse. Fora ele a dar o primeiro passo. Ele podia simplesmente tê-la deixado em paz com sua vida, que ela estava levando perfeitamente bem, muito obrigada.

Mal se mexeu durante toda a manhã. James ainda casado? Era difícil aceitar. Parecia surreal. E tudo aquilo que ele dissera sobre Stephanie... Como ela tinha tentado impedi-lo de ver o filho, como ela o esgotara com o divórcio, como eles nem sequer trocavam gentilezas atualmente. Tudo mentira. Tudo nele era uma mentira, tudo que ela acreditara sobre ele, tudo em que ela baseara seu amor por ele. Eram mentiras. E a coitada da Stephanie, que acreditara estar muito bem casada até poucos dias antes...

Finalmente, ela se entregou às lágrimas que ameaçavam vir desde que pegara o telefone. Grandes soluços, que tomaram conta de todo o seu corpo, fazendo Stanley vir e ficar ao seu lado, olhando tristemente para ela, sem saber o que fazer.

Com o passar da manhã, as lágrimas foram substituídas por pensamentos furiosos, algo alheio a Katie: ela gostava de dar um tom positivo às coisas, de ver o lado bom de todas as situações. Começou a discar o número de James duas vezes. Queria que ele soubesse o que ela sabia. Queria que ele soubesse que não iria mais sair impune disso. Mas prometera a Stephanie ficar na dela por enquanto. E se era isso que Stephanie queria, era o mínimo que Katie podia fazer. Levantou-se, enxugou os olhos, depois acendeu umas velas — gerânio, para elevar os humores. Ela era forte, iria aguentar.

— Cretino — disse em voz alta para o nada.

12

Elas tinham concordado em se falar novamente na manhã seguinte. Enquanto isso, Stephanie ligou para Natasha para relatar os acontecimentos e pedir sua opinião sobre o que deviam fazer agora.

— Você precisa pensar com cuidado. Não mostre sua jogada cedo demais — disse Natasha, quando Stephanie parou de falar.

— Eu sei, eu sei. Você não tem algum ditado novo?

— Por incrível que pareça, é a primeira vez que eu descubro que o marido da minha melhor amiga é bígamo, ou quase, portanto me perdoe se não tenho uma resposta imediata.

— Mas eu preciso de um conselho seu — apelou Stephanie. — Não sei o que fazer.

— Não faça nada.

— Você sempre diz isso.

— Bem, dessa vez estou falando sério. Não faça nada, e a gente vai tentar bolar um plano. Você acha que a Katie vai topar qualquer coisa que você sugerir?

— Acho. Na verdade ela parece bem legal.

— Opa — disse Natasha. — Agora isso está ficando estranho.

— Mas é mesmo. E eu acho que ela está se sentindo tão mal por mim quanto por ela mesma.

— A gente se encontra no café da Harvey Nichols às 2h — disse Natasha, e desligou.

Stephanie tomou um banho, depois se deitou, com o olhar fixo no teto, pensando em sua conversa com Katie. Falara sério ao dizer que Katie parecia legal. O choque em sua voz fora autêntico quando ela tentara aceitar o que Stephanie estava lhe dizendo, mas depois de ter absorvido a situação, ela mostrara exclusiva preocupação com Stephanie. Pelo que tinha dito, era óbvio que amava James e planejava um futuro com ele, mas Stephanie não tinha dúvida de que a relação estava acabada agora, pelo menos no que dizia respeito a Katie. Ela afirmara não ser o tipo de mulher que rouba o homem de outra, e Stephanie acreditava nela.

Enquanto isso, James parou o carro no estacionamento de um pub chamado Jolly Boatman, num povoado perto de Stevenage, desceu e se espreguiçou exageradamente. Fazia um belo dia e ele estava a fim de tomar um bom chope, sentado no jardim florido do pub. Ele aproveitaria uma preguiçosa meia hora, absorvendo o ar do campo, e depois continuaria sua jornada. Não queria chegar em casa tarde demais, pois Finn tinha futebol nas quartas à tarde e geralmente voltava às 17h30. James gostava de estar lá para recebê-lo, mas também não queria chegar muito antes disso. Às vezes ele não sabia o que fazer em sua própria casa quando seu filho não estava lá.

A garçonete piscou para ele ao servir seu chope. Nessas situações, James normalmente teria retribuído, sentaria ao balcão num flerte inofensivo, falaria sobre seu trabalho e sobre o tempo. Hoje, porém, não estava com disposição para isso. Teria que se esforçar, e ele preferiu se sentar sozinho, em meio à paz que o cercava, só "vivenciando o momento", como Katie teria dito. Ele levou a bebida para o jardim espaçoso dos fundos, que dava para o rio com suas pequenas famílias de patos alinhadas, e sentou-se bem contente a uma mesa longe de todas as outras.

Estava inesperadamente quente para março, então ele tirou o casaco e dobrou as mangas da camisa, aquecendo-se ao sol como um leão presunçoso sabendo que é o rei incontestável da floresta. Isso que é vida, pensou, tirando um inseto do rosto com uma palmada. Ele realmente não tinha do que reclamar. Na verdade, pensava agora, a maioria dos homens o invejaria. Qual homem de sangue quente já não fantasiara em ter duas mulheres ao mesmo tempo? É claro, ele não podia imaginar que muitos desses homens estivessem realmente sonhando em ter dois relacionamentos em tempo integral. Dois conjuntos de responsabilidades e a duplicação do debate sobre comprar ou não uma nova tábua de passar roupa. Às vezes ele se perguntava se, em vez de levar uma vida invejável, ele não estava de fato vivendo o pesadelo que muitos homens tinham com o monstro de duas cabeças. Não era bem a loucura do sexo despreocupado que se poderia pensar. Eram dois lotes de "Você tirou o lixo?" e "Será que a gente não deve convidar os Martin para uma visita? Afinal, foram eles que nos convidaram da última vez, e não queremos dar a impressão de sermos maus anfitriões". Duplos "Você nunca mais falou direito comigo" e "Qual fica melhor, o azul com o cinto bege ou o listrado?".

James esfregou a testa com as costas da mão. Estava começando a suar um pouco. Tomou o resto do chope e levou o copo vazio de volta para o balcão a caminho da saída.

— Tchau, querido — disse a garçonete. Ela era bem bonita mesmo, pensou, e não havia dúvida de que estava dando mole para ele.

Ele usou seu melhor e mais fascinante sorriso.

— A gente se vê — respondeu, pensando que precisava se lembrar onde era esse lugar.

Não fazia ideia, é claro, de que sua vida, tal como ele a conhecia, estava para dar uma drástica guinada.

13

Uma coisa que Natasha dissera a Stephanie alguns dias antes se instalara em sua cabeça e não arredava pé: "Você precisa fazer o cara sofrer. Você vai se sentir melhor e ele vai se sentir um merda." Fazia um tipo de sentido perverso, mas por que James deveria escapar sem punição pelo seu crime? Certo, perder as duas mulheres que amava podia magoá-lo um pouco, mas agora ela duvidava de que ele fosse se importar com isso por muito tempo. Estava claro que ele não tinha respeito nem sentimento verdadeiro por nenhuma das duas. Ele simplesmente encontraria outra mulher, talvez até duas, que caísse em suas histórias. A questão era: que forma de punição seria.

As sugestões de Natasha pareciam envolver alguma forma de violência física, portanto, pela primeira vez, Stephanie decidiu ignorar o conselho da amiga e elaborar um plano por conta própria. Buscou o telefone na bolsa.

— Acho que devíamos nos encontrar — disse ela quando Katie atendeu.

Houve um momento de silêncio, enquanto Katie, do outro lado da linha, absorvia isso.

— Mesmo? — disse ela, parecendo nervosa.

— Só acho que precisamos conversar, e isso deve ser feito pessoalmente. Além disso, estou curiosa.

Stephanie ouviu Katie inspirar, podia sentir que ela estava ponderando a ideia. Aguardou.

— Está bem — disse Katie enfim. — Vamos fazer isso. Estou curiosa também.

Elas combinaram de se encontrar no bar de um hotel perto de Peterborough, meio caminho entre Lincoln e Londres. O plano de Stephanie era partir assim que James saísse para o trabalho de manhã, mas depois de decidir o que usar (jeans e camiseta justa com salto alto, que seria alto demais até para ela dirigir, pois, mesmo sabendo que Katie não tinha culpa de nada, ela ainda queria mostrar sua boa forma, não o estereótipo da mulherzinha abandonada em casa) e como usar o cabelo, solto ou preso (num rabo de cavalo), ela já estava uma hora atrasada. Ligou para avisar Katie e descobriu que ela estava no mesmo dilema e também tinha se atrasado.

— Não perguntei — disse Stephanie —, mas como você é? Sabe, para eu poder reconhecer.

Ela estava um pouco enjoada. A realidade do que estava lhe acontecendo começava a amadurecer. E se a mulher com quem seu marido está tendo um caso for deslumbrante? Ela não tinha certeza se conseguiria lidar com isso.

— Bem, eu estou usando uma saia azul-turquesa longa, uma blusa branca e um cardigã azul-claro. E eu tenho 1,55m — disse Katie, o que não era exatamente a resposta que Stephanie estava esperando. Era magra? Gorda? Simples? Linda? Vinte e cinco anos? Cinquenta?

Katie também hesitara diante do guarda-roupa. Queria parecer bem, mas não ameaçadora. Não sabia a razão, mas queria que Stephanie gostasse dela, que a perdoasse, mesmo que, na realidade, nada houvesse a perdoar. Ela decidiu mostrar um pouco de carne, mas não muita. Estava bem, mas não jovem demais. Formara um retrato mental de como Stephanie devia ser, baseado nas fotos de Finn. Uma morena bonita de olhos castanhos, talvez com o sorriso assimétrico que Finn tinha e o nariz arrebitado como o dele. Imaginava que ela fosse... atraente. Por que outro motivo James tinha sido... ainda seria... casado com ela?

Toda hora lhe vinha à mente uma imagem da mulher que ela evocara abraçada a James sob as cobertas. Quanto mais tentava afastar essa imagem, mais ela retornava, ameaçando bloquear todas as possibilidades de pensar em qualquer coisa. Ela tentou evocar pensamentos positivos, mas seus velhos recursos — imagens dela própria numa praia ensolarada da Tailândia, a lembrança de um Natal especialmente feliz na infância — não foram fortes o bastante para se sobrepor aos pensamentos negativos que haviam se enraizado. Ela pegou o vidrinho de Rescue do armarinho.

Quando o táxi parou no estacionamento do hotel, ela ajeitou os cabelos e se olhou num espelhinho. Sentia-se mal de tão nervosa. Nunca fora boa em confrontos, sempre tentava dar às pessoas o que elas queriam, saía de seu caminho para deixá-las felizes, e temia que Stephanie quisesse começar uma briga.

Respirando fundo, ela entrou no vestíbulo do hotel, olhando em volta à procura do bar. Havia algumas pessoas lá. Ela passou os olhos, buscando uma mulher sozinha. Ninguém. Devia ter chegado primeiro. Acomodou-se em uma mesa próxima à janela e pediu uma água mineral. Não costumava beber muito, mas estava louca por uma vodca com tônica. Enquanto tomava sua água, Katie olhava pela janela. Estava começando a suar.

Poucos minutos depois ela ouviu uma tossidinha e, ao virar-se, viu uma mulher alta e magra, com cabelo ruivo escuro e longo, de pé ao seu lado. Levantou-se desajeitadamente. Ao vivo, Stephanie era uma figura imponente. Ela se desviara do bonita, indo direto para o linda, e em nada se parecia com o reconfortante retrato mental formado por Katie. Sua pele, que era de uma alvura cintilante, parecia ter saído direto de uma pintura pré-rafaelita. O bronzeado fulgurante de Katie parecia desmaiado em comparação. Ela sorriu, nervosa.

Stephanie quase deu uma gargalhada ao ver Katie. Não por se sentir aliviada ao descobrir que Katie não era bonita, pois não havia como negar que era. Ela devia estar perto dos 40 anos, pensou Stephanie, contente por elas pelo menos terem a mesma idade, mas era aí que as semelhanças acabavam. O que surpreendeu Stephanie assim que a viu foi o fato de elas serem opostos exatos. Era um enorme clichê que James tivesse sentido necessidade de procurar tudo o que não tinha em casa. Ela era alta; Katie, baixa. Ela tinha cabelo ruivo escuro, bem liso; os de Katie eram louros e cacheados. Ela era magra e atlética; Katie era suave e feminina. Os olhos dela eram castanhos, e os de Katie eram azuis.

— Deus do céu, realmente não dá para dizer que ele tem um tipo — disse Stephanie, e Katie riu, embora parecesse um pouco forçado. — Eu sou Stephanie — continuou, estendendo a mão.

Katie a apertou suavemente, como se não estivesse acostumada a apertos de mão.

— Katie — disse ela. — É claro.

Elas se sentaram e o silêncio pareceu se eternizar enquanto Stephanie pensava que devia dizer alguma coisa logo, caso contrário, a outra iria pensar que devia assumir o controle da situação. Stephanie gostava de estar no comando. De fato, James já a acusara uma vez de ser obstinada por controle, e, tomando aquilo como um elogio, ela o deixara aborrecido. "Por que eu não iria gostar de estar no controle da minha própria vida?", tinha gritado. "Que tipo de idiota deixa que os outros controlem sua vida?"

— Então — disse ela enfim. — Eu só queria vê-la com meus próprios olhos, de fato. Ainda estou tentando absorver tudo isso.

— Eu também — disse Katie, tomando um gole d'água.

Houve outro silêncio embaraçoso.

— Você fez boa viagem? — perguntou Katie.

— Fiz sim, obrigada. Vim de trem. E você?

Stephanie mal podia acreditar que elas estivessem tendo uma conversa tão banal, mas não sabia como conduzir a coisa de outro modo. Estava com dificuldade de se concentrar, olhando para a boquinha de Katie, que mais parecia um botão de rosa, e tendo que lutar com imagens de James atônito por ela, chegando mais e mais perto...

— Eu também. É — disse Katie.

Silêncio. Stephanie remexeu na bolsa, procurando por algo. Ou fingindo procurar. Agora que estava ali, não sabia o que fazer. Não fazia ideia do motivo para ter sugerido isso, por que tinha pensado que seria uma boa ideia.

— Stephanie, você acredita que eu não sabia, não é? — falou Katie sem pensar. Estava claro que ela já não podia aguentar o silêncio.

Stephanie fez que sim.

— Acho que sim. Sim... sim, acredito. Só não entendo como ele pensou que poderia sair dessa impune.

— Eu nunca desconfiei de nada. E você?

— Nunca. Será que isso significa que somos burras?

— Não. Só significa que James é um ótimo ator.

Stephanie achou difícil acreditar nisso. Uma vez ela o vira atuar como o terceiro camponês numa produção amadora de *Joseph* e não saíra convencida. O primeiro e o segundo camponês pareciam exaustos, curvados sob o peso das sacas que carregavam. James os acompanhava num andar pomposo como se estivesse indo para um piquenique.

— Que desculpa ele arrumou para você não ir a Londres?

— Ele disse que se hospedava na casa de Peter e Abi. Disse que já era constrangedor o bastante ele ficar lá. Parecia realmente plausível.

Stephanie forçou uma risada.

— Onde moram Peter e Abi?

— No Swiss Cottage. Peter é professor e Abi trabalha com informática. Moram num apartamento e James dorme numa cama de armar no escritório de Peter. Abi é uma péssima cozinheira.

— Detesto revelar isso, mas acho que Peter e Abi não existem. Nunca ouvi falar deles — disse Stephanie.

Katie sorriu meio sem graça.

— E você? Por que nunca vai a Lincolnshire?

— Na verdade, ele nunca me disse para não ir. Quando nos mudamos para Londres, ele estava sempre me pedindo para ir com ele. Mas eu não queria. E, depois de um tempo, acho que a gente simplesmente se acostumou a um esquema. Eu não queria ficar deslocando Finn, entende? Além disso, tem o meu trabalho. Depois ele parou de me pedir... provavelmente porque conheceu você — acrescentou, triste. — E eu nem sequer notei.

— Não deixe parecer que tudo isso foi culpa sua. A culpa é toda dele. Foi ele que se comportou mal. Não a gente. Nenhuma de nós duas.

— Ah, droga. O que a gente vai fazer? — disse Stephanie.

— Vamos tomar um drinque — disse Katie, acenando para a garçonete. — Depois decidimos.

Três vodcas com tônica (Katie) e algumas taças de vinho branco (Stephanie) depois, elas já tinham dado uma a outra os detalhes de seu relacionamento com James. Decidiram que deveriam ser absolutamente francas, que deveriam compartilhar tudo sem se preocupar se isso ou aquilo poderia magoar os sentimentos da outra. Então Stephanie descobriu que o sexo era bom, mas que James se recusara a discutir a possibilidade de terem filhos, dizendo que sentia já ter atrapalhado uma jovem vida e não queria se arriscar a fazer isso outra vez. Enquanto Katie descobriu que para Stephanie o sexo era quase inexistente, mas fazia pouco tempo James sugerira que outro bebê talvez fosse uma boa ideia. Quanto mais falavam (e, até certo ponto, quanto mais bebiam), mais bravas ficavam as duas mulheres com o modo como James as tratara. Às 15h30, já estavam prontas para enforcá-lo.

— Então — disse Stephanie, por fim —, acho que devemos puni-lo.

— Com certeza devemos — concordou Katie, que, desacostumada a se sentir mal em relação a qualquer um, se tornara levemente impetuosa com toda a experiência.

— Só não sei como.

Katie pensou com afinco. Seu cérebro estava embriagado, mas ainda raciocinava. Tudo que vai, volta. Seria carma, só carma, com uma pequena ajuda externa.

— O que é mais importante para ele? — dizia Stephanie. — Obviamente nem eu nem você.

— O que as pessoas pensam dele — disse Katie, sem hesitar, depois se perguntando por que dissera isso.

Seria verdade? Ela queria conseguir pensar com mais clareza. Realmente não devia beber durante o dia.

Stephanie deu uma risada.

— É provável que seja verdade.

— Ele me pediu para encomendar caviar para sua festa de aniversário para impressionar nossos amigos. Caviar, dá para imaginar?

— A festa de aniversário dele? Como é que você está sabendo disso? — perguntou Stephanie, parecendo confusa.

— Estou organizando — disse Katie. — No domingo à noite. Todo mundo vai.

Stephanie pareceu aturdida.

— Então ele vai ter uma festa de 40 anos no sábado à noite, que está me deixando sobrecarregada, e outra no domingo, cortesia sua. É um inacreditável de um cretino.

Katie, que fazia meses estava planejando a festa de James e que estava realmente querendo que aquela fosse a melhor festa da vida dele, sentiu-se mal.

— Eu até perguntei se deveria convidar a família dele e ele disse não, que ele faria um pequeno jantar com alguns amigos íntimos e seus filhos no sábado. E que Finn estaria lá e que ele era a única família com quem se importava.

Stephanie deu uma risada.

— E mais umas quarenta pessoas. Ele me disse para não me dar ao trabalho de convidar o pessoal de Lincoln porque seria uma viagem muito longa para eles e, de todo modo, nem iriam aproveitar.

— Então, quem é que vai? — perguntou Katie.

— Bem, os amigos dele... sobre isso ele falou a verdade. O pessoal do trabalho, vizinhos, os pais dos amigos de Finn.

— Será que Peter e Abi vão aparecer?

— Ah, eu espero que sim. — Stephanie sorriu. — Estou louca para conhecê-los.

— Eu também. Talvez eu deva sugerir convidá-los para ir a Lincoln. Vamos ver o que ele vai dizer.

Stephanie respirou fundo.

— Talvez seja isso. Talvez a gente devesse dizer que sabe de tudo no meio de uma das festas... na frente de todos os amigos e colegas dele. Uma humilhação pública que pode funcionar.

Katie fez que sim. Seu coração estava disparado. Ela não sabia se era por causa do álcool ou da exaltação.

— Certo — disse ela.

— Tem certeza de que está disposta a isso? — perguntou Stephanie. — Eu entenderia se não estivesse.

— Tá brincando? — disse Katie, falando um pouco enrolado. — Estou louca para ver isso acontecer — acrescentou, sem ser totalmente convincente.

— Precisamos planejar cuidadosamente. Planejar com exatidão o que vamos fazer.

— E o que fazemos nesse meio-tempo?

— Nesse meio-tempo ele não pode desconfiar de que haja algo errado, então vamos levando normalmente. Faça-o sentir-se amado. Assim vai ser um choque ainda maior. Quanto mais ele sentir que precisa de nós, mais duro será o golpe.

Quando elas se levantaram para se despedir, Stephanie percebeu que estava cambaleando um pouco. Katie fez menção de lhe dar um abraço e ela retribuiu desajeitadamente, nenhuma sabendo se era a coisa adequada a fazer. Depois houve um momento desconfortável quando as duas se deram conta de que iriam para a estação e decidiram dividir um táxi. Na plataforma elas se abraçaram outra vez. Natasha tinha razão, pensou Stephanie. Isso estava ficando estranho.

14

Quando o carro de James chegou à entrada da Belsize Avenue número 79, às 18h45, Stephanie estava em casa, tomando um café para disfarçar o cheiro de todo o vinho que consumira. Ela estava levemente embriagada, pois não costumava beber durante o dia, e a viagem de trem havia transcorrido envolta numa névoa. Ao partirem, ela e Katie já haviam planejado os primeiros estágios da Operação Vingança à Vida Dupla. Katie continuaria a ser dócil, despretensiosa, maternal e não desafiadora, enquanto Stephanie iria tentar se remodelar, voltando a ser a mulher por quem James um dia fora loucamente apaixonado... bastava que para isso conseguisse se lembrar de quem era essa mulher. De fato, ela nem fazia ideia se seria possível reconquistá-lo, sendo que o abismo entre os dois, como ela via agora, tinha se ampliado tanto, mas se fosse para o plano ter o impacto máximo, ele precisaria querer as duas mulheres igualmente.

— Eu sempre faço uma massagem — dissera Katie — quando ele chega de Londres. Para ajudá-lo a relaxar após a longa viagem. Ele diz que isso lhe tira a tensão.

— Ai, meu Deus — disse Stephanie. — Certo.

James entrou, dizendo estar cansado de um dia exaustivo no trabalho (exaustão de levar uma vida dupla, pensou Stephanie), e foi direto para cima tomar um banho, parando brevemente no caminho para dar um olá a Finn e ouvir o que acontecera na escola hoje ("Nada"), o que Sebastian, o gato, comera de manhã (atum e truta defumada) e sobre o falecimento repentino do hamster de Arun Simpson.

— Aí ele ficou lá no chão se contorcendo todo, abrindo e fechando os olhos — disse Finn, se deliciando com o flagelo todo. — E Arun disse que ele fazia um barulho assim — acrescentou, fazendo um som gutural e pondo a língua para fora para um maior efeito.

— Que tristeza — James conseguiu responder, sem rir.

— Coitado do Arun.

Ao passar por Stephanie, ele lhe dera um beijo superficial (ela estava agora num vestido transpassado com estamparia espiralada azul e verde, que uma vez James dissera que gostava, e saltos altos nada práticos).

— Cansado? — perguntou ela para as costas dele, torcendo para não estar arrastando a fala.

— Acabado — respondeu ele.

— Quer que eu leve uma taça de vinho? — gritou ela.

— Quando eu sair do banho — gritou ele de volta. — Pode ir tomando se não puder esperar — acrescentou, fazendo-a se sentir uma alcoólatra. Stephanie suspirou e foi para a cozinha, onde estava preparando frango tailandês ao curry.

Ela sempre cozinhava, mas geralmente tirava o molho pronto de um vidro e misturava ao frango orgânico, mas hoje havia começado do zero. Misturou creme de amendoim com leite de coco numa *wok* com pimenta-malagueta e alho. Na verdade, ela não fazia ideia do que precisaria fazer para que James a notasse de novo, mas ficar bonita e fazer um prato caseiro não seria nada mau. Quando ele desceu do banho, ela podia ouvi-lo no PlayStation com Finn. Não havia dúvida de que ele amava o filho, pensou ela com tristeza, forçando-se em seguida a se lembrar da tarefa do momento. Ele podia ser um bom pai, mas ela merecia coisa melhor.

Depois de ter servido a comida (mais nuggets de peixe para Finn, que podia ser classe média mas ainda não *tanto* assim), Stephanie revestiu-se de coragem, foi para trás da cadeira de James e começou a fazer-lhe massagem nos ombros.

— O que você está fazendo? — Ele riu.

— Achei que você podia estar meio tenso, sabe, trabalhando o dia todo. Achei que isso poderia ajudar. — Deus do céu, ela se sentiu idiota.

Ele se desvencilhou brincando.

— Tá bom, Finn, tem algo no ar. Sua mãe bateu o carro?

— Eu só achei que você fosse gostar — disse Stephanie, um tanto desesperada.

Finn também estava rindo agora.

— Você bateu o carro, mãe? — perguntou ele, se divertindo.

— Não — disse Stephanie, desistindo e se sentando à mesa. — Não bati.

— A boba da mamãe — disse James, tratando-a com condescendência. Ela teve vontade de bater nele.

— O negócio é — disse Stephanie para Natasha ao telefone mais tarde, trancada no quarto — que simplesmente não somos assim. Pelo menos, não mais.

— Exatamente — disse Natasha. — Ele tem a Katie para fazer sexo e se divertir, e você para criar o filho dele.

— Ótimo — disse Stephanie, mais desmoralizada que nunca.

— Não foi isso que eu quis dizer. O que estou dizendo é que eles provavelmente ainda estão nessa fase, entende, quando tudo tem a ver com a coisa física. A sua relação é mais real.

— Menos excitante, você quer dizer.
— Não. Mais significativa.
— Bem, aparentemente significativa não é o bastante. Sexo e diversão vencem.
Natasha emitiu desaprovação.
— Steph, você precisa ter em mente que o que James está fazendo não é uma crítica a você. Tudo isso tem a ver com ele. É a crise da meia-idade, não seu fracasso como esposa.
— Não parece ser isso.
Natasha não desistia:
— Isso por que ele fez você se sentir assim. Não é por isso que você está fazendo o que está fazendo?
Stephanie suspirou.
— Você tem razão. É claro que tem. Você sempre tem razão. Só que é difícil, só isso.
— Eu sei como é, mas vai ficar mais fácil, eu juro.
— Se você diz, deve ser verdade — disse Stephanie, dando um sorriso. — Boa-noite.
Cinco minutos depois o celular dela tocou.
— Ele acabou de me ligar — disse a voz de Katie. Elas tinham concordado em se manter a par das ações de James.
— E?
— Ele disse que Abi saiu, então só estão ele e Peter. Parece que estão pensando em ir a um pub. O que ele está fazendo de verdade?
— Lendo para Finn, que adora quando o pai lê para ele na hora de dormir. Acho que é o *Robinson Crusoé*. Um dos favoritos dele.
— Certo.
— O que mais ele disse?
— Que está com saudades de mim. — Ela fez uma pausa. — Que me ama, sabe, o mesmo de sempre.

— Você está bem? — perguntou Stephanie, uma pergunta que nunca imaginara fazer para a amante de seu marido.

— Acho que sim. E você?

— Melhor desde hoje à tarde — disse Stephanie.

— Eu também. Ah, ele disse que vai me ligar mais tarde para dar boa-noite.

— Ótimo. Vou ver se consigo atrapalhar, só para me divertir. Se vamos fazer isso, é melhor também tentar aproveitar.

— Eu te envio uma mensagem se ele conseguir — disse Katie, e desligou.

James estava vendo TV na sala e Sebastian ronronava em seu colo. Finn dormia. Stephanie automaticamente foi se sentar na poltrona, seu lugar de costume, enquanto James se espalhava no sofá de três lugares. Assim que se sentou, ela pensou que talvez devesse ter se enfiado lá com ele, tentado forçar uma aproximação física.

— Outro drinque? — perguntou ele, levantando-se.

— Ótimo — disse ela, pensando: "Bem, se tudo o mais fracassar, eu simplesmente fico fula e pulo em cima dele. Isso deveria chamar sua atenção." Ela tentou se lembrar da última vez que eles tinham feito sexo. Teve a terrível sensação de que fora antes de se mudarem para Londres. Lógico que deviam ter feito desde então. Claro, *ele* tivera muito sexo nesse meio-tempo. Mas não com ela.

Eles assistiram a *Project Catwalk* e a *Kitchen Nightmares* de um modo bem companheiro. Sempre se sentiam ligados diante dos reality shows, o alívio não expresso de que não eram como aquela gente, de que, de algum modo, eram superiores. Às 22h10 James se levantou e rumou para a porta.

— Tenho que dar uma ligadinha para Malcolm — disse ele.

Stephanie também se levantou. Esperou que ele subisse e depois o seguiu, pegando as roupas do chão, como se estivesse dando uma arrumada por acaso. James pareceu meio irritado e pôs o celular de volta no bolso.

— Ah, desculpe — disse Stephanie. — Você quer que eu saia?

— Não, não, é claro que não — disse ele. — Eu só preciso ver com ele como está o potro dos Collins. Estava com cólicas.

Stephanie sorriu para ele.

— Bem, pode ligar.

— Na verdade — disse ele —, acabei de me lembrar que ele tinha um encontro agora à noite. Vou tentar mais tarde.

— Ah, tá bom — disse ela. — Então, ele enfim admitiu ser gay?

James riu.

— De jeito nenhum.

Pondo o telefone de volta no bolso, ele desceu de novo. Stephanie o seguiu falando sobre nada em especial. Era incrível, pensou ela, o quanto estava animada com essa mínima vitória. Talvez Natasha tivesse razão. Talvez fosse divertido observar James se contorcendo.

Uma hora mais tarde, perto de 23h15, James se levantou outra vez.

— Vou tentar falar com Malcolm de novo — anunciou, seguindo em direção à porta.

— Ah, não acho que deva. É tarde demais — disse Stephanie. — E se você estiver enganado sobre o encontro e ele já estiver dormindo?

Ela podia jurar que viu James corar.

— Bem, aí ele vai ter desligado o celular se foi dormir, não é?

— Não se o potro dos Collins estiver doente — disse Stephanie. — Talvez fique de sobreaviso. Seria uma pena perturbá-lo sem necessidade.

— Tudo bem — disse James com firmeza. — Ele me pediu que ligasse.

Ele saiu do quarto e Stephanie sorriu. Ele estava desconcertado. Devia estar pensando numa desculpa para dar a Katie por não ter ligado mais cedo.

Katie estava diante da TV, embora nem estivesse assistindo à programação tardia. Chegara em casa do encontro com Stephanie numa espécie de torpor alcoólico. Caíra no sono no trem, quase perdendo a estação, só acordando quando a pessoa ao lado lhe deu um tapinha no ombro por que queria descer. Foi tudo bem, pensou ela. Stephanie fora bem simpática e Katie achava que ela certamente parecia ter aceitado que Katie não tivera a intenção de magoá-la, e era isso que importava.

Ela estava se perguntando se as duas teriam tido algo em comum se não fosse por James. Teriam se dado bem, disso ela tinha certeza, mas não teriam sido amigas. Suas personalidades eram tão diferentes quanto suas aparências. Stephanie era... qual era a palavra?... calculista. Fria, cínica e pessimista. Katie era passional, o tipo de mulher para quem o copo está sempre meio cheio, ou pelo menos era assim que gostava de pensar. Ela estava tão mergulhada em seus pensamentos que teve um sobressalto quando o telefone tocou. Bocejou para recuperar o ânimo, depois emudeceu a televisão.

— Mmm... alô? — disse ela, em sua melhor voz de acabei-de-ser-acordada.

Era James, como ela sabia que seria.

— Droga, desculpe. Você estava dormindo?

— Hum hum.

— Desculpe. Nós fomos ao pub e eu perdi a noção do tempo — disse ele, bem convincente.

— Só você e Peter? — perguntou Katie.

— Abi nos encontrou lá para uma última rodada. Ela tinha ido ao teatro. *A noviça rebelde* — acrescentou, como numa reflexão posterior.

— É mesmo? Com quem?

— Não faço ideia. Amigas, imagino.

— E ela gostou?

— Acho que sim. Ouça, amor, só liguei para dar boa-noite, só isso.

— Quem fazia o papel de Maria? — perguntou Katie, quase rindo, mesmo sem nem saber por quê. Era inacreditável a facilidade com que ele conseguia mentir.

— Não perguntei. Olha, eu tenho que acordar cedo.

— Era aquela garota que venceu o programa de TV?

— Já disse que não perguntei — disse James, irritado. — Eu tenho mesmo que desligar.

— Tá bom — disse Katie. — Boa-noite então.

— Boa-noite — disse ele, fazendo os ruídos de beijinhos que eram parte de seu ritual noturno. Katie se forçou a fazer o mesmo.

Dois minutos depois, quando James descia as escadas, agora já de pijama, Stephanie recebeu a mensagem:

James acabou de ligar
Parece que esteve no pub a noite toda com Peter.
Abi viu: A noviça rebelde.

Que irônico, Stephanie pensou, que agora seja eu a receber mensagens de K. tarde da noite.

— Como ele estava? — perguntou a James quando ele entrou e foi até o aparador para se servir de uísque. Parecia meio tenso.

— Ah, bem, alarme falso. Parece que está tudo certo com o potro.

— E como foi o encontro dele?

— Não perguntei. Não é da minha conta.

Ele enxugou a testa como se estivesse com calor, o que, é claro, devia estar. Geralmente, Stephanie não ficava tão interessada pelos acontecimentos em Lincolnshire.

— Estranho ele ter comentado que iria sair com alguém se você acha que ele não iria querer que você perguntasse com quem, não é? — disse Stephanie.

— É, acho que sim.

— É quase como se ele quisesse contar. Talvez você devesse falar com ele sobre isso. Pergunte francamente. É provável que ele deteste viver uma mentira. Quero dizer, deve ser exaustivo.

— É — disse James, cauteloso. — Deve ser, né?

15

James percebera que Stephanie andava arrumada. Dera adeus às calças de moletom e aos casaquinhos de zíper da Juicy Couture que costumava usar em casa, um antídoto ao seu eu profissional, que, segundo ela, devia se transformar perfeitamente em qualquer que fosse a moda prevalecente, por mais desfavorável e ridícula que pudesse ser. Em lugar daquilo, ela passara a usar uma saia evasê até os joelhos e uma blusa fechada com cordões, nas quais ficava respeitável e sexy e que, ele concluíra, o deixavam claramente perturbado. Não que ele tivesse esquecido o quanto sua mulher era bonita. Só que não estava mais acostumado a ser tão lembrado.

Assim que chegou à clínica de manhã, ele ligou para Katie. Sabia o que ela estaria fazendo: sempre se levantava devagar, sentava-se à mesa da cozinha, tomava chá e lia os jornais antes de encarar qualquer outra coisa. Gostava de pensar nela retorcendo o cabelo com o lápis enquanto tentava fazer as palavras cruzadas. Imaginou-a estendendo a mão para pegar o telefone quando ele ligou, sorrindo ao olhar para o identificador de chamadas. Ela lembrava um lêmure ao acordar, os olhos arregalados e vulnerável com os cachos cor de mel incrivelmente despenteados em volta do rosto. Ela só atendeu depois de seis toques.

— Ah, meu Deus — disse James —, eu não acordei você outra vez, não é?

— Não — disse Katie, que estivera diante do telefone, tentando decidir se atendia ou não. — Eu estava lá em cima.
— Dormiu bem?
— Muito bem. E você?
— Peter e Abi tiveram uma discussão, então fiquei acordado até um pouco mais tarde.
— Minha nossa, pobrezinho — disse Katie, com toda a falsa solidariedade que conseguiu reunir. — Você deve estar se sentindo péssimo. Conte.
— Ah, não foi nada de mais, só o de sempre. Coisas domésticas. "Você nunca lava a louça", esse tipo de coisa.
— É mesmo? Eles discutem sobre quem vai lavar a louça?
— Algo do gênero. Para ser sincero, não escutei os detalhes.
— Há quanto tempo eles estão casados? Dez anos? E ainda discutem sobre quem vai lavar a louça?
— Olha, Katie, tenho uma cirurgia, então acho melhor ir andando.
Apesar da infelicidade, Katie sorriu ao desligar.

Natasha e Stephanie estavam tentando persuadir a atriz de papéis ingênuos, Santana Alberta (nome verdadeiro Susan Anderson, mas ela decidira, no início de sua carreira, que precisava se destacar e achou que sua aparência misteriosa e exótica exigia um nome misterioso e exótico) que usar a peça de chiffon transparente frente única, com a qual todas tinham concordado, sem nada por baixo seria uma tolice. Santana dera o maior duro para ser levada a sério após atrair a atenção do público com uma série de relacionamentos com homens conhecidos e muito mais velhos (e, portanto, bem agradecidos).

A verdade é que não era uma grande atriz, nunca teria se destacado da multidão de outras jovens bonitas e esperançosas mas nada inspiradoras se as canastrices de sua vida particular não lhe tivessem garantido regularidade nos tabloides. Uma vez ela saíra da casa do namorado, um ator com quem vivera durante anos, após uma briga feia usando nada além de um casaco de smoking dele e um par de Jimmy Choos. Por sorte, os paparazzi estavam lá para capturar o momento porque ela fizera seu empresário espalhar que isso poderia acontecer. Ou a vez em que ela e seu amante empresário musical tiveram uma discussão feroz na rua, convenientemente na frente do cinema em que acontecia uma grande estreia e onde os fotógrafos tentavam preencher as duas horas entre a chegada e partida dos convidados. Felizmente, Santana estava usando um vestido mínimo da última coleção de Julien Macdonald (que Stephanie encontrara para ela) que combinou perfeitamente com o olho roxo com que foi deixada e ficou ótimo estampado na primeira página do *Sun*.

Com a ajuda de Stephanie, Santana conseguira certa reputação de lançadora de tendências. Infelizmente, estava começando a acreditar no que lia sobre si mesma, então já não aceitava silenciosamente que, no quesito estilo, Stephanie era mais entendida. Havia pouco fizera seu primeiro filme — uma biografia de baixo orçamento que não chamara a atenção do público, mas ela pagara uma boa soma para que os relações-públicas plantassem boatos nas revistas de fofocas: "Santana na fila para uma indicação ao BAFTA", esse tipo de coisa. "Pessoa bem-informada diz que o desempenho de Santana Alberta tem grandes chances de ganhar prêmios", continuavam, embora, por sorte, nunca revelassem que a pessoa bem-informada era na verdade a mãe dela. Sua esperança era que se aquilo fosse dito com frequência, que as pessoas pudessem começar a acreditar naquilo e, de algum modo, viesse a ser verdade. É claro que ela não fora indicada para nada, nem sequer estava na lista, mas a badalação toda fez com que o BAFTA a convidasse para entregar um prêmio, e ela faria tudo para ser notada.

— É sexy — resmungava ela agora. — E é importante que eu pareça sexy. Caso contrário, eles só vão mostrar as fotos da Helen Mirren outra vez e eu não vou ter uma oportunidade.

— É brega — disse Stephanie, perdendo a paciência com ela. — Se você quiser parecer uma stripper, fique à vontade. Não vou lhe dizer que você está bem porque não é verdade. E se você preferir procurar outra estilista que lhe diga exatamente o que quiser ouvir, tudo bem.

Natasha lançou seu olhar de advertência de que elas não podiam se dar ao luxo de perder Santana como cliente. Poucas pessoas requisitavam os serviços delas tão regularmente.

— Vou dizer o que a gente vai fazer — disse Natasha. — Que tal eu costurar uma camada a mais? Só para cobrir, sabe... as partes. É muito mais sexy apenas insinuar algo do que mostrar toda a carne com batatas.

Amuada, Santana fez um beicinho.

— Tá bom — disse. — Contanto que eu ainda saia nos jornais.

— O que está havendo com você? — sussurrou Natasha para Stephanie, enquanto Santana estava no toalete, vestindo as próprias roupas de novo.

— Ah, me desculpe — disse Stephanie, sarcástica. — É só a minha vida que está desmoronando.

— Ouça — disse Natasha —, eu acho que agora seria mais importante do que nunca se concentrar no trabalho. Você está para virar mãe solteira.

— Obrigada. Eu precisava mesmo que me lembrassem disso.

— Só estou dizendo que você não deve deixar essa coisa com o James bagunçar sua vida toda. Se deixar, ele terá vencido. Qual é o sentido de lhe dar uma lição se você ficar tão mal quanto ele quando tudo chegar ao final? Você tem que estar fabulosa, alegre e bem-sucedida enquanto ele estiver tentando se arrastar para fora da sarjeta.

Stephanie forçou um meio sorriso.

— Você tem razão. Eu sei que tem.

Quando Santana voltou para a sala, agora em sua calça jeans skinny, sua camisa masculina pouco recomendável, seu colete e uma boina de *pied de poule* de sua própria escolha, Stephanie foi até ela e lhe deu um abraço.

— Desculpe, Santana — disse ela. — Meu marido anda bancando o idiota e eu não deveria descontar em você. Vá ao BAFTA com tudo à mostra se quiser. Vá cheia de penduricalhos se isso a deixar feliz. Você é quem sabe.

Santana, que por natureza era uma garota afável, retribuiu o abraço.

— Tudo bem — disse ela. — Eu sei que você só pensa no que é melhor para mim.

Katie estava inquieta. Depois que a efervescência inicial (sem falar os efeitos do álcool) se fora, ela tinha começado a questionar se estava ou não fazendo a coisa certa. O que quer que James tivesse feito não justificava o que ela e Stephanie iriam aprontar. Por certo, dois erros não se igualavam a um acerto. Parecia uma coisa mesquinha, mentir, enganar e conspirar, bem como ele fizera. Mas ela também não podia negar que havia uma satisfação em saber que ele não tinha ideia dos planos delas. Isso a fazia se sentir poderosa, pois sabia que ele não conseguira arruinar totalmente sua vida.

— Será que estamos fazendo a coisa certa? — perguntava ela a Stephanie toda vez que se falavam.

— Não faço a mínima ideia — respondia Stephanie, o que não ajudava muito, mas ela sempre pedia a Katie para continuar seguindo o plano. E, por motivos que não entendia bem, Katie sempre concordava.

Até agora, o plano das duas não havia progredido muito além da decisão inicial de que o Dia D seria no fim de semana do quadragésimo aniversário de James. Elas haviam decidido que Stephanie daria a festa em Londres como se não houvesse nada de errado, depois apareceria na festa de Lincolnshire no dia seguinte, onde as duas mulheres o confrontariam diante dos colegas e amigos dele. Era até aí que tinham chegado. Outro elemento se fazia necessário, e quando elas estavam em uma de suas sub-reptícias conversas telefônicas, cerca de uma semana depois, sem querer Katie disse algo que desencadeou toda uma nova corrente de acontecimentos:

— Você sabia que ele recebe o pagamento em dinheiro de quase todos os fazendeiros por aqui? Isso fica totalmente fora da contabilidade. Eu só achei que você devia saber por causa... bem... sabe como é... a pensão e tudo o mais. Quando as coisas chegarem a isso.

— É mesmo? — disse Stephanie, de repente interessada. — Ele nunca comentou. Só imagino o que o pessoal do imposto de renda diria sobre isso.

Katie ofegou.

— A gente não pode!

— Não, você tem razão. A gente não pode. Mas que pena. Só imagino o que mais a respeito dele nós não sabemos. Talvez esteja na hora de descobrir.

16

Acabou vindo à tona que James tinha vários outros segredos. Alguns mais fáceis de descobrir que outros.

Ele era amplamente conhecido na pequena comunidade do povoado — Katie contou a Stephanie — por seus jantares, para os quais preparava pratos cada vez mais complicados e sofisticados, para grupos admirados de dignitários locais.

— Jantares? — disse Stephanie, incrédula. — Ele não sabe nem fritar um ovo.

— Exatamente — disse Katie. — Ele vai a Lincoln, compra toda a comida pré-cozida e depois serve como se tivesse sido feita por ele.

— Hilário — retrucou Stephanie, tentando imaginar essa versão de James, que não dava a mínima para o que as pessoas pensavam sobre seus dotes culinários.

— Você deveria fazer com que ele organizasse um jantar um dia desses. Para algumas das pessoas que ele quer impressionar mais.

— Você acha mesmo?

— Vamos aproveitar um pouco.

Katie deu uma risada.

— Tá bom.

Stephanie contou a Katie que os pais de James não eram afastados dele como ele lhe dissera, e que adoravam passar o fim de semana com eles sempre que podiam.

— Tenho certeza de que adorariam conhecer você — disse Stephanie. — Talvez eu sugira a eles que façam uma visita surpresa a James em Lincoln.

— Vou liberar o quarto de hóspedes. — Katie riu. Talvez Stephanie estivesse certa, e havia lá sua graça em se desforrar de James.

Nada disso era grande coisa. O maior esqueleto guardado no armário de James já tomava grande espaço, mas essas coisinhas podiam representar picadinhas de mosquitos, pequenos fardos de humilhação a caminho do grande prêmio. A imagem pública era tudo para James. Se sofresse rachaduras, mais do que nunca ele precisaria delas: as duas mulheres que, ele acreditava, o amavam incondicionalmente. Perfeito.

Fazia semanas que James aguardava ansiosamente por sua reunião social. Sofrera com o porco malpassado nos Selby-Algernon, com pelo de cachorro na sopa nos McNeil, com as duas horas e meia de espera pela sobremesa nos Knightly e agora chegara sua vez de brilhar outra vez. Ele gostava de todos os seus anfitriões de jantares, a conversa sempre fluía acompanhada de vinho, porém mais que tudo ele sentia que eram o tipo de gente com quem ele *deveria* ser simpático.

Hugh e Alison Selby-Algernon eram o número 1 da lista social de Lower Shippingham. Moravam na maior e mais impressionante casa do povoado e Hugh era bastante conhecido na área de investimentos bancários. Na lista A de James dos Top Trump de Lower Shippingham, Hugh e Alison batiam com tranquilidade todas as outras categorias de moradores.

Logo depois vinham Sam e Geoff McNeil, que moravam em Lower Shippingham havia 35 anos. Sam ocupava uma posição influente na câmara de vereadores e Geoff tinha um cargo importante no Rotary Club. Em seguida, vinha Richard Knightly, sócio de uma empresa local de advocacia, e sua mulher, Simone, jornalista do *Lincoln Chronicle*.

Certo, não era exatamente um círculo social de vanguarda — Sam e Geoff tinham a tendência de desviar a conversa para a Igreja sempre que possível —, mas não fazia mal estar com as pessoas certas. Stephanie nunca apoiaria o que ela chamava de seu "jeito de alpinista social", mas Katie entendia o quanto era importante fazer um esforço.

Os quatro casais se encontravam duas vezes por mês e se revezavam como anfitriões de jantares. Na primeira vez que lhes coubera, James entrara em pânico na última hora com a culinária um tanto rústica de Katie. Ele adorava a comida dela, de verdade, mas não era exatamente *cordon-bleu*. Então ele a convenceu de que seria melhor ir a Lincoln e pegar algo preparado na hora na grande delicatéssen do centro da cidade. Comprou lagosta com molho para a entrada, filé Wellington, que só precisava aquecer, e uma *tarte Tatin* "caseira" com creme. Ao deglutir a entrada, os Selby-Algernon, os McNeil e os Knightly chegaram ao êxtase, e o momento para que James fosse honesto, admitindo que a comida fora comprada, passou. Pior, ele acabou por se flagrar assumindo o crédito e elaborando os detalhes da tarde que passara se escravizando sobre o fogão quente.

— Mas James, eu não sabia que você tinha tais talentos ocultos — arrulhou Aiison. — Hugh, por que você não sabe cozinhar assim?

— E por que *você* não sabe? — retrucou Hugh.

James viu Katie lhe lançar um olhar e, por um momento, teve medo de que ela fosse abrir o jogo. Ergueu as sobrancelhas de leve, de um modo que dizia "Por favor, não" e ela o atendeu, como sempre, com um sorriso.

— Não tenho sorte? — disse ela, pondo a mão sobre a dele.

— Demais — concordou Simone, lançando um olhar para James que ele poderia jurar que era um flerte.

De todas as mulheres de seu círculo social, Simone era a única com quem ele teria considerado ir para a cama. Com franqueza, Alison era muito sem formas, com os seios caídos oscilando em algum lugar no meio do corpo, onde deveria ser sua cintura, e Sam era neurótica demais, sempre parecendo que se maquiara no escuro, mas o mais provável é que tivesse tremido. Simone, por outro lado, era magra e curvilínea, mesmo que tivesse um rosto meio equino. Sem conseguir se conter, ele deu uma piscadinha para ela, que sorriu toda feminina. Desde então, houvera um frisson a mais nos jantares, o que os tornara muito mais interessantes. Certamente ele nunca tomaria uma atitude em relação à suspeita de que Simone tinha tesão por ele, e também não tinha motivo para acreditar que ela viesse a tomar. Ele só gostava de saber que ainda agradava. Fosse como fosse.

Desde aquela noite, comentários sobre seus dotes culinários haviam se espalhado. Malcolm comentara na clínica e um dos fazendeiros, brincando, o chamara de "Delia", por causa da Delia Smith dos programas de culinária na TV. James gostou de ter ganhado um apelido. Era como se tivesse voltado ao colégio, como se fizesse parte de uma turma. Comentou com Malcolm e Simon, na esperança de que eles começassem a usá-lo também.

"Oi, é a Delia", dizia ele, dando uma risadinha tímida quando tinha que ligar para um deles.

Por um tempo, ele assinara assim qualquer recado que precisasse deixar para eles. Continuou com isso por quase uma semana, mas, por tristeza, o apelido nunca pegou e ele começou a se preocupar que Malcolm fosse pensar que ele estivesse fazendo algum tipo de declaração, como aqueles homens aquartelados que acham hilário referir-se a outros homens como "ela", então parou.

As outras oito semanas tinham sido de agonia, na espera de que chegasse a vez deles novamente, e ele cogitou se poderia usar o mesmo truque duas vezes. Dessa vez ele comprou tortinhas de queijo de cabra, empadão de carne de cervo e figos, prontos para assar, com sorvete de uísque "caseiro". Houve um momento de arrepiar, quando Sam lhe perguntou onde ele conseguira achar carne de cervo, porque ela nunca conseguia encontrar quando queria, e ele teve que sair com algo sobre Kent & Sons em St. John's Wood, sabendo que ela nunca poderia confirmar a informação. James sentiu o fulgor dos elogios e quase começou a achar que merecia.

A refeição de hoje seria sua quinta. Ele estava começando a se preocupar de já ter esgotado o repertório da delicatéssen Le Joli Poulet e do Armazém do Gourmet. Já havia servido o cordeiro assado, o tamboril, os espetos de lula e a perdiz assada, todos com grande aclamação. Mas agora, percorrendo a seção de alimentos pré-preparados, ele lutava para encontrar alguma novidade. Ainda era muito cedo para repetir os pratos. Teria que falar com o dono para ampliar o estoque.

Ele deu um jeito de encontrar uma entrada de bouillabaisse e um prato principal de cassoulet, que sempre havia rejeitado antes por considerar um pouco de segunda linha. Como não havia novas sobremesas, ele repetiu a *tarte Tatin*, decidindo que poderia declarar ser aquela uma noite temática francesa. Trocou algumas palavras com Guy, o dono da loja, mas foi difícil se fazer entender sem explicar direito por que era tão importante levar algo diferente cada vez.

Quando ele voltou ao chalé, Katie havia deixado a casa brilhando, e Stanley fora preso no quarto de hóspedes. O calor não mostrava sinais de abrandar, então ela levara a mesa para o pátio, de modo que eles pudessem pelo menos desfrutar da brisa fresca que vinha do quintal.

James desembrulhou seus produtos, verificou as instruções de aquecimento e depois escondeu cuidadosamente as embalagens num saco de plástico enterrado no fundo da lata de lixo. O cassoulet foi transferido para uma grande fôrma e assim que o forno apitou, anunciando que chegara à temperatura certa, ele o colocou na prateleira do meio e verificou o relógio. Derramou a bouillabaisse numa panela, deixando-a de lado. A *tarte Tatin*, que ele serviria fria com creme, foi colocada na geladeira.

— Você ainda tem tempo de tomar banho — disse Katie, beijando-o na testa e alcançando-lhe uma taça de vinho tinto. — Quer que eu faça alguma coisa?

— Tudo sob controle — disse ele. — Só me lembre de pôr a sopa para esquentar. Hmm... você está com um cheiro maravilhoso — acrescentou, enfiando o nariz no cabelo dela.

Katie riu, empurrando-o.

— Vá se aprontar.

Katie observou-o entrar no banheiro, cantarolando de boca fechada. Depois de ouvir a porta se fechar e o ruído da água correndo, ela levantou a tampa da lata de lixo e começou a vasculhar os detritos.

Ao abrir a porta, Katie achou que Sam parecia a boneca de um ventríloquo ao lado de Geoff, brandindo uma garrafa de Merlot. Ela estava com um batom vermelho vivo que parecia ter sido aplicado com um pincel de pintar paredes, tamanho o descaso que tivera pelo contorno dos lábios. O cabelo curto estava todo para cima, em mechas pontudas, dando a impressão de que ela tinha levado um tremendo choque.

Geoff estava como sempre, no seu modo austero, usando o tipo de roupas herdadas e gastas que só os verdadeiramente ricos podem vestir. Em diversas ocasiões, Katie sugerira a James que eles podiam tentar socializar com pessoas mais parecidas com eles, da idade deles, mais espirituais e menos... do sistema, mas ele lhe passara um sermão sobre a importância de andar com as pessoas certas, e tinha ficado por isso mesmo. Não que ela não gostasse de Sam e Geoff, só que às vezes era como receber um casal de tios extremamente críticos.

— Algo está cheirando bem — disse Geoff, aspirando o ar ao entrar. — O que foi que ele preparou dessa vez?

Katie falou rapidamente qual era o cardápio, ouvindo os murmúrios de aprovação de Sam e Geoff. Ela acabara de lhes oferecer uma bebida quando James irrompeu da cozinha usando um ridículo avental listrado e segurando uma espátula. Katie notou que o avental tinha riscas de molho vermelho, sem dúvida cuidadosamente colocadas ali minutos antes. Às vezes ela achava que ele levava a encenação longe demais, borrifando farinha no cabelo e exibindo borrões de balsâmico nas faces, mas isso o alegrava e ela nunca conseguira ver mal algum. Agora, olhando para ele, ocorreu-lhe que era um homem patético, que se achava importante, obcecado por aparência e status.

— Estão com fome? — perguntou ele.

— Morrendo — respondeu Geoff. — Faz semanas que estamos aguardando este jantar.

A campainha tocou de novo e Hugh, Alison, Richard e Simone estavam aglomerados na porta, onde tinham se encontrado por acaso. Houve beijos no ar e abraços.

— Que tal um aperitivo antes de comer? — sugeriu James, com o ar de quem sabia que iria impressionar.

Stephanie não conseguiu pegar no sono. Na verdade desistira de tentar, resignando-se a passar uma noite com a cabeça a mil por hora e um dia sentindo-se um lixo no trabalho no dia seguinte. Novamente repassou a versão de Katie dos acontecimentos, alternando entre o prazer e o estarrecimento. Coitado do James. Não, droga, ele pediu por isso.

Parecia que os seis convidados e James tinham dado início ao seu assunto favorito, a necessidade de eleger um "conselho comunitário" para o povoado intermediar certos assuntos, como propostas de planejamentos urbanos de mau gosto e o banimento da vagabundagem dos três adolescentes que de seu posto, num banco perto do laguinho, ocasionalmente proferiam ofensas aos pedestres. Todos os três eram inofensivos, defendeu Katie. Na verdade, uma vez ela estava indo para casa com uma sacola pesada de compras e eles se revezaram para carregá-la, recusando-se depois a aceitar 1 libra para cada pela ajuda. Mas Sam, Geoff, Alison, Hugh e James adoravam dramatizar a situação quando estavam juntos, imaginando no horizonte o uso de crack e assaltos. Richard e Simone eram levemente mais magnânimos, pois tinham um filho adolescente, mas a menção de um jardim de inverno de PVC podia levar os dois a espasmos. Todos os sete, inclusive James — contou Katie a Stephanie —, acreditavam serem os escolhidos para dirigir tal conselho, e, secretamente, era o que cada um almejava.

— Por falar nisso — disse Katie, num adendo —, você sabia que James construiu uma extensão nos fundos da clínica sem permissão oficial? Calculou que como ninguém podia ver, não contava. Além de achar que provavelmente não seria aceita. Ele usou tijolos novos também, numa área de conservação ambiental. Aposto que Richard e Simone adorariam saber disso.

Stephanie se lembrava de James lhe contando sobre seus planos de ampliar a clínica e as tentativas e adversidades subsequentes que ele tivera com os construtores. Nunca lhe passara pela cabeça lhe perguntar se ele fizera aquilo de acordo com a lei; simplesmente imaginara que sim. Afinal, era James.

De todo modo, Katie lhe contou, a bouillabaisse fora recebida com oohs e aahs e muitos dos convidados repetiram, mesmo que houvesse ainda mais pratos pela frente.

— Não sei como você tem paciência — dissera Alison — para tirar a casca de todos esses camarões e limpar os mexilhões.

— Ele provavelmente já compra limpos, não é, James? — sugerira Geoff. — Muito menos trabalho.

— Por Deus, não — dissera James, bufando, cheio de virtude. — Nunca se pode confiar que foram limpos direito. Ou de que não incluíram alguns que não prestassem. Gosto de fazer tudo por conta própria. É terapêutico, para dizer a verdade. Ligo o rádio e fico bem feliz.

Katie contou a Stephanie sobre a animação que sentira ao vê-lo cavando a própria cova.

O cassoulet fora elogiado como "delicioso" e "simplesmente formidável". Àquela altura a conversa mudara para os defeitos dos outros moradores do povoado, especialmente dos emergentes.

— Mas James é emergente — interveio Stephanie nesse ponto.

— Agora eu sei disso — disse Katie —, mas por algum motivo ele gosta de dar a impressão contrária.

— Então o que aconteceu? — Stephanie estava tanto impaciente para saber o fim da história quanto apavorada de ouvir. Podia sentir o coração batendo na garganta e não conseguia imaginar como Katie — que lhe contou que estava agora trancada no banheiro para poder falar com ela — devia estar se sentindo.

— Então... — disse Katie dramaticamente — então chegou a hora da sobremesa.

Katie contou como James, agora já corado pela combinação de vinho e orgulho, anunciara que havia preparado sua famosa *tarte Tatin*.

— Pensei em fazer algo novo, mas decidi que como todo o sabor da noite era francês, meu velho carro-chefe seria apropriado. — Ele a trouxera da cozinha numa travessa, como se estivesse apresentando ao mundo seu filho recém-nascido.

— Onde é que você consegue as maçãs nessa época do ano? — perguntara Simone. — Eu sempre acho que estão bem aguadas e sem gosto.

— Ah — dissera James. — Aí é que está o segredo.

Ele cortou a primeira fatia e Katie jurou que o viu ficar pálido ao erguê-la e perceber o que parecia ser parte de uma folha de papel grudada no fundo. Ele fez menção de largar a fatia na travessa, mas Sam já se inclinara para a frente, ajudando a tirar o papel.

— Pronto — disse ela, animada, puxando a fatia e pondo no seu prato. Segundo Katie, parecia que todo o sangue de James tinha abandonado seu corpo.

— Parece que eu a deixei em cima de alguma coisa — disse ele, rindo de nervoso. — Só vou até a cozinha soltar isso.

Katie prendeu a respiração. Não havia nada que pudesse fazer. Não seria ela a revelar o que estava grudado na base da *tarte*. Só o que podia fazer era aguardar com os dedos cruzados. Tudo indicava que James estava a ponto de sair ileso dessa. Largou a faca e estava para levantar a travessa quando Hugh, desajeitadamente, estendeu a mão e agarrou uma ponta do resto do papel, que estava caindo, e o puxou.

— Não precisa se incomodar, cara. Tá vendo? Peguei.

— O que é? — perguntou Simone.

Houve um instante de quase comédia quando James estendeu a mão para pegar o papel bem quando Geoff o vencia na empreitada.

— Parece um recibo — disse Geoff, e já estava para jogá-lo fora quando Sam (graças a Deus por Sam e sua intromissão, disse Katie), que estava olhando por cima do ombro dele na hora, exclamou:

— Aqui diz "*tarte Tatin*".

Os outros riram, sem se dar conta do grande significado da descoberta que estavam para fazer. Richard até disse de brincadeira:

— Não me diga que você compra a coisa toda pronta quando não estamos aqui.

Então Sam respirou fundo.

— Meu Deus, James, diz "bouillabaisse" e "cassoulet" também. Que engraçado.

Segundo Katie, a sala caiu num súbito silêncio.

17

James acordou com a cabeça dolorida, dando indícios de Alzheimer. Gemeu, sentindo a secura da boca. Tinha bebido demais. Virou-se na cama, hesitou ao abrir um olho e recuou quando a luz atingiu sua retina. Katie já devia estar de pé. Ele deu uma espiada no relógio ao lado da cama. Parecia... Não, não podia ser..., 10h50. Ele não deveria estar numa cirurgia aquela manhã?

Percebeu um ruído lá embaixo. O rádio e algo que parecia o som dos pratos sendo raspados. Katie devia estar lavando a louça. Então, do nada, um pensamento o atingiu e ele voltou a deitar a cabeça no travesseiro. Não, que droga. Ah, meu Deus. Ah, merda.

Lembrava-se agora do silêncio constrangedor depois de Sam ler o recibo da Joli Poulet. Primeiramente, ele tentara rir, a cabeça lutando para encontrar alguma coisa, qualquer coisa, que pudesse dizer para cobrir os rastros. Depois tentara deixar implícito que só comprara os produtos para cada prato, embrulhando tudo junto para facilitar, então, mesmo tendo dito uma mentirinha sobre limpar os frutos do mar e colher as maçãs, ele ainda cozinhara cada prato do zero.

Mas Richard, maldito seja, tinha dado uma de suas gargalhadas e dissera que vira refeições completas sendo vendidas prontas no Le Joli Poulet e perguntara se James estivera realmente enganando-os todo o tempo. Ele não tivera outra escolha se não deixar claro o que fizera.

Os convidados tinham sido muito gentis. Afinal de contas, ele não matara ninguém nem fizera algo ilegal, mas fora a compreensão polida das palavras deles que o derrotara. Sabia que na cabeça de todos ele estava passando como meio lamentável, meio desleal, que a coisa toda não fora uma simples brincadeira. Ninguém iria ofendê-lo, mas, no minuto em que eles saíram, James já sabia que iriam para a casa de um deles, talvez para a de Sam e Geoff, que era ali perto, e dissecariam seu caráter bebendo um conhaque. Contariam histórias das vezes que tinham considerado seu comportamento estranho ou em que ele dissera algo constrangedor. O laço entre os seis ficaria mais forte enquanto se uniam rindo dele. Nem era necessário dizer, seu pequeno círculo de jantares tinha acabado. Eles alegariam conflitos de agenda ou compromissos familiares, e as semanas se passariam até que parariam de tentar encontrar uma data. Talvez os seis continuassem a se encontrar regularmente sem ele e Katie, dando risadas do papel ridículo que ele fizera, enquanto comiam pato queimado e batatas empapadas.

Bebeu avidamente a água que Katie deixara ao lado da cama. Agora se lembrava de que depois que todos saíram, ele e Katie tiveram uma grave discussão por causa da necessidade dele de culpar alguém que não a si próprio pelo desastre. Em seguida, ele tomara uma garrafa de uísque quase inteira antes de finalmente ir para a cama, nas primeiras horas da manhã.

Soltou um gemido audível. Sentia-se o pior dos idiotas.

Por que se permitira ficar nessa posição, em primeiro lugar? Nenhum dos outros sabia cozinhar e isso nunca parecia ter importado. Ele devia simplesmente ter confessado naquela primeira vez. No minuto em que eles começaram a elogiar a comida, ele deveria ter dito "Na verdade, eu comprei tudo, sou um inútil como chef", e eles teriam rido e teria ficado por isso mesmo. Mas ele apreciara a atenção. Sempre se sentira intimidado por "gente fina", como sua mãe os teria chamado. Sempre se ressentira um pouco com sua educação de escola pública e por não ter berço. Secretamente, sempre quisera ser considerado um deles. Como veterinário da localidade, ele conseguira cair nas graças da comunidade, sentindo-se parte integral e indispensável dela, mas também gostava de sentir que era importante. Forjando amizades com os figurões, alimentara sua necessidade de status. Ele era ridículo.

A primeira coisa que precisava fazer era se entender com Katie. Nada disso era culpa dela e, além de tudo, ele a colocara na embaraçosa posição de ter que seguir com seu fingimento por todos aqueles meses. Meu Deus, ela devia estar achando que ele era um idiota. Saiu da cama, sentindo um choque quando os pés tocaram o chão, e tentou se endireitar. Talvez tivesse que ir primeiro ao banheiro para vomitar.

Dez minutos depois, tendo escovado os dentes e lavado o rosto com água fria, vacilante, foi até a cozinha, onde Katie estava esfregando o chão de granito. Ele a sentiu enrijecer quando a abraçou por trás.

— Desculpe, desculpe — disse ele, enfiando o nariz no pescoço dela. — Eu não devia ter descontado em você.

— Tudo bem — disse Katie. — Eu entendo.

Katie, abençoada seja, ligara para Malcolm, dizendo que James não iria trabalhar porque não estava bem. Ela já jogara fora todas as evidências da refeição desastrosa, todos os restos; as garrafas vazias e as cascas de mariscos já tinham ido para o lixo lá fora e tudo fora levado pelos lixeiros. Ela parecia contente de fingir que nada acontecera e o encheu de atenção como sempre, preparando-lhe o café, oferecendo torradas, o que, no entanto, só o fez ter ânsia de vômito.

James sentiu que precisava conversar, repassar os horrores da noite para confrontar diretamente qual poderia ser o pior quadro. Mas isso, ele sabia, não tinha sentido. Se tentasse falar sobre o que acontecera, Katie simplesmente insistiria que estava tudo bem e que não se concentrasse em coisas negativas ocorridas no passado, mesmo que o passado fosse a noite anterior.

Stephanie teria lhe dado corda, pensou ele. Na verdade, Stephanie ficaria bem contente de verificar meticulosamente os detalhes torturantes. De algum modo eles teriam achado algo de engraçado na história: a cara de Sam, o batom torto ao ler o recibo; a lentidão de Hugh para perceber a situação, como Alison tivera que explicar para ele ("James tem comprado a comida todo esse tempo, querido, não foi ele quem cozinhou. Era mentira."), até que finalmente os dois não aguentariam e cairiam na gargalhada, deixando a coisa toda muito mais fácil de suportar. Ele pensou em lembrar Katie do modo como Sam tropeçara no degrau da frente na pressa de se afastar da fonte de constrangimento e sua saia levantara, revelando pernas cabeludas e uma roupa de baixo alarmantemente escassa, mas sabia que ela não esboçaria um sorriso sequer. Em vez disso, diria algo como "Ah, coitada da Sam. Bem, está tudo esquecido agora". Então ele decidiu voltar para a cama.

— Está perfeito — anunciou Meredith, através de seu reflexo no espelho, e Stephanie pensou se não deveria desistir de tudo.

Meredith estava experimentando um modelo verde-esmeralda que parecia algo que uma princesa da Disney poderia desejar. O enorme decote deixava à mostra o peito enrugado, enquanto a cintura baixa fazia seus quadris largos parecerem ainda maiores. Elas estavam nos provadores da Selfridges, e Stephanie só a deixara experimentar o vestido para provar o quanto ficaria estranho nela.

— Meredith, ele realmente não valoriza sua silhueta — dizia ela agora, do modo mais diplomático possível. — Não acha? — acrescentou, olhando bem para Natasha em busca de apoio.

— Hãã... É, realmente não — disse Natasha, que morria de medo de Meredith.

— É com este que me sinto confortável, e como até agora você não apresentou coisa melhor, vai ser este mesmo.

Stephanie estremeceu diante do insulto do comentário de Meredith.

— Acho que você deveria esperar. Ainda temos algumas semanas pela frente e talvez encontremos algo com que todas concordem.

— E se esse for vendido até lá? E se você não conseguir me mostrar outra coisa que me agrade e já tiverem vendido este?

Stephanie olhou para a monstruosidade cintilante cor de ervilha. Era difícil imaginar que houvesse uma corrida por vestidos verde cintilante.

— Já sei — disse ela. — A gente compra este e devolve quando encontrar algo melhor.

— *Se* você encontrar algo melhor — disse Meredith friamente.

— Sim, claro, se. — Stephanie conseguiu dar um sorriso insincero.

Sem deixar Meredith perceber, ela espiou o relógio. Estava ao mesmo tempo louca de vontade e apavorada de ir para casa aquela noite. James já devia ter voltado e Stephanie veria como sua primeira flechinha o feriria. Claro, ele não poderia lhe contar seu trauma, mas Katie já havia relatado o bastante para ela saber que ele devia estar se sentindo humilhado e pra lá de idiota. Constava que no dia anterior ele tinha voltado do trabalho enfurecido, pois Malcolm fora chamado para ver o retriever de Richard e Simone, que estava com uma otite, e ela lhe contara toda a história. Por sua vez, Malcolm contara a Simon e Sally, deixando James sujeito a uma gozação implacável pelo resto do dia. Segundo Katie, uma gozação com certeza carinhosa.

— Ele está furioso com Simone — disse Katie. — Hilário, porque acho que ele sempre pensou que ela tinha uma queda por ele.

— E não tinha? — interrompeu Stephanie, rindo.

— Não, acho que não. Richard é maravilhoso e enche Simone de atenção. Acho que ela só estava sendo educada.

— E como é que você está se sentindo? — perguntou Stephanie.

— Eu sei que é horrível admitir, mas na verdade estou muito bem. Foi bem feito para ele — disse Katie com convicção.

Stephanie imaginou se James não estava mais ávido que o normal pelos dias que passaria em Londres, pois ali ele não havia bancado o idiota na frente de ninguém. Ela estava planejando ser mais legal com ele aquela noite, a calma antes da tormenta, enquanto ela e Katie tentavam decidir qual devia ser o passo seguinte.

Faltavam cinco minutos para as 17 horas quando ela e Natasha entraram num táxi e seguiram para o norte, com a hedionda criação verde na distinta sacola amarela entre elas. Katie lhe dissera que James geralmente partia para

Londres por volta das 13 horas, mas, segundo Stephanie, ele nunca chegava em casa antes das 17h30. Nenhuma das duas fazia ideia do motivo pelo qual a viagem parecia levar tanto tempo.

— Lembre-se — disse Natasha, abraçando-a quando o táxi virou a esquina da Belsize Avenue —: só junte os dentes e sorria.

Quando o táxi parou, ela notou que o carro de James estava estacionado no meio-fio. Era cedo. Stephanie sorriu consigo mesma. Elas tinham conseguido desconcertá-lo.

— Oi — chamou ela ao abrir a porta de casa. Finn se atirou em seus braços saindo não se sabe de onde e depois James veio da sala, erguendo-a num abraço de urso. — Você chegou mais cedo hoje — disse ela sem ar, quando ele a pôs no chão.

— Eu queria chegar logo em casa. Estava com saudades de vocês dois.

— Ótimo. — Stephanie se desvencilhou dos braços dele. — Você pode ajudar Finn com o dever de casa.

— Então, como foi sua semana? — perguntou ela depois de terem se sentado à mesa para jantar.

— Tudo bem — disse ele, sem deixar transparecer nada. — E você? A Meredith continua sendo um pesadelo?

Stephanie imaginou se ouvira bem. James não perguntava sobre o trabalho dela. Nunca. Só o fato de ele lembrar que ela tinha uma cliente chamada Meredith já era um acontecimento.

— Não me deixe começar a falar de Meredith.

James sorriu.

— Não, vá em frente. Quero saber. Ela já deu em cima de você?

Meu Deus, pensou Stephanie, ele deve estar bem desesperado mesmo para evitar que a conversa gire em torno dele próprio.

Então ela contou sobre o vestido verde, chegando até a tirá-lo da sacola para ilustrar a história, e ele riu, dizendo que Meredith devia ficar parecendo um bujão dentro dele. Por uma fração de segundo Stephanie esqueceu o que estava acontecendo com eles e em seguida pensou no quanto parecia ser fácil para ele fingir que estava tudo bem, que eles eram um casal feliz relaxando após um dia de trabalho, que, na verdade, ele não tinha uma amante guardada lá no interior e que toda a sua existência não era uma mentira.

— Bem, seja como for — disse ela, pondo o vestido de volta na sacola —, é melhor não amarrotá-lo, caso precise devolvê-lo.

18

Katie estava aproveitando o dia.
Começara mal. Os acontecimentos do jantar, que se passara como um sonho, a deixaram flutuando. Ver James constrangido lhe dera um inesperado ímpeto de prazer, algo que a fizera se sentir tanto culpada quanto exultante. Ela achava que talvez fosse sentir pena dele ou ficar tentada a confessar sua participação na humilhação tragicômica que ele sofrera, mas descobriu um âmago de aço bem escondido dentro de si e observava o desânimo dele sem sentir nada. Essa manhã, no entanto, enquanto se despediam, ela fora atingida em cheio pela realidade de que o relacionamento — que até poucas semanas antes ela considerava perfeito — tinha acabado. Flagrara-se chorando no ombro dele, que, bobo, imaginara que fosse pela saudade que ela sentiria, embora, de um modo indireto, talvez fosse.

Ele beijou a cabeça dela.

— Estarei de volta no domingo, sua tolinha — disse ele, e Katie pensou no quanto ele soava condescendente, o que a fez parar de chorar e lembrar-se do que estava fazendo e por quê.

Depois que ele se foi, ela olhou a correspondência, meio desanimada, e encontrou cartões de Hugh e Alison ("Que noite agradável. Vamos repetir em breve") e de Sam e Geoff ("Muito agradecidos como sempre"). Nenhum deles fez qualquer menção ao final constrangedor do jantar, e ela sabia que jamais fariam. Eles simplesmente sumiriam com o tempo e acabariam incluindo algum outro pobre casal em seu exclusivo círculo de jantares. Com sorte ela nunca mais teria que se preocupar em tentar manter conversas educadas com nenhum deles, além de um olá quando se encontrassem no correio.

Ela sentiria mais falta de Richard e Simone, que pelo menos regulavam a idade com ela e tinham coisas em comum. Eles provavelmente deviam ter achado a coisa toda hilária, e Katie tinha certeza de que, depois que tudo isso acabasse, se ligasse para Simone convidando-a para um drinque, ela aceitaria. Por enquanto ela não tinha intenção de tomar qualquer iniciativa, pois sabia que James ficaria muito constrangido em dar o primeiro passo, e ela queria que ele sofresse a perda dos amigos.

Ela olhou em volta de seu pequeno chalé e pensou no quanto seria bom tomá-lo de volta para si. Poderia escolher um lilás ou talvez um rosa-claro e renovar a sala, pintando as paredes com uma cor que James nunca aprovaria. Poderia ficar com velas acesas o dia inteiro se quisesse, sem ouvir os comentários dele de que a casa tinha cheiro de igreja. Stanley teria permissão de subir no sofá. Quando a campainha tocou, uns minutinhos antes das 10h, ela já redecorara toda a casa mentalmente, tendo esquecido totalmente a hora marcada de Owen.

Ela estava passando pelo ritual de sempre ("Você tem dormido bem?", "Deixe-me ver sua língua."), temendo escutar Owen requentando aquela velha ladainha, quando ele a surpreendeu:

— Vou me mudar — disse ele, sem mais nem menos.

— É mesmo? Que bom para você.

Owen sempre fora tão inflexível que ninguém o arrancaria da casa onde morava apesar da impossibilidade da situação.

— Consegui uma casinha na Springfield Lane. Vou só alugar, mas já é um começo.

— O que provocou isso? — perguntou Katie.

— O que você me disse semana passada. Sobre a energia negativa destruir a gente se não tomarmos cuidado.

— Faz meses que digo isso para você.

Owen passou a mão pelo cabelo.

— Acho que só agora comecei a escutar. De todo jeito, preciso agradecer a você. Assim que tomei a decisão, comecei a me sentir muito melhor. Assim como você disse que seria. Como se eu estivesse assumindo o controle das coisas.

Katie se sentiu como uma mãe orgulhosa vendo o filho andando de bicicleta sem as rodinhas pela primeira vez.

— Nossa! Muito bem — disse ela. Era incrível pensar que ela podia ter feito a diferença na vida de alguém, por menor que fosse.

Ela conseguiu se segurar àquele sentimento mesmo quando Owen continuou a lhe contar que enquanto encaixotava a mudança, jogara todas as coisas da mulher pelo muro do jardim, após danificar de algum modo a maioria. Uma delas, um pequeno vaso Moorcroft que a mãe de Miriam lhe dera de presente de casamento e que ele encontrara numa caixa no sótão, se despedaçara contra a janela do jardim de inverno dela e de Ted.

— Você fez isso? — perguntou Katie, sem saber bem o que dizer.

— Foi bem feito para eles. Eu vi os dois se esfregando lá uma noite quando olhei por cima do muro. Bem descarados, sem nem se importar que as persianas não estivessem baixadas — disse Owen entredentes.

Katie riu.

— Eu me referia ao vaso, devia valer muito.

— Ah, é provável.

Apesar de Owen declarar que tinha seguido em frente, tudo indicava que eles voltariam a trilhar o mesmo caminho conhecido ("Ela é uma vadia, ele é um desgraçado"), mas quando Katie lhe pediu que descrevesse a casa nova e o que ele estava pretendendo fazer com ela, o humor de Owen mudou, e seu otimismo recém-descoberto retornou. Eles passaram o resto da sessão discutindo cores e assoalhos. Apesar de o tempo ter passado de modo muito mais agradável que o usual, contudo, Katie teria preferido sair do quarto enquanto as agulhas realizavam sua magia, como fazia com os outros clientes.

— Talvez — aventurou Katie ao fim da sessão — quando você estiver acomodado na casa nova, consiga achar um emprego. — Não disse o que realmente queria dizer, ou seja, "E então poderá me pagar todo o dinheiro que deve", mas achou que estava implícito.

— É — disse Owen, sorrindo. — Quem sabe? Talvez eu consiga.

Depois que ele saiu, ela vestiu um casaco, pegou o carro e foi até a Homebase na periferia de Lincoln, onde pegou amostras de tintas em tons pastel, e depois foi até uma banca para comprar umas revistas de decoração. Nada mau arrumar umas ideias.

— Estou cansado. Talvez seja melhor deixar pra lá... ir para a cama cedo.

— Mas eu tenho as entradas — disse Stephanie, sorrindo inocentemente. — Faz tempo que você quer ver. Achei que seria uma surpresa.

— E foi. Foi realmente uma boa ideia, mas acho que não vou conseguir encarar. Já sei: por que você não vê se eles trocam para outra noite?

Stephanie se forçou para fazer cara de magoada.

— Mas Cassie está vindo para ficar com Finn. Vamos, James, eu quase não saio.

James esfregou a testa.

— Tá bom — disse ele. — A que horas começa?

Vitória. O que James não sabia, é claro, era que Stephanie tinha conhecimento de que ele já tinha visto com Katie o novo filme campeão de bilheteria de Will Smith, no início da semana, pois Katie comentara em um de seus telefonemas que eles tinham ido ao cinema para ele tirar da cabeça o vexame do jantar, acrescentando que James dissera depois que seria preferível enfiar uma faca nos olhos a assistir aquela bomba outra vez.

— Ótimo — disse Stephanie. — Vou reservar as entradas.

— Sabe — dizia ele agora, quando estavam para sair de casa —, ouvi dizer que não é tão bom assim.

— Onde foi que você ouviu isso? — perguntou Stephanie.

— Ah, li uma crítica em algum lugar. Nem lembro onde.

— Bem, qualquer filme recebe alguma crítica ruim. Você se lembra de algum que só tenha sido elogiado?

Ela sabia que ele estava louco para dizer "É uma droga, tá bom? Eu já vi", mas não podia porque então teria que explicar o porquê de não ter comentado com ela pelo telefone durante a semana que fora ao cinema, inventando então uma história sobre quem o acompanhara. James sempre fingira não ter vida social em Lower Shippingham, nada além de uma cervejinha no pub com Malcolm ou Simon. Em vez disso, então, ele grunhiu:

— É, não. — E, meio relutante, enfiou o braço na manga do casaco.

Chegando lá, Stephanie pensou se não estava castigando mais a si própria que a ele. O filme era interminável. Só a inquietação e os suspiros de James conseguiram mantê-la animada. Num certo ponto, após cerca de uma hora e meia de projeção, ele se inclinou para ela, sussurrando no ouvido que talvez pudessem reduzir o prejuízo e sair para comer uma pizza, mas ela negou, queria ficar e ver o final "caso o filme melhorasse".

— Não vai melhorar nada agora — disse ele, irritado.
— Como é que você sabe? — disse ela. — Pode ser que sim.

Quando o filme acabou e eles estavam no táxi a caminho de casa, ela disse:
— Ah, quem poderia saber que seria tão ruim?
James ficou calado.

— Então ele revirou os olhos bem pra cima.
Stephanie ouviu Finn falando ao telefone enquanto descia as escadas. Ouvira tocar do banheiro e gritara "Deixa que eu atendo", mas não adiantou. Não fazia ideia de quem havia ligado, podia tanto ser um representante de telemarketing quanto qualquer conhecido: ele se alegrava de regalar com os detalhes macabros do fim de Spike qualquer um que escutasse.
— Ele pôs a língua pra fora — dizia ele quando ela tirou o receptor de sua mão.
— Quem é? — sussurrou ela.
— A vovó — disse Finn, revirando os olhos como quem diz "quem mais poderia ser?".
— Vá lá e comece a fazer aquele trabalho sobre os vikings. Em um minuto eu vou ajudar você — disse Stephanie, a mão sobre o bocal.

— Oi, Pauline, como vai?

— Ah, muito melhor depois de ouvir Finn contando sobre o hamster do amiguinho — disse a sogra dela, rindo.

Contrariando o clichê, Stephanie gostava muito dos pais do marido. Na primeira vez que fora à casa dos pais de James, meses depois de eles terem iniciado o namoro e após muitos protestos de James de que ele não era muito "chegado" a visitar a família, ele se desculpara durante todo o trajeto, dizendo-lhe que a casa era pequena e que o gosto de seus pais era provinciano. Ela tinha rido dele. Sem nem ter conhecido a família dela ainda, ele já parecia ter decidido que deviam ser de classe média alta e cheios da grana. Na verdade, ele estava errado, pois eram de classe média baixa e duros. Mais tarde, porém, ela percebera que suas suposições diziam mais sobre ele do que sobre ela. Ele se envergonhava de suas origens.

Era tal a vibração do retrato que James pintara que quando eles estacionaram diante do bem cuidado sobrado geminado, Stephanie achou que deviam estar no lugar errado. Tudo bem, ficava num conjunto habitacional onde todas as casas eram iguais, mas todas bem conservadas. Ela olhou em volta à procura das pichações, das crianças desvairadas, dos traficantes de drogas que imaginara implícitos nas descrições de James sobre o lugar onde ele crescera, mas só o que viu foi um estranho anão de jardim e um revestimento de pedras. A mãe de James, Pauline, e o pai dele, John, abriram a porta e quase sufocaram o filho único em abraços, além de dar as boas-vindas a Stephanie como se ela fosse a filha que eles sempre desejaram.

— Eles são triviais — dissera James no carro a caminho de casa. — Gente trivial com uma vida trivial.

— Eles são uns amores — retrucara ela, sentindo-se repentinamente protetora, especialmente em relação a Pauline. — Realmente se orgulham de você, sabia?

— É, eu sei — dissera ele, abrandando um pouco. — Eu fui o único entre os filhos dos amigos deles a ir para a universidade. Eles podem se exibir com isso.

— Bem, eu achei os dois adoráveis — dissera ela, aumentando o som do rádio para indicar que a conversa estava encerrada.

Nos anos que se seguiram, Stephanie aproveitaria todas as oportunidades para passar algum tempo com os sogros. Pauline era bem como uma mãe deve ser, carinhosa, atenciosa e protetora, sempre rondando com um bule de chá e um prato de biscoitos, pronta para mimar a todos. Stephanie não tinha dúvidas de que seus pais a amavam, mas não havia demonstrações. Interessados, mas distantes emocionalmente. Pauline era toda abraços, beijos e afeto, fofa e meiga como um ursinho de pelúcia gigante e falante.

John não era muito diferente. Totalmente sentimental, era capaz de chorar assistindo a uma reportagem no jornal sobre uma criança perdida ou sobre um cachorrinho abandonado, um atributo que James achava constrangedor, mas que fazia Stephanie ter vontade de lhe dar um forte abraço.

Quando Finn nasceu, John ficou emocionado, segurando seu primeiro neto, chorando e rindo ao mesmo tempo. Os pais de Stephanie, inundados por uma abundância de netos já providenciados pelo irmão mais velho e pelas irmãs dela, também estavam lá, mas falavam com Finn tranquilamente, como se o estivessem chamando para lhe dar conselhos sobre a hipoteca. Stephanie sempre sentira falta de um pouco mais de emoção em sua vida. Agora tinha.

A última coisa que queria fazer era comunicar a Pauline e John que seu relacionamento com James acabara, embora soubesse que eles precisariam saber. Enquanto isso, ela sabia que Pauline estava magoada por James nunca os ter convidado para ir visitá-lo em Lincolnshire e decidira que chegara a hora de corrigir isso. Sentiu-se desconfortável de usá-los como joguetes em sua campanha contra o filho deles, mas ela garantiria que isso nunca fosse descoberto. Na verdade, estava determinada a garantir que eles aproveitassem o passeio.

— Tive uma ideia — dizia ela agora pelo telefone. — James está sempre dizendo o quanto seria legal se vocês fossem visitá-lo no interior...

— É mesmo? — disse Pauline, e a nota de prazer em sua voz fez surgir uma pontada de culpa em Stephanie.

Ela cogitou se conseguiria ir adiante com isso. Queria poder ter certeza de que James seria gentil com os pais quando eles aparecessem. Então decidiu que seria cruel demais fazê-los aparecer de surpresa, mesmo que isso fosse dar a James a maior dor de cabeça. Porém, sabia também que, se lhe dissesse que eles iriam, ele telefonaria para os pais dizendo que estava muito ocupado e que eles deveriam ir a Londres num fim de semana em vez de visitá-lo no interior.

— Então — disse ela, pensando friamente —, talvez você e John pudessem aproveitar alguns dias em Lincoln. Nós reservaríamos um bom hotel para vocês no centro da cidade, porque, você sabe, o apartamento em cima da clínica é muito pequeno. Assim, enquanto James estiver trabalhando, vocês não ficariam presos em Lower Shippingham, poderiam visitar a catedral e a cidade antiga. Seria como um feriado.

Perfeito. Eles ficariam perto o suficiente para deixar James intranquilo, mas não tanto a ponto de James pensar que entrariam em contato com Katie. Obviamente, a verdade era que Katie garantiria que eles fizessem isso, mas, é claro, James não devia saber dessa parte.

— Você e Finn estarão lá? — perguntou Pauline, esperançosa.

Muitas vezes Stephanie se perguntava se Pauline não a considerava uma má esposa, abandonando James metade da semana, mas se achasse, nunca diria.

— Finn precisa ir à escola.

— Talvez fosse melhor esperar pelas férias. Aí podíamos ir todos juntos.

— Já sei — disse Stephanie —: por que vocês não vêm para cá depois? Viriam com James e ficariam aqui por alguns dias. Nós adoraríamos. Poderia ser na semana que vem.

— Nossa — disse Pauline, parecendo uma menininha entusiasmada. — Seria ótimo. Só me deixe falar com John e depois eu ligo de novo.

Stephanie desligou. Tinha sido quase fácil demais.

19

— Como assim eles estão indo na segunda-feira?

James tinha consciência de que estava gritando, assim como tinha consciência de que Stephanie devia estar pensando que sua reação era meio exagerada, mas não conseguiu se conter. Isso não podia estar acontecendo. Stephanie tinha acabado de lhe contar que sua mãe mencionara o fato de ele nunca tê-los convidado para ir visitá-lo e que ela sentira tanta pena que lhes sugerira ir a Lincoln aquela semana.

— O que mais eu podia fazer? — disse ela. — Tenho impressão de que ela acha que você tem vergonha dela, e ela parecia tão triste com isso... Não vai lhe fazer mal recebê-los lá por alguns dias, vai?

— Mas eu vou estar trabalhando — retrucou ele, buscando desculpas inúteis. — Não tenho tempo para me preocupar em receber as pessoas.

— Eu sei — disse Stephanie. — Foi por isso que reservei um hotel para eles em Lincoln. Eles podem se distrair por lá e aproveitar um pouco. Se você estiver trabalhando à noite, há dúzias de restaurantes para eles irem, ou teatro. Vai fazer com que se sintam queridos e é provável que você só precise vê-los uma vez. Depois eles podem vir para cá e eu vou recebê-los com todo o carinho.

— Pode ser — disse James, relutante.

Ele podia ver que Stephanie tinha razão. Além do mais, fazer isso significaria parar de se preocupar com o fato de eles estarem esperando um convite havia anos. Às vezes ele se sentia mal quanto a sua relação com os pais. Amava os dois, de verdade, e, com o passar dos anos, ele passara a apreciar o que eles tinham feito por ele. Mas, de algum modo, sempre que os via, ele se flagrava voltando a ser um adolescente mal-humorado, rebatendo as tentativas da mãe de conversar com ele sobre seu trabalho e sendo arrogante ao corrigi-la sempre que usava uma palavra incorretamente. Era muito melhor amá-los a distância. Se ele deixasse Stephanie seguir em frente com seu plano seria uma situação de ganho mútuo: seus pais poderiam contar aos amigos que o filho pródigo os convidara para visitá-lo e ele poderia se sentir bem com o gesto enquanto alegasse que os compromissos de trabalho o impediam de vê-los à noite. Na verdade, quanto mais pensava nisso, mais a ideia de Steph parecia genial.

— Você tem razão — disse ele, sorrindo pela primeira vez desde que ela lhe dera a notícia. — É uma grande ideia.

Katie passou o sábado fazendo coisas para si própria. Era assim que seria dali em diante, decidira. Ela viria em primeiro lugar, todo o resto poderia esperar. Ela sempre colocara as necessidades alheias à frente das suas: James, os amigos e clientes dela, alguém que encontrara no banco uma vez. Não importava quem fosse, seu instinto natural era ajudá-los. "Você é uma boba", dissera sua mãe depois que ela emprestara a um vizinho um dinheiro do qual realmente não podia se desfazer e que, ela no fundo sabia, ele nunca pensaria em devolver. Bem, não seria mais assim.

Começou por tingir e alisar o cabelo. James adorava seus cachos louros. Segundo ele, a primeira coisa que tinha notado nela. Adorava ficar enrolando o cabelo dela nos dedos e passava o que pareciam horas absorvido nisso. Os produtos químicos incomodaram que foi um inferno, mas valeria a pena só para ver a cara dele. Para falar a verdade, aquele cabelo liso não combinava com ela, mas Katie não ligou. Era só cabelo. Em poucos meses cresceria. Ela pensou em tingir de preto, pois sempre quisera ser morena e misteriosa, mas talvez isso fosse um pouco demais. Não queria repelir James antes da hora. Então ela deixou a cabeleireira convencer-lhe que um ruivo escuro, um estilo de deusa fogosa, como ela colocara, era o certo a fazer. Cabelo ruivo e liso, bem como o de Stephanie. Ela riu ao ver seu reflexo no espelho. Isso o deixaria maluco.

Depois de ter arrumado o cabelo ela estava exausta pelo esforço de ficar sentada, imóvel, por tantas horas. Descendo as escadas do salão de beleza, descobriu que, para sua sorte, houvera um cancelamento. Então ela se deu de presente uma massagem e um peeling facial, que deixou sua pele rosada e brilhante como a de um bebê. A caminho de casa, comprou revistas, porcarias sobre celebridades e seus problemas de peso e quem estava namorando quem, além de linguiças orgânicas com purê de batatas prontos, para o jantar. Enviou uma mensagem de texto para James dizendo que iria à casa da mãe e depois tirou o telefone do gancho e desligou o celular. Serviu-se uma taça de vinho, deu a Stanley um bife que James deixara no congelador para si próprio e que ela descongelara de manhã e então se enroscou na grande poltrona da sala.

Stephanie telefonara mais cedo para revelar o passo seguinte do plano. Katie se lembrava do dia em que James lhe dissera que já não tinha qualquer contato com os pais. Eles não se viam havia muito tempo e ela ficara tocada com o quanto esse afastamento parecia doloroso para ele.

James dissera que tentara de tudo para apaziguar as coisas, mas seus pais foram irredutíveis, então ele desistira. Ele tivera que entregar os pontos, dissera, parecendo triste, caso contrário isso o teria consumido. Quando ela o pressionara a contar exatamente qual fora o desentendimento, ele tinha inventado uma história sobre sua mãe ter ficado do lado de Stephanie no divórcio porque sentia que ele fora egoísta ao insistir em passar a metade da semana no norte.

— Ela disse que eu me importava mais com a carreira que com a minha família.

— Mas o único motivo que o fez se mudar para Londres foi a carreira da *Stephanie*! — exclamou Katie, indignada.

— Pois é! — disse James. — Pensei em dizer isso a ela, mas não quis dar a impressão de estar pondo a culpa de tudo em Steph. A culpa foi nossa, éramos igualmente culpados.

— Você é uma pessoa tão legal — dissera Katie, e agora, pensando nisso, ela soltou uma gargalhada.

— Então acabamos tendo uma discussão acalorada. Mamãe me disse que eu era uma decepção e papai concordou, dizendo que eu desapontara todo mundo ao permitir que meu casamento desmoronasse. Eu saí antes de dizer alguma coisa de que viesse a me arrepender e desde então não falei mais com eles.

Katie lhe afagara a cabeça.

— Meu pobrezinho.

— Contanto que Finn possa ver os avós, é só o que me importa. Eu sou adulto. Consigo viver sem meus pais.

— Eu não aguentaria ficar sem ver minha mãe — dissera Katie. — Espero que Stephanie aprecie o que você fez por ela.

James dera uma risada forçada que, ela pensou na época, estava encoberta de tristeza.

— Ah, duvido.

Em duas outras ocasiões, quando ele comentara sua infância ou sua família, ela tivera a distinta impressão de que os pais dele fossem exigentes, que ele sempre sentira que não realizara as expectativas deles.

— Mas você se formou em veterinária — dissera ela.

— Não precisava de muito mais que isso.

— Eles não acham. Para falar a verdade, não sei o que eu precisaria ter feito para agradar aqueles dois.

Então, quando Stephanie lhe contara que James tinha longas conversas com seus orgulhosos pais pelo menos uma vez por semana e que Pauline, a mãe dele, sempre se referia a ele como "meu filho veterinário" para quem quisesse ouvir, ela se surpreendeu. Agora conseguia entender o quanto era importante para ele que os pais nunca fossem visitá-lo: iria acabar com sua vida dupla, mas fora uma mentira tão elaborada que ele contara com grande satisfação. Stephanie dissera que eles eram ótimas pessoas, que elas precisavam armar a semana seguinte com todo o cuidado para não magoarem Pauline e John, algo com que Katie concordava na maior felicidade. Ela não tinha qualquer intenção de ser cruel com pessoas que nem sequer conhecia, e parecia-lhe que eles só eram mais duas vítimas da fraude de James. Sentiu pena deles.

20

Fofa O'Leary estava esticada na mesa de operação, com a língua pendendo para fora da boca enquanto o anestésico agia. Era uma cirurgia rotineira, do tipo que James já fizera centenas de vezes. Sim, Fofa era mais velha que a média das gatas geralmente esterilizadas, mas sua dona, Amanda O'Leary, estava convicta de que deveria satisfazer as necessidades femininas de Fofa e permitir que ela tivesse pelo menos uma ninhada antes que sua feminilidade fosse cruelmente extirpada. Fofa havia cruzado com algum macho de parentesco próximo que julgavam valer a pena e produzira uma cria de gatinhos magros, de aparência doentia com olhinhos vesgos e narizes ranhentos, sem dúvida um sintoma do excesso de cruzamentos entre parentes.

James nunca fora muito fã de Fofa, que era a menos fofa das gatas, além de ter a tendência de morder e arranhar qualquer um que se aproximasse, mas ele não podia deixar de admirar a elasticidade de sua musculatura tão logo após ter tido cinco filhotes. Pena que as mulheres não fossem assim, ele se pegou pensando, e, em seguida, se repreendeu. Será que ele tinha ficado tão superficial? Provavelmente sim, disse a si mesmo.

Nunca se acostumara bem às estrias e à barriga meio balofa de Steph desde que ela tivera Finn. Meu Deus, seria tão mais fácil ser um animal! Nunca se via um cachorro macho não querendo cruzar porque a fêmea tinha um pouco de celulite nas ancas. Com Steph, porém, em grande parte as coisas tinham mudado porque ela repentinamente parecera ficar muito consciente do que ele poderia estar pensando. Começara a se trocar de costas para ele ou até no banheiro, com a porta fechada. Era a inibição dela que ele achava desalentador, não as mudanças em seu corpo. Fazia com que sua excitação parecesse suja e indesejada, algo que a constrangia. Katie, por outro lado, ainda era desinibida. Uma cachorra, pensou ele, não daria nem sequer uma piscada caso seu macho transasse com metade das cadelas da cidade. Era muito frequente que os animais fizessem o certo enquanto os seres humanos fracassavam.

Muitas vezes ele flagrava sua mente divagando nesse sentido durante os procedimentos e de repente percebeu que a enfermeira estava lhe entregando a sutura para fechar a incisão e a coisa toda tinha acabado sem que ele notasse. Na primeira vez que isso acontecera ele ficara preocupado durante dias com o que podia ter dado errado. Agora simplesmente aceitava que esse era seu modo de superar o tédio. Lavou as mãos, verificou se Fofa estava recuperando os sentidos satisfatoriamente e subiu até a recepção para fazer uma ligação antes de cumprimentar o paciente seguinte.

Seus pais chegariam na segunda à tarde e ele precisava ligar para Sally, na outra clínica, para ela cancelar as consultas, para que ele pudesse vê-los e ainda chegar em casa cedo o bastante para impedir que Katie ficasse questionando seu paradeiro. Ele comprara entradas para eles verem *A importância de ser Prudente* no Teatro Royal na noite de segunda-feira, tendo lhes dito que estaria de plantão e não poderia ir com eles. Claro, eles entenderam que não seria adequado seu bipe tocar no meio da apresentação. Agora ele só precisava pensar num modo de escapar na terça-feira à noite e estaria tudo resolvido. Faria um longo intervalo na hora do almoço e os levaria para algum pub, e depois, na quarta, os pegaria no hotel e os levaria para Londres. Ele sabia que eles ficariam decepcionados por não serem levados a Lower Shippingham para ver onde ele trabalhava e conhecer seus colegas, mas isso seria logo compensado pelo prazer de vê-lo e pelo reconhecimento de que ele se esforçara para passar algum tempo com eles. Agora James estava realmente aguardando o acontecimento.

— Acabei de ver Sam McNeil — disse Sally, assim que percebeu com quem estava falando. — Ela continua falando sobre aquela história de você comprar a comida pronta da Le Joli Poulet para o jantar e fingir que tinha feito tudo. Nossa, como foi que você se sentiu quando eles descobriram?

James se lembrou de por que ele realmente não gostava de Sally e por que precisava substituí-la por outra.

— Cancele tudo que eu tenho na segunda à tarde. Veja se Simon ou Malcolm podem ficar com algumas das consultas mais difíceis de reagendar.

— Por quê? O que você vai fazer? — perguntou ela, ao que ele pensou, não dá, eu realmente *preciso* despedir essa garota, ela é terrível.

— Isso não é da sua conta — falou ele. — Simplesmente faça o que eu disse.

Ele desligou o telefone sem dar tchau, seu bom humor alterado.

As negociações de Stephanie e Natasha com Mandee Martin tinham se comprovado muito mais objetivas até agora do que com as duas outras clientes para a premiação do BAFTA. Mandee tirara o *y* e acrescentara os dois *es* para se diferenciar de outra garota chamada Mandy, que também era famosa por nenhum motivo conhecido. As duas estavam tentando abandonar o sobrenome e ser conhecidas apenas pelo primeiro nome. No momento a Mandy com *y* estava vencendo, tendo conseguido duas manchetes nas últimas semanas: "Mandy Impudente" cabeceando um artigo em que ela lamentava a falta de um namorado e "Mandy Conveniente", no qual ela vestira um jeans e muito pouco mais e fora comprar tintas.

Mandee podia ver que ainda havia potencial para "O dândi de Mandee" se ela conseguisse ser fotografada de braço dado com um rapaz elegante, ou talvez "Quente Mandee", embora isso não soasse tão bem. Nem Natasha nem Stephanie conseguiam entender por que ela estava pagando para ter uma estilista, mas parecia que a Mandy com *y* tinha uma, então devia ser essa a razão. As instruções de Mandee eram: precisava usar algo que a pusesse nos jornais. Não importava o que fosse (uma balaclava com uma bola de boliche e um artifício lançando faíscas no topo, escrito "BOMBA" ao lado, sugeriu Natasha, rindo, mas Mandee não captou). Stephanie não se sentia muito confortável com Mandee como cliente, mas Natasha garantira que não havia perigo de algum jornalista perguntar a Mandee quem era sua estilista, portanto elas só deveriam pegar a grana e sair correndo.

No momento encontravam-se na Agent Provocateur, tentando achar a menor roupa de baixo possível de ser vestida sem que Mandee fosse presa. Stephanie esperava que quando Finn crescesse ninguém lhe dissesse que sua mãe uma vez incentivara uma garota de 19 anos a sair para a noite mais ou menos nua.

— Talvez você devesse comprar um desses — disse Natasha, segurando um conjunto de calcinha fio dental e sutiã meia taça reconhecidamente lindo. — Isso daria a James algo em que pensar.

— É provável que ele nem notasse — disse Stephanie, taciturna.

— Tudo indica — peruou Mandee — que a gente nunca deve deixar nosso homem sair de casa sem dar uma boa chupada nele antes. Assim, mesmo que ele encontre uma mulher maravilhosa, não vai pular a cerca porque vai pensar no que tem em casa.

— Você realmente deveria ser conselheira de casais — disse Stephanie. — Os homens fariam fila para levar as mulheres ao seu consultório se achassem que você lhes daria esse tipo de conselho.

— Bem, isso é o que diz uma revista que eu li.

— Vamos ter essa conversa de novo daqui a uns anos, quando você tiver filhos e sua imagem de um marido se arrumando for vê-lo arrancar os pelos do nariz com a sua pinça.

— Ele não faz isso, faz? — Natasha olhou para Stephanie horrorizada.

— Você sabe que Martin também faz. Só que a relação de vocês ainda não degenerou a ponto de ele fazer na sua frente.

— É preciso trabalhar a relação. Fazer um esforço.

Mandee estava de pé com as mãos nos quadris, abstraída do fato de muitos transeuntes poderem vê-la parada de lingerie.

Stephanie se irritou.

— Quantos relacionamentos você já teve, Mandee? E estou falando de relacionamentos, não de uma rapidinha com um cara qualquer cujo nome você nem se deu ao trabalho de perguntar.

— Steph! — Natasha lançou-lhe um olhar de aviso.

Mandee não se deixou abater:

— Não, tudo bem — disse ela. — Na verdade, estou com meu namorado desde os 14 anos. Nunca dormi com mais ninguém.

— Mesmo? — Stephanie corou. — Droga, me desculpe.

— Não se preocupe. Todo mundo simplesmente presume que eu sou uma piranha. Estou acostumada.

— E você... hãã... toda vez, sabe como, antes de ele sair? — perguntou Natasha.

— Nossa, não. Eu só estava dizendo o que li numa revista.

— Mandee, você realmente quer sair vestida assim? Quer dizer, será que não dá para a gente procurar um bom vestido ou algo do gênero?

Stephanie esfregou os olhos. Em breve não lhes sobraria nenhuma cliente se ela continuasse a ofendê-las.

— Você não acha que talvez devesse tirar umas semanas de folga? — perguntou Natasha, hesitante, enquanto o táxi seguia pela Camden High Street.

— E fazer o quê? — falou Stephanie asperamente.

— Eu só acho que talvez você esteja precisando de umas férias, só isso.

— Você quer dizer que está com medo de eu estar aborrecendo nossas clientes?

— Bem... — disse Natasha — tem isso, sim.

— Eu não preciso receber lições amorosas de uma garota de 19 anos.

— Eu sei. Ela só estava tentando ser simpática. E, mesmo que não estivesse, ela está nos pagando, então nós não podemos começar a brigar com ela.

Stephanie sabia que estava se comportando feito uma criança amuada, mas não conseguia se controlar.

— Você quer dizer eu, entendi.

— Quero dizer nós duas — disse Natasha diplomaticamente. — Sei que elas são chatas, Mandee, Santana e Meredith, mas só faltam algumas semanas para o BAFTA, então devemos pensar apenas no dinheiro e dobrar a língua.

Stephanie suspirou ruidosamente.

— Eu sei que você tem razão, mas a última coisa que eu preciso agora é de férias, tá bom? Talvez tenha sido um erro prolongar essa coisa com James desse jeito. Talvez tivesse sido melhor simplesmente dizer a ele para cair fora no momento em que descobri.

— Você está me dizendo que não tirou um mínimo de prazer do fiasco do jantar?

Stephanie conseguiu esboçar um sorriso.

— Bem, um pouco, talvez.

— Imagine só a cara dele quando... como é mesmo o nome dela... a... Sam leu o que estava no recibo.

Stephanie riu.

— Katie disse que ele parecia um cachorro pego em flagrante comendo o bolo de aniversário.

— Adorei que ele tenha tentado negar no início.

— Coitado de James — disse Stephanie, sem realmente sentir pena dele. — E só vai piorar.

21

Os últimos dias tinham sido quase terapêuticos para James. Afastado da humilhante cena do incidente com a comida e, na verdade, de qualquer pessoa que estivesse a par do assunto, fora quase possível esquecer que havia acontecido. Ele podia seguir sua rotina em Londres sem ter que escutar os comentários jocosos sobre algo que era grande fonte de constrangimento. Esse era o problema de morar num lugarejo: todo mundo sabia da vida de todo mundo. Aquilo logo cairia no esquecimento, assim que outra fofoca local surgisse, mas por enquanto era doloroso ser o alvo da piada. Ele não era de rir de si mesmo.

Depois de falar com Sally, ele ligou para Malcolm e Simon, dizendo-lhes que decidira se livrar dela. Ambos protestaram, dizendo que ele não tinha nenhuma base para fazer isso. Além do mais, era muito trabalhadora e de inestimável confiança.

— Ela até veio no Natal do ano passado quando tivemos aquela emergência — disse Malcolm, zangado.

James, irritado pela falta de apoio, ficou ainda mais obstinado. A clínica era dele, disse, imperioso. Era ele quem tinha o poder de contratar e despedir.

— Então por que você se deu ao trabalho de pedir minha opinião? — perguntou Simon.

— Você não pode simplesmente sair despedindo as pessoas ao acaso — Malcolm continuou, fazendo objeção. — Há procedimentos. Avisos verbais e escritos, esse tipo de coisa.

— Não seja ridículo — retrucou James. — Isso não é a Goldman Sachs.

Quando ele ligou para dar a Sally a má notícia, ela ficou incrédula.

— Você está brincando, não é? — disse ela, a princípio parecendo achar que talvez fosse uma brincadeira de mau gosto.

Depois que viu que James estava realmente falando sério, ela chorou de indignação.

— Mas o que foi que eu fiz de errado? — gritou ela. — Só me diga o que foi e eu posso tentar melhorar.

James não cedeu. Não era tanto seu trabalho, era mais sua atitude. Ele recebera diversas reclamações de clientes, disse ele, improvisando rapidamente. Isso não era verdade, é claro. De modo geral, Sally era bem-vista na comunidade.

— De quem? — perguntou ela.

— Não posso lhe dizer. É confidencial.

— Mas é tão injusto — choramingou ela. — O Malcolm e o Simon estão sabendo?

— Sinto muito, mas estamos todos de acordo em relação a isso. Você tem o aviso prévio de um mês, lógico, para ter tempo de conseguir outro emprego.

Depois de desligar o telefone, Sally entrou de modo intempestivo na sala de Malcolm. Antes que ela pudesse dizer qualquer coisa ele já levantara as mãos para detê-la.

— Não tem nada a ver comigo e Simon. Eu o processaria por demissão injusta se fosse você. Existem leis para esse tipo de coisa.

— Eu nunca faria isso — disse Sally. — Só vou procurar outro trabalho e ir embora tranquilamente. Eu só queria entender o que foi que eu fiz.

— Eu também — disse Malcolm, dando-lhe um abraço.

Meia hora depois de ter feito a ligação, James estava sentindo que talvez tivesse exagerado um pouco. Afinal, Sally só fizera uma brincadeira com ele: não era obrigada a saber que estava atingindo um ponto fraco. Pensou em ligar de novo para ela, dizendo que não estava falando sério ou que descobrira que as reclamações tinham sido inventadas e que então, é claro, ele pensara melhor, mas sentiu que, ao falar sobre sua atitude inadequada, ele transpusera o ponto de onde não havia mais volta, então decidiu deixar as coisas seguirem seu curso. Ele lhe daria uma carta de referência e tinha certeza de que ela não teria dificuldade em encontrar outro emprego. Além disso, recuar seria uma demonstração de fraqueza diante de Malcolm e Simon, e isso nunca poderia acontecer.

Com os dois horrores, Sally e o vexame do jantar, sem mencionar a visita dos pais, James teve uma sensação de ruína iminente no sábado, ameaçando estragar completamente seu precioso dia de folga. Era uma sensação que ele não se lembrava de experimentar desde os tempos de escola, quando os últimos gloriosos dias das férias de verão eram perdidos devido à depressão diante da ideia de um novo semestre.

Como um adolescente amuado, ele acabou ficando na cama até tarde, saindo do quarto às 11h30 para encontrar Finn, todo melindrado, sentado no topo da escada, bem perto da porta do quarto.

— Eu achei que você ia me levar ao parque — disse ele em tom acusatório. — Estou esperando aqui há uma hora e 11 minutos... — olhou para o relógio — ... e 27 segundos.

James sentiu uma pontada de culpa. Ele já via pouco o filho e realmente havia prometido jogar futebol com ele no Regent's Park se o tempo estivesse bom.

— Então por que você não me acordou? — disse ele, despenteando o cabelo do filho.

Finn se retraiu.

— Por que a mamãe disse para não fazer isso. Disse que você devia estar cansado para estar dormindo até tarde e que eu deveria deixar você em paz.

— Já sei — disse James —, da próxima vez você me acorda mesmo assim. Prometo que não vou ficar bravo, por mais cansado que eu esteja. Tá bom?

Finn tentou continuar parecendo zangado.

— Tá bom — disse ele.

— Agora, vamos encontrar a mamãe e ver se ela nos deixa fazer um piquenique. O que você acha?

— Só eu e você — disse Finn, que amava a mãe mas estava louco pela companhia paterna.

— É claro — disse James, confiante de ter reconquistado o filho. — Só nós dois.

22

A viagem de trem de Cheltenham a Lincoln levou três horas e meia, com uma baldeação em Nottingham. Pauline estudara a grade de horários e não parecia haver nenhum modo mais rápido ou mais fácil de ir, então ela levara sanduíches e garrafas de água para uma emergência e insistira para que John levasse as seções de críticas e de esportes dos jornais do dia anterior para manter-se ocupado. Ela pretendia acabar o livro de Maeve Binchy que começara a ler alguns dias antes. Eles tomariam um táxi para ir à estação, o que era um gasto meio desnecessário, mas John realmente não podia andar de ônibus com o joelho do jeito que estava. Ao chegarem lá, teriam tempo de sobra para comprar as passagens e encontrar a plataforma. Seria uma aventura.

Eles já eram viajantes experientes na rota até Londres. Costumavam visitar James, Stephanie e o neto umas três ou quatro vezes por ano, geralmente passando uma noite no quarto de hóspedes. Fazia anos que não ficavam longe de casa por mais tempo. Stephanie os convencera a passar duas noites em Londres dessa vez porque se preocupou com o cansaço que os acometeria após a longa viagem de carro de Lincoln. Isso, mais as duas noites que iriam passar no hotel em Lincoln, somaria quatro noites fora de casa, quase como umas férias. Jean, a vizinha de porta, iria alimentar o canário.

Stephanie encontrara o hotel, típico dela querer fazer a reserva para eles, poupando-lhes o trabalho. Pauline se considerava muito sortuda com sua nora. Ela tinha amigas que mal conseguiam manter uma relação com os filhos depois que eles se casaram, mas Pauline gostara de Steph desde o instante em que se conheceram e felizmente esse afeto fora recíproco.

Na verdade, às vezes Pauline sentia que Stephanie gostava mais de sua companhia do que James. Ela entendia que James nunca os tivesse convidado para ir a Lincolnshire antes, embora, é claro, eles tivessem visitado o lugar quando toda a família ainda morava lá, hospedando-se na casa grande e espaçosa, que ficava no povoado perto da clínica de James. Mas eles haviam vendido aquela casa para comprar a de Londres com a metade do tamanho e sem o terreno. James agora morava no apartamento em cima da clínica e, é claro, não havia espaço para receber os pais. A ideia do hotel realmente tinha sido um golpe de mestre. Steph e James tinham sido muito generosos se oferecendo para pagar, pois não havia modo de Pauline e John poderem arcar com essa despesa. Além disso, ele lhes comprara entradas para o teatro. Ela realmente tinha muita sorte.

Quando James chegou no domingo à noite, Katie fez questão de estar esperando na porta para cumprimentá-lo, parecendo dócil, suave e nada ameaçadora.

— O que você fez com o cabelo? — disse ele, horrorizado.

Katie, que levara alguns dias para se acostumar, havia quase esquecido o choque que ele tomaria.

— Só quis dar uma mudada — disse ela.

— Mas por que ruivo? Eu adoro o seu cabelo louro.

— Você vai se acostumar — disse ela com leveza, e ele ficou irritado, dizendo que não queria se acostumar, gostava dela como era. — Você não gosta de cabelo ruivo? — perguntou, e ele mudou de assunto.

— Essa blusa, por outro lado — disse ele, escorregando a mão pelo decote da peça esvoaçante que ela comprara mais cedo naquele dia —, está me deixando louco.

Ela o empurrou, rindo.

— Mais tarde — disse, na verdade esperando que mais tarde ele estivesse cansado demais.

Enquanto lhe servia uma taça de vinho e mexia um ensopado de batatas, ela lhe perguntou como fora a semana e o que a seguinte lhe aguardava, e ele disse:

— Ah, você sabe, o mesmo de sempre.

Deixando de mencionar, é claro, a visita dos pais.

Katie decidira ampliar o leque de serviços que oferecia a seus clientes e se matriculara num curso noturno de reflexologia numa escola de Lincoln. Fazia tempo que queria fazer isso, mas as aulas eram às terças à noite, e James sempre a convencera de que seria uma pena — "injusto", ela achava que fora a palavra usada — que ela saísse numa das poucas noites que eles passavam juntos. Agora ela decidira que iria fazer de qualquer modo. Já não se importava com o que ele pensava.

Após alguns ruídos de desagrado ("É mesmo? Às terças? Achei que a gente tinha concordado que nosso tempo juntos era precioso") e dando-se conta de que ela não iria ceder como costumava, ele de repente mudou a linha de ação.

— Começa nesta terça? — perguntou. — Esta terça agora?

Ela confirmou, e então ele perguntou:

— A que horas?

Ocorreu-lhe que ele estava pensando na possibilidade de jantar com os pais, afinal. Ela disse que a aula começava às 19 horas e acabava às 21h30. Era uma mentirinha. De fato, começava às 19h30, mas depois ela poderia explicar que se enganara.

Eles foram para a cama cedo, fizeram um sexo mecânico e Katie se flagrou pensando em como era estranho que a gente pudesse amar alguém um dia e no dia seguinte achasse impossível imaginar o que tinha visto na criatura. Era como se estivéssemos usando uma venda nos olhos e de repente ela fosse removida, deixando-nos completamente expostos a todas as características desestimulantes e até levemente repugnantes do ser amado.

Ao chegar à clínica cedo na manhã seguinte, é claro que James teve que encarar Sally. Ele havia pensado em como lidar com a situação e decidira ser simpático mas profissional. Não ficaria se desculpando pela decisão tomada. Estava esperando que Sally se mostrasse beligerante, confrontando-o sobre a injustiça daquilo tudo, mas ela só olhou para ele com olhos tristes e reprovadores e disse "Bom-dia", o que era muito mais inquietante. O fator culpa avançou alguns pontos.

Ele ficou aliviado por suas primeiras consultas serem visitas domésticas. O clima na clínica estava um pouco tenso, e foi um alívio sair dali e lembrar a si mesmo por que, a princípio, ele fazia esse trabalho. Malcolm e Simon estavam trancados em suas salas quando ele chegou, o que era bom, pois ele tinha a impressão de que os dois, especialmente Malcolm, estavam aborrecidos com ele. Assim que possível, ele colocaria um anúncio para conseguir uma nova recepcionista que também pudesse acumular a função de enfermeira veterinária. Logo que Sally fosse embora e a nova funcionária chegasse, as coisas voltariam rapidamente ao normal. No entanto, ele não fazia nenhuma ideia de como pedir a alguém que providenciasse um anúncio buscando sua própria substituta. Talvez fosse melhor pedir a Katie que fizesse isso, como um favor.

    Eram aproximadamente 13h10 quando ele partiu para Lincoln. Combinara com o pai e a mãe de encontrá-los num pequeno café do centro para um almoço, depois do quê pretendia levá-los para ver a catedral. Mais ou menos uma hora matando o tempo, depois um chá antes de se desculpar e dizer que precisava voltar. Seria o bastante.

    Sua mãe o localizou antes mesmo de ele pôr a mão na maçaneta da porta, e quando entrou no café ela já estava se levantando e acenando freneticamente. Nos últimos tempos, toda a vez que a via ela parecia estar diminuindo de tamanho. Agora, indo correndo abraçá-lo, ela parecia mínima, uma criança num terninho da Marks & Spencer. Ele se inclinou, beijou sua cabeça e depois estendeu a mão para apertar a do pai. John estava envelhecendo melhor que a mulher. Ainda parecia o homem grande e forte de quem James se lembrava da infância, só que grisalho e com menos cabelo.

    — Você parece cansado, meu amor — disse Pauline.

    Era o que sempre dizia quando o via. Depois era quase certo que lhe perguntasse se estava comendo bem e se não achava que seria melhor mudar-se para Londres permanentemente para ficar com Stephanie e Finn. "Vocês são uma família, deveriam ficar juntos", diria ela, e ele teria que se conter para não dizer "Bem, então diga a ela que deveria ter ficado aqui".

    Eles deram um jeito de manter a conversa num terreno neutro, sem confrontos durante o almoço de lasanha e batatas fritas: trabalho, jardim, Jimmy, o canário ("Eu queria que você pudesse dar uma olhada nele, está ficando careca de um lado"). Pauline expressou seu desejo de ir até Lower Shippingham para dar uma boa limpada no apartamento, o que provocou um instante de ansiedade, mas ele conseguiu convencê-la de que não daria tempo.

— Ah, eu consegui me livrar do trabalho amanhã à noite, então reservei uma mesa no Le Château para nós — disse, indicando um dos restaurantes mais badalados e caros de Lincoln.

Imediatamente se arrependeu. Nunca conseguiria uma mesa em tão pouco tempo, mas ele quisera dar a impressão de que os arranjos já tinham sido feitos, para que sua mãe não sugerisse comer no Cross Keys, em Lower Shippingham, onde podiam encontrar com alguém conhecido, que entregaria tudo sobre Katie.

— Que ótimo — disse Pauline, a fisionomia se iluminando. — Tem certeza de que pode deixar de lado o trabalho? — acrescentou ela daquele modo irritante que as mães têm de fazer a gente se sentir culpado de novo por geralmente estar ocupado demais e não ter tempo para elas.

— Claro, estou louco para ir jantar com vocês — disse ele, apertando a mão dela.

Cacete, droga, merda. Quem será que ele conhecia que poderia conseguir-lhe um favor do Le Château? Ele não tinha dúvida de que Hugh e Alison Selby-Algernon deviam ser amigos dos donos do restaurante, eles pareciam chamar a maioria dos empreendedores locais pelo primeiro nome, mas não podia pedir a ajuda deles. Não falara com nenhum dos dois nem com os outros desde o fatídico jantar e, mesmo sabendo que se não entrasse em contato logo as amizades, sendo como elas eram, fracassariam, não estava preparado para encarar a gozação a que seria, sem dúvida, submetido. Além disso, não podia pedir isso a ninguém que mais tarde pudesse se encontrar com Katie e perguntar se ela tinha gostado do jantar. Teria que arriscar e ligar ele mesmo para o restaurante, assim que ficasse sozinho.

Após uma discussão sobre quem pagaria o almoço (Pauline e John venceram, James percebeu que se ofenderiam caso ele não os deixasse pagar), eles foram até a catedral e passaram uma hora perfeitamente agradável vendo os túmulos e afrescos e depois tomaram chá no Refeitório do Claustro. Às 16 horas, James fez uma encenação, olhando para o relógio, e disse que precisava pegar a estrada. A mesa da noite seguinte estava reservada para as 19h30. Ele os encontraria no hotel às 19 horas e poderiam tomar um drinque no restaurante antes de se sentarem para jantar. Fingiu desapontamento pela impossibilidade de vê-los durante o dia na terça (ele concordara com Simon, alegou, em cobrir algumas de suas consultas em troca da noite livre) e deixou-os decidindo o que fariam com as poucas horas que faltavam para o início de *A importância de ser Prudente*, às 19h30.

De volta ao carro, ele pegou o celular e ligou para o 102, que o transferiu diretamente para o setor de reservas do Le Château.

— Sinto muito, senhor, não temos reservas disponíveis para as noites das próximas duas semanas — disse o homem presunçoso, com o que James desconfiou ser um falso sotaque francês, depois do pedido feito.

— Mas é para os meus pais. Eles são idosos. Amanhã à noite é a única possibilidade que eles têm.

— Se o senhor me permite, eu sugeriria que os trouxesse para o almoço. Temos uma mesa às 15 horas.

— Não, precisa ser à noite. Ah, deixa pra lá — disse James, e desligou.

O único jeito era fazer reserva em outro lugar, contanto que fosse bem longe de Lower Shippingham. Simplesmente diria aos pais, ao buscá-los, que tinha havido uma mudança de planos.

— Parece que ele reservou uma mesa num restaurante chamado Sorrento para as 19h30. Ele disse que é bem ao lado do hotel. Você conhece?

Stephanie saíra de fininho da cozinha para ligar para Katie enquanto Finn assistia à programação infantil da BBC. Não podia se arriscar a falar nada na frente de Finn, que tinha uma antena para segredos. Ele detestava ficar de fora.

— Nunca ouvi falar — disse Katie.

— Bem, ele vai buscá-los no hotel antes, então não vai ser muito difícil encontrá-los. Você está com medo?

— Apavorada — disse Katie, de modo convincente.

— Só não esqueça, não entregue muito e não diga nada que possa chatear Pauline e John.

— Eu sei, eu sei. Só de me ver ele vai ter um ataque cardíaco.

— Exatamente — disse Stephanie, enfática. — Me ligue quando acabar.

No dia seguinte, Katie preparou um grande jantar para James, frango envolvido em tiras de presunto Parma com batatas e aspargos. Ele quase se entregou ao chegar em casa do trabalho e encontrá-la diante do fogão.

— É meio cedo para mim — disse ele. — Será que vai esfriar? Talvez eu possa comer mais tarde, depois que você sair.

— Na verdade não — disse Katie. — Além disso, são 18 horas. Muitas vezes a gente come a essa hora. E eu não gostaria de imaginar você aqui sentado sozinho, comendo feijão com torrada.

Ela pôs os pratos na mesa.

— Acho que vou tomar um banho antes — disse James, pensando que se retardasse o início da refeição, ela teria que sair para chegar à aula pontualmente e assim não ficaria sabendo se ele chegara a acabar de comer ou não.

Katie o abraçou, levando-o para a mesa.

— Você tem o resto da noite para tomar banho. Sente-se comigo um pouco.

Ela observou enquanto ele beliscava a comida no prato. Fez cara de decepção.

— Não gostou?

— Está ótimo, mas eu falei para você, não estou com muita fome. Almocei tarde.

Às 18h30, James ainda estava brincando com a comida, levando garfadas ocasionais à boca. Katie raspou o prato, pegou a bolsa e deu-lhe um beijo na testa.

— Preciso ir. Chego às 22 horas o mais tardar. Tem certeza de que vai ficar bem?

— Estava pensando em talvez ir ao pub tomar um chope.

— Boa ideia — disse ela, e, ao sair, deu-se conta de que ele nem lhe desejara boa aula.

Indo até Lincoln, ela estacionou perto do hotel. O Sorrento ficava bem perto, um restaurante italiano de aparência triste, com toalhas puídas e flores meio mortas dentro de vidros sobre as mesas, as folhas amarronzadas caindo dentro dos açucareiros. Uma mosca agitada zumbia pela janela, tentando encontrar uma saída. Estava óbvio que James precisara se esforçar para conseguir uma mesa em qualquer lugar decente tão em cima da hora.

Ela se sentou no carro e ficou esperando que ele chegasse, tentando repassar mentalmente o que deveria fazer.

Era preciso que James a visse e notasse que ela o vira. O ideal seria colocá-lo numa posição em que tivesse que admitir que aquelas pessoas eram seus pais sem, é claro, entregar que ainda estava casado com Stephanie. Ela não queria estragar a surpresa principal tão cedo.

Ela olhou para o relógio. Eram 18h55. Supondo que James tivesse se apressado tão logo ela saíra — parando apenas para jogar o jantar não consumido na lata de lixo, é claro, e cobrindo-o com alguma outra porção de lixo para que Katie nunca soubesse que ele não tinha comido —, então ele devia chegar a qualquer minuto. Ela estava abaixada no banco. Não queria que ele a visse ao entrar.

Instantes depois lá estava ele, entrando a passos largos no vestíbulo do hotel com toda a confiança do mundo. Ainda estava com as roupas de trabalho, então era óbvio que saíra de casa às pressas. Katie esperou até que ele tivesse entrado, saiu do carro e ficou parada a cerca de 50 metros, fingindo olhar uma vitrine. Seu coração batia forte e a expectativa chegou a lhe dar enjoo. Ficou lá de pé pelo que pareceu ser uma eternidade e então ele surgiu com dois velhos a reboque, uma mulher pequenina, que parecia amorosa e simpática, e um homem distinto de cabelos brancos. Katie respirou fundo e começou a caminhar: precisava alcançá-los antes que chegassem ao restaurante.

23

A princípio James achou que estivesse alucinando. Estava tentando explicar aos pais como as reservas no Le Château tinham sido canceladas ("Problema na cozinha, eles tiveram que fechar hoje" foi a melhor desculpa que conseguiu) e por que, em vez de simplesmente levá-los ao pub em Lower Shippingham, eles agora iriam comer num lugar que mais parecia um pé-sujo.

— Que tipo de problema? — perguntava sua mãe. — Higiene?

— Não faço ideia. É provável — disse ele, difamando ainda mais o Le Château.

— Mas o quê? — insistia Pauline. — Ratos? Baratas? É melhor nem pensar agora, né?

— Bem, de qualquer modo — dizia James —, parece que este lugar é muito bom. O chef deles é de Roma — acrescentou, inventando. — É bem conhecido em...

Uma mulher igualzinha a Katie estava vindo na direção deles. A paranoia, pensou ele, estava fazendo com que visse coisas. Ela realmente se parecia muito com Katie, mas é claro, Katie estava em Lincoln agora à noite, embora sua aula já devesse ter começado àquela altura. Mesmo assim, ele tentou apressar Pauline e John, mas não conseguia fazer com que o passo deles fosse mais rápido que o de um caramujo.

— Onde, querido? — perguntou Pauline.

A mulher ainda estava vindo na direção dele. Ela tinha o novo cabelo de Katie, pintado de ruivo, — o que, por falar nisso, ainda o deixava inquieto. Ao acordar naquela manhã, ela estava de costas para James e ele pensara que era Stephanie, levando um instante para se dar conta de onde estava e com quem. A mulher estava usando as roupas que Katie estava usando quando saíra, a saia cor-de-rosa esvoaçante, a camiseta branca e a jaquetinha cor-de-rosa de capuz por cima. Droga, pensou. É a Katie.

Houve um momento antes de ela falar em que ele sentiu como se estivesse atravessando um túnel a toda velocidade. Conseguia ouvir o sangue zunindo na cabeça e, numa fração de segundo, chegou a pensar que iria desmaiar. Sua mãe estava palpitando algo sobre nunca haver erro com comida italiana, exceto às vezes quando eles davam uma exagerada no alho, e ele pensou em dar meia-volta e simplesmente sair caminhando na direção contrária antes que Katie conseguisse alcançá-lo.

— James?

Tarde demais.

Ele ergueu as sobrancelhas como se ela pudesse entender telepaticamente o que ele estava lhe pedindo para fazer. Pronto. Chegara o momento em que Katie e seus pais iriam descobrir sobre sua vida dupla.

— Oi — disse ele, numa voz tão falsamente jovial que chegava a parecer um pouco maluco. — O que você está fazendo aqui?

Seus pais tinham parado e estavam sorrindo para aquela mulher que obviamente era amiga do filho deles.

— Eu tenho aula, lembra? — disse Katie, num tom que não denunciava nada. — Só que me enganei com a hora. Começa às 19h30, não às 19. Então, eu vim dar uma caminhada, passar o tempo.

Ele esperou que ela dissesse mais, que dissesse "O que é que você está fazendo aqui se eu acabei de deixá-lo em casa jantando?", mas por alguma razão ela não falou nada.

— Eu só vou a um jantarzinho com Pauline e John aqui — disse ele, gesticulando na direção do restaurante.

Se ele simplesmente pudesse entrar lá, ficar longe dela, tudo poderia ficar bem. Teria tempo de inventar alguma história plausível. Algo sobre velhos amigos da família terem ligado sem mais nem menos. Ele começou a andar, esperando que seus pais entendessem o sinal e o seguissem, mas sua mãe, é claro, não perderia uma oportunidade de cumprimentar um de seus amigos.

— Eu sou Pauline — disse ela —, mãe de James, e este é John, o pai dele.

Katie só ficou lá, olhando para todos eles. Ainda havia tempo de salvar a situação. Tá bom, ele tinha mentido sobre estar afastado dos pais, mas pensaria em algo, contanto que ela não dissesse "Oi, eu sou Katie, a namorada dele".

— Esta é Katie — falou ele abruptamente. — Ela mora no povoado. — Olhando para Katie, ele fez um sinal de cabeça quase imperceptível. Ela saberia o significado ("Não diga nada") e, era de se esperar, a dócil Katie, nunca desconfiada, ainda confiaria o suficiente nele para lhe dar o benefício da dúvida. Não era o tipo de mulher a provocar um confronto público.

Por sorte, ela não disse nada. Só sorriu docemente para a mãe dele.

— Certo — disse ele, batendo palmas. — É melhor nós irmos, não queremos nos atrasar para pegar a mesa. Tchau, Katie, prazer em vê-la.

Ele foi indo rumo ao restaurante, rezando para que ela simplesmente fosse embora. Se ela fosse, se realmente fosse tão querida, inocente e generosa a ponto de deixá-lo escapar dessa e ficar contente de esperar até mais tarde para ouvir uma explicação, ele jurou a si mesmo que a

compensaria. Nunca mais a enganaria. Ficou com os dedos cruzados ao caminhar, afastando-se e depois ouviu:
— Bem, foi um prazer conhecê-la.
— O prazer foi meu, querida — disse sua mãe.
James se atreveu a olhar para trás assim que Katie começou a caminhar. Ela deu uma breve olhada para trás e franziu o cenho, sem que sua mãe e seu pai pudessem ver, como quem diz "O que está acontecendo?", e ele fez uma cara do que esperava ser um "confie em mim" antes de entrar com os pais no Sorrento.
— Ela parecia um amor. Quem era mesmo?
— Ah, só uma mulher lá do povoado. Leva o cachorro à clínica às vezes.
James podia sentir que seu coração ainda estava acelerado. Nossa! Essa tinha sido por um fio.

Não foi fácil se concentrar na aula de Reflexologia Um. Katie chegara um pouco atrasada, tendo se perdido para encontrar a escola. Sua cabeça estava totalmente dispersa e ela virara à esquerda em vez de à direita e quando percebeu onde errara, estava na estrada expressa que saía da cidade. Ao chegar à sala de aula, murmurou algumas desculpas ao professor, cuja palestra introdutória já havia começado, sorriu de modo hesitante para os novos colegas e sentou-se no fundo da sala. De certo modo sentia-se exultante por ter conseguido levar a cabo o plano, por ter deixado James de pé atrás e esquentando a cabeça sobre como lidaria com as consequências, mas ao mesmo tempo a coisa toda a deixara incomodada. Se o encontro tivesse sido verdadeiramente acidental, se ela não soubesse o que sabia, não havia dúvida de que teria se apresentado a Pauline e John como namorada de James e toda a triste história teria vindo à tona. A princípio, era difícil acreditar que James fosse tão burro de ter tecido essa elaborada teia de mentiras. Como podia ter pensado que isso teria um final feliz para qualquer uma das pessoas envolvidas? A verdade, agora ela sabia, era que ele nunca pensara em ninguém além de si mesmo. Pois bem, agora ela o desestabilizara. Isso era bom.

Ela tentou se concentrar no que o professor dizia e nos complicados diagramas do corpo humano que acompanhavam a exposição. Era preciso não perder o fio da meada para o confronto com James quando chegasse em casa. Era preciso se mostrar indignada com o modo como ele mentira para ela, pressioná-lo por uma explicação satisfatória, sem dar uma pista sequer de que sabia o que realmente estava acontecendo. A única coisa certa era que ele nunca diria a verdade a menos que esta lhe fosse claramente apresentada.

Ao chegar em casa, James já estava lá. Ele saltou da poltrona antes mesmo que ela tivesse tempo de fechar a porta.

— Eu posso explicar — disse ele.

Lembre-se, pensou Katie, seja a doce, inocente Katie. Não force demais.

— Vá em frente — disse ela. — Estou escutando.

— Eu não podia te contar — disse ele. — Eu quis, mas não deu. A verdade, a absoluta verdade, é que minha mãe me procurou há pouco tempo. Ela disse que se arrependeu da atitude que tomou e queria tentar deixar isso para trás. Eu os convidei para vir e vermos se conseguíamos resolver as coisas.

Ele parou de falar, deixando Katie sem certeza se havia acabado ou não. Parecia estar esperando que ela dissesse alguma coisa.

— Mas isso é ótimo. Eu só não entendo por que todo esse segredo.

— Porque eu não falei de você para eles. Foi por isso que os fiz ficar em Lincoln e não aqui. Entenda, eu acho que já é um grande passo eles aceitarem que o fim do casamento não foi culpa minha. Acho que nem em um milhão de anos eles engoliriam o fato de eu já estar com outra pessoa. Pelo menos não ainda. Eles sempre ficariam com a impressão de que talvez a gente já estivesse junto antes que eu estivesse separado da Steph, que talvez você tivesse sido o motivo. E eu realmente odiaria que eles tivessem sentimentos negativos em relação a você.

Ela tinha que dar a mão à palmatória, ele era bom. Katie pôs a mão em seu braço.

— Mas por que você simplesmente não me disse? Eu teria entendido. Ficaria feliz por você estar fazendo as pazes com eles.

James olhou para ela como um filhote de cachorro agradecido.

— É, você teria entendido, não é? Desculpe, minha querida, eu subestimei você. É só que... bom, é só que eu não estou acostumado a estar com alguém tão positivo e generoso.

— Mas eu achei que não tivéssemos segredos um com o outro — Katie conseguiu dizer, sem o mínimo indício de sarcasmo.

— Eu sei, eu sei, você tem razão. Mas às vezes esqueço o quanto você é incrível. Sabe como é, depois de todos aqueles anos com Steph... Ela nunca teria sido tão compreensiva.

— Bem, eu acho ótimo — disse Katie. — E um dia você vai sentir que pode contar a eles e poderemos convidá-los para ficar e começar a ser uma verdadeira família.

— Com certeza — disse James, abraçando-a. Ela pôde sentir que por baixo da camisa ele pingava de tanto suor.

24

A visita de Pauline e John a Londres acabou cedo demais, sentiu Stephanie. Ao colocá-los no táxi para a estação de Paddington na sexta-feira de manhã, ela se pegou pensando no quanto era triste perdê-los como sogros e sentiu os olhos ficarem marejados ao dar um abraço de despedida em Pauline. Controle-se, pensou. Eles continuarão sendo os avós de Finn; você vai vê-los tanto quanto sempre viu.

Pauline, especialmente, ficara imensamente satisfeita com a viagem a Lincoln e com a gentileza de James, que conseguira passar bastante tempo com eles apesar de estar tão ocupado. Stephanie ficou um pouco decepcionada por ela não ter mencionado a amiga de James que eles tinham encontrado, de modo que ela poderia ter interrogado James sobre quem era, só para deixá-lo nervoso. É claro que ela soubera por Katie de todos os detalhes do encontro e da desculpa que James dera depois.

Finn fora mimado por dois dias e estava hiperativo de tanto açúcar e atenção. Ele dera um jeito de convencer os avós a lhe dar um porquinho-da-índia no caminho da escola para casa. Agora o bichinho estava no jardim, todo amuado no canto de uma jaula grande que James trouxera do trabalho depois que Stephanie ligara para ele em pânico porque o animal estava correndo pela cozinha. Finn o batizara de David.

Stephanie achou que James nunca se comportara tão bem, ouvindo os pais divagarem longamente sobre as lembranças da infância dele. Ela gostaria que eles ficassem. Com eles ali, a pressão diminuíra um pouco. Era muito mais fácil lidar com James quando não precisava ficar a sós com ele. Ele também parecia cansado e, talvez, um pouco desanimado, possivelmente porque a tensão de sua vida dupla estava começando a atingi-lo.

— Por que facilitar as coisas para ele? — disse ela a Katie pelo telefone na segunda-feira à tarde.

— Você tem toda a razão — concordou Katie.

Quando James chegou em casa na quarta-feira seguinte, Stephanie tinha comprado a blusa decotada e esvoaçante que Katie havia enviado por foto. "Só £9.99 na New Look!", declarava o texto que a acompanhava. "Vai valer a pena." Era uma mistura de cor-de-rosas e roxos numa estampa abstrata que, pensou Stephanie, ela nunca teria escolhido, mas com certeza era chamativo o bastante, deixando pouca chance para que James a esquecesse. Fora uma boa ideia de Katie, e Stephanie estava contente por ela enfim estar participando do plano ativamente, procurando maneiras de se divertir à custa de James.

Stephanie estava em casa quando James chegou. Ela correu até a porta, abrindo-a com entusiasmo e sorrindo, como se ele fosse um São Bernardo carregando um barrilzinho de conhaque numa tempestade de neve. O rosto dele refletiu momentaneamente o entusiasmo dela — sem dúvida ele estava feliz de vê-la —, mas então ela notou os olhos dele irem para baixo e uma expressão confusa tomar conta de seu sorriso por um segundo. Stephanie quase deu uma risada, mas em vez disso olhou para a blusa e disse, do modo mais inocente possível:

— Ah, gostou? Comprei hoje.

James, que decididamente ficou pálido, conseguiu dizer:

— Hmm, sim, legal.

Sem, contudo, dizer, ela notou, que aquilo o estava deixando louco.

Na sexta, Stephanie pediu que ele chegasse cedo do trabalho para que ela pudesse tomar um drinque com Natasha. Fazia séculos que ela não saía para algo além de uma rápida taça de vinho após o expediente. James geralmente reclamava se ela lhe pedisse para cuidar de Finn. "Eu mal consigo ver você desse jeito", costumava dizer, e ela sempre achava fofo da parte dele não querer ficar afastado ainda mais noites do que já passava sem ela. Agora sabia que era porque ele não queria enfrentar a dificuldade que era convencer Finn a ir dormir na hora certa.

Dessa vez, no entanto, ele aceitou sem reclamar, e Stephanie aproveitou, ficando meio bêbada no pub com Natasha, o que a fez se sentir quase generosa em relação a ele quando chegou em casa.

No sábado Finn estava nas nuvens porque James tinha acordado cedo e passado a maior parte do dia no quintal com ele, fazendo uma casa adequada para David. Eles construíram um abrigo estilo Família Adams, com madeira, e depois James levou Finn à B&Q, onde compraram arame de galinheiro para fazer uma pista de corrida. Stephanie podia ouvi-los conversando alegremente lá fora. Mais do que qualquer outra coisa, Finn adorava passar o tempo com o pai.

— Você precisa se lembrar de dar comida todos os dias e de trocar a água, além de deixar ele correr um pouco por aí — dizia James.

Stephanie deu uma espiada através da persiana. Deu para ver que Finn prestava atenção em cada palavra.

— E sabia que se ele tiver uma chance, Sebastian vai comê-lo?

Finn fez que sim, muito sério.

— E você precisa ter certeza de fechá-lo na casinha antes de ir dormir para que as raposas não o peguem.

Ela levou sanduíches e Coca-Cola para eles almoçarem e ficou observando os dois comendo, sentados lado a lado na grama. Às 16 horas foi lá fora para assistir à transferência de David da jaula para sua nova moradia palaciana. O bichinho entrou e foi correndo para o canto, onde voltou à sua posição amuada.

— Esse foi o melhor dia que eu já tive — disse Finn mais tarde, quando ela o colocou para dormir.

Stephanie e James dividiram uma garrafa de vinho diante da TV. Havia uma sensação de relaxamento, uma sensação de serem uma família. Eles chegaram a ter uma conversa animada, e então, por volta das 22h30, ele pegou o celular e saiu da sala.

Poucos minutos depois, ela recebeu uma mensagem: "Disse que foi jantar com dois amigos de Peter e Abi em Vauxhall e que foi chato."

— Vou dormir — disse Stephanie quando ele voltou.
— Boa-noite.

Ela saiu da sala sem se dar ao trabalho de lhe dar um beijo de boa-noite.

Quando James chegou à clínica do interior na segunda de manhã havia uma carta lhe esperando. "Chegou ao nosso conhecimento que pode haver algumas irregularidades em suas declarações de imposto de renda nos últimos dois anos. Por favor, esteja ciente de que nossos inspetores farão uma auditoria completa de sua contabilidade nas próximas semanas", dizia.

Filha da puta da Sally, pensou James. Vadia, cadela. Não era de admirar que ela não o tivesse confrontado desde a demissão. Era óbvio que tinha ido logo ligar para a Receita. Ele sabia que jamais devia ter sido tão aberto no trabalho sobre o fato de muitas vezes receber em dinheiro vivo, mas ele era assim, confiava demais nos outros, presumira que contava com a lealdade dos funcionários. Além do mais, todo mundo fazia isso no interior. Era só uma versão do sistema de trocas. É bem provável que se ele aceitasse ser pago em porcos pelos fazendeiros, isso teria sido legal, mas o que teria feito com um congelador cheio de costeletas e pernis?

Sua cabeça começou a latejar. Só faltava essa. Dando uma batida na escrivaninha, ele derrubou café sobre alguns papéis.

— Merda! — gritou. — Merda, que saco.

Sally acabara de abrir a porta nesse exato momento e ele estava para cair em cima dela quando viu que sua primeira cliente, Sharon Collins com seu velho cachorro border collie, o Rex, a seguia de perto, então ele tentou dar a impressão de que tudo estava normal. Como se fosse comum entre os veterinários logo de manhã gritar "merda, que saco" e ficar enfurecido secando a papelada com lenços de papel.

— Desculpe — disse ele, dando um sorriso com os dentes cerrados —, derramei o café.

Quando Sharon foi embora, ele estava se sentindo mais racional, embora não menos exasperado. A que ponto chegara o pessoal do imposto de renda para dar ouvidos a qualquer funcionária desgostosa? Era assim que o mundo funcionava agora? Se a gente estiver de saco cheio com alguém basta ligar para as autoridades e infernizar a vida do sujeito? Bem, pensou ele, será minha palavra contra a dela, e a quem eles darão mais atenção? Ficaria tudo bem, contanto que nenhum dos fazendeiros corroborasse o que ela dissera, e ele não podia imaginar que o fizessem, pois não ficaria bem para eles também.

— Você não tem nenhuma prova de que isso tenha a ver com a Sally — disse Malcolm quando James lhe contou. — Talvez nem tenha sido em relação a receber dinheiro vivo. Você pode ter preenchido errado os formulários.

— Foi Sally. — James estava irredutível. — Caso contrário, a coisa toda é muita coincidência, não acha?

Ele sabia que Malcolm e Simon não seriam solidários. Malcolm negou com a cabeça de tal modo que James teve vontade de lhe dar um tapa. Sabia que ele estava realmente querendo dizer: "Bem, se você não tivesse aceitado pagamentos em dinheiro vivo e se não tivesse tratado a Sally tão mal, nada disso estaria acontecendo." A visão de Malcolm, assim como a de Simon, era que ele atraíra isso para si.

— Ela tem que ir embora — disse James, exasperado.

— Ela está indo. Não é essa a questão?

— Quer dizer, ela tem que ir embora agora. Hoje. Não quero essa criatura na clínica nem mais um minuto.

— Ah, James, pelo amor de Deus — disse Malcolm, aborrecido —, vê se cresce.

Mas James não iria aceitar nada. Não havia motivo para dar trégua a Sally agora. O estrago já estava feito. Ela não poderia desfazer. Ele a queria o mais distante possível, bem depressa.

Sally falava ao telefone quando ele foi até a recepção procurar por ela. Sentada numa das cadeiras estava uma mulher, que ele não reconheceu, com um gato de aparência desolada dentro de uma cesta. James ficou encarando Sally fixamente até ela olhar para cima e tomar conhecimento dele.

— Preciso falar com você — disse ele, sem se importar com quem ela falava. — Quero que pegue suas coisas e vá embora — afirmou quando ela foi até sua sala minutos depois.

— Não estou entendendo.

Sally deu a impressão de que iria chorar, o que o deixou perturbado, mas fora ela a provocar essa situação.

— Ah, eu acho que está sim. Não pense que eu não saquei que foi você quem deu a dica para o pessoal da Receita.

— O quê?

Ele precisava admitir que ela era boa atriz. Pareceu genuinamente surpresa.

— Você sabe que eu jamais faria uma coisa dessas — disse Sally.

— Eu despeço você num dia e poucos dias depois acontece isso. Qual é?

— James — agora Sally estava realmente chorando —, seja o que for que aconteceu não tem nada a ver comigo. Juro.

Nossa, ele detestava quando as mulheres choravam na sua frente. Sempre o faziam perder a determinação. Bem, mas não dessa vez.

— Eu gostaria que você fosse embora imediatamente, por favor — disse ele, saindo da sala em seguida, antes que mudasse de ideia.

Uma vez que Sally tivesse ido, o pessoal da Receita poderia investigar tudo que quisesse. Não encontrariam nada que confirmasse a história dela. Ele fora obrigado a fazer o que fez. Não lhe restara escolha.

O que James não pensara ao mandar Sally pegar suas coisas e se mandar, ele raciocinou depois, era em quem iria cuidar da clínica nesse meio-tempo. Ele teria que pedir a ajuda de Katie, que parecia ter todo o tempo do mundo e estar sempre pronta para fazer qualquer coisa por ele se fosse algo que o deixasse feliz.

— Não posso — disse Katie, quando ele lhe contou por que estava ligando. — Tenho clientes hoje à tarde.

— Bem, não dá para você cancelar? É uma emergência.

— Não, James, não dá.

— Ah, pelo amor de Deus — disse ele, e desligou o telefone.

Bem, eles simplesmente teriam que se virar. Ele, Simon, Malcolm e Judy, a enfermeira veterinária, teriam que dar um jeito.

Ao desligar o telefone, James pensou que havia algo com Katie. Ela não vinha sendo o ser dócil e condescendente de sempre. Devia ser essa coisa com os pais dele, ela ainda estava chateada com a mentira, só podia ser, embora ela nunca fosse dizer. Ele decidiu ser ainda mais legal com ela. Tivera um bom fim de semana em casa, sentira-se mais próximo de Stephanie do que se permitira sentir por um bom tempo, isto é, depois de ter se recuperado do choque de vê-la com aquela blusa. O que havia com as mulheres que todas queriam usar a mesma coisa? Na verdade, Stephanie tinha ficado linda, e ele teve vontade de pegá-la nos braços e lhe dizer isso, mas não era bem assim que eram um com o outro ultimamente. Tinham perdido esse hábito. Ele estava se sentindo mal por talvez estar negligenciando Katie, mas a dura verdade era que, por mais que acreditasse em seu amor por ela, ele preferiria estar no sul com a família agora. A vida era mais simples lá.

25

Stephanie mal conseguia acreditar quando Katie ligou para lhe contar o que havia feito.

— Você informou a Receita? Nossa, Katie, talvez tivesse sido melhor a gente conversar antes.

Katie não estava arrependida.

— Ele pediu por isso. De qualquer modo, achei que a ideia fosse essa, que era para a gente aprontar coisas que nos fizessem sentir melhor. Foi o que você disse.

— É, só que isso é tão... grande — disse Stephanie. — Quero dizer, uma coisa é deixá-lo aborrecido, fazer ele sentir que não é invencível afinal, mas isso é uma coisa totalmente diferente. Pode trazer consequências graves.

— E daí? — disse Katie, fazendo Stephanie se perguntar se estava falando com a pessoa certa.

— Não sei. Só fiquei meio desconfortável, só isso.

— Qual é a pior coisa que pode acontecer? Eles vão perguntar se é verdade e ele vai dizer que não. Mesmo que acabassem descobrindo a verdade, ele só teria que pagar o imposto e talvez uma multa. Qual é, Steph, isso só vai deixá-lo sem dormir por algumas noites, só isso.

Ela tinha razão. Stephanie conseguia perceber isso. Era só que, bem, ela não gostava da ideia de Katie agir sem discutir com ela antes. Se fosse para ser honesta, tinha sido isso o que realmente a incomodara.

— Certo — disse ela. — Você tem razão. Mas coitada da Sally.

Katie deu uma risada.

— É mesmo. Pelo menos ele já havia despedido ela, porque se ele tivesse mandado a Sally embora só por causa disso eu teria que fazer alguma coisa para ele mudar de ideia. Ela vai ficar bem.

Stephanie estava atrasada. Depois de falar com Katie, ela se maquiou rapidamente, pois já eram 10h10 e ela devia estar num clube para sócios exclusivos em Manchester Square às 10h30 para uma sessão de fotos. Ligou para Natasha, pedindo-lhe que tentasse segurar a barra sem ela. A cliente hoje era uma jovem escritora que recebera uma chuva de prêmios pelo primeiro trabalho para a TV, que dramatizava o próprio casamento abusivo. Ela iria contar sua história para uma revista semanal. Stephanie e Natasha estavam providenciando os trajes para as fotos. Por sorte, Natasha teve tempo de ir ao ateliê no início da manhã para pegar as duas malas de roupas que elas haviam escolhido.

Ao chegar ao prédio estilo georgiano — que de tão discreto nem sequer exibia o nome na fachada, portanto Stephanie tivera que dar duas voltas pela praça até adivinhar onde devia ser —, ela estava corada e não se parecia em nada com uma estilista glamourosa. Natasha tinha tudo sob controle. A escritora, uma jovem meiga e nervosa chamada Caroline, fora persuadida a entrar num vestido preto insinuante e estava de arrasar.

— Mil desculpas — murmurou Stephanie, enquanto abria caminho entre a confusão de luzes e refletores até a sala ao lado, onde Natasha vasculhava as malas procurando uma coisa e outra. — Como está indo? — perguntou, sem fôlego.

— Bem. Acalme-se — disse Natasha. — As roupas servem, ela está linda e todo mundo está feliz. Além do fotógrafo, que é uma gracinha.

Stephanie espiou pela porta. Natasha tinha razão, pensou, olhando para o fotógrafo, que, naquele momento, estava em cima de uma cadeira para pegar uma foto de Caroline olhando para cima. Bem, isso faria o dia passar mais rápido.

— Qual é o nome dele? — perguntou ela a Natasha, ficando atrás da porta antes que ele virasse e a visse o observando.

— Mark ou Michael, algo assim. Não lembro.

— Michael Sotheby — disse Michael, não Mark, ao estender a mão. Caroline estava lá para experimentar outro traje.

Stephanie sorriu. Ele realmente era muito bonito. Quase 50 anos, talvez. Olhos castanhos. Sorriso vincado.

— Stephanie Mortimer. Desculpe pelo atraso.

O nome dele soava familiar. Provavelmente o vira em revistas. Sempre olhava as legendas das fotos para ver se citavam a estilista. Quase nunca o faziam.

Ficaram conversando sobre nada em particular: editores e maquiadores que ambos conheciam e uma exposição de fotografias do controvertido fotógrafo Ian Hoskins, que retratara a degradação do pai no alcoolismo e cujo vernissage se daria dali a umas poucas semanas em Hoxton.

— Incrível — disse Stephanie. — Eu sou louca por ele e você é a primeira pessoa que encontro que chegou a ouvir falar.

— Quando é que você está planejando ir? — perguntou Michael, e Stephanie se deu conta de estar corando, como se ele a tivesse convidado para um encontro.

— Ah, não sei bem...

— Bem, talvez a gente se esbarre por lá. Essas coisas acontecem.

Stephanie deu uma risada como se ele tivesse sido extremamente espirituoso. Então percebeu que estava flertando um pouco, uma reação, tinha certeza, ao fato de que Michael estava fazendo o mesmo. Imediatamente ela ficou acanhada, constrangida, e deixou o momento passar.

Caroline voltou usando um vestido azul-real de Diane Von Furstenberg, na altura do joelho, e Stephanie encheu-a de atenções, pondo alfinetes na bainha e sentindo-se ridícula. Fazia tanto tempo que não flertava com ninguém que até esquecera como era, e, de qualquer modo, estritamente falando, ainda estava casada — pelo menos pelas semanas seguintes —, portanto, parecia ser altamente inadequado. James pode ter rejeitado a moral dele, mas eu ainda tenho a minha, pensou ela virtuosamente.

— Ele gostou de você — disse Natasha dentro do táxi a caminho de casa.
— Não seja boba.
Ela corou, denunciando o fato de que percebera.

Katie estava listando as coisas a fazer e as pessoas a convidar para a festa de 40 anos de James, agora que só faltavam umas duas semanas para o início de maio. Até o momento, a lista de convidados estava em quase cinquenta pessoas. James era bem conhecido e apreciado no povoado, onde a maioria das pessoas necessitara de seus serviços num momento ou noutro. Ela pusera Hugh, Alison, Sam, Geoff, Richard e Simone na lista porque sabia que, embora o pequeno círculo de jantares fosse história, James ainda pensaria que era importante tê-los lá e, mais importante, ela não queria que eles perdessem o grande espetáculo da revelação, que ela e Stephanie estavam planejando para acontecer em torno das 22 horas.

— Será que eu esqueci alguém? — perguntou ela, alcançando-lhe a lista.

Ela alugara o salão do clube local, visto que seu chalé era pequeno demais, e James sugerira que eles servissem canapés em abundância e champanhe antes da dança.

— E os McIntyres? — disse ele, mencionando um casal que se mudara para o povoado recentemente.

Katie ouvira dizer que a mulher tinha uma relação distante com a realeza, o que servia bem aos propósitos de James.

— Você falou com eles alguma vez? — perguntou ela.

— Não, mas seria política de boa vizinhança — disse James, e Katie precisou reprimir a vontade de indagar se ele seria tão bom vizinho se o casal não fosse tão bem relacionado.

— E aquele casal que se mudou para o número 26? — perguntou ela, sabendo qual seria a resposta.

O casal mencionado tinha cinco filhos, três cachorros e quatro carros velhos no jardim da frente. Nenhum deles parecia ter um emprego.

— Ah, não, acho que não — disse ele. — Eles não parecem ser nosso tipo de gente.

O que era "nosso tipo de gente", Katie não tinha bem certeza, mas ela acertara ao imaginar que o casal do número 26 não estaria à altura.

— Vamos convidar quem você quiser — disse ela, inclinando-se para beijá-lo. — É a sua festa e eu vou garantir que você tenha o que merece.

— Na verdade, inclua-os — disse James, que, imaginou ela, estava começando a sentir que já não era tão popular quanto já fora. — Convide-os sim. Eles podem ser legais.

* * *

Ao pegar o telefone e pedir para falar com a secretaria local da receita, Katie sentira o estômago revirar como nunca antes. Levou alguns minutos para lhe transferirem para a pessoa certa e, enquanto esperava, ela cogitou se realmente conseguiria fazer aquilo. Decidira falar com sotaque, subitamente temendo que um dia pudessem tocar uma gravação do acusador para James, mas, assim que começou a falar e a mulher do outro lado da linha lhe pediu para falar mais devagar porque não conseguia entender, ela desistira. Ela disse à mulher que era uma antiga funcionária e que pedira demissão por ficar chocada com as práticas de James. Ao lhe pedir que se identificasse, ela declarou se chamar Sylvia Morrison — o primeiro nome que lhe viera à cabeça, possivelmente porque sua mãe se chamava Sylvia, e Morrison era o nome do dono do hortifrúti onde ela fizera as compras naquela manhã.

A mulher não fora nada simpática e, na verdade, dera a impressão de estar bem cética. Não pareceu considerar a acusação séria. Ao acabar, Katie precisou se sentar com um copo de conhaque, algo que as pessoas sempre diziam fazer nesse tipo de situação. Depois ela ficou enjoada, uma mistura de bebida e agitação. Não conseguia acreditar no que acabara de fazer. Sentiu-se apavorada e exultante, culpada e chocada pelo que era capaz de fazer. Ela não sabia se deveria se sentir aliviada porque aquilo quase certamente não daria em nada ou desapontada. Mais que tudo, porém, sentia-se viva.

Quando James lhe contou sobre a carta, cerca de uma semana depois, ela temeu que fosse se contorcer e se denunciar, mas conseguiu ser toda solidária e compreensiva. Depois ficou assustada com a naturalidade da própria encenação.

26

Quando o telefone tocou na terça à noite, Stephanie quase não atendeu porque Finn estava reclamando do feijão, que ele "odiava", em seu prato para acompanhar os nuggets de frango feitos em casa. Ela sabia que se tirasse os olhos dele por um segundo que fosse, o feijão seria jogado no lixo. Pegou o celular com a intenção de desligá-lo, mas ao ver um número que não reconhecia, a curiosidade foi maior e ela acabou pressionando o botão verde, aceitando a chamada.

— Oi — disse uma voz masculina. — É o Michael.

Stephanie deu uma esquadrinhada no cérebro. Ela conhecia algum Michael? Ele parecia ligeiramente familiar. Antes que ela respondesse, ele, obviamente percebendo sua hesitação, acrescentou:

— Da sessão de fotos de ontem. Michael Sotheby.

Michael, o fotógrafo. O gracinha que a fizera corar.

— Oi — disse ela, meio confusa. — Como conseguiu meu número?

— Estava na lista da produção — disse ele. — Tudo bem eu ligar para você?

Ela se lembrou de Finn, que fora momentaneamente esquecido. Deu uma olhada nele e viu que parecia muito satisfeito, com um prato raspado à frente. Sorriu para o filho e foi para o corredor, fechando a porta da cozinha.

— Então — disse ela, tentando ignorar o fato de seu coração ter disparado. O que havia de errado com ela? — Posso ajudar com alguma coisa?

— Eu só estava pensando — disse Michael, e ela teve certeza de que ele parecia estar desejando não ter ligado — se você gostaria de ir àquela exposição do Ian Hoskins comigo. Sabe... a gente falou sobre isso.

Stephanie puxou o fôlego. Será que ele a estava convidando para um encontro? Ela não mencionara que tinha um marido no dia anterior, mas afinal eles estavam trabalhando, por que ela deveria? Mas flertara com ele, pensou agora. Devia ter dado a impressão de estar interessada.

O silêncio dela obviamente o deixou nervoso.

— Foi só uma ideia. Mas se você está muito ocupada ou qualquer coisa, então...

— Não — Stephanie se ouviu dizer. — Eu adoraria, mas só posso semana que vem, e eu teria que arrumar alguém para ficar com o meu filho. Eu tenho um filho — acrescentou, sem fôlego. O que estava fazendo? — E um marido, mas estamos nos separando, só que ele ainda não sabe. É que acabei de descobrir que ele tem uma namorada lá em Lincoln. Bem, algumas semanas atrás. Ele ainda não sabe que eu sei também. Ele só fica em Londres alguns dias da semana. Para ver o Finn. É o nome do meu filho.

— Stephanie, acalme-se — riu Michael. — Eu só estou perguntando se você gostaria de ir ver umas fotos. Se você prefere não ir, tudo bem.

— Não — disse Stephanie, recompondo-se —, eu só queria deixar as coisas claras com você. Honestidade é meio que importante para mim, depois do que aconteceu no meu casamento. Eu só queria que você soubesse exatamente qual é a situação para que não haja nenhuma surpresa desagradável depois.

— Certo. Bem, eu fiquei casado por 15 anos até o ano passado, quando minha mulher decidiu cair fora. Pelo que eu saiba, ninguém mais envolvido. Sem filhos. Tenho um apartamento em Docklands e todos os meus dentes, exceto um, que perdi num acidente de bicicleta e que hoje é falso. Uma vez me fantasiei de lagosta para uma peça na escola, mas, além disso, nenhum segredo constrangedor na minha vida.

Stephanie riu.

— Bem, nesse caso, eu adoraria ir à exposição com você.

Ela não estava fazendo nada de errado. Com certeza nada que se equiparasse ao que James vinha fazendo com ela.

— Que tal na próxima segunda à noite? — perguntou ele, e ela disse que seria ótimo e que o encontraria lá, na galeria, às 19 horas.

Depois de desligar ela ficou parada no corredor por um instante, tentando calcular como se sentia e se tinha ou não feito a coisa certa. Finn apareceu na porta da cozinha.

— O que você está fazendo?

— Nada. Você comeu o feijão?

— Comi. Quem era no telefone?

— Só alguém do trabalho. Você não conhece. Comeu mesmo o feijão?

— Você viu que eu comi. Todinho.

Stephanie sabia que se olhasse no lixo da cozinha o feijão estaria empilhado sobre outros restos de comida, mas decidiu não insistir. Ela tinha um encontro. Alguém a achara atraente o bastante para convidá-la para sair. No dia seguinte ela forçaria Finn a comer os legumes.

Apesar de sentir que não estava fazendo nada de errado em aceitar o convite de Michael — afinal, ver algumas fotos não rivalizava na escala de infidelidade com fingir que era solteiro e montar uma casa com outra pessoa —, Stephanie não comentou nada com Natasha na manhã seguinte. Não que não quisesse. Ela e Natasha nunca tiveram um segredo, pelo que soubesse.

Ela chegou a mencionar o nome dele durante uma conversa com a amiga sobre quando iriam devolver os vestidos emprestados para a sessão de fotos de Caroline.

— Michael pareceu gostar do look dela — disse Stephanie.

— Ele passou a maior parte do tempo olhando para você — retrucou Natasha, rindo, e Stephanie pensou "agora é a hora de comentar que ele me ligou e então, se isso cair bem, acrescentar que vamos nos encontrar na segunda-feira".

Mas algo a deteve. Sentiu-se tola, falando sobre sair para um encontro feito uma adolescente. E, de qualquer modo, ainda não havia nada para contar: eles só iriam olhar algumas fotos, Stephanie lembrou a si mesma.

Quando chegou a segunda-feira seguinte, ela estava arrependida de ter concordado em sair. Simplesmente era uma sensação de muita mão de obra, preocupar-se com a aparência e tentar pensar de antemão em coisas interessantes e espirituosas para dizer. Estava uma noite chuvosa e, mais que tudo, ela queria ir para casa e se enroscar no sofá diante da TV. Pensou em ligar para Michael com alguma desculpa, um mal-estar ou, até melhor, um problema com o filho, mas ela sabia que ele provavelmente tentaria combinar para outra noite e, sem dúvida, ela teria uma série de problemas pessoais com que afugentá-lo. Então ela decidiu que a noite seria o mais breve possível. Ser educada, uma olhada rápida nas fotos e estar de volta em casa por volta das 21 horas, 21h30 o mais tardar.

Finn iria direto da escola para a casa da família de Arun, onde ele passaria a noite, então ela teve bastante tempo para ficar na banheira e se preocupar com a imagem exata que queria passar com a roupa que fosse usar. Acabou se decidindo por uma blusa meio conservadora mas jovial, com uma falsa estamparia Pucci, uma calça jeans justa, mas não demais, e suas botas favoritas de salto alto — alto demais para caminhar. Estava verificando a maquiagem pela quinta vez quando o celular tocou. Era Katie.

Elas não se falavam fazia dias. O entusiasmo inicial de enviar mensagens uma para a outra cada vez que James fazia ou dizia qualquer coisa relevante acabara e elas caíram na rotina de um informativo rápido após cada uma de suas visitas. Stephanie sabia que deveria ter ligado para Katie no dia anterior, logo que James pegasse a estrada de volta para Lincoln, mas não tivera vontade. Na verdade, eles tinham passado dias bem agradáveis. Nutrindo o segredo do encontro futuro, Stephanie se sentira menos ressentida com a presença dele do que o habitual, e ele, por sua vez — por estar afastado das recentes pressões da vida no interior, ela imaginou —, parecera relaxado e feliz de estar ali. Eles tinham passado todo o tempo sem uma única discussão e, embora não houvesse qualquer dúvida na cabeça de Stephanie de que as coisas seriam mais fáceis quando tudo acabasse, ela quase conseguiu esquecer a raiva, a mágoa e o sentimento de traição que a vida dupla dele lhe causara, conseguindo fingir que as coisas estavam normais. Agora que ela verdadeiramente acreditava que não o queria mais, ficava mais fácil.

O único momento embaraçoso foi quando James falou em sua festa de aniversário e lhe perguntou o que ela estava planejando. A festa aconteceria na casa deles e Stephanie leu a lista de pessoas que pretendia convidar: familiares, amigos, colegas. Seria um serviço de bufê e os filhos adolescentes de vários amigos ganhariam uns trocados para trabalharem como garçons. A música seria providenciada por James, que estava planejando organizar listas de canções no iPod que os embalariam direto das 20 horas até cerca de 4 da manhã, com diversas mudanças de ritmo programadas. Um dos quartos do andar de cima seria reservado como brinquedoteca para os filhos menores dos amigos.

— Mal posso esperar — disse James, e Stephanie, por sua vez apreensiva, empolgada e inquieta, ficou calada.

Quando Stephanie chegou, Michael a esperava do lado de fora da galeria, protegendo-se da garoa embaixo de um toldo. Ele realmente tinha boa aparência, ela pensou aliviada, pois tinha ficado preocupada de que sua lembrança pudesse ter sido levemente mais colorida do que a realidade pelo fato de ele ter gostado dela. Ele acenou quando ela se aproximou e sorriu com os olhos, a primeira coisa que ela havia notado. Ele estava usando calças largas estilo militar e uma camiseta de mangas longas por baixo de outra de mangas curtas com cores contrastantes. O cabelo grosso, de um louro escuro, estava despenteado na medida certa. Ele parecia totalmente à vontade nas cercanias urbano-chique de Hoxton, de um modo que James jamais conseguiria. Talvez fizesse *tipo* demais para o gosto usual de Stephanie, um pouco como se tivesse passado mais tempo que o necessário pensando na impressão que daria. Mas, sem dúvida, ele estava muito bem.

— Estou atrasada? — disse ela, ofegante, quando chegou a uma distância audível.

Estava sempre atrasada. Era a coisa que menos apreciava em si mesma e algo que parecia ser impotente mudar. Por mais que tentasse ser organizada, o tempo simplesmente corria. Ela atribuía isso ao fato de que, para todos os efeitos, era uma mãe solteira... bem, durante a maior parte da semana.

— Não — disse ele sorrindo. — De jeito nenhum. Eu quis chegar aqui cedo, caso você não conseguisse encontrar o lugar. Não é bem uma área onde a gente queira se perder.

Ele segurou a porta aberta para ela e os dois entraram no espaço totalmente branco. As fotografias, nuas e cruas, excrescências representativas de uma vida familiar destituída, eram tanto chocantes quanto emotivas e, o melhor de tudo, pensou Stephanie, boas para iniciar uma conversa. Quando eles chegaram ao fim, cerca de uma hora e meia depois, era como se ela e Michael já soubessem tudo a respeito das origens e do passado um do outro, e dos seus pontos de vista sobre vida familiar e relacionamentos. Ela teve a sensação de que havia anos não falava tanto, com certeza não com alguém que pelo menos parecesse interessado no que ela tinha a dizer. A família de Michael, como a dela, era do asfixiante corredor entre a cidade e o subúrbio.

— Nem valentes, nem idílicos — disse ele, e ela riu, sabendo exatamente do que ele estava falando. — Simplesmente comuns. De fato, de fato, tediosamente comum.

Quando eles saíram para a noite úmida eram 20h30 e Stephanie sabia que, se fosse para persistir no plano, teria que dar suas desculpas e ir já para casa, mas quando Michael perguntou se ela queria tomar um drinque, ela se ouviu dizendo sim.

Eles dobraram a esquina e entraram num lugar bem moderno com uma mistura eclética de poltronas e mesas que não combinavam. Espremeram-se num canto e ficaram bebendo cerveja no gargalo. Assim que Stephanie começou a se sentir totalmente deslocada em meio a rapazes de cabelo em pé e bolsas de carteiro a tiracolo e garotas em vestidos de brechó, pensando que talvez fosse mesmo melhor acabar a cerveja e ir para casa, Michael se inclinou para ela e tocou-lhe o braço.

— Dá para ver que não é o seu tipo de lugar — disse ele. — Vamos sair daqui.

Eles encontraram um restaurante que servia *tapas*, um lugar tranquilo e iluminado por velas. Sentaram-se, conversaram mais e tomaram uma garrafa de vinho tinto. Às 23h15 Michael sugeriu que eles dividissem um táxi e Stephanie concordou, meio cogitando se, na verdade, eles não acabariam na casa dele, mas sem se importar nem um pouco que isso acontecesse. Mas quando eles pararam diante do prédio dele, em Islington, Michael lhe deu um beijo no rosto.

— Vamos fazer isso de novo uma hora dessas? — disse ele.

— Claro — disse Stephanie, perguntando-se se ele não estava esperando que ela sugerisse descer para uma saideira.

— Eu te ligo amanhã — disse ele ao sair e fechar a porta. — Belsize Park — ela o ouviu dizer ao motorista, e depois se virou para acenar enquanto ele subia as escadas até a porta do edifício.

Stephanie se recostou no banco. Tudo indicava que Michael era um cavalheiro.

27

A segunda-feira de James foi igualmente movimentada. Uma vaca com mastite, uma ovelha com um corte infeccionado na perna e outra com infecção ocular. Em meio a isso, ele atendeu as ligações na clínica e atazanou a agência de empregos em Lincoln para saber quando conseguiriam enviar alguém para ficar na recepção. Tudo indicava que não seria em breve. Não havia muitas moças em Lincoln dispostas a ir até o povoado pelo salário pequeno que a agência podia oferecer. Às 13h10, bem quando ele estava pensando em fechar por uma hora para dar uma saída e comer um sanduíche — Simon e Malcolm tinham ido para o pub sem perguntar se ele precisava de alguma ajuda, nem se queria acompanhá-los —, entrou uma mulher de tailleur azul-marinho, delgada e bonitona. Ao contrário da maioria das pessoas que iam lá, ela não estava acompanhada de um animal, mas segurava um maço de papéis. James a cumprimentou com um sorriso, cogitando a possibilidade de estar perdida.

— Estou procurando James Mortimer — disse ela.

— Sou eu — disse James, de pé atrás da mesa da recepção. — Em que posso ajudá-la?

A mulher fez uma rápida consulta em seus papéis.

— Eu sou da Secretaria de Planejamento — disse ela. — Chegou ao nosso conhecimento que o senhor construiu um anexo, do qual não possuímos nenhum alvará de licença.

James engoliu o sorriso para logo forçá-lo a retornar.

— Desculpe, mas deve haver algum engano. Quem foi que a senhora mencionou ter dito isso?

A mulher não retribuiu o sorriso.

— Não mencionei. Sinto muito, mas isso é confidencial. Agora, se o senhor pudesse me mostrar as dependências...

James percebeu que a mulher estava com uma planta baixa do prédio, entre outras coisas. Não havia como evitar que ela visse aquele anexo. Ele fez um rápido percurso mental para verificar as possíveis consequências. Uma multa? Nada mais sério, com certeza. Maldita Sally. Ela não sairia dessa impune. Certo, pensou, só havia um modo de lidar com isso. Blefar.

Ele levou a mulher, que disse se chamar Jennifer Cooper, rumo ao anexo, que estava abrigando um cão pastor convalescente e um gato em pós-operatório.

— Será que é a isso que se refere? — disse ele, acenando para a ampla sala. Ao lado, passando por uma porta, ficava a salinha de cirurgia. Jennifer analisava a planta baixa. — Eu a construí dois anos atrás, mas o arquiteto me disse que era pequena e que não precisava de permissão. — Ele tinha consciência de estar suando. — Dez por cento, não é? Do tamanho total? — Nossa, o que ele estava dizendo? Com certeza a pior coisa que se podia fazer era mentir para essa gente.

Jeniffer olhou em volta, calculando o tamanho da sala. Depois foi até a sala de cirurgia e deu uma boa olhada lá também. E nos armários. Retornou à planta baixa.

— O senhor está dizendo que esse acréscimo representa menos de dez por cento do tamanho original de todo o prédio? — O modo como ela o encarou ao dizer isso fez seu coração acelerar.

— Bem, foi isso o que me disseram — disse James, olhando para os próprios sapatos.

Jennifer puxou uma caneta de algum lugar.

— Bem, se o senhor pudesse me dar o nome do seu arquiteto, então...

James respirou fundo. Isso era ridículo. Na verdade, ele não usara um arquiteto ao fazer o anexo porque sabia que ele insistiria em pedir permissão à Secretaria de Obras, o que levaria meses. E era quase certo que teria sido negada, assim como quase todos os outros pedidos de obras no povoado. Especialmente depois que Richard e Simone ficassem sabendo. A menos, é claro, que fosse uma obra feita com material de demolição, reboco a base de cal e num estilo que desse a impressão de estar ali desde 1600, o que, francamente, teria custado uma fortuna. Ele deveria simplesmente ser transparente com aquela mulher, contar-lhe a verdade. Alegar ingenuidade ou ignorância. O máximo que ela poderia fazer seria o quê?

— Certo — disse ele, tentando usar sua expressão mais cativante. Talvez ela fosse passível de um flerte. — Você me pegou. Não posso mentir para uma carinha doce dessas. Ninguém me falou que seria legal fazer um anexo sem permissão. Eu arrisquei. Calculei que não era grande e ficava nos fundos, onde ninguém poderia ver...

— Esta é uma área de preservação — interrompeu Jennifer. — O senhor não pode simplesmente sair construindo prédios à esquerda, à direita ou no centro sem permissão, seja do tamanho que for.

Seu lendário charme não estava funcionando.

— Então, o que acontece agora? — perguntou ele. — Vou levar uma multa?

— O que acontece agora — disse Jennifer — é que o senhor precisa entrar com um pedido de permissão retroativa.

— E...?

— E se preencher os requisitos, será concedida.

— Caso contrário...? — perguntou James, sabendo qual seria a resposta.

— Aí o senhor terá que demolir.

— Você deve estar brincando. Se eu demolir esta sala, vou ter que tirar a clínica daqui. Não há jeito de o prédio comportá-la sem essa parte.

— Bem, talvez o senhor devesse ter se mudado para dependências maiores desde o início — disse Jennifer, sorrindo pela primeira vez. — O senhor tem sessenta dias para fazer o pedido. Até logo.

Quando ela saiu, James se sentou no chão e ficou distraidamente afagando as orelhas do cão pastor adormecido, através das grades da jaula. O que estava acontecendo com ele?

Meia hora mais tarde ele estava diante da casa de Sally, seu dedo apertando a campainha. Isso fora longe demais. Era compreensível que ela estivesse zangada e dava para ver que queria se vingar. Ainda não conseguira outro emprego, pelo que sabia, pois o povoado era pequeno e simplesmente não havia muitas oportunidades. Talvez ele tivesse se precipitado, demitindo-a daquele modo. Afinal, ele estava começando a perceber que era impossível manter a clínica em funcionamento sem ninguém controlando a recepção. Depois ele pensou na carta do pessoal da Receita e na solicitude reservada de Jennifer. Dane-se. Ele preferia passar o dia inteiro atendendo o telefone a ter aquela garota trabalhando para ele.

Ouviu um cachorro latindo atrás da porta e passadas pesadas vindo pelo vestíbulo. O pai de Sally, Jim O'Connell, um homem de rosto corado e cheio de veias, geralmente cordial, apareceu à porta. Franziu o cenho ao ver James.

— Sim? — disse ele laconicamente.

James hesitou. Tentou calcular se Jim poderia derrotá-lo numa briga e decidiu que, se ele se concentrasse nisso, decididamente poderia, mas que não devia ser do tipo briguento.

— Eu gostaria de falar com a Sally por um minuto, por favor — disse ele, sorrindo nervosamente. — Se ela estiver em casa.

Ficou ali parado por alguns instantes, esperando, cogitando se não deveria ir embora e voltar mais tarde, quando talvez Sally estivesse sozinha. Ele não poderia gritar com a garota enquanto o pai estivesse por ali à espreita. Na verdade, agora ele não tinha certeza do motivo que o levara a pensar que seria uma boa ideia gritar com ela. Talvez fosse só para se sentir melhor.

Quando finalmente desceu as escadas e chegou ao vestíbulo, Sally estava olhando para ele desafiadoramente, ele achou, e por isso foi novamente inundado pela raiva. Que direito ela tinha de estraçalhar a vida dele desse jeito? Falou em voz baixa, torcendo para Jim não conseguir ouvir:

— Bem, espero que você esteja orgulhosa.

A máscara confiante de Sally caiu. Sua fisionomia, se ele tivesse conseguido ler, registrava pura confusão.

— Do que você está falando?

— Você sabe do que estou falando. Bem conveniente que aquela mulher da Secretaria de Planejamento tenha aparecido do nada depois de todos esses anos.

Embora James não pudesse saber, Sally estava pensando que ele tinha vindo para lhe dizer que fora tudo um grande mal-entendido e lhe perguntar se queria o emprego de volta — na verdade, na curta caminhada do quarto até a porta de entrada, ela decidira que se faria de difícil por alguns minutos e depois aceitaria com espírito esportivo. Ela teve que se apoiar no batente da porta para se equilibrar.

— A Secretaria de Planejamento?

— Não tente bancar a inocente comigo — sibilou James, tendo uma súbita experiência de estar saindo do próprio corpo e se ver, um homem de meia-idade, levemente grisalho, parado na porta, intimidando uma garota e usando uma linguagem que até parecia sair de um drama policial canastrão. — Já chega, tá bom? O pessoal da Receita, agora do Planejamento... Você já se vingou, se era o que pretendia. Sinto muito se você se sentiu injustiçada, mas vamos dar por encerrado agora.

Ele se virou para ir embora. Não havia nada mais que pudesse dizer, na verdade. Não fazia sentido forçar a barra com ela. Quem podia saber o que mais ela tinha na manga?

28

Katie passara a sair para um drinque com os colegas após a aula de reflexologia. Era um grupo bem legal, composto na maioria por mulheres, o que caía bem naquele momento, pois sua fé nos homens fora completamente estilhaçada.

Havia um pub bem perto da escola, onde elas sempre conseguiam uma mesa, tomavam algumas taças de vinho e conversavam sobre o que haviam acabado de aprender ou, cada vez mais com o passar das semanas, sobre suas vidas. Depois ela ia para casa — com todo o cuidado, pois geralmente sabia que estava levemente embriagada —, para um James cada vez mais resmungão.

A sensação de liberdade que aquelas poucas horas lhe davam era imensa. Ela sentia como se estivesse recuperando sua vida, preparando-se para quando estivesse solteira novamente, o que seria em breve. E se James não gostasse que ela preferisse passar o tempo bebendo com seus novos amigos a correr para casa e ficar com ele, bem, ele que se mandasse. Ela já não ligava para o que ele pensava. Umas duas vezes ele sugerira ir até Lincoln e juntar-se a eles no pub, mas isso era a última coisa que ela queria. Aqueles eram os amigos dela, era a sua vida social, e ela não queria compartilhá-los.

Ele tinha ficado magoado e confuso, chegando certa vez a ter a cara de pau de perguntar, após ter bebido umas e outras, se havia algum homem no grupinho pós-curso. Ela teve vontade de dizer "Nem todo mundo é como você.

Nem tudo se resume a sexo", mas se conteve e garantiu-lhe docemente que os únicos homens presentes eram gays, ou incrivelmente feios. "Você não iria gostar deles", disse, referindo-se aos amigos à guisa de explicação. "São todos muito espirituais, gênero Nova Era. Vocês logo entrariam numa discussão."

Nas duas primeiras semanas James fora jantar e tomar cerveja no pub local, mas ultimamente sempre que ela chegava em casa ele estava sentado no sofá, ressentido feito um garotinho emburrado. Ela decidira ignorar, fingindo que estava tudo bem. Era incrivelmente hipócrita da parte dele invejar sua única noite independente da semana quando ele vivia toda uma vida dupla.

Por intermédio dos novos amigos, alguns dos quais já atuando como terapeutas complementares e outros ainda novatos nesse mundo, Katie conseguira vários clientes novos e passara a visitá-los em casa com sua mesa portátil de massagem, em vez de esperar que fossem até ela. Isso significava dias mais longos e menos tempo livre, mas ela começava a sentir que esse era de fato um bom modo de ganhar a vida. Ela poderia tirar um bom dinheiro se continuasse assim. As pessoas pagavam muito bem para que alguém as tratasse no conforto e na privacidade de suas casas, mesmo no campo, e ela conseguia quase duplicar os preços. Mesmo levando em conta a gasolina e o tempo de viagem, ela estava ganhando bem. As pessoas que trabalhavam estavam dispostas a pagar um pouco mais por um atendimento à noite e nos fins de semana, e logo as noites de domingo e segunda-feira foram preenchidas com horas marcadas, e James começou a reclamar que nunca mais a via.

Bem quando ela pensou em interromper o tratamento de Owen — ela estava começando a sentir que ele a fazia de trouxa, apesar do progresso recente, e que os dias de dar consultas de graça já eram — ele apareceu uma manhã com três notas amassadas de 10 libras num envelope, explicando que havia conseguido um emprego e poderia começar a pagar sua dívida.

— É só no hospital, de porteiro, mas estou recebendo, é isso que interessa.

Katie ficou emocionada.

— Owen, que incrível. É um passo muito positivo. Estou realmente contente por você. E pode esperar, outras coisas boas virão a seguir. Sempre vêm.

— Vou lhe pagar tudo que devo. Será só um pouco por semana, mas vou quitar minha dívida. Um dia — riu ele.

Na verdade, ele fora direto do trabalho para dizer que não poderia mais manter seu horário das quartas de manhã. Era um luxo que simplesmente não podia mais bancar e já não estava disposto a continuar recebendo uma coisa em troca de nada. Segundo ele, era a ela que ele devia toda essa mudança. Talvez, quando ele tivesse acabado de lhe pagar tudo que devia e conseguisse poupar um dinheiro, ela poderia reconsiderar seu convite para jantar. No entanto, embora Katie estivesse encantada com a prova de que seu trabalho podia fazer a diferença, ela não tinha intenção de aceitar. A última coisa de que precisava era se enganchar em outro homem, especialmente com um cujas inseguranças e fracassos ela já conhecia intimamente.

— Você não tem nenhuma obrigação — disse ela, educadamente. — Mas é muito gentil da sua parte.

Owen corou.

— Não tive a intenção de que fosse um encontro ou nada disso. O convite é para vocês dois, você e James — ele gaguejou.

— Sinceramente, Owen, poupe seu dinheiro. Muito obrigada, de qualquer modo. Foi uma ideia carinhosa. —

Ela lhe deu um beijo na face, sinalizando que a conversa acabara. — Boa sorte — disse — com tudo.

O tio de Sally O'Connell, Paul Goddard, sempre tivera uma relação de trabalho amigável com o veterinário da localidade. Achava James confiável e rápido, mesmo quando chamado numa emergência. Não havia dúvida quanto a sua sensibilidade e compaixão ao lidar com os animais, mas sem o sentimentalismo para o qual Paul não tinha tempo. Um fazendeiro precisa acreditar que seus animais são uma commodity. Trate-os bem, sem dúvida — uma vaca feliz é uma vaca saudável afinal, e vacas saudáveis produzem um leite melhor, segundo Paul —, mas é preciso lembrar que se trata de um meio de subsistência.

Ele sempre mandava uma garrafa de uísque para James no Natal, em agrado pelos seus serviços e porque eles saíam barato devido a um acordo segundo o qual Paul pagava James em dinheiro vivo. Esse sempre parecera a Paul um modo sensato de fazer negócio: ninguém perdia, as duas partes lucravam e, além disso, era o que todo mundo fazia. Ele mal pensava nisso duas vezes.

Quando o homem da Receita Federal apareceu em sua porta uma tarde e começou a fazer perguntas, o primeiro instinto de Paul foi negar tudo. Afinal, se ele não admitisse e nem James, ninguém conseguiria provar que eles estavam agindo de modo ilícito. Mas então ele se lembrou do olhar no rosto banhado de lágrimas da sobrinha na noite anterior, quando ela lhe contara sobre a visita que o ex-patrão lhe fizera, das acusações proferidas, e de repente não sentiu vontade de proteger aquele homem.

— É mais fácil pagar em dinheiro vivo — ele se pegou dizendo ao homem de terno com a prancheta. — Assim eu não perco o controle sobre as minhas finanças. Não gosto de contas bancárias — acrescentou, desempenhando com perfeição o papel do fazendeiro simplório.

Na verdade, Paul não só tinha uma saudável conta bancária como também uma poupança, que ele fazia aumentar todos os anos. Desde que começara a trabalhar com produtos orgânicos, as coisas realmente haviam começado a progredir financeiramente.

— O que ele faz com o dinheiro é problema dele, não é mesmo? Se declara ou não, bem, isso não tem nada a ver comigo.

O homem lhe agradecera pelo tempo despendido e pelas respostas francas, indo embora contente. Isso dará uma lição no idiota, pensou Paul. Sally sempre fora sua sobrinha favorita.

Quando James voltou a Londres na quarta-feira à tarde ele só tinha vontade de ir para o quarto, fechar as cortinas, rastejar até a cama, puxar as cobertas para cobrir a cabeça e nunca mais sair dali. Estava se sentindo acossado, estraçalhado de tanto trabalhar sem uma recepcionista e certo de que estavam perdendo clientes. Ele soubera que quando uma das vacas de Paul Goddard havia tido filhotes no meio da noite, Paul chamara um veterinário do povoado vizinho. James, que ficara com o telefone ligado, como sempre, esperando pela chamada de Paul, que contava como iminente, ficara confuso e magoado em proporções iguais.

Mal via Katie à noite por causa do novo trabalho dela, e o chalé começou a lhe passar uma sensação de ser uma prisão, não mais um lugar onde duas pessoas ficavam contentes de ignorar o fato de que era minúsculo e apertado pois estavam muito felizes de brincar de casinha juntos. Agora lhe ocorria que era um lugar ridículo para um homem da sua idade morar. Se alguém ficasse de pé na sala e se virasse com os braços abertos poderia tocar nas quatro paredes. Fora para isso que trabalhara tanto durante toda a sua vida adulta? Para morar numa casa de brinquedo com uma mulher que quase nunca estava lá?

Além disso, é claro, havia o problema com Sally, com a Receita e com a Secretaria de Planejamento. Mais o fato de que Malcolm e Simon mal falavam com ele agora. Ao tentar confidenciar a Katie suas preocupações, ela lhe dissera alegremente que tudo acontecia por uma razão e que tudo contribuía para o melhor no final, e ele se flagrara encurtando a conversa. Que sentido fazia falar com uma pessoa que sempre iria dizer o que acha que queremos ouvir?

Londres, ao contrário, não continha nenhum terror. Ele podia trabalhar e depois passar noites tranquilas com Stephanie e Finn. Era possível relaxar sem ter a sensação de que todos estivessem atrás dele. Era possível simplesmente sentir-se em casa. Ao cruzar a porta às 16h05 — ele nem se dava mais ao trabalho de parar durante a viagem, só querendo chegar a Belsize Park o mais cedo possível — e sentir o cheiro familiar, uma mistura de café, cera e o odor particular de menino de Finn, que combinava xampu, porquinho-da-índia e tênis, ele sentiu um nó na garganta. Essa era sua vida real. Essa era sua família.

Finn foi correndo ao seu encontro, cheio de histórias da escola, de David e dos amigos, coisas que James, ausente metade da semana e, ele pensou agora, ausente mentalmente durante grande parte do tempo em que estava lá fisicamente, não conseguia acompanhar muito bem, mas cujos detalhes o faziam rir. Seu filho tinha um grande senso dramático ao lhe contar uma história.

Encontrou Stephanie na cozinha e, quando ela se virou para cumprimentá-lo, ele se deu conta da distância que se criara entre eles. Quando eles se mudaram para Londres, ela se jogava em seus braços sempre que ele entrava em casa na quarta-feira à noite. E, aos sábados, quando estavam enroscados na cama, ela chorava porque ele teria que partir outra vez na manhã seguinte. Aquilo o incomodava na época. Ele se ressentia tanto pelo fato de ter sido forçado a uma existência dupla que ficara cético em relação às lágrimas dela — se ela se importasse tanto, então poderia abrir mão do trabalho e se mudar para Lincolnshire. Agora, enquanto ela sorria friamente e perguntava por educação como tinha sido sua viagem, ele sentia que daria qualquer coisa por um sinal de que ela estava feliz em vê-lo.

Ela estava linda, pensou ele com um choque. Bem, ele sempre soubera que ela era deslumbrante fisicamente, mas nos últimos anos a suavidade simples de Katie parecera muito mais excitante que os ângulos esguios de Stephanie. A necessidade de proteção de Katie o atraíra, ao passo que a independência de Stephanie o repelira. Ele foi abraçá-la e sentiu-a ficar tesa por uma fração de segundo antes de relaxar e dar-lhe uma batidinha indiferente nas costas. Uma onda de profunda infelicidade tomou conta dele, que a apertou mais, enterrando o rosto em sua cabeleira sedosa. Ela permitiu que ele ficasse ali por um segundo antes de empurrá-lo e se virar de novo para os vegetais que estava picando.

— Finn, venha se sentar e fazer seu dever de casa — chamou ela, abreviando eficazmente qualquer momento de intimidade que eles pudessem ter tido.

29

Faltando poucos dias para o BAFTA, Stephanie não conseguia se concentrar tanto no planejamento da festa de James como deveria. Enviara os convites e recebera várias confirmações, além de contratar o serviço de bufê — uma empresa japonesa que ia em casa com suas enormes facas de dar medo e preparava sashimis na cozinha deles enquanto os convidados ficavam em volta, admirando suas habilidades —, mas tinha ficado por isso mesmo. Ela decidiu ligar para Katie para ver como andavam seus preparativos. Pelo menos era esse o pretexto do telefonema. James lhe contara que Sally havia denunciado o anexo que ele construíra nos fundos da clínica para a Secretaria de Planejamento, mas ela ficou desconfiada. Katie parecia ter tido algum tipo de epifania desde o primeiro encontro delas, quando concordaram com os planos. Como se ela estivesse se transformando de mulher dócil e magoada numa guerreira vingativa das Cruzadas. Stephanie, sabendo que toda a ideia de vingança partira dela própria, agora estava com medo de ter criado um monstro que não pudesse controlar.

Katie atendeu no segundo toque. Sua voz, Stephanie pensou, soava tão doce e pacífica como sempre.

— Stephanie, oi, como vai?

— Bem. Eu só queria saber como andam as coisas, sabe, com a festa e tudo o mais.

Katie lhe contou sobre a decoração que planejara para o salão do clube, os metros de musselina branca que transformariam o interior do salão numa espécie de tenda beduína, além das toalhas de mesa e das louças brancas que contrastariam com a folhagem dos lírios que ela escolhera. Parecia mais uma festa de casamento, pensou Stephanie, nada a ver com o gosto de James. Ela se deu conta de que parara de escutar quando de repente ouviu a risada de Katie dizendo:

— Veja bem, eu duvido que sobrem amigos a serem convidados.

— O que você quer dizer?

Então Katie lhe contou toda a história sobre Sally e seu tio Paul e como, agora, James havia ido a uma reunião com a Secretaria da Fazenda para se explicar e provavelmente receberia uma multa ou, no mínimo, teria que pagar o que devia. E como ele procurara Sam McNeil para ver se, em sua posição na Secretaria de Planejamento, ela poderia lhe dar algum conselho sobre como lidar com a permissão retroativa para o anexo e como ela fora beligerante, acusando-o de tentar fazer com que ela mexesse os pauzinhos para ele, dando-lhe tratamento especial. E como até Simon e Malcolm mal falavam com James agora e que vários clientes da clínica haviam decidido mudar de veterinário, consultando os do povoado vizinho. Stephanie escutou tudo e descobriu que começava a sentir pena dele, apesar de tudo o que ele fizera.

— Como foi que o pessoal da Secretaria de Planejamento soube do anexo? — perguntou ela, sabendo qual seria a resposta.

— Eu contei — disse Katie, parecendo uma garotinha de 2 anos achando que seria parabenizada por fazer xixi no piso e não no tapete. — Anonimamente, é claro.

Stephanie suspirou.

— Achei que tivéssemos concordado em não fazer nada sem discutir primeiro — disse ela sem muito jeito.

— Eu sei. Eu tentei ligar para você. Mas é engraçado, não é?

— É só que a gente não quer explodir tudo antes da festa. Não é essa a intenção? — disse Stephanie, embora já não se sentisse empenhada no plano.

— Bem, ele merece — disse Katie, com virulência. — E é tão arrogante, nunca vai pensar que algo tenha a ver comigo. Então, o que importa se algumas pessoas não vierem à festa? Ele ainda vai ter o que merece.

— Talvez seja melhor a gente esquecer a coisa toda — disse Stephanie. — Já lhe demos alguns motivos para se preocupar. Seria melhor simplesmente dar o fora nele e seguir adiante.

— Espere aí — disse Katie. — Não foi você quem disse que seria ridículo se ele saísse ileso?

— Eu sei, mas agora já não tenho tanta certeza. Tudo parece um pouco... sei lá... exagerado.

— Stephanie, você precisa fazer isso pela sua autoestima depois de tudo o que ele lhe fez. Assim como eu. Além disso, que sentido faria recuar agora?

— Tá bom — disse Stephanie, sem entusiasmo —, mas chega de surpresas.

— Prometo — disse Katie. — Só faltam duas semanas. Precisamos nos manter fortes.

Stephanie se flagrou concordando com relutância. A verdade era que ultimamente ela havia parado de se importar se James receberia ou não sua merecida punição. Só queria seguir com sua vida.

Para a sorte de Stephanie, Natasha estava disposta para um discurso revigorante quando elas se encontraram mais tarde aquele dia. Era o último tempo livre de Meredith antes do evento no fim de semana, então ela estava no ateliê experimentando os sapatos para combinar com o horrendo vestido verde, que ainda insistia em usar. Como nenhum estilista de mente sã iria fabricar qualquer coisa que combinasse remotamente com o nauseante verde cintilante do vestido, mesmo relutando Stephanie prometera que elas pintariam o par favorito de Meredith até domingo. Ela estava tentando dissuadir Meredith de usar um belo par de Jimmy Choos off-white, que não queria estragar, direcionando-a para um par de sapatos bem mais barato. No entanto, Meredith não aceitou nada disso e, enfiando os pés cheios de bolhas nas primorosas sandálias, declarou serem aquelas que ela queria.

— Custam 300 libras — disse Natasha, tentando dissuadi-la.

Meredith franziu o cenho.

— Eles não vão nos emprestar? Afinal, sou uma das indicadas.

Stephanie fez que não, tentando não rir. Nem podia imaginar a conversa que poderia ter com a assessoria de Jimmy Choo, oferecendo os pés gordos de Meredith como propaganda ambulante para seus delicados calçados.

— Não se formos pintá-los.

Por fim, Meredith, sempre consciente do dinheiro, além de já estar, Stephanie sabia, ressentida por causa da taxa que estava pagando pela assessoria de estilo, mergulhou na opção mais barata. Stephanie confirmara com ela todos os detalhes do carro que iria levá-la ao ateliê no domingo para se aprontar. Comumente, ela ou Natasha teriam ido à casa dela, mas, tendo três clientes para vestir, isso não seria possível.

Depois da saída de Meredith, Stephanie e Natasha se sentaram no sofá e voltaram à conversa que estavam tendo antes da chegada de Meredith.

— A questão é — começou Natasha, como se elas nunca tivessem sido interrompidas — que só porque você está se sentindo um pouco melhor não significa que deve perder de vista o objetivo original.

— É que de repente parece muito pequeno — disse Stephanie, recostando a cabeça nas almofadas. — O mais sensato a fazer seria contar a ele que eu sei de tudo e que está tudo acabado entre nós, e então a gente se separa dignamente. E isso com certeza seria melhor para Finn.

— Certo, então você está se sentindo positiva porque teve um encontro com outro cara...

Stephanie finalmente tomara coragem e contara à amiga sobre Michael. A resposta de Natasha viera num abraço contente.

— Dois encontros, na verdade — corrigiu-a Stephanie. — Mas depois te conto isso.

— Mesmo? — Os olhos de Natasha se arregalaram.
— De qualquer modo, você está se sentindo positiva porque teve *dois* encontros com outro cara, mesmo que não tenha me contado sobre o segundo até agora e eu sou sua melhor amiga, mas... você não está presumindo que vai sair correndo e se casar com Michael... — ela olhou para Stephanie com ar interrogativo — está?

Stephanie riu.

— É óbvio que não.

— Exatamente. Então, mesmo que não esteja interessada em se vingar de James agora porque tem Michael para se distrair um pouco, isso não significa que vai se sentir assim para sempre. Precisa se lembrar de como foi importante para você fazê-lo sofrer do mesmo modo como ele a fez sofrer. Só estou dizendo que ainda é importante, para o seu bem-estar a longo prazo e tudo o mais. Pelo menos, *eu* acho que é. Pronto! Acabou a palestra.

— Tá bom, tá bom, vou continuar com o plano. Pelo menos enquanto Katie continuar. Feliz agora?

Natasha fez que sim.

— Muito. Agora, me conte do Michael. Não posso acreditar que você o encontrou de novo e não me contou.

Então Stephanie contou que Michael ligara para ela na terça de manhã e eles tinham combinado de se encontrar para jantar. Ele havia reservado uma mesa no Wolseley, um lugar que Stephanie havia por acaso comentado com ele que sempre quisera ir mas nunca surgira uma oportunidade. Eles tiveram uma boa conversa, contou a Natasha que foi uma conversa de adultos. Michael se abrira sobre a ex-mulher, contando como ela declarara sem mais nem menos que andava ressentida e que o relacionamento era monótono havia anos e que não iria mais aguentar isso, o que significava que ele tinha um ponto de vista muito forte sobre a honestidade nos relacionamentos. Pontos de vista que batiam com os de Stephanie. Havia sido uma noite prazerosa do início ao fim e nada mais havia a ser relatado.

— Nenhum beijo de boa-noite?

— Já disse — falou Stephanie, defensiva. — Michael tem princípios, assim como eu. Enquanto James e eu ainda estivermos juntos, não vai acontecer nada. Mas vou me encontrar com ele de novo na semana que vem.

— Então você contou a James sobre os seus encontrinhos.

— É claro que não. Ele ficaria maluco.

— Então tudo bem com o Michael sair secretamente com você, pelas costas do seu marido, contanto que vocês não se beijem?

— Do que você está falando? — perguntou Stephanie, irritada. — Está querendo dizer que eu estou fazendo alguma coisa errada depois de tudo que James me fez?

Natasha a interrompeu, rindo:

— Calma! É claro que não estou dizendo que você está fazendo alguma coisa errada. Só estou dizendo que se você está se encontrando com ele sem o conhecimento do James, pode muito bem mergulhar de cabeça. Qual é a diferença?

— A diferença — disse Stephanie — é que eu não quero ser como James. Quero poder olhar para trás e dizer que agi impecavelmente. Certo?

30

Era um fim de semana que geralmente James teria temido. Stephanie teria que passar o sábado inteiro no trabalho, comprando coisinhas de última hora e garantindo que suas três clientes ficassem felizes com suas manicures, pedicures e qualquer outra coisa que precisassem ter feito antes de um grande evento como o BAFTA, e então, é claro, ela estaria fora no grande dia. James concordara em ficar até ela retornar, depois que suas clientes estivessem seguras em seus carros e rumo ao evento, provavelmente às 16 horas.

Na noite anterior, quando fora dormir, ele descobrira que na verdade estava ansioso pelo dia seguinte. Poderia levar Finn ao zoológico — não só passar por ele dessa vez, mas realmente entrar. Finn, acostumado a ver os cangurus e alguns outros animais ao acaso, animais que podiam ser vistos de graça do parque, acharia que todos os seus Natais haviam chegado juntos. Ou então eles poderiam ir à roda-gigante, a London Eye, ou talvez à Torre de Londres. Quem sabe, pensou James, fosse melhor ficar em casa jogando video game ou brincando no jardim. Qualquer coisa que Finn quisesse fazer.

Ele se levantou cedo e fez chá com torradas para Stephanie. Pela expressão em seu rosto, ficou óbvio que era um gesto inesperado. Ele tentou se lembrar da última vez que preparara um café da manhã para ela e, é claro, não conseguiu, já que fazia muito tempo. Uma época em que ele só tivera Stephanie em sua vida e ninguém mais.

Finn declarara que eles deveriam passar a manhã limpando a gaiola de David, depois o aquário de Goldie e a caixa de areia de Sebastian. A meticulosa atenção aos detalhes que seu filho demonstrava ao cuidar dos animais fez James se lembrar de como ele era quando criança.

— Você deveria ser veterinário — disse ele a Finn, que botava palha nova no fundo da gaiola de David.

— É o que eu vou fazer. Óbvio — retrucou Finn, com a fisionomia séria.

James se sentiu como se tivesse topado com o cenário de algum filme sentimentaloide da Fundação Cinematográfica para Crianças. Sentiu os olhos marejados de lágrimas e precisou se conter para não abraçar o filho e estragar o momento.

Por fim, eles foram ao zoológico à tarde, com Finn impressionando-se com tudo, desde os musaranhos-pigmeus até os gorilas da montanha. Depois foram até a clínica em St. John Wood para mimar os animais que tinham ficado lá durante o fim de semana. Quando Stephanie chegou em casa, perto de 17h30, os dois estavam exaustos, deitados no sofá diante da TV.

— Você vai ter que fazer tudo de novo amanhã. — Stephanie riu ao vê-lo.

Eles jantaram, e Stephanie contou sobre seu dia e sobre como Santana ainda estava na cama quando a esteticista chegara em seu apartamento, às 14 horas, e que ela se recusara a levantar, de modo que a pobre moça tivera que lhe fazer os pés com ela ainda deitada, só os pés sujos para fora das cobertas. Finn riu e disse que as garotas eram "burras", ao que Stephanie disse:

— Mas eu sou uma garota, isso me torna burra?

Ao que Finn retrucou:

— Você não é uma garota, é uma mãe. É diferente.

James riu muito e a noite passou tão rápido que nem uma vez ele pensou em ligar para Katie.

Stephanie queria que aquele fim de semana acabasse logo. Era a mesma coisa todos os anos: por mais que elas se preparassem, o dia propriamente dito era sempre um caos. Ainda bem que Natasha estava lidando com Santana, que se recusara a ir ao ateliê para se aprontar porque esperava que os paparazzi estivessem diante de sua casa à tarde, esperando que a buscassem. Se ela saísse cedo demais eles podiam ficar sem saber onde encontrá-la.

Stephanie estava arrumando a sala antes que as outras duas clientes chegassem. Gostava que as pessoas se sentissem relaxadas enquanto arrumavam os cabelos e eram maquiadas, mas não conseguia decidir que tipo de música combinaria tanto com Meredith quanto com Mandee. No fim, escolheu James Morrison, que era tanto inofensivo quanto suficientemente "descolado", esperava. Acendeu velas e espalhou algumas revistas em volta. Nunca supor que as clientes queiram conversar era a regra número um, e isso ela sempre incutia em qualquer cabeleireiro ou maquiador que contratasse para os eventos.

As duas hair stylists e make-up designers, como insistiam em ser chamadas, chegaram pontualmente às 13 horas. Montaram suas estações de trabalho em cantos opostos da sala, de modo que Meredith e Mandee pudessem conversar se quisessem. Stephanie deu uma passada de olhos nas roupas penduradas nas araras da outra sala, o provador improvisado. Junto com o vestido verde de Meredith havia outra opção que Stephanie gostaria que ela experimentasse, juntamente com um par de sapatos alternativo. O traje de Mandee da Agent Provocateur estava lá, assim como uma gracinha de minivestido da Chloé, caso ela conseguisse persuadi-la a mudar de ideia. Havia uma série de peças íntimas e cintas modeladoras para Meredith escolher, ainda nas caixas, pois o que não fosse usado seria devolvido à loja. As duas mulheres haviam recebido como empréstimo algumas joias não muito impressionantes, que Stephanie escolhera, pegando um item que combinasse com cada uma.

Às 13h25 ela atendeu uma ligação de Natasha, que estava em pânico, parada nos degraus do prédio de Santana com a maquiadora. Fazia cinco minutos que tocavam a campainha, mas não obtinham resposta. Stephanie lhes disse para simplesmente não esperar mais. Não eram as babás de Santana, e se ela decidira sair na noite anterior e não voltar para casa, então o problema era dela. Da mesma forma, se ela perdesse a tão batalhada apresentação daquela tarde, também não era problema delas.

Enquanto isso, Stephanie conseguiu acomodar seus dois encargos com seus respectivos lattes, umas revistas e o reconfortante som de dois secadores de cabelo. Após uma última verificada nas roupas na outra sala, ela se sentou no sofá, pensando em fechar os olhos por um instante. Um fragmento ocasional de conversa vinha do outro cômodo, mas o calor dos secadores assegurou que ela caísse num sono mais profundo.

O despertador tocou. Não, espere, era a campainha. Stephanie sentou-se com um choque. Onde estava? Alguém estava chamando da outra sala:

— Quer que eu atenda?

— Sim, por favor — respondeu Stephanie, antes de conseguir se lembrar até mesmo quem era esse alguém.

Tudo bem, ela estava no ateliê. Droga, era o dia do BAFTA. Olhou para o relógio: 15h40. Ela devia ter dormido por uma hora. Havia um fio de baba saindo do canto de sua boca. Ela enxugou. Olhou-se no espelho. Um lado do rosto estava marcado com a estamparia em alto-relevo da almofada. Ela esfregou com vontade. E se alguém tivesse dado uma espiada para dentro e a visto morta para o mundo? Nossa, isso não era nada profissional. E quem estaria na porta? Ela não estava esperando ninguém. Ouviu a voz de um homem. Merda. Droga. Estava esperando alguém sim. Ela pedira a Michael que viesse tirar algumas fotos.

Fora um momento de loucura. Ela mesma costumava tirar as fotos para os registros quando as clientes estavam prontas para o evento. Geralmente para referência, mas às vezes eram enviadas ao estilista se as roupas ficassem especialmente bem, na esperança de que oferecessem um traje de graça para a cliente. Entretanto, na sexta-feira, ela procurara uma desculpa para ligar para Michael — eles haviam combinado de se encontrar de novo na segunda à noite — e então perguntara se poderia contratar seus serviços no domingo por cerca de uma hora, como se isso fosse o pedido mais normal do mundo. Ele, é claro, tinha dito que faria de graça, e agora estava ali, no ateliê, e ela tinha uma aparência de morta-viva.

— Stephanie — chamou alguém da outra sala —, tem alguém aqui querendo ver você.

Ela limpou o rímel borrado dos olhos e passou os dedos pelos cabelos. Ah, bem, algum dia ele teria que vê-la em seu pior estado.

— Michael, oi — disse ela, confiante, ou pelo menos o mais confiante que conseguiu, ao passar pela porta.

A fisionomia dele decididamente se iluminou ao vê-la, ela percebeu. Certo, então talvez ela não estivesse tão mal.

— Este é o Michael, nosso fotógrafo — disse ela às outras na sala.

Por sorte ela não tinha vestido Meredith nem Mandee antes, portanto elas não perceberiam que era um acontecimento incomum. Uma das maquiadoras, Davina ou Davinia — todo mundo tinha uns nomes tão idiotas hoje em dia —, olhava para ela, confusa.

— Eu não sabia que seria uma sessão de fotos — dizia Davina agora. — Não fiz maquiagem para fotos. Fui pelo look natural. Você não falou nada sobre isso — acrescentou, acusatória.

Stephanie forçou um sorriso.

— Não é para um editorial, não se preocupe. Nossa — disse ela, querendo desviar o assunto —, vocês duas estão lindas. Vamos trocar de roupa enquanto Michael arruma o equipamento.

Ela olhou para Michael, que lhe lançou seu sorriso solidário. Deus do céu, o que ela estava fazendo? Nem tinha contado a Natasha, pois sabia que a amiga logo veria que ela só queria uma desculpa para vê-lo. Por sorte, Natasha, que estava do outro lado de Londres, lidando — ela assim esperava — com Santana a essa altura, nunca precisaria saber.

Tanto Meredith quanto Mandee estavam inflexíveis, querendo usar as roupas que haviam escolhido, e Stephanie ficou aliviada de que pelo menos comunicara antes a Michael que aqueles trajes não tinham sido escolha sua, mas que as clientes tinham se amotinado contra ela. Eram 15h55 quando elas ficaram prontas.

Com sua cinta sob a invenção verde-sinistro, Meredith na verdade dava a impressão de ter uma silhueta, por uma vez que fosse. Os seios enormes, que ela costumava esconder dentro de um sutiã mal ajustado e caído sob uma sucessão de blusas largas e sem forma, tinham sido levantados e se destacavam, parecendo magníficos. Stephanie esperava que os editores das revistas semanais ficassem tão ofuscados pela profusão de seios à mostra que não percebessem o quanto o vestido era horrendo e não fizessem Meredith figurar na lista das mais malvestidas.

Mandee era um estudo do uso de adesivo duplo, que colava as reduzidas duas peças ao corpo, na esperança de manter todas as suas partes sob controle. Se ela pelo menos estivesse vestida para uma sessão de fotos para uma revista de malucos em vez de estar pronta para sair, seria a silhueta a mostrar.

Stephanie podia jurar que ouvira Michael sufocar uma risada quando ela levou suas duas *protégées* para a sala. As maquiadoras deram uma rápida finalizada e Michael deu uma ajustada na iluminação para ser um pouco mais gentil, depois disparou algumas fotos de cada uma.

— Vocês têm algum outro traje? — disse ele, em sua voz mais cativante. — Seria uma pena desperdiçar o filme.

— Sim. Boa ideia — disse Stephanie, aproveitando a deixa. Ele estava tentando ajudá-la, uma doçura de sua parte. — Considere uma sessão gratuita de fotos. Assim, se gostar de qualquer uma delas, poderá pegar cópias. Nunca se sabe quando podem ser úteis. — Ela olhou para o relógio. — Temos tempo.

Na verdade, não tinham, os carros já estavam para chegar em cinco minutos, mas valia a pena tentar.

Ela ajudou Meredith a se espremer no vestido preto de decote canoa e mangas compridas e observou Mandee se transformar de vadia numa jovem bonita e charmosa no vestido Chloé.

— Nossa, vocês duas estão ótimas — disse Stephanie, e a dupla olhou para ela indiferente.

— Agora sim, isso é sexy — ela ouviu Michael dizer quando Mandee entrou na sala. Meredith revirou os olhos. — Você podia ser modelo — continuou ele. — A roupa que você estava vestindo antes não a valorizava, mas agora todo mundo vai querer fotografá-la.

— Você acha? — perguntou Mandee. — Mesmo?

Stephanie deu um sorriso conspirador para ele ao entrar na sala e ele deixou passar uma leve expressão insolente. Quando Meredith entrou, ele voltou a atenção para ela.

— Lindo vestido — disse ele.

— Que lisonjeiro — bufou Meredith, que era um projeto muito mais difícil que Mandee.

— Realmente fica muito melhor que o outro — acrescentou Stephanie, mas Meredith não engoliria nada disso. Permitiu que Michael tirasse umas duas fotos e anunciou sua intenção de se trocar novamente.

— Eu vou usar este aqui, está decidido — disse Mandee, e Stephanie teve vontade de lhe dar um beijo. Olhou para Michael, que parecia estar querendo lhe avisar alguma coisa enquanto Meredith não estava olhando. Ele estava acenando com a cabeça na direção da outra sala e revirando os olhos. Parecia que estava tendo um ataque.

— Só mais duas, Meredith. As últimas ficaram um pouco fora de foco. Culpa minha.

Relutante, Meredith concordou e Michael olhou fixamente para Stephanie querendo dizer... Bem, ela não sabia. De repente, lhe veio a inspiração. Ela foi para a sala ao lado, pegou o café de Meredith e jogou sobre o vestido verde horrendo.

— Ai, meu Deus! — gritou, tentando não rir. Isso era ridículo. — Ai, que droga! Meredith, sinto muito, derramei café no seu vestido.

Meredith adentrou a sala.

— Ora, lave depressa, pelo amor de Deus!

— Não vai dar — disse Stephanie, pegando o vestido rapidamente. — O tecido está absorvendo. Além disso, vai ficar cheirando a leite.

— Bem, o que você sugere que eu faça agora? — perguntou Meredith, praticamente com fumaça a sair pelas narinas.

— Bem... — disse Stephanie, e então a campainha tocou. Graças a Deus, eram os carros que levariam Meredith e Mandee à cerimônia. — Acho que você vai ter que usar o que está vestindo. Na verdade, não há escolha. Sinto muito, Meredith.

Meredith parecia que iria explodir. Michael interveio, segurando bolsas, agasalhos e ingressos:

— Vamos lá, madames. Não querem se atrasar, querem? — disse ele, levando-as para a porta. — As duas estão lindas.

— Certo — dizia Stephanie —, eu pus batom e gloss nas bolsas de vocês. Deem um retoque antes de saírem do carro. E aproveitem — acrescentou, ignorando a fisionomia furiosa de Meredith.

Agradecendo as hair stylists e make-up designers, ela prometeu que as chamaria de novo e depois fechou a porta, encostando-se nela e pondo a mão na boca para abafar o riso até as duas saírem de perto. Michael também estava rindo. Ele colocou o braço em torno do pescoço dela, puxando-a para si.

— Acho que somos telepatas — disse ele. Stephanie olhou para ele.

— Você não está tentando me contar que o que estava dizendo com todos aqueles acenos e olhares era "vai lá e joga café no vestido dela", está?

— Era exatamente isso que eu estava tentando dizer — disse ele, sorrindo e se inclinando para beijar a cabeça dela, mas o movimento seguinte deles foi um beijo na boca, escondidos ali no corredor estreito do ateliê.

Stephanie nem conseguia lembrar a última vez que beijara alguém que não fosse James. Na verdade, nem conseguia se lembrar direito da última vez que beijara James. Ela estava ciente da mão de Michael segurando-a por trás da cabeça e do peso de seu corpo ao pressioná-la contra a parede. Então, ele parou do mesmo modo abrupto com que iniciara, pegou-a pela mão, levando-a até o sofá da sala principal. Ela cogitou vagamente em relembrá-lo de que eles iriam esperar até que ela estivesse oficialmente solteira, mas como partira dele essa iniciativa, então quem era ela para detê-lo? Dane-se, faltava só uma semana para ficar livre. Na verdade, ela sabia que estava esperando que isso acontecesse ao convidá-lo. James estaria esperando por ela em casa para poder pegar a estrada rumo a Lincolnshire, mas ela não sentiu nenhuma culpa. Só estava fazendo o que ele fizera no último ano.

Michael afastou a cabeça de novo e olhou para ela.

— Tudo bem? — disse ele, e o tom de sua voz, o modo como falou, deixou-a mole.

— Sim — respondeu. — Claro.

A parte seguinte ficou meio nebulosa, braços e pernas, peças de roupas tiradas e ela só pensando, "certo, é isso aí", quando ouviu um ruído. Um estalo na fechadura, passos talvez, depois uma voz, uma voz feminina dizendo

"Oh, opa! Desculpe". Ela afastou Michael e viu Natasha recuando em direção à porta.

— Natasha — chamou Stephanie, sentando-se e tentando se cobrir com qualquer peça de roupa. — Espere um minuto.

Michael se sentara ereto e tentava se comportar como se fosse um dia comum, ir adiante, nada para ver aqui.

Natasha ainda estava encarando a porta e obviamente sem intenção de se virar. Esticou o braço, segurando um porta-terno.

— Eu só estava trazendo de volta as roupas da Santana. Ela não apareceu, sabe. Desculpe, eu não devia... se soubesse.

— Tudo bem — disse Stephanie, buscando o que dizer. Que indigno aquilo, serem flagrados se bolinando como uma dupla de adolescentes no vestiário da escola. — A gente só estava... hãã... eu pedi ao Michael para fotografar Meredith e Mandee e a gente só... Ah, meu Deus, isso é tão constrangedor.

— Bem, de qualquer forma — disse Natasha —, é melhor eu ir. Vocês podem continuar ou... seja o que for. Prazer em vê-lo, Michael. — Ela largou o porta-terno numa cadeira. — Tchau, então. Até amanhã, Steph.

Stephanie e Michael ficaram sentados lado a lado no sofá olhando Natasha sair e fechar a porta. O clima tinha definitivamente esfriado.

— Desculpe — disse Michael. — Foi culpa minha, eu só fiquei meio entusiasmado.

— Não, não — disse Stephanie. — Fomos nós dois. E como é que a gente ia saber que ela voltaria? Tudo bem. Foi só meio embaraçoso, só isso.

— Bem — disse Michael se levantando. — Preciso ir. Quero dizer, você provavelmente tem que ir para casa.

— É, acho que tenho mesmo.

Stephanie ficou de pé, pensando em como, no espaço de dois minutos, eles tinham passado dos estertores da paixão para duas pessoas agindo como se mal se conhecessem. Acabaram se vestindo desajeitadamente, evitando olhar um para o outro.

— Amanhã à noite ainda está de pé? — perguntou Stephanie, quando saíram do ateliê sem nem dar um beijo de despedida.

Michael estendeu o braço para um táxi.

— Claro. Eu ligo para você à tarde e a gente combina.

Ela achou que ele entraria no táxi com ela, mas ele simplesmente bateu a porta, acenando enquanto o carro partia. Ligou o telefone. Havia uma mensagem desvairada de Natasha: "Ah, Steph, sinto muito, muito mesmo, por ter invadido desse jeito. Por que você não me disse que ele viria? Eu teria levado as roupas para a minha casa. Aliás, vocês pareciam estar se dando muito bem. Espero que tenham continuado de onde pararam depois que eu fui embora. Bom para você, que está merecendo se divertir um pouco. Mas eu ainda sinto muito, de verdade, por ter entrado e estragado tudo."

Stephanie olhou pela janela. Agora que a sensação de embaraço estava sumindo, ela só se sentiu meio triste que a coisa toda tivesse erguido um tipo de barreira entre ela e Michael. Agora surgira um constrangimento ali que não havia antes. Talvez eles tivessem ido muito rápido. Tudo bem com ela: ela conhecia Natasha e sabia que a amiga nunca reprovaria o que ela estava fazendo, mas Michael se preocuparia com o quanto aquilo parecera pouco profissional, pensou ela, conseguindo sorrir. Gostaria que eles conseguissem recuperar a antiga intimidade mútua no dia seguinte, talvez até rir daquilo, porque, francamente, depois de passado o constrangimento inicial, era engraçado. Ela só desejou poder ter certeza de que ele realmente ligaria, como prometera. Sentia que talvez não o fizesse.

31

James estava pensando seriamente durante a viagem de volta a Lincoln. Stephanie havia chegado em casa pouco antes das 18 horas, parecendo tensa e meio desgrenhada. Ele ficara tentado a ficar em Londres, a dizer "Vai estar meio parado na segunda de manhã, vou deixar que Malcolm ou Simon se preocupem com a clínica pelo menos uma vez", mas não sabia como abordar isso sem deixar Stephanie pensando que ele estava agindo de modo estranho. E a verdade era que ele *estava* se sentindo estranho. Era como se tivesse passado um ano inteiro adormecido e só agora acordasse, percebendo exatamente o que andara fazendo todo esse tempo. O que havia pensado? Sendo mais específico, como podia ter pensado que poderia sair dessa ileso? Ele tinha cavado um buraco tão fundo que agora não conseguia imaginar a possibilidade de sair dele sem perder tudo. Havia pensado que poderia manter a situação indefinidamente, que as duas mulheres permaneceriam contentes na posse de metade dele e que seus sentimentos em relação às duas sempre seria tal que ele nunca sentiria a necessidade de mergulhar num lado ou noutro. Agora ele começava a cogitar se não estivera errado.

Ao chegar em casa por volta das 21h45, Katie não estava. Deixara um bilhete, dizendo que tinha um cliente e que havia deixado o jantar no forno. Depois de afagar Stanley, ele foi comer, sentado à mesinha da cozinha. Olhou para as estátuas tailandesas nas prateleiras e para as fotos emolduradas na parede, das férias de Katie no Oriente, antes de tê-lo conhecido. Não havia nada dele ali, pensou, nada que realmente dissesse que ele morava naquela casa havia um ano. Até a cor, um azul-turquesa, não era a que teria escolhido.

A campainha tocou.

James olhou para o relógio. Dez e cinco. Era tarde para alguém chegar sem avisar. Ele abriu a porta cautelosamente e encontrou Simone ali parada.

— Katie está? — perguntou ela, antes mesmo que ele conseguisse cumprimentá-la.

— Hãã... não, ela está trabalhando — disse ele. Simone estava estranha.

— Ótimo. É com você mesmo que eu queria falar. Posso entrar? — Ao dizer isso, Simone já estava passando pela porta. — Você tem vinho? Estou louca pra tomar alguma coisa. — Estava claro que ela já tinha bebido.

James serviu-lhe uma taça pequena.

— Você está bem? — perguntou ele.

— Claro que estou... por que não estaria? Acabei de saber que você teve problemas com a Secretaria de Planejamento e achei que talvez pudesse ajudá-lo, só isso.

James não estava conseguindo acreditar que Simone tinha ido à casa dele às 22h05 para discutir sobre o anexo.

— Eu poderia conversar com o Grupo da Área de Conservação. Eles têm uma grande influência na Câmara, você sabe. Se eu conseguisse um consenso de que não há objeção ao prédio...

James a interrompeu — aquilo estava realmente muito estranho:

— Simone, isso é realmente muito gentil da sua parte, mas não consigo acreditar que o Grupo da Área de Conservação vá concordar que meu anexo feito com tijolos de concreto e PVC é vantajoso para a área. Além disso, eu não quero lhe criar problemas.

Simone, que estava sentada numa das pequenas poltronas, levantou-se e foi para o lado de James no sofá. Ele se afastou desajeitadamente.

— Não é problema — disse ela, dando-lhe uma olhada que o fez perceber exatamente o motivo de sua vinda.

Ela estava tentando seduzi-lo. Por uma fração de segundo ele brincou com a ideia de pagar para ver, mas sabia que, qualquer que fosse a solução para seus problemas, estava longe de transar com uma das vizinhas.

— Na verdade, Simone, eu decidi fazer o que é certo dessa vez. Vou pedir permissão, e, se não conseguir, bem, foi merecido. Mas obrigado pela sua oferta. De verdade. Você é uma boa amiga.

Ele se levantou, sinalizando que era hora de ela ir embora, mas Simone não se mexeu.

— Pode me servir outra taça? — pediu ela, numa voz que ele considerou claramente convidativa.

James olhou para o relógio.

— Para ser franco, eu estava pensando em dormir cedo — disse ele, mas antes que conseguisse acabar de falar, Simone já havia se levantado também e o estava agarrando. Ele levou a cabeça para trás, evitando seu beijo. — Ei, Simone — ele tentou fazer graça —, a gente não pode fazer isso. Katie vai chegar a qualquer minuto, e o que vamos dizer a Richard?

— Richard que se foda — disse ela com violência.

— Ah — disse James —, você teve uma briga com Richard.

Isso explicaria. Ela estava procurando um modo de se vingar de Richard e tinha a clara ideia de que James jamais recusaria a oferta de uma rapidinha.

— E se tiver tido?

James pegou a taça da mão dela, colocando-a na mesa.

— Simone, acho que você deveria ir para casa. Amanhã de manhã poderá resolver as coisas com Richard. Que tal?

Simone estava começando a parecer zangada.

— Faz meses que você flerta comigo e agora vai me humilhar, me recusando? Qual é, você acha que eu sou o tipo de mulher que sai por aí flertando com qualquer coroa? Não — disse ela, respondendo à própria pergunta —, eu o procurei porque você sempre deixou bem claro que gostava de mim.

Ela estava gritando, e James não pôde deixar de se preocupar com o que os vizinhos poderiam pensar.

— Desculpe se eu lhe dei essa impressão — disse ele. No fundo, não tinha dúvidas de que se isso tivesse acontecido umas duas semanas antes ele teria ficado tentado a entrar nessa e danem-se as consequências. Nunca fora do tipo que recusava um convite para sexo, por mais complicado que fosse. Agora ele só a queria fora da casa. Já estava metido em encrenca suficiente. — Eu realmente flertei com você, é verdade, mas nunca pretendi nada com isso. Nunca teria chegado às vias de fato. Achei que você sentia o mesmo, que a gente só estava se divertindo.

Imediatamente, ele se deu conta de que não dissera a coisa certa. A fisionomia de Simone se contorceu numa expressão de desprezo.

— Se divertindo? Você acha que eu estaria aqui traindo meu marido se achasse que só estávamos nos divertindo?

Nossa, ele só queria que ela parasse de gritar. Estava realmente embriagada.

— Vamos pôr isso em pratos limpos — disse James, num tom mais sério agora. — Você não está aqui traindo seu marido. Teve uma briga com Richard e veio aqui querendo se vingar dele, mas isso não vai acontecer, tá bom? Agora, por que não vai para casa e resolve isso com ele?

— O que há de errado comigo? Você não gosta de mim? — De repente, lágrimas corriam pelas suas faces.

Ah, essa agora, pensou James. O que eu faço? A próxima seria ela desmaiar no sofá, e então ele nunca se livraria dela. A verdade era que ele a deixara pensar que gostava dela. Havia se divertido com o flerte e curtido a sensação de estar superando Richard numa. Ele era patético a esse ponto, pensou agora. Tinha necessidade de achar que as mulheres de seus amigos o desejavam, que iriam todas pular em cima dele se ele as chamasse.

Havia uma única coisa a fazer. Simone precisava ir para casa, custasse o que custasse. Ele a abraçou.

— É claro que sim — disse ele. — Você sabe que gosto. É só que não podemos fazer nada a respeito por causa de Richard e Katie. Eu quero, mesmo — continuou, olhando para o rosto dela banhado de lágrimas. Agora percebia que não tinha nenhuma atração por Simone. Tudo fora um jogo. — Mas não podemos. Nós dois temos muito a perder.

Simone estava olhando para ele calmamente, piscando entre as lágrimas, o orgulho intacto. Eles eram iguais, pensou. Só queriam ser desejados por todo mundo.

— Agora é melhor você ir para casa antes que a gente faça algo de que vá se arrepender depois.

Ela fez menção de beijá-lo outra vez e ele a afastou suavemente.

— Não, se começarmos nunca vamos conseguir parar.

Nem podia acreditar que conseguia apresentar esses clichês com tanta facilidade ou que ela os aceitasse.

— Tá bom — disse ela. — Você tem razão.

James se desvencilhou o mais rapidamente possível, sem dar a impressão de ser grosseiro, e em seguida a levou até a porta. Cogitou acompanhá-la, pois ela bebera demais, mas decidiu que isso seria correr atrás de encrenca.

— Boa-noite, então — gritou ele enquanto ela cambaleava noite adentro.

Queria que os vizinhos soubessem que ela estava saindo, para evitar boatos indecentes.

Meia hora mais tarde, quando Kate chegou em casa, ele lhe contou a história toda. Já estava farto de guardar segredos. Bem, quase.

32

Os jornais da segunda de manhã estavam cheios de fotos do BAFTA, dos vencedores, dos perdedores, das pessoas que tinham se embriagado na festa e caído no chão na saída. Stephanie comprara todos a caminho do trabalho e agora os folheava enquanto bebia um enorme copo de café com leite.

Natasha ainda não havia chegado, tinha combinado de pegar os acessórios de Meredith e Mandee no caminho — algo em torno do meio-dia, para deixar que elas se recuperassem da ressaca. Então elas separariam tudo para devolver às lojas que haviam feito os empréstimos, os quais tinham sido obtidos mais como um favor a Stephanie do que pelo desejo de que Mandee ou Meredith fossem vistas com seus modelos. Nenhuma das duas conseguiria um vestido emprestado porque os estilistas não as consideravam alguém com quem quisessem ser associados. O vestido de Santana, embora pudesse ser devolvido intacto, seria antes lavado e passado.

Stephanie temia o momento de encontrar Natasha, pois tinha certeza de que ela iria querer saber todos os detalhes sujos e provavelmente passaria o dia implicando com ela por ter sido flagrada fazendo sexo no sofá como uma adolescente. Pior, ela iria pensar que o único motivo para ter chamado Michael era para poder pular em cima dele. O que era verdade, é claro, mas ela estava tentando se convencer de que não era.

Ela obrigou-se a passar o olho rapidamente pelas páginas principais primeiro, sabendo da improbabilidade de que qualquer das suas três clientes aparecesse nelas. Depois da partida de James na noite anterior ela assistira à premiação pela TV. Enfim, Santana estava lá, para apresentar seu prêmio, mas parecia que tinha aparecido com qualquer coisa que estava usando na noite anterior, depois de farrear o dia e a noite inteiros. De fato, era provável que tivesse sido exatamente isso que fizera. Falara de modo ininteligível durante a apresentação, de vez em quando passava a mão pelo cabelo emaranhado. Uns dois jornais traziam suas fotos, com comentários dizendo que ela dava a impressão de estar em meio a uma grande bebedeira, e um chegara a publicar fotos dela na noite anterior com o mesmo traje. Assim, os temores iniciais de Stephanie de que ela apareceria numa das revistas semanais sob a manchete "Estilista demitida!" imediatamente se dissiparam. Seria de se esperar que algum jornalista inteligente pusesse uma fileira de fotos para deixar claro que Santana não tinha a menor noção quando resolvia as coisas por conta própria.

A novela de Meredith ganhara na categoria de "Melhor Seriado", e Stephanie a vira lá em cima, no aglomerado do elenco que subiu ao palco para receber o troféu. De fato, lá estava ela na página 5 do *Sun*, com uma legenda que dizia o quanto ela tinha se depurado: "Será imaginação minha ou Meredith Barnard é realmente sexy?" escrevera um repórter. Stephanie se permitiu um sorriso. Ponto para ela.

No *Mirror* havia uma foto de um jovem arrasa-corações, popular na TV, saindo da festa com Mandee a reboque. Eles tinham entrado no mesmo táxi, dizia a reportagem, e "Mandee não estava uma graça com um pouco de roupa, para variar?". Parecia não haver nenhuma foto da Mandy com y em lugar algum.

Stephanie recortou as duas matérias, um resultado muito melhor do que esperava, e, na verdade, devido a Michael. Ela pensou em ligar para ele e agradecer, mas sentiu que se ele quisesse falar com ela, ligaria. As coisas tinham acabado de um modo desastroso e ela sabia que ele estava envergonhado com o aparecimento de Natasha. Assim como ela, é claro, mas Natasha era sua amiga. Michael só a vira uma vez. Era provável que estivesse preocupado de ela vê-lo como um ladrão de esposas ou um devasso. É claro que ele não podia saber que fazia semanas que Natasha a incentivava a sair e encontrar outro homem.

Ela decidiu ligar para Meredith e Mandee para dar as boas notícias, a fim de parar de pensar em Michael. Meredith, que já saíra e comprara os jornais, não podia ter sido mais simpática:

— Eu estava muito enganada em relação ao vestido e você tinha toda a razão — disse ela de maneira cortês, dando a impressão de que realmente pensava isso.

Já recebera dois telefonemas de revistas aquela manhã perguntando quem a vestira e ela lhes dissera toda contente que Stephanie Mortimer era uma estilista maravilhosa e talentosa e que a recomendaria a todas as amigas. É por isso, pensou Stephanie, ao desligar o telefone depois de prometer que vestiria Meredith para a festa anual do elenco e da equipe, que eu faço o que faço. Ela só queria conseguir se sentir mais entusiasmada.

O telefone de Mandee caiu direto na caixa postal. Sem dúvida ela ainda estava refugiada em algum lugar com o Sr. Arrasa-Corações da TV. Stephanie deixou uma mensagem dizendo-lhe que comprasse o *Mirror* e desligou.

Olhou para o relógio. Tinha uma hora marcada com uma possível nova cliente em Holland Park ao meio-dia. Eram só 10h30, mas ela queria sair do ateliê antes que Natasha chegasse, então decidiu ir mais cedo. Poderia dar uma olhada nas lojas no caminho, pegar algumas ideias. Deixou os recortes na escrivaninha de Natasha, onde ficariam bem à vista, e saiu.

— Simplesmente estou sentindo que chegou a hora, só isso — dizia Simon.

James estava tentando absorver a ideia. Simon, que trabalhava com ele desde a abertura da clínica, havia mais de oito anos, estava indo embora para trabalhar sozinho. Não era apenas isso: ele iria ficar na localidade, abriria seu consultório na mesma rua. E Malcolm estava indo com ele.

— Mas... — James se ouviu gaguejar — ... mas não há como dois consultórios veterinários sobreviverem num povoado tão pequeno. Quer dizer, de onde vai vir todo o trabalho?

Era um desastre. Simon e Malcolm eram conhecidos na localidade, além de trabalharem ali a semana toda. Quem se manteria fiel a ele sabendo que se seu animal ficasse doente numa quarta à tarde, numa quinta, numa sexta ou no fim de semana, não haveria ninguém para atendê-lo? Sua cabeça estava zunindo; ele precisaria contratar alguém, nem que fosse só para os dias em que não estivesse ali.

— Tenho certeza de que haverá trabalho suficiente — disse Simon, com um sorriso nauseante, e James percebeu que estava acabado para ele. Eles entrariam numa competição direta e ele perderia.

Quando Simon saiu, ele se sentou atrás da grande escrivaninha de carvalho e pôs a cabeça entre as mãos. Ele havia acabado com a própria vida. Katie diria que era o destino, mas ele não acreditava nessa bobagem toda. Só havia uma pessoa com quem sentia vontade de falar, e era Stephanie. Stephanie não ficaria tentando lhe dizer que tudo acontecia por uma razão. Ela lhe permitiria chafurdar em sua infelicidade por algum tempo, depois o ajudaria a sair dali rindo. Ele pegou o telefone.

Stephanie pareceu-lhe solidária mas distraída, dizendo-lhe que estava na rua, que o sinal não estava bom. Ele se flagrou desabafando sobre Simon e os problemas que estava tendo com a Secretaria de Planejamento, entre outros, e ela o escutou pacientemente, sem falar muito. Quando ele acabou, ela disse que tinha certeza de que tudo se resolveria a tempo, mas que ela precisava desligar porque tinha um compromisso. Depois de ter desligado, ele se deu conta de que havia só uma coisa que ele realmente esperava que ela tivesse dito. Deu-se conta de que queria ter ouvido dela que talvez essa fosse uma grande oportunidade para fechar a clínica em Lincoln. Que talvez agora fosse a hora certa para ele se mudar de vez para Londres. Mas ela não disse nada disso. Por quê? Droga, pensou James. Ele sempre considerara fato consumado que Stephanie só estava esperando que ele desistisse da clínica no interior e voltasse para casa de vez. Talvez ela não estivesse.

— Isso é carma ruim — disse Katie, como ele sabia que ela diria, quando lhe contou o que Simon e Malcolm estavam fazendo. — Se a gente se comporta mal, sempre recebe a punição merecida — acrescentou, olhando-o bem nos olhos, de um modo que o deixou desconfortável.

Eles raramente passavam uma noite juntos atualmente, e estavam sentados em lados opostos da mesa da cozinha, comendo frango com brócolis.

— Acho melhor cancelar a festa — disse James.

Ele estava pensando nisso fazia uns dois dias. Que sentido fazia celebrar o aniversário se metade das pessoas convidadas não estava mais falando com ele (ou pelo menos era o que ele sentia)?

— Não seja bobo — disse Katie. — Não podemos mais cancelar, é no domingo, tudo já foi encomendado. Além disso, tem um monte de gente que vai.

— Não Simon, nem Sally e a família dela, nem Malcolm.

— Certo — disse Katie. — A Sally e a família dela não vão, isso é verdade. Mas você não iria querer eles lá, iria? Simon e Malcolm ainda vão. Tudo bem, talvez você não esteja gostando do que eles estão fazendo, mas eles estão pensando nos negócios. Nada pessoal.

— Não? — questionou James, taciturno.

— Claro que não. Além disso, tem Sam e Geoff, Hugh e Alison, Richard e Simone...

James grunhiu.

Mesmo assim, Katie continuou:

— ... e todos os seus clientes.

— Os que não são parentes de Sally ou que não estejam se sentindo culpados por irem procurar Simon ou Malcolm em vez de a mim.

— James, pare de ser tão negativo — disse Katie. — Você está exagerando. Vai ser maravilhoso.

Katie estava preocupada: talvez as coisas tivessem ido longe demais. Não porque sentisse pena de James, na verdade mal conseguia olhar para ele e, quando o fazia, precisava se conter para não vociferar acusações. Não, seu temor era de que se ele estava temendo a festa, como agora admitia estar, então a humilhação pública que elas estavam planejando podia não ter o impacto que esperavam. Chutar um homem quando ele está por baixo não parecia tão divertido quanto derrubar um homem que está no topo e então chutá-lo. Entretanto, ela não conseguira se segurar. Todas as alfinetadas, as flechinhas que ela atirara nele, a deixaram se sentindo muito melhor. Não era culpa dela que os problemas na vida dele tivessem ganhado impulso próprio. Ela não podia ter adivinhado que ele despediria Sally ou que Simon e Malcolm ficariam fartos e o abandonariam. O próprio James era culpado por essas coisas.

Fazia dias que ela não falava com Stephanie. Recebera algumas mensagens e houvera umas duas ligações não atendidas, mas ela não conseguira ligar de volta. Ela não precisava que Stephanie lhe dissesse para pegar leve com ele. Na verdade, estava com a nítida impressão de que Stephanie estava ficando com o pé atrás em relação ao plano todo, o que, levando em consideração que tudo tinha sido ideia dela, era engraçado. Sem Stephanie, Katie simplesmente teria dito a James que estava tudo acabado, que ela havia descoberto que ele continuava muito bem casado. Mas não: Stephanie a convencera de que a vingança era fortalecedora, que o castigo deveria se seguir ao crime, e, era preciso admitir, ela tinha razão. Assim que Katie descobriu a verdade sobre a vida dupla de James ela se sentiu arrasada, desvalorizada, decepcionada. Agora sentia-se mais forte que nunca. Estava no controle, e não havia nada que James pudesse fazer.

Stephanie ainda não havia contado a Michael toda a verdade sobre sua situação com James. Ela fora o mais honesta possível, dizendo que ainda estava casada, que descobrira a vida dupla do marido e estava no processo de se desenredar do casamento, mas fora vaga quanto aos motivos para ainda estar com ele, para não ter acabado tudo assim que descobrira a verdade. E ela sabia a razão: sentia que ele reprovaria.

Ele era adulto, e ela temia dar a impressão de estar jogando, minimizando o fato de que seu casamento acabara. Apesar do fato de que a mulher dele aparentemente fora indiscreta sobre seus defeitos com os amigos dele, ele claramente tinha orgulho de ter lidado com a situação dignamente. Manter a moral elevada era muito importante na lista de prioridades de Michael. Dar uma festa com a intenção específica de desmascarar o marido infiel diante de todos os amigos e colegas não seria uma ideia que poderia lhe passar pela cabeça, muito menos uma que ele pusesse em prática. Michael dava a máxima importância à atitude correta.

Era por isso que Stephanie sabia que ele estaria se sentindo mal pelo que acontecera domingo. Eles haviam concordado em não se envolver demais antes que Stephanie tivesse dado uma solução ao seu casamento, e ficar arrebatados pela excitação momentânea, como dois adolescentes, nunca fizera parte do plano. Muito menos serem flagrados nessa situação. Ele fora embora após a saída de Natasha, como se não pudesse aguentar ficar com ela mais nenhum minuto. Aquilo destruíra completamente o clima. O que acontecera entre eles dois subitamente parecera furtivo e meio brega. Um pouco como estar no vestiário da escola.

De todo modo, ele acabara ligando para confirmar o encontro daquela noite. Fora uma conversa breve, quase um telefonema profissional, como se estivessem organizando uma conferência. Agora ela estava esperando por ele no bar do hotel Soho, acanhadamente bebericando um coquetel.

Quando Michael chegou, cinco minutos atrasado, sem fôlego e se desculpando por ter ficado preso no metrô, ele estava muito bem. Ela estava incrivelmente nervosa. Ele passou um braço em volta dela e lhe deu um beijo amoroso. O nervosismo se dissipou. Ficaria tudo bem. Por sorte, ele estava fazendo o melhor possível para agir como se nada embaraçoso tivesse acontecido. Ele sugeriu que tentassem conseguir ingressos para a nova peça de Joe Penhall no Royal Court e ela concordou alegremente. À vontade agora, ela subitamente soltou uma risada involuntária.

— Que foi? — perguntou Michael.

— Desculpe — disse Stephanie, corando um pouco. — Eu só estava pensando no quadro que Natasha viu.

— Não — disse ele, fazendo uma careta.

Stephanie riu outra vez, sem conseguir se conter. *Era* engraçado.

— Só me lembro de ela dizer "Oh, opa", como se fosse uma das voluntárias da Liga Feminina que tivesse deixado cair um vidro de geleia.

Michael só conseguiu dar um meio sorriso.

— Estou tentando esquecer isso — disse ele, e mudou de assunto. Talvez uma noite sentados lado a lado no teatro, sem poder falar no que havia acontecido, fosse exatamente aquilo de que precisavam.

33

A cozinha quase desaparecera sob um mar de guirlandas e bandeirinhas de papel. Stephanie deixara Finn decorar o vestíbulo para a festa de 40 anos do pai e ele estava levando sua tarefa muito a sério. Passara as duas últimas noites fazendo com Cassie uma faixa que dizia "Feliz aniversário papai (James)", decorada com uma foto de James com um estetoscópio em volta do pescoço e cercado de animais em estado mórbido. Havia muito sangue, pernas decepadas e até um panda empalado numa cerca, a língua para fora. Finn ouvira Cassie contando para a mãe dele que aquilo a lembrava uma pintura da Primeira Guerra que uma vez ela vira no National. Ele ficou extremamente orgulhoso.

Para ser franco, Finn andava meio cheio de ter que passar tantas noites com Cassie ultimamente. Não que não gostasse dela. No que dizia respeito a babás, ela era bem legal. Para começar, era engraçada, e às vezes, quando se inclinava sobre a cama para lhe dar um beijo de boa-noite ele podia ver embaixo da blusa, algo que achava fascinante sem saber direito por quê. Além disso, ela sempre o deixava ficar acordado até depois da hora de ir dormir e o ajudava com coisas como a faixa para o pai e o dever de casa. Mas não era o mesmo que ficar com sua mãe. No entanto, Stephanie parecia estar tendo que trabalhar até tarde no momento.

Fazia semanas ele andava economizando a mesada (75 centavos por semana) para comprar alguma coisa legal para o pai no aniversário, e se decidira por um porta-copo para o carro, pois o pai tinha que fazer todas aquelas longas viagens todas as semanas e Finn achou que seria legal se ele pudesse beber um café quente no caminho. Ele vira um na loja do posto do fim da rua, onde o pai às vezes ia encher o tanque no domingo de manhã, e sua mãe prometera que o levaria lá um dia, depois da escola, para comprar. Nas duas últimas noites, entretanto, ela não tivera tempo, pois precisava se arrumar para sair de novo. Ele estava esperando que ela o levasse lá aquela tarde antes que o pai voltasse do interior. Já a lembrara duas vezes.

Deitada na cama, Stephanie sabia que deveria levantar para fazer o café da manhã de Finn, mas estava exausta. Não estava acostumada a sair à noite. Na segunda, após o teatro, ela e Michael haviam dividido um táxi para casa e no caminho tinha rolado um casto beijo. Na noite anterior tinham ido comer no Oxo Tower, depois deram uma caminhada pela margem sul do rio até perceberem que talvez não fosse uma ideia tão boa, ao passarem por um corredor polonês de garotos encapuzados de aparência duvidosa. Depois de saltarem para dentro de um táxi, rindo da sorte de terem escapado dos garotos, Michael colocou o braço em volta dela e assim ficaram durante todo o caminho até a casa dele, e se beijaram mais calorosamente, indiferentes ao motorista, que de vez em quando os espiava pelo espelho retrovisor.

— Eu bem queria poder pedir para você ficar — disse Michael ao saltar do táxi.

— Da próxima vez que a gente se encontrar, estarei oficialmente solteira — disse Stephanie, e pela primeira vez a coisa toda dera a impressão de ser real. Ela iria se separar de James. Naquele fim de semana. Em sua cabeça o relacionamento já estava tão morto que a sensação era quase de um anticlímax. No que lhe dizia respeito, já acabara havia semanas. Agora ela e Katie só tinham que fazer a encenação e depois já era. O início de uma nova vida.

Ridiculamente ela ficou se martirizando com a decisão de comprar ou não um presente para James. A festa era no sábado e ele estaria esperando um presente, mas depois que eles se separassem ela precisaria de cada centavo que conseguisse juntar. Não parecia certo gastar centenas de libras com ele num dia só para lhe dizer que o abandonaria no dia seguinte. Por fim, ela decidiu dizer a ele que comprara um pacote de viagem para eles. Podia dar a impressão de ser tão extravagante quanto quisesse, já que nunca aconteceria.

Forçou-se a sair da cama. Podia ouvir Finn descendo a escada e seu coração deu um salto ao pensar sobre ter que contar a ele que o pai iria se mudar. "Não é culpa minha", disse ela para si mesma. "Nada disso é culpa minha."

Finn estava inclinado sobre a mesa da cozinha, trabalhando em sua faixa.

— Está genial — disse Stephanie, dando-lhe um abraço um pouco apertado demais, o que fez com que ele se contorcesse em seus braços. — O papai vai amar.

Parecia impossível imaginar que aquele dia seria a última vez que James viria para casa. Stephanie decidira que a coisa mais justa a fazer após a separação seria ela permanecer na casa com Finn até as coisas se resolverem. Ela tinha certeza de que, por mais irracional que James tivesse sido em outros aspectos, ele veria o sentido de causar o mínimo de ruptura possível para o filho. Ela só queria que tudo acabasse logo. Todo o plano parecia ridículo agora. Ela até pensou em recuar no domingo, deixando

Katie ir adiante e lhe dizer que descobrira tudo sozinha. Mas Katie ligara na noite anterior — a primeira vez que se falavam depois de um período que parecia séculos — e ela fora tão positiva sobre estarem fazendo a coisa certa e parecera tão... bem... tão mais feliz, realmente, do que Stephanie podia imaginar que ela fosse, tão mais segura, que ela acabou se espelhando no estado de espírito da outra e concordando com os detalhes de última hora, como onde ela iria ficar e precisamente a hora que iria aparecer.

O plano era o seguinte: Stephanie iria para Lincoln de trem no domingo à tarde e sairia umas duas horas depois de James, que estaria animado de orgulho e alegria após sua festa na noite anterior, na qual os familiares e amigos o teriam deixado se sentindo importante e amado. Ela ficaria no mesmo hotel onde os pais de James haviam ficado semanas antes, onde ela passaria algum tempo no quarto para ficar o mais glamourosa e desejável possível.

Exatamente às 21h30, ela pegaria um táxi para Lower Shippingham, dirigindo-se ao salão do clube. Katie estava planejando o bolo para as 22 horas e combinara de enviar uma mensagem a Stephanie — que estaria esperando no pub ao lado do clube — informando-a quando isso estivesse para acontecer. Enquanto Katie fizesse um discurso sobre o quanto James era maravilhoso, ótimo companheiro e amigo, Stephanie entraria no salão. Assim que Katie a visse, o plano era que ela anunciaria uma convidada especial, alguém que ocupava um lugar único no coração de James. Ela olharia para Stephanie; James, animado, olharia para Stephanie; os convidados reunidos — alguns dos quais a conheciam — olhariam para Stephanie. "Sim", diria Katie, "é a mulher dele. Não, vocês não ouviram mal, eu disse a mulher dele, não ex-mulher". James teria um choque. "Vejam bem, ele ainda vive com ela em

Londres metade da semana", Katie continuaria. "Ei-la aqui, minha amiga e *ainda* esposa de James, Stephanie." Stephanie seguiria adiante, sorrindo para Katie, e elas se abraçariam. O maior caos em volta e James tendo uma espécie de enfarto. O que exatamente aconteceria depois disso elas não podiam saber. Mas o estrago estaria feito. James seria desmascarado como traidor e mentiroso e Stephanie e Katie poderiam seguir com suas vidas.

Tudo parecia muito simples.

Stephanie estava suando frio. Será que conseguiria levar isso a cabo? Pegou o telefone e ligou para Katie, indo para a sala, de modo que Finn não ouvisse.

— Nós realmente estamos fazendo a coisa certa, não é? — disse ela, quando Katie atendeu.

— Claro que estamos — disse Katie, confiante. — Pare de se preocupar.

James já estava na estrada às 12h45. Queria chegar em Londres, estar com Stephanie e Finn. Queria voltar para o que agora considerava sua verdadeira família. Tivera uma reunião com o pessoal da Receita antes, na qual o fizeram se sentir mais como um escolar travesso do que um criminoso, mas ainda assim fora humilhante, e o fato de que agora eles estavam tentando calcular o imposto retroativo provavelmente significava que ele teria uma conta bem salgada a pagar, mais juros. Nem Simon nem Malcolm tinham ido à clínica de manhã, pois estavam procurando as novas dependências — um enorme celeiro reformado, que aparentemente estavam adquirindo por uma bagatela de um primo de Sally, Kieron, um produtor leiteiro local. Conforme Judy, a enfermeira, lhe dissera de manhã, Sally iria trabalhar com eles na recepção, e aliás ela, Judy, também acabara de aceitar a oferta de trabalho que eles lhe tinham feito. Ele sabia que deveria ficar, que o único modo de salvar o navio a pique que sua adorada clínica se tornara era jogar toda a sua energia ali e simultaneamente lançar-se numa ofensiva cativante naquela área, tentando atrair clientela, mas ele nem conseguia se dar ao trabalho. Pelo menos não naquele momento. Só queria ir para casa.

Só parou no caminho uma vez, num posto de gasolina, onde foi ao banheiro e comprou uma garrafa d'água. Faltando cinco minutos para as 16 horas, ele estava virando na Belsize Avenue e cantando uma canção qualquer que tocava no rádio. Deu uma olhada no telefone antes de descer do carro. Nenhuma mensagem de Katie. Ele havia notado que ela não o bombardeava mais com aquelas mensagens — dizendo que já estava morrendo de saudades — que até algumas semanas antes sempre mandava nas quartas-feiras. Ele botou o telefone de novo no bolso, pegou a maleta no assento de trás e seguiu pelo caminho.

Stephanie e Finn deram um salto quando ele entrou na cozinha e então ficaram alvoroçados, tentando esconder alguma coisa — parecia um papel bem grande — embaixo da mesa. James sorriu. Sabia que deviam estar preparando algum tipo de surpresa para o seu aniversário. Ele fingiu tentar olhar para o que eles estavam fazendo e Finn ficou guinchando histericamente e correu para tentar impedi-lo. James olhou por sobre o ombro de Finn, rindo, e notou que Stephanie parecia pensativa; triste, até.

— Tudo bem com você? — perguntou ele.
Stephanie sorriu.
— Claro.

34

Chegara o grande dia. Isto é, o primeiro — e levemente menor — dos dois grandes dias. Pauline e John tinham vindo de Cheltenham e logo começaram a ajudar na limpeza e a desembrulhar os copos que Stephanie havia alugado. Finn desenrolara sua faixa, sendo muito aplaudido, embora, na intimidade, todos concordassem que a possibilidade de ele estar nutrindo tendências psicopatas era meio perturbadora e preocupante. Agora a faixa estava estendida orgulhosamente no vestíbulo, juntamente com as guirlandas de papel e vários balões. No resto da casa, a decoração era muito mais adulta, consistindo de velas vermelhas perfumadas, toalhas da mesma cor e alguns arranjos florais exóticos cá e lá. Os cozinheiros japoneses deviam chegar às 17h30 para iniciar os preparativos e Finn recebera instruções precisas de manter Sebastian trancado em um dos quartos, distante das tentações da cozinha, que estaria cheia de peixe cru. Esperava-se que os convidados começassem a chegar por volta das 19h30.

Stephanie tentava manter um ar de entusiasmo quando, no fundo, o que sentia era náusea. James estava irritantemente afetivo e não parava de se aproximar para um carinho sempre que tinha oportunidade. Ela conseguia se perceber inerte em seu abraço e precisou de toda a força de vontade para não empurrá-lo. Ele não pareceu notar. Na verdade, parecia estar numa curiosa euforia, cantando e geralmente lhe dando nos nervos. Era estranho o modo como se sentia agora, não mais exasperada realmente, só irritada, querendo vê-lo fora de seu caminho para que ela pudesse seguir em frente com a própria vida. Questionando como podia ter se sentido atraída por ele um dia.

Em torno das 18h15, ela foi tomar banho, deixando isso para mais tarde de propósito, assim não teria tempo de pensar no que estava prestes a fazer. Pôs um vestido vermelho-escuro justo, que poderia ter criado um choque com seu cabelo mas que ficou bem, e umas sandálias de tiras com salto alto. Se os pés começassem a doer muito, ela sempre poderia tirá-las mais tarde. Ao acabar de se maquiar e descer para a festa, sobravam poucos minutos para dar uma olhada em volta e ver se estava tudo perfeito.

— Nossa, você está incrível — disse James quando ela entrou na cozinha forçando um sorriso.

Pauline, dando a impressão de já ter tomado umas e outras, estendeu uma taça de espumante para ela. Ela sabia que não devia, era importante que mantivesse a cabeça desanuviada, mas realmente sentiu que precisava tomar um trago. Agradecendo a sogra, ela bebeu de um gole só.

A campainha tocou. Stephanie olhou o relógio: devia ser Natasha com o marido, Martin, que relutantemente concordara em chegar mais cedo para lhe dar apoio moral. Não que Martin estivesse ciente do plano de Stephanie e Natasha, nem da vida dupla de James. Era provável que se recusasse a ir se soubesse.

James se aproximou e deu um beijo no rosto de Natasha. Stephanie teve certeza de que a amiga deu uma visível recuada. Ela enfiou uma taça de espumante na mão de Martin e agarrou Natasha pela mão, tirando-a da sala.

— Desculpe, Martin, só preciso pegá-la emprestada por um minuto.

— Então, como é que você está? — perguntou Natasha, meio sussurrando, quando estavam no quarto.

— Enjoada, assustada... alvoroçada, acho. Só quero que acabe logo.

— Ele parece tão à vontade, tão feliz — disse Natasha, malignamente.

— Na verdade — disse Stephanie —, ele anda meio estranho ultimamente.

— Talvez Katie não esteja facilitando para ele. Seja o que for, ele está para receber o que merece. Você não pode esquecer o motivo para estar fazendo isso.

— Por que mesmo estou fazendo isso? — questionou Stephanie, e Natasha revirou os olhos.

— Pela sua autoestima, para fazê-lo sofrer, para acabar as coisas em seus próprios termos. Eu podia continuar...

— Continue, então.

Natasha pensou por um instante.

— Tá bom, não sei. Mas essas razões já não bastam?

Stephanie pôs a cabeça entre as mãos.

— Eu sei, eu sei. É só que tudo parece meio... sem sentido agora.

— Desde que você conheceu Michael? Como vai ele, por falar nisso?

Stephanie pôde se sentir corando.

— Está bem. Não vamos falar nele.

— Um bumbum bonito — disse Natasha. — E eu sei pois foi a primeira coisa que vi ao entrar no ateliê.

— Tá bom. Vou indo. — Stephanie se levantou.

Natasha riu.

— O fato é, Steph, que mesmo sendo ótimo o lance com Michael, você não pode perder de vista o quadro inteiro. É divertido e faz com que você se sinta melhor, isso a distraiu do que James anda fazendo, o que é bárbaro.

Está na fase empolgante, quando você ainda se sente lisonjeada, desejada e tudo o mais, porém uma vez que a coisa siga seu curso, você vai precisar se sentir segura por conta própria. Não como alguém cujo marido traiu por um ano e saiu ileso. Não como se você fosse o tipo de pessoa que os homens podem atropelar e você simplesmente aceita.

Stephanie sorriu com tristeza.

— Acho que você deveria escrever um livro de autoajuda. Eu compraria.

— Você sabe que eu tenho razão.

— Sei. Só que está difícil reunir a energia para odiá-lo no momento.

— E Katie, como está se sentindo?

Natasha nunca se acostumara direito com o fato de Stephanie não ter ficado ressentida em relação a Katie.

— Decididamente, ela não está com o mesmo problema. Na verdade, acha que não estamos fazendo o suficiente.

Natasha pôs um braço nos ombros de Stephanie.

— Dois dias mais e estará acabado.

Quando elas voltaram lá para baixo, vários outros convidados haviam chegado. Pauline e John estavam distribuindo taças de espumante na base do "uma para você uma para mim" e já estavam meio cambaleantes. Finn corria empolgado de um grupo para outro. Geralmente falando alto demais e atrapalhando, mas Stephanie decidiu deixá-lo aproveitar por enquanto, antes das lágrimas inevitáveis, quando ela tentasse levá-lo para a cama. Ela procurou por James e viu que ele conversava com um colega de trabalho. Ele sorriu e acenou para ela, que se virou para a pessoa mais próxima e acabou se envolvendo numa discussão intensa e tediosa sobre o currículo escolar com o pai de um dos amigos de Finn. Após alguns minutos concordando e tentando parecer interessada, ela se desculpou e ligou o iPod nas caixas de som, fazendo-o tocar uma das listas criadas por James para a ocasião. Violinos clássicos reverberaram pela casa. Mais tarde, quando todo mundo já estivesse mais à vontade, ela mudaria para a compilação de música pop dos anos 1980, elevando o volume na esperança de que alguém começasse a dançar. Provavelmente Pauline, se bebesse mais, pensou Stephanie com carinho.

Ela verificou os chefs japoneses, que entretinham alguns convidados dispersos na sala de jantar com suas técnicas de corte.

— Cinco minutos? — disse ela para um deles, indicando quando poderiam começar a preparar a comida para valer, enrolando os *futomaki* e formando pequenos caminhos de arroz para os *nigiri*.

Ele fez que sim e comunicou alguma coisa aos colegas em japonês. O plano era que eles tocariam um gongo, algo levemente teatral, quando estivessem prontos para começar a servir, e as pessoas poderiam entrar e pedir o que quisessem ou olhar tudo e experimentar coisas diferentes.

Era uma bela noite de maio. As portas do jardim estavam abertas e Stephanie notou que alguns dos amigos haviam ido lá para fora em grupos. Agora Finn estava ao lado do abrigo de David, fazendo uma palestra para quem se dispusesse a ouvir sobre como cuidar de um porquinho-da-índia. Stephanie sorriu; ele assumia suas responsabilidades muito seriamente. Devia haver umas quarenta pessoas lá agora, e então ela se lembrou de que era a anfitriã e que precisava garantir que todos estivessem se divertindo. Voltou para a sala, parando para conversar aqui e ali por alguns minutos. Todos davam a impressão de estar aproveitando; ninguém parecia deslocado ou perdido.

Antes de perceber que ele estava ali, ela sentiu um braço sobre os ombros e James de pé ao seu lado. Ele beijou sua cabeça e ela se sentiu enrijecer e logo se forçar a relaxar o corpo.

— Está se divertindo? — perguntou ela.

— Está perfeito. Temos sorte de ter tão bons amigos.

— Hum — disse Stephanie, sem saber direito o que mais dizer. James a olhava atentamente e ela desviou o olhar, procurando algo para falar.

— Finn parece estar se divertindo — começou ela, mas foi interrompida por James:

— Vamos lá em cima um minuto. Preciso falar com você.

Ele a olhava bem nos olhos, fazendo-a se sentir incrivelmente desconfortável.

— Temos convidados, James — disse Stephanie, tentando minimizar a situação. — O que vão pensar se a gente desaparecer lá para cima?

James não estava soltando o abraço.

— Isso não pode esperar. Preciso falar com você agora. Por favor, Steph.

A voz dele soava estranha, quase desesperada. Stephanie olhou em volta, procurando por Natasha. Isso não fazia parte do plano. Ela tentou se desvencilhar dele, mas sem sucesso. Acabou cedendo:

— Espero que seja uma coisa boa — disse ela, enquanto era conduzida lá para cima, a mão frouxa na dele.

Chegando ao quarto, com a porta bem fechada, James lhe deu um abraço, puxando-a para si. Stephanie o empurrou, fingindo uma risada.

— Não podemos fazer isso agora. Estamos no meio de uma festa. Vamos voltar lá para baixo.

Então James teve uma estranha reação. Caiu no choro.

Ele não pretendia contar. Passara a semana tentando colocar a cabeça em ordem, calcular o que realmente queria. E agora havia conseguido. Sabia, sem qualquer dúvida, que era Stephanie e Finn. Que Katie fora um erro, um longo erro de um ano. Ele arriscara tudo que era importante porque estava ressentido por Stephanie desejar uma carreira, percebia agora. A coisa toda acontecera por causa de sua insegurança, seu ciúme... sua vaidade. Mas havia tomado uma decisão. Iria terminar com Katie, fechar o que sobrara do negócio em Lower Shippingham e anunciar a Stephanie que sentia muita falta dela e de Finn. Diria que fora egoísta e chegara à conclusão de que valia a pena morar em Londres em tempo integral — uma cidade que detestava, embora tivesse decidido não incluir isso — só para ficar com eles. Ele não a faria se sentir agradecida, nem com a sensação de que ele estava fazendo um grande sacrifício por ela. Não, esse era o antigo James. Este James faria tudo para deixar sua família feliz, colocando-a em primeiro lugar e tentando reparar o que fizera. Arcaria sozinho com a culpa em vez de sobrecarregar Stephanie.

Mas essa noite tudo ficara um pouco demais. Vendo todo o esforço e amor que Stephanie empregara nos preparativos para a festa, vendo ela e Finn tão entusiasmados enquanto arrumavam e decoravam a casa, ele fora dominado por uma onda de amor por eles. Como poderia continuar a enganá-los? Ele tentou reprimir a necessidade de abrir o jogo, de confessar tudo, mas sem sucesso. Sabia que o tiro poderia sair pela culatra, mas precisava tentar um reinício transparente, e o único modo possível de fazer isso era sendo totalmente honesto.

Pela primeira vez na vida ele queria contar a verdade e assumir as consequências, quaisquer que fossem. Tentou se conter, no fundo sabia que seria suicídio, mas, ao observar Stephanie rindo com seus pais e ao receber os tapinhas nas costas e abraços dos amigos, ele sabia que chegara a um ponto sem volta. Sentiu uma onda de calma surreal ao procurar Stephanie e pegá-la pelo braço, dizendo que precisava falar com ela. Pronto. Ele estava a um passo do precipício.

— Steph, eu preciso te contar uma coisa — disse ele com esforço através das lágrimas que começaram a correr. Stephanie ficou olhando para ele sem entender. — Ah, meu Deus, nem sei por onde começar. Vou dizer logo. Eu tenho saído com outra pessoa. — Respirou fundo, esperando por uma reação. — Na verdade, é pior ainda. Eu estou vivendo com ela, em Lower Shippingham. E isso faz um ano. Pouco mais de um ano. Desculpe, Stephanie. Por favor, diga alguma coisa.

A reação de Stephanie em nada se parecia com as versões que lhe tinham passado pela cabeça. Ela não gritou nem disse que o odiava, muito menos jogou os braços em volta dele, dizendo que tudo ficaria bem. Na rápida subida rumo à confissão, foi com essa segunda possibilidade que ele se permitiu fantasiar mais. Perdoe-me, Stephanie, porque pequei, e ela o absolveria, dizendo-lhe que estava perdoado. Em vez disso, mesmo depois de ele ter chorado, mesmo depois de ter contado tudo, toda a verdade, ela ficou lá impassível, sem falar, até ele ter que dizer:

— Você ouviu o que eu disse? — E, apesar da confirmação com um gesto de cabeça, ele falou tudo de novo. — Nunca tive a intenção. Não teve nada a ver com meus sentimentos por você e Finn. Steph, você precisa acreditar em mim quando eu lhe digo o quanto estou me sentindo mal com isso. Como eu faria qualquer coisa para mudar tudo, mas não tem jeito. Mas vou acabar tudo, prometo. Vou fazer qualquer coisa...

Por fim, ele acabou de desabafar e meio que se jogou sobre ela, precisando de seu consolo. Stephanie deu uns tapinhas nas costas dele, como teria feito com um cachorro, e depois o afastou. Sua aparência estava impassível, completamente impassível. Depois ela disse friamente:

— Eu já sabia. Há muito tempo.

Stephanie sentiu como se lhe faltasse o chão. Na verdade, sentiu pena dele. Estava tão lamentável, chorando, implorando e querendo uma reação dela, querendo saber se tudo ficaria bem, mas ela não conseguiu consolá-lo. O que o teria feito chegar a isso, arriscar tudo lhe contando? Ela tentou imaginar como poderia ter se sentido se realmente tivesse descoberto tudo agora, se isso tivesse acontecido semanas antes, antes de ter visto a mensagem no celular, mas ela já não era aquela pessoa. Por um instante, cogitou a possibilidade de ele ter descoberto o plano delas e que isso fosse um golpe para invalidá-lo, mas o conhecia muito bem para saber que era emoção genuína ao que assistia. Algo acontecera a James para fazê-lo confessar. Embora se sentindo muito distante dele, muito indiferente a toda aquela encenação exagerada, ela podia perceber o grande passo que ele dera e quanta coragem lhe exigira. Vendo seu desespero, o olhar atento nela, querendo ouvir que tudo ficaria bem, ela sentiu a necessidade de livrá-lo do suplício. Porém, não conseguiu contar a verdade, de que andava conspirando com sua amante para lhe infernizar a vida.

— Sinto muito, James, acho que devemos nos separar. Eu só queria esperar o seu aniversário para lhe dizer... Finn estava tão animado e...

Ela não teve chance de acabar o que estava dizendo, pois James soltou um uivo e lhe agarrou os braços, implorando por uma chance.

— Eu mudei — dizia ele. — Não sei como provar para você nem como compensar o que fiz, mas prometo que vou fazer tudo isso. Por favor. Por favor, não acabe assim.

Ela se desvencilhou dele.

— Vai ter que ser. Sinto muito, James. Mesmo. Eu tive um tempo para pensar sobre isso, entende, e sei que é melhor a gente se separar. Nada que você diga vai me fazer mudar de ideia.

James parecia muito confuso. Era óbvio que de todos os possíveis resultados imaginados para sua grande confissão, a aceitação resignada nunca fora um deles.

— Como foi que você descobriu? — perguntou ele finalmente.

Stephanie pensou em contar-lhe que havia se encontrado com Katie, que elas se falavam regularmente pelo telefone, que a visita repentina dos pais deles havia sido parte do plano delas. Havia alguma alegria a tirar dali, pensou, observar a expressão dele enquanto lhe revelava que o modo como sua vida andava desmoronando ultimamente tinha a ver com ela. No entanto, descobriu que não estava com vontade de chutá-lo quando ele já estava tão obviamente por baixo.

— Simplesmente descobri — disse ela. — Você não era tão discreto quanto achava, é óbvio.

— Desculpe — disse ele outra vez. — Sinto tanto, tanto. Amanhã vou contar a Katie que acabou. E depois, por favor, por favor, vamos conversar? Por favor, não feche a porta para mim.

Ah, droga, pensou Stephanie. Katie.

Depois de mais dez minutos, durante os quais James continuou a chorar e a lhe contar cada vez mais detalhes de seus enganos, como se ao lhe transferir a carga a deixasse sem outra opção que não perdoá-lo, Stephanie o convenceu de que precisava ir lá embaixo para ver os convidados.

— Podemos conversar mais tarde — disse ela ao sair.
— Embora, para ser sincera, não creio que haja muito mais a falar.

James lhe contara que Katie estava planejando outra festa para ele no dia seguinte, um fato que ela, é claro, já sabia. Ele não pretendia ir, confessou. Na verdade, pretendia nunca mais ver Katie.

— Não seja ridículo — Stephanie se pegou dizendo. — Você não pode simplesmente fugir da situação. Tem um negócio para cuidar lá.

James olhou para ela, confuso: evidentemente pensara que a promessa de não ter mais contato com Katie a agradaria. Nossa, pensou Stephanie, ele ainda acha que vai ficar tudo bem.

— Então, você vai comigo — dizia ele. — Assim, vai poder ver que estou falando a verdade quando digo que está tudo acabado. Podemos nos apresentar para ela como uma frente unida, depois iremos à clínica, pegamos minhas coisas e voltamos direto para cá.

— James, se você quiser terminar com Katie, termine, mas não o faça por mim. Já lhe disse que entre nós está acabado, OK?

James não teria condições de descer e encarar os convidados, então, quando Stephanie finalmente conseguiu se livrar dele, fez um rápido circuito dizendo a todos que ele não estava passando bem e se deitara um pouco. Várias pessoas lançaram olhares desconfiados para os chefs japoneses e largaram os pratos, nervosos, esfregando o estômago e tocando a testa para sentir a própria temperatura. Depois de ter falado com um número suficiente de pessoas para que o assunto se espalhasse, ela pegou o celular, foi para o jardim, achou um lugar tranquilo e ligou para Katie.

— Como vão as coisas? — guinchou Katie.

Stephanie lhe contou toda a história, deixando de fora alguns dos detalhes menos gentis que James falara a respeito dela, num esforço para agradá-la.

— Você acha que ele percebeu nossas intenções? — perguntou Katie quando ela acabou de falar.

— Não, de jeito nenhum. É isso o mais estranho... é genuíno.

— Droga — disse Katie. — Eu estava na maior expectativa para amanhã à noite.

Stephanie contou do plano de James de viajar na manhã seguinte cedo e acabar a relação.

— Portanto, creio que está tudo acabado — disse ela.
— O que é que você vai fazer? Vai cancelar a festa?

— De jeito nenhum — disse Katie, rindo. — Vou dizer a todos que é para celebrar a minha liberdade.

— Isso não parece você — disse Stephanie, pensando na mulher doce e meio ingênua que ela conhecera semanas.

— É a nova Katie — disse ela. — A nova versão melhorada da ninguém-mexe-comigo.

Stephanie riu, embora sem ter plena certeza de que a nova Katie pudesse ser considerada melhor.

— Não deixe de me contar como foi, OK?

— Claro.

De volta entre seus amigos e familiares, Stephanie pensou se deveria fazer uma declaração: "Obrigada pela presença de todos. Eu e James gostaríamos de anunciar nossa separação. Ele demonstrou ser um cretino mentiroso, traidor, infiel, mas tenho certeza de que todos nós gostaríamos de lhe desejar um feliz aniversário." Mas decidiu deixar as coisas como estavam. Todos estavam se divertindo a valer e, provavelmente, era a última vez que estariam todos juntos. No dia seguinte, ela poderia deixar a verdade escapar. Além disso, primeiro precisava contar a Finn.

35

No fim, Stephanie e James tiveram que compartilhar a cama na noite da festa porque Pauline e John estavam no quarto de hóspedes e um dos amigos deles pegara no sono no sofá da sala. James entendera o reaparecimento de Stephanie no quarto como um sinal de possível degelo e ela passara boa parte da noite combatendo as lacrimosas aproximações dele.

No domingo de manhã, ele fez uma grande encenação ao se levantar cedo e anunciar que voltaria de Lincolnshire na hora do jantar. Stephanie precisou sentar-se com ele e lhe dizer tudo novamente, que não havia esperança.

— Se você voltar para Londres hoje à noite, terá que arrumar um lugar para ficar — disse ela. — Vou começar a fazer suas malas.

No café da manhã, Finn ainda estava na atmosfera da festa e Stephanie sentiu uma verdadeira onda de pena por James, que tentava valentemente participar da conversa sem deixar passar nada ao filho. Eles haviam decidido que Stephanie lhe contaria depois que James tivesse partido, pois ela conseguiria fazer isso de um modo racional e calmo. James, por sua vez, provavelmente cairia em prantos.

— Não deixe de me informar onde você vai ficar — disse Stephanie quando ele entrou no carro, querendo reforçar a ideia de que ele não deveria voltar para casa.

— Meu amor, eu tenho uma coisa para te contar — disse ela a Finn, assim que James se foi. Era melhor acabar com isso logo. — Eu e o papai estamos... Bem, nós decidimos morar em casas separadas por um tempo. Não é porque a gente não se ama mais nem nada parecido, é só que, bem, os adultos à vezes decidem fazer coisas desse tipo. Não significa que a gente não seja mais uma família...

Aquilo lhe parecia o maior clichê, mas Finn parecia estar aceitando. Olhava para ela calmamente.

— E também não significa que qualquer um de nós o ame menos. Ah, e você pode ver o papai sempre que quiser, tá bom?

— Tá.

Ela esperou que ele dissesse alguma a coisa, mas ele já lhe dera as costas para se concentrar no PlayStation. Finn tinha tantos amigos que moravam só com um dos pais, ela pensou com tristeza, que provavelmente lhe parecia bem normal. Ou isso, ou ele estava fingindo aceitar por amor a ela. Ela precisava se aconselhar sobre a melhor forma de garantir que ele não sufocasse seus sentimentos e acabasse dali a alguns anos como um maníaco homicida consumidor de crack.

Katie passara boa parte da noite e da manhã tentando decidir como reagiria quando James lhe dissesse que estava tudo acabado. Ela pensara em juntar todas as coisas dele e deixá-las do lado de fora da casa, chamar um chaveiro para trocar as fechaduras e depois observá-lo secretamente de uma das janelas de cima. Cogitou preparar sua refeição predileta (carneiro assado com brócolis, ervilhas com hortelã e batatas assadas), usar seu vestido mais bonito, maquiar-se e observá-lo se contorcer enquanto tentava tomar coragem e lhe falar. Até pensou em liberar toda a sua raiva guardada e proferir insultos do modo como muitas vezes fantasiara nos últimos dois meses. Por fim, decidiu que a indiferença absoluta o abalaria mais.

Então, quando ele estacionou o carro por volta das 13 horas — Stephanie ligara às 10 horas para avisar que ele já estava a caminho —, ela estava no sofá lendo o jornal de domingo, sentada sobre as pernas dobradas. Assumira aquela posição casual ao ouvir o carro dele entrar na rua e agora fazia o possível para dar a impressão de que era uma simples manhã de domingo. Na verdade, estava curiosa para ver se James pretendia contar-lhe toda a verdade. Era difícil imaginar que ele o faria e, para ser franca, ela não o culparia se ele não conseguisse. Afinal, por onde iria começar? "Desculpe, eu esqueci de comentar que ainda estou vivendo com a minha mulher. Eu lhe disse que estava separado? Mesmo? Não sei o que me deu."

Claramente seu coração não estava escutando quando o cérebro dizia para agir como se não se importasse, porque, agora que James saía do carro, ele estava acelerado. Ela notou, é claro, que ele não trazia nenhuma mala — não pretendia ficar. Forçou-se a fixar os olhos no caderno que estava lendo e, com a outra mão, afagava a orelha de Stanley, desejando se acalmar. Ao passar pela porta, James parecia ter passado a noite chorando, o que, é claro, era o que tinha acontecido, segundo Stephanie, que contara a Katie que precisara lhe dizer várias vezes para baixar o volume e não acordar Finn. Seu cabelo estava espetado, e os olhos, arregalados e atormentados. Se ela já não soubesse exatamente o que ele estava para lhe dizer, pensaria que alguém tivesse morrido. Ele parou no vão da porta, claramente esperando por uma reação.

— Chegou cedo — disse ela.

Stanley, sem saber de nada, levantou-se e abanou a cauda, contente em ver o dono.

— Preciso falar com você — disse ele de modo dramático. — Preciso lhe contar uma coisa.

Katie sabia que ele queria que ela o ajudasse, que parecesse amedrontada e lhe perguntasse o que era, para acentuar o melodrama da ocasião. Mas ela não o fez.

— Tudo bem — disse ela calmamente.

Ele se jogou na poltrona em frente. Parecia que ia chorar mais, pensou ela, ficando irritada. Vá em frente, ande, ela queria dizer.

— A verdade é... — começou, e fez uma pausa. Para dar efeito, ela pensou. — Tá bom, vou simplesmente falar. A verdade é que eu ainda moro com Stephanie. Nós ainda vivemos juntos quando eu estou em Londres e ela não fazia ideia de nada disso. Sobre nós dois. Eu menti para você o tempo todo, para vocês duas, na verdade, e sinto muito. Sinto mesmo.

Katie ficou momentaneamente atônita com o fato de ele parecer estar sendo completamente honesto. Precisou lembrar a si mesma de manter a fisionomia neutra.

James olhava para ela, esperando uma reação. Não havendo nenhuma, ele respirou fundo e continuou:

— E eu me dei conta de ter cometido um erro terrível. Não sei como dizer isso para você sem parecer cruel, mas agora sei que é a minha família que eu desejo, mesmo que ela não me queira no momento, mas vou lutar para tê-los de volta. Desculpe, Katie, sinto muito mesmo, mas preciso fazer qualquer coisa para salvar meu casamento. Esta deve ser a última vez que a gente se vê...

Mesmo sabendo o que aconteceria, essa última parte a deixou com raiva. Ele se contentava em simplesmente largá-la. Não interessava que ela não o quisesse mais, mas ainda a magoava que ele conseguisse se desvincular dela tão facilmente, de modo tão definitivo e sem nem levar em consideração o tempo que tinham vivido juntos, considerando tudo nada mais do que, em suas próprias palavras, "um terrível erro". Cretino.

Ela respirou fundo, tentando diminuir o ritmo das pulsações, e falou devagar, para garantir que a voz saísse firme e calma.

— Bom — disse ela. — Agora vou levar Stanley para passear. Por favor, veja se pega suas coisas e vá embora antes de eu voltar. Vou lhe dar o quê, uma hora? Ah, e deixe a chave.

James, exausto com o longo discurso, estava incrédulo.

— Isso é tudo que você tem a dizer?

Katie forçou um sorriso. Isso o confundiria.

— Boa sorte — disse ela, encorajando-o. Ao sair pela porta, ela acenou sem olhar para trás. — Tchau!

Depois de ter virado a esquina, fora de vista do chalé, Katie permitiu que sua fisionomia desmoronasse. Ela o odiava. Tudo bem que ele levava um crédito por ter realmente conseguido falar a verdade uma vez na vida, mas o fato de nem ter se importado com os sentimentos dela a deixou irritada. Ele só pensava em uma coisa agora, não conseguia enxergar ninguém além dele mesmo e Stephanie. Não se importara com o fato de poder estar magoando Katie, arruinando sua vida. Ela soltou um grito frustrado, que ecoou pelo campo vazio. Ele não sairia dessa assim.

Ao voltar para casa, exausta depois de caminhar quilômetros pelo capim molhado, todos os vestígios dele haviam sumido. Por um instante, ela se perguntou se ele voltara direto para Londres ou se antes tentaria dar um jeito na vida dele ali. Balançou a cabeça, como que para afastar o pensamento. Ela já não tinha nada a ver com isso e precisava se aprontar para uma festa.

* * *

Não havia muita coisa que ele quisesse levar. O máximo de equipamento que pudesse enfiar no carro, que podia servir para vender mais tarde, suas coisas pessoais, a papelada da contabilidade, de que talvez precisasse no futuro. Guardou as fichas dos pacientes em caixas e fez duas viagens à casa de Simon, onde as largou na porta. Não conseguia pensar em falar com ninguém. Deixou um bilhete em cima da pilha que simplesmente dizia: "Decidi fechar a clínica. Aqui estão todos os registros. J."

A reação de Katie o havia confundido e, ele percebeu, decepcionado. Ele não tivera intenção de magoá-la mais que o necessário e sabia que devia estar agradecido por parecer que ela ficaria bem, mas não queria acreditar que ela não sentira nada por ele. Se esse fosse o caso, o que o último ano representara? Não era tanto pelo seu ego ferido, era por se sentir um idiota. Será que ele havia arriscado — arruinado, talvez — tudo por alguém que pudesse simplesmente lhe desejar boa sorte de modo tão descontraído e levar o cachorro para passear quando ele comunicara que estava tudo acabado? Ele sempre acreditara que Katie era totalmente dedicada a ele. Teria estado totalmente errado?

Ele deu uma última olhada em volta. Teria que chamar um caminhão de mudança para tirar tudo que precisaria deixar para trás. Já enviara a papelada do pedido retroativo ao Setor de Planejamento, portanto isso estava nas mãos dos deuses. Ficou pensando se, caso não fosse concedido, ele teria que voltar e derrubar o anexo com as próprias mãos antes de poder vender o lugar. Mas não podia se preocupar com isso agora. O importante era voltar para Londres e tentar juntar os cacos de sua vida.

36

Se os convidados da festa não soubessem que havia algo de estranho antes de chegarem ao salão do clube aquela noite, não levou muito tempo para que se inteirassem assim que chegaram. Esticada entre dois ganchos acima da porta de entrada havia uma faixa impressa que antes claramente dizia "Feliz aniversário de 40 anos, James", mas que agora, com a ajuda de um pincel atômico preto, proclamava "Feliz foda-se, James", algo que inquietou os que haviam trazido os filhos.

Lá dentro, o salão estava lindamente decorado, mas a atmosfera estava tensa, com grupinhos de pessoas de pé, sussurrando sobre o que devia estar acontecendo. A notícia de que James largara a clínica já se espalhara e as coisas, definitivamente, não estavam bem, mas Katie parecia estar sorrindo e dando gargalhadas e tudo o que dizia a qualquer um que lhe perguntasse é que explicaria mais tarde. Ela estava especialmente bem arrumada. Em um vestido longo esvoaçante de estampa floral com o cabelo tingido de volta à cor natural e caindo em cachos pelos ombros, só o que precisava era de uma bicicleta para dar a impressão de que saíra direto de um cartão-postal da década de 1970.

Lá pelas 21 horas, ela respirou fundo e tomou o primeiro gole de espumante. Ficara louca por uma bebida alcoólica a noite inteira, mas resistira, sabendo que queria lembrar todos os detalhes do que estava para acontecer. Agora ela entornou meia taça em um só trago e abriu caminho até o pequeno palco numa das extremidades do salão, onde os Lower Shippingham Players, conduzidos por Sam e Geoff McNeil, faziam suas apresentações bianuais. Ela subiu as escadas por uma das laterais e ficou diante das cortinas remendadas de veludo vermelho. Antes que tivesse tempo de pensar em como atrairia a atenção dos convidados, todos os olhos estavam voltados para ela e o zum-zum-zum de expectativa era quase palpável.

Katie engoliu em seco. Nunca tivera inclinação para falar em público, preferia desempenhar o papel da amiga reservada a disputar a atenção. Entretanto, ela pensara exatamente no que iria dizer e, afinal, aquela era sua noite. Não havia dúvida de que as pessoas ficariam ao seu lado. Ela deu uma leve pigarreada.

— Imagino que todos vocês estejam curiosos para saber o que está acontecendo — disse ela, e um murmúrio atravessou o salão.

Podia ver todos lá, olhando para ela na expectativa: Richard e Simone, Sam e Geoff, Hugh, Alison, Simon, Malcolm, até Owen. Não conseguira convencer Sally nem a família dela a comparecer, embora tivesse tentado. Reconheceu inúmeros clientes de James entre a multidão e o cara que dirigia o Le Joli Poulet. Todos estavam olhando para ela agora e ela se sentiu corar. Vá direto ao assunto, disse a si mesma.

— Tenho certeza de que muitos de vocês se lembram de Stephanie, a esposa de James. — Ela observou a mudança nas fisionomias, expressando total perplexidade. O que Stephanie teria a ver com qualquer coisa? — Como vocês sabem, James e Stephanie se separaram cerca de um ano e meio atrás. Nós dois começamos a namorar alguns meses depois e ele se mudou para o chalé comigo. Desde então ele passa metade da semana morando comigo e a outra metade em seu consultório de Londres, onde se hospeda com amigos e vê seu filho Finn aos sábados. Ou... — pausou de modo dramático — era o que eu achava.

O silêncio no salão foi tão intenso que ela se sentiu tonta. Esperou um segundo para que as palavras amadurecessem.

— Algumas semanas atrás eu descobri que, na verdade, James e Stephanie nunca se separaram.

Houve uma arfada audível.

— Na verdade, pelo que Stephanie sabia, eles ainda estavam muito bem casados.

Os murmúrios começaram outra vez. Katie teve vontade de rir ao olhar para as fisionomias de todos. Várias pessoas pediram silêncio, ansiosas para ouvir o resto da história.

— Então, vejam, a verdade é que eu não fazia ideia da presença de Stephanie e ela não fazia ideia da minha. James estava levando uma vida dupla. Marido e pai dedicado de quarta a domingo e namorado amoroso pelo resto da semana. Até Stephanie descobrir, é claro. Por falar nisso, ela queria estar aqui conosco hoje, mas não pôde vir. — Mais confusão. Isso era perfeito, pensou Katie. Eles estavam prestando atenção a cada palavra. Ela nem poderia tentar sair do palco. — Então — disse ela —, para resumir, James e eu terminamos. Eu disse a ele que fosse embora e ele foi, voltou para Londres, pelo que eu sei, embora o que vá fazer lá eu não posso imaginar porque Stephanie o expulsou de casa também. E não me importo, pois não tenho qualquer intenção de voltar a falar com ele.

"Agora, eu quero que todos vocês aproveitem a festa. O bufê será servido em um minuto. Vamos beber."

Alguém começou a aplaudir e outros aderiram, sem saber muito bem qual deveria ser a etiqueta. Quando Katie desceu do palco um pequeno grupo a cercou, abraçando-a e elogiando-a por sua coragem. Ela poderia conseguir coisa muito melhor, eles garantiram. Estava claro que James era um perdedor e com certeza nunca mais se sentiria bem-vindo em Lower Shippingham. Katie deleitou-se com as atenções. Tudo bem, não era a humilhação pública que ela e Stephanie queriam para James, mas isso era quase tão bom quanto.

Em torno das 23 horas, quando finalmente conseguiu se desvencilhar dos vizinhos atenciosos pela primeira vez, ela foi lá fora e ligou para Stephanie.

— Está feito.

— Bom para você — disse Stephanie, e Katie podia sentir que ela estava sorrindo. — Conte os detalhes.

Depois disso, as coisas ficaram um pouco embaçadas. Katie conseguia se lembrar de todas as palavras gentis e de como todos pareciam querer cuidar dela, trazendo-lhe bebidas e incentivando-a a dançar. Lembrou-se de chorar um pouquinho quando alguém — Simone, achava, que obviamente estava se sentindo culpada pela tentativa de seduzir James — foi especialmente solidário. O que não se lembrava, entretanto, era de ir para a casa de Owen, nem de como conseguira acabar quase nua na cama dele.

A vista da janela do hotel de James era a dos aparelhos de ar-condicionado dos fundos do restaurante próximo, e o ruído persistente que faziam destruía qualquer esperança de ver TV. Tentou fechar a janela, mas como seu hotel não tinha o luxo de um ar-condicionado próprio, o calor logo ficou insuportável, não lhe restando outra escolha a não ser abri-la outra vez. Mas ele escolhera o hotel pela localização, não por suas dependências. Ficava a pouca distância de Stephanie, onde não seria ridículo dar de cara com ela de vez em quando. Ele sentia que era importante não deixar que ela parasse de pensar nele.

Deitou-se na cama estreita. Apesar de exausto, sabia que não conseguiria dormir. Sua cabeça estava acelerada com os acontecimentos dos últimos dois dias. Ele não esperava que Stephanie simplesmente dissesse que o perdoava e que seguisse como se tudo estivesse normal depois da revelação que fizera, mas a reação dela o deixara fora de prumo. Como é que ela já sabia o que ele estava para lhe contar? E *há quanto tempo* sabia? Ele tentou reconstituir os últimos dois meses para ver se ela havia mudado de comportamento em relação a ele, se conseguia definir um dia ou uma hora em que sua atitude havia mudado, mas a verdade era que não prestara atenção. E quanto a Katie... James esfregou os olhos. Ele não fazia ideia do que estava acontecendo, só que Katie, na verdade toda a sua vida em Lincolnshire, havia acabado e ele não estava dando a mínima. De fato, a sensação de eliminar toda uma porção de sua existência tão completamente era boa. Depois que vendesse a clínica, ele nunca mais teria que pensar em Lower Shippingham, nem nas pessoas que lá viviam. Bons ventos os levassem.

Ao pensar em como iria sobreviver, ele começou a suar frio. Até conseguir o dinheiro pela venda da clínica, teria que viver de suas economias, sendo que uma grande porção dela acabara de ser tomada pela Receita. De manhã ele ligaria para um corretor imobiliário — talvez houvesse um modo de vender a clínica sem precisar esperar o resultado do Departamento de Planejamento sobre o pedido de permissão. Embora ele não pudesse imaginar alguém que fosse querer assumir aquela dor de cabeça. O hotel estava lhe custando 75 libras a diária por aquele pequeno espaço e nem sequer tinha uma chaleira ou garrafa d'água incluídas. Pensou em procurar um apartamento, embora achasse improvável que pudesse arcar com as despesas de morar sozinho em Londres, e a ideia de dividir, como um estudante, com outra pessoa ou pessoas que não conhecesse (e que quase certamente seriam pelo menos dez anos mais jovens que ele) lhe deu vontade de chorar. Pensou em Stephanie na casa aconchegante deles, logo ali, e se perguntou se ela estaria pensando nele.

Ela não estava.

37

Na segunda de manhã, Stephanie acordou de uma boa noite de sono depois de ter falado com Katie. Estava acabado. Ela não podia deixar de se sentir contente por James ter sido poupado da humilhação pública que fora planejada. Era estranho o modo como ele decidira contar a ela, realmente fora bem corajoso, nada a ver com ele.

Ao se aprontar para a escola, Finn estava um pouco choroso, como se a notícia que Stephanie lhe dera no dia anterior só agora tivesse sido assimilada. Ela o subornou prometendo comprar uma namorada para David, o que pareceu funcionar. Ah, meu Deus, pensou, nós só estamos separados há dois dias e já estou tentando subornar meu filho. Mas ele saiu todo contente para a escola, então pareceu ter valido a pena, embora Stephanie agora estivesse tendo visões de ter que viver numa espécie de Arca de Noé só para apaziguar o filho.

Depois de deixar Finn na escola ela voltou para casa, onde estava, eufemisticamente, "trabalhando". As coisas andavam meios devagar após o BAFTA, como sempre acontecia, mas as revistas haviam exibido fotos de Meredith e Mandee, com comentários elogiosos, algo que devia garantir alguns negócios futuros. Passou meia hora ao telefone com Natasha, atualizando-a sobre os últimos assuntos, deu uma folheada pouco entusiasmada em algumas revistas para se inspirar, depois se permitiu pensar sobre a noite adiante.

Ela se encontraria com Michael no Nobu às 19h30 e, embora ele ainda não soubesse, ela decidira que seria a noite em que eles consumariam o relacionamento. Ela combinara de Finn dormir na casa de Arun Simpson, alegando para a mãe dele que uma noite fora com o amigo lhe distrairia do trauma doméstico. A mãe de Arun, Carol, que também criava o filho sozinha, ficou bem feliz de poder ajudar.

O plano de Stephanie era dar a notícia de que seu casamento estava finalmente acabado durante a entrada e depois seduzir Michael a levá-la para casa quando tivessem acabado o prato principal. Na verdade, ela não achou que fosse precisar se esforçar muito para persuadi-lo. Relembrando, ficou aliviada e contente que a interrupção de Natasha significasse que eles ainda não tinham se relacionado sexualmente... quer dizer... não de todo. Ela queria que sua relação fosse totalmente honesta e legal, sem ideias mesquinhas lá no fundo de que se iniciara antes que ela houvesse dito a James que o casamento estava acabado.

Por volta das 18 horas, quando ela estava começando a se maquiar, sentiu-se enjoada. Será que realmente conseguiria levar isso adiante? Mesmo sem pensar se aquilo era correto moralmente, ela não tinha certeza se conseguiria tirar a roupa diante de outro homem depois de tantos anos. Tudo bem, ele a tinha visto quase nua no outro dia. Ela corou ao se lembrar do modo como eles nem esperaram se despir direito, como dois adolescentes transando no parque. Ah, bom, pensou, se ele não gostar do que vir, então é problema dele. Tentou se convencer de que realmente pensava assim, mas é claro que não pensava.

Eram 19h40 quando o táxi a deixou na Park Lane. Michael estava sentado no bar, uma taça quase vazia de vinho branco na mão.

— Ganhando coragem — disse ele ao vê-la, e ela riu.

É claro que ele também estava nervoso. Afinal, ficara casado com a mesma mulher por 15 anos. Stephanie relaxou um pouco.

— É melhor eu beber uma também.

Quatro horas e meia depois estava consumado. Bem, pelo menos a primeira vez. Stephanie estava deitada na grande cama de madeira de Michael enquanto ele descia para pegar uma bebida, e ela se parabenizou. Foi... bem, foi meio desajeitado, como sempre era a primeira vez. Eles ainda não conseguiam prever o passo seguinte um do outro e houve uma série de "É bom assim?", "Tá gostando?", e ela precisou fazer uma certa encenação, caso contrário teriam ficado lá a noite inteira. No mais, foi bom. Legal. Nada que abalasse os alicerces, mas agradável. E agradável era, indiscutivelmente, o bastante para o momento.

Katie acordara com a boca seca e uma lembrança levemente enevoada da noite anterior. Ao se esforçar para abrir os olhos, percebeu um cheiro pouco familiar. Nada desagradável, só não era o conhecido cheiro de lírio do seu quarto. Alguém deu um grunhido ao seu lado e num instante ela se sentiu bem desperta. Forçou-se a olhar em volta. Estatelado ao seu lado, ela teria jurado que, com um sorriso no rosto, apesar de estar dormindo, estava Owen. Não. Ela não podia ter feito isso. Olhou para baixo das cobertas: parecia que ainda estava com a roupa de baixo, o que era um bom sinal. Nossa! Ela não fazia ideia do que tinha acontecido.

Saiu da cama bem devagar, tentando não despertá-lo. Não conseguiria encarar uma conversa, quanto mais qualquer outra coisa que ele pudesse estar esperando. Precisava sair dali. Owen resmungou baixinho e se virou, graças a Deus inconsciente da presença de Katie ali, horrorizada, olhando para ele. Ela ficou ali imobilizada por um instante, prendendo a respiração, e ele se acomodou de novo como um bebê contente. Katie sentiu a raiva se formando por dentro. Como ele podia dormir tão alegremente depois do que acontecera? Não que ela soubesse muito bem o que tinha sido, é claro, mas podia imaginar. Ele devia ter se aproveitado de sua embriaguez e fragilidade. Ela nem conseguia se lembrar da hora que saíra da festa e nem se havia se despedido de alguém. Localizou o resto das roupas numa cadeira e agarrou-as o mais rápido que pôde. Olhou em volta, procurando os sapatos, sem conseguir encontrá-los em lugar nenhum. Dane-se, ela teria que ir embora descalça.

Lá fora, a grama estava molhada de orvalho. Ela não fazia ideia da hora e deu-se conta, olhando para o pulso, que deixara para trás o relógio também. Devia ser cedo, pensou, mas não queria se arriscar a encontrar alguém, então decidiu ir pelo caminho mais longo, pelo campo. Foi andando na ponta dos pés, de vez em quando pisando em algo pontudo ou topando o dedão numa raiz de árvore. Além disso, sentia-se enjoada e a cabeça doía. Fazia tanto tempo que não tinha uma ressaca para valer que até se esquecera do quanto era tenebrosa. Sua única vontade era se trancar dentro de sua casinha e dormir.

Ao pôr a chave na porta ela ouviu o ganido infeliz de Stanley e deu-se conta, com uma dor de culpa, que se esquecera dele. Ao abrir a porta, ele passou por ela em disparada e levantou a perna junto a uma árvore, o que a fez sentir-se mal, pois sabia que provavelmente ele estava havia horas morrendo de vontade de urinar, mas ficara com as pernas bem cruzadas em vez de sujar o chão, algo que ele aprendera que era errado. Ela lhe fez a maior festa e tentou não vomitar ao abrir uma lata com sua fedorenta comida favorita. Ele abanou o rabo todo feliz, já esquecido do trauma da noite anterior.

Lá em cima, Katie se despiu e, apesar do cansaço, tomou uma chuveirada antes de se arrastar para a cama. Queria lavar todos os vestígios de Owen.

Algumas horas depois — ela não fazia ideia quantas —, ela foi acordada num sobressalto pela campainha. Stanley começou a latir, só para garantir que, se o toque estridente da campainha não a tivesse acordado, ele pelo menos o faria. Sem pensar, ela desceu as escadas aos tropeços, de pijama, e abriu a porta. No degrau estavam seus sapatos com o relógio dentro. Ela os pegou rapidamente, olhando em volta para ver se Owen não iria se materializar. Nem sinal dele.

Ela voltou para a cama, desligou o telefone e lá ficou pelo resto do dia.

38

James fazia esforço para se concentrar. Sabia que deveria procurar algum lugar melhor onde ficar, mas realmente não sabia por onde começar. Sem qualquer entusiasmo, passou cerca de meia hora olhando os anúncios das imobiliárias, mas até o menor dos apartamentos ficava fora de suas possibilidades. Começava a se arrepender de ter deixado tantos pertences para trás; podia ter dado um jeito de vender alguma coisa, embora não fizesse muita ideia do quê nem para quem. Comprou o *Standard* e esquadrinhou os anúncios de vagas para dividir, mas parecia ser o dia errado.

Tinha que encontrar uma imobiliária, mas não conseguia lembrar onde ficava nenhuma. Então decidiu que se saísse andando, acabaria topando com alguma.

Sua andança sem rumo inevitavelmente o levou para as proximidades da Belsize Avenue e, antes que se desse conta do que estava fazendo, ele se encontrou diante da própria casa, olhando para as janelas e imaginando o que Stephanie e Finn estavam fazendo. Finn, é claro, estaria se aprontando para a escola e Stephanie provavelmente estaria pronta para ir para o trabalho, embora trabalhasse em casa pelo menos uns dois dias por semana. Ele olhou para o relógio: 8h25. Poderia tocar a campainha e explicar que estava passando e queria pegar mais algumas roupas. E depois o que mais? Não fazia sentido pedir que ela o aceitasse de volta. Havia só dois dias que ela lhe dera o fora. Não teria mudado de ideia. Ele se virou, triste. Precisava de uma estratégia.

Ao virar a esquina para Haverstock Hill, totalmente esquecido de sua missão de procurar anúncios de vagas para alugar, um táxi passou por ele, na direção oposta. Uma mulher muito parecida com Stephanie estava sentada no banco traseiro, olhando pela janela do outro lado. James ficou estupefato. Parecia que ela estava indo para casa. Às 8h25? Era cedo demais para estar voltando, caso tivesse ido deixar Finn na escola. Ele deu a volta e foi andando lentamente pela rua. Realmente, o táxi parou na frente de sua casa e Stephanie saiu. James se flagrou entrando no jardim do vizinho e espiando de trás de uma árvore para evitar ser visto. Stephanie estava vestida como se fosse sair — saia justa, saltos altos, aquele casaquinho Chanel que ela adorava. Se lhe perguntassem qual era sua fisionomia, ele teria dito que ela parecia estar sorrindo. Quase presunçosa. Então, caiu a ficha: ela estava voltando para casa após uma noite fora. Ela passara toda a noite fora.

Stephanie acordou cedo. Na verdade, não dormira muito bem, acordando cada vez que Michael se virava ou gemia durante o sono. Não que ele fosse extraordinariamente inquieto ou barulhento, mas era inquieto e barulhento de um modo pouco familiar. Sem dúvida fora o mesmo para ele. Eles se acordaram ao mesmo tempo, em torno das 5h30, e, sonolentos, fizeram sexo de novo, dessa vez num ritmo mais tranquilo, menos frenético. Mais como uma experiência, menos uma performance.

Depois disso, Stephanie não conseguiu mais voltar a dormir, então se levantou, tomou um banho e depois tentou ficar à vontade na casa estranha, vasculhando os armários da cozinha em busca de chá e pão. Na verdade, sua vontade era voltar para casa e descansar um pouco antes de ter que se arrumar para o trabalho, mas estava preocupada com a possibilidade de deixar a impressão errada se saísse antes que Michael acordasse.

Ela não fazia ideia se ele acordava cedo ou tarde, havia um milhão de coisas que não sabia a seu respeito, mas tinha certeza de que os acontecimentos das últimas 12 horas haviam feito muito para lhe devolver a segurança. Decidiu esperar até as 8 horas e, se ele não se levantasse até então, ela deixaria um bilhete e iria embora.

Na hora e meia seguinte, durante a qual ela tomou mais três xícaras de chá, que a deixaram levemente tonta, Stephanie tentou decidir o que exatamente o bilhete deveria dizer. Não podia ser apenas "Fui trabalhar. Beijo, Stephanie", ou ele acharia que havia algo de errado, mas ela não sabia se deveria ser prolixa ("Tomei um banho e depois me servi de chá com torradas"), engraçada ("Então, é obvio que vasculhei todos os armários da cozinha e percebi que foi um terrível engano! Nunca mais podemos nos encontrar") ou sexy ("O que realmente me excitou foi quando você..." Não! Isso ela não podia dizer). De repente, tinha a sensação de que esse bilhete era a coisa mais importante que teria que escrever na vida. Como se a última lembrança de Michael da noite passada juntos fosse ser ditada pela impressão que ela deixaria no papel.

Ela estava começando a ficar com dor de cabeça. Acabara de pensar se Natasha já estava de pé e se ligaria ou não para ela pedindo conselho, quando ouviu a movimentação de Michael no banheiro. Ela disparou até o fogão e tentou encontrar uma superfície no aço inoxidável onde pudesse se ver. Quando ele entrou na cozinha, ela estava sentada à mesa, lendo o jornal e dando uma boa impressão de descontração.

— Bom-dia — disse ele, sorrindo de um modo que fez seu coração pular. Ele se aproximou, envolvendo-a com os braços, inclinando-se para beijar sua cabeça.

— Eu estava com medo de você ter ido embora.

— Eu ia deixar um bilhete — disse ela. — Se tivesse conseguido decidir o que escrever.

— Bem, fico feliz por você ainda estar aqui. Tem tempo de voltar para a cama? — disse ele, beijando-a antes que ela pudesse dizer que sim.

Depois de dar um pulo em casa para se trocar, ela passou o resto da manhã olhando uma sacola de amostras da Frost French com Natasha e lhe contando os detalhes. O apetite de Natasha pelas minúcias dos relacionamentos dos outros era quase insaciável. Ela afirmava que viver indiretamente através das amigas significava a possibilidade de ficar feliz com sua longa e completamente monogâmica situação. Stephanie sabia que na verdade Natasha e Martin não precisavam de nenhum tipo de estímulo externo para mantê-los unidos. Sempre invejara o relacionamento aparentemente idílico da amiga.

Ela dissera a Michael que não poderia vê-lo por algumas noites, pois se sentia culpada em relação a Finn e não queria deixá-lo nas mãos dos pais de seus amigos nem chamar Cassie com mais frequência do que o necessário. Com certeza, James ficaria com ele se ela pedisse, mas ela não fazia ideia de seu paradeiro desde domingo, nem de onde ele iria morar. Além disso, não queria mesmo ligar para ele. E era cedo demais para apresentar seu novo namorado ao filho. Michael fora compreensivo. Eles combinaram de se encontrar para almoçar no dia seguinte, o único dia em que os dois tinham tempo para o almoço, e depois outro encontro, na sexta à noite.

— Isso é bom — disse Natasha, quando ela lhe contou. — Assim ele fica alerta. E como está se sentindo em relação a James? — perguntou alguns minutos depois.

— Sabe de uma coisa? — disse Stephanie. — Não faço ideia. Aliviada por estar tudo acabado, acho.

— Só não esqueça — disse Natasha, como se acabasse de se lembrar que era sempre ela a encarregada das palavras de sabedoria — que Michael é seu homem de transição. Sua volta por cima. Faça o que fizer, não o leve muito a sério.

— Eu o conheço há cinco minutos, Tash — disse Stephanie, torcendo para ser verdade o que estava para dizer —, só estou me divertindo um pouco.

Por volta de meio-dia o celular tocou e ela viu que era Katie. Não esperava falar com ela tão cedo, nem, na verdade, falar com ela de novo. De repente, todo o esquema parecia muito antigo. A sensação era de finalmente estar recomeçando a vida, não sabia se queria prolongar o passado. Não que desgostasse de Katie, pelo contrário, mas elas realmente não tinham nada em comum além de James. Ela atendeu meio hesitante:

— Katie, oi.

— Então... — disse Katie, na expectativa. — Como vai indo?

Por uma fração de segundo, Stephanie achou que ela estivesse se referindo a Michael e quase disse "Bem, nós finalmente dormimos juntos", mas então lembrou que nunca comentara com Katie sobre seu novo relacionamento... não sabia por que, simplesmente nunca sentira que fosse a coisa certa a fazer. Então, em vez disso, ela disse:

— Ah, bem, eu acho. Ele se foi, não sei para onde.

— Algum lugar tenebroso, espero — disse Katie, rindo. — Aliás, o povoado está farto dele, é só no que falam.

Eu tenho tantas horas marcadas... você nem acredita. Só porque querem saber de toda a história, acho. Estou exausta.

— Bom para você — disse Stephanie, e depois não conseguiu pensar em mais nada a dizer.

— E Finn, como recebeu tudo?

— Ah, sabe como é, mais ou menos. Acho que as coisas vão começar a voltar ao normal quando a gente organizar um plano para as visitas de James, esse tipo de coisa.

— Sam McNeil me disse que é quase certo que o pedido dele seja rejeitado, sabe. Ela não admitiu, mas acho que vai fazer com que seja.

— Nossa, mesmo? — disse Stephanie, verdadeiramente chocada. — Talvez você consiga persuadi-la a não fazer isso. Quero dizer, não faz sentido continuar com isso agora, faz?

— É claro que faz — disse Katie. — É divertido. — Ela fez uma pausa e depois riu de novo. — Só estou brincando. Vou ver o que posso fazer. Todo mundo está sendo tão legal comigo, Stephanie. Eu não sabia que tinha tantos amigos aqui.

— Ótimo — disse Stephanie. — Fico feliz por você.

Mas ela se sentiu intranquila. Katie não achava que o jogo tinha acabado.

39

Era o primeiro dia de trabalho para James desde que sua vida começara a se desmantelar. Ele se atrasara porque não tinha relógio e o serviço de despertador do hotel havia esquecido de acordá-lo na hora que ele marcara na noite anterior. Após horas se virando na cama, ele finalmente pegou no sono por volta das 5 horas até que uma buzina de um carro o despertou às 9h20. A princípio ele nem sabia onde estava e, por um instante, temeu ter se metido em algum tipo de encontro com uma estranha, até se lembrar que, apesar de parecer ruim, a verdade era muito, muito pior.

Ele pretendia ir para o trabalho a pé para economizar, mas por estar tão atrasado, teria que pegar um táxi, com o qual não podia arcar, e que depois ficou preso no trânsito, fazendo-o chegar ainda mais tarde. Eram 10h15 quando ele chegou à clínica veterinária Abbey Road, sem fôlego e suando. Nos últimos anos, houvera momentos em que James apreciara o fato de não ser o patrão na clínica de Londres; não lhe cabia a responsabilidade de contratar, demitir nem de fazer o balanço da contabilidade. Mas hoje não foi um desses momentos.

— Harry está cuspindo fogo — disse Jackie, a recepcionista, no minuto em que ele passou pela porta. — Eu fiquei tentando ligar pra você pra saber onde havia se metido.

James conseguiu visualizar seu celular na mesa de cabeceira da casa que já não morava, onde o deixara sem querer. Ótimo.

— Liguei para Stephanie, mas ela disse que não tinha ideia. — James notou que ela estava olhando para ele como se sentisse que alguma coisa estava acontecendo e tentou manter a fisionomia neutra. Jackie continuou: — Está tudo bem?

— Então, onde está Harry? — perguntou James, ignorando a pergunta. Harry, o dono da clínica veterinária Abbey Road, era notório por seu temperamento e sempre apreciara lembrar a James que, por mais habilidoso e qualificado que fosse, além do fato de dirigir sua própria clínica no interior, em Londres o patrão era ele, Harry.

— Está tirando um espinho da pata do Barney MacDonald. Barney tinha hora com você às 9h45 — disse ela, agourenta — e Harry já atendeu suas consultas das 9, das 9h15 e das 9h30.

— Bem, agora estou aqui. Pode mandar o das 10 horas.

Jackie olhou para sua lista.

— Alexander Hartington é o próximo — disse ela, mostrando um homem de meia-idade, pálido, com um grande gato amarelo, sendo que qualquer um dos dois podia se chamar Alexander.

James acenou para o homem, indicando que podia entrar. O dia não começara bem. Ele planejara perguntar a Harry se havia alguma chance de aumentar seus dias de trabalho na clínica, mas agora não parecia uma boa ideia. Uma vez que Harry estivesse mal-humorado, tendia a ficar assim pelo resto da manhã.

Na hora do almoço ele estava exausto. A falta de sono e o atraso com os pacientes o impediram de parar para um café rápido que o reanimasse, o que contribuiu para fazê-lo sentir que não conseguiria chegar ao fim da tarde. Assim que o paciente das 12h45 saiu e ele pôde se recostar na cadeira e até dar uma boa cochilada de trinta minutos e ainda ter tempo para comer um sanduíche, o telefone tocou. Ele pensou em não atender, mas sabia que se não o fizesse Jackie viria da recepção para lhe dizer qualquer coisa que fosse.

— É Stephanie, para você — disse ela quando ele finalmente atendeu, e seu coração quase parou.

— OK, pode passar — disse ele, no que esperava ser uma voz normal, mas Jackie já desligara. Nunca esperava para ver se ele realmente queria ou não atender as chamadas.

— James. — Stephanie soava profissional.

— Oi, Steph, como vai?

Talvez ela estivesse ligando para saber como ele estava. Talvez estivesse preocupada com ele.

— Eu só queria saber se você quer ficar com Finn amanhã à noite. Cassie não pode.

James pensou em sua mulher toda arrumada chegando em casa às 8h30. Incapaz de se controlar, ele perguntou:

— Por quê? Aonde é que você vai?

— Acho que isso não é mais da sua conta, James — disse Stephanie. — Pode ficar com ele ou não?

Ela anda se encontrando com alguém, pensou, esquecendo-se de que levara uma vida dupla por um ano e que o sujo jamais deve falar do mal lavado.

— Quem é o cara?

Stephanie soltou uma risada. Mais um riso de deboche, de fato, deu a impressão.

— Você é inacreditável.

James se forçou a ficar calado.

— Onde é que eu o deixo? — disse ela enfim.

— Estou no hotel Chalk Farm Travel, em Camden — disse James. — Pode levá-lo para lá.

— Você está no Travel? Eu não vou levá-lo até lá. O que vocês vão fazer? Caçar baratas?

— Eu posso ir até em casa — disse ele, esperançoso. Se ele estivesse lá, com certeza Stephanie não teria coragem de ficar fora a noite toda.

— Na verdade — disse ela, sem perda de tempo —, isso é uma boa ideia. Seria menos tumultuado para o Finn. Eu chego por volta de meia-noite. Só vou sair para jantar com a Natasha.

Tudo bem, pensou ele, talvez eu estivesse exagerando. Talvez ela só estivesse na Natasha quando a vi no outro dia. Isso faria sentido. Mas não é da sua conta, disse ele a si mesmo. Você não tem o direito de lhe fazer perguntas.

— Fale a verdade, com quem você vai sair? — disse ele antes que conseguisse se deter.

— Isso não é mais da sua conta — disse Stephanie de modo agradável. — Até amanhã. Se você conseguir chegar às 6, será perfeito.

Na verdade, Stephanie não mentira ao dizer que sairia para jantar com Natasha na sexta-feira. Estava tentando ser o mais sincera possível com James sem realmente lhe contar sobre Michael. Não queria se colocar numa situação em que sentisse que deveria comentar cada encontro ou flerte que tivesse. Não era da conta dele, estavam separados agora. Michael estaria em um trabalho no East End o dia inteiro e só poderia encontrá-la às 20 horas. Eles ficariam juntos durante preciosas três horas e meia. Ela não queria ficar a noite toda fora outra vez tão cedo: não era justo com Finn. Então Natasha se oferecera para elas comerem alguma coisa depois do trabalho, o que lhe dava uma noite de folga do compromisso de cozinhar para as crianças, depois iriam matar cerca de uma hora até que Stephanie fosse para Shoreditch encontrar Michael. Não era o ideal, mas era a realidade de ser uma mãe solteira que trabalha e tenta ter um relacionamento.

    Ela e Michael estavam planejando ir a um show de música. Jazz, pensou Stephanie, o que realmente não a deixava muito empolgada. Ela teria preferido voltar para o apartamento de Michael e ficar um tempinho lá com ele. Dava a impressão de estar desperdiçando uma noite preciosa sentar-se num bar abafado ouvindo uma música da qual nem era tão fã assim. Mas os músicos eram amigos de Michael e ele lhes prometera que iria.

Ao chegar a sua ex-casa na sexta à noite, James dava a impressão de ter se lavado na pia, o que de fato fizera. Tinha se mudado para um quarto mais barato no Chalk Farm, um que tinha a honra de dividir o banheiro com três outros moradores do mesmo andar. O banheiro nunca parecia estar desocupado, então James fora forçado a usar a pequena pia no canto do quarto para se lavar e as suas roupas. Ficara dividido entre querer dar uma boa impressão à sua mulher e querer que ela ficasse com pena dele. No fim, as circunstâncias ditaram que ele não poderia ter dado uma boa impressão se sua vida dependesse disso, portanto ele partiu para o voto de solidariedade. Seria a primeira vez em que ele e Stephanie ficariam frente a frente desde que ela lhe dera o fora. Ele sabia que ela estaria toda arrumada para qualquer compromisso que tivesse marcado. Sabia que não tinha o direito de ficar com ciúmes. Que se ela já tivesse conhecido outra pessoa, por mais improvável que fosse, ele teria que aceitar e tentar seguir em frente. Mas ele só queria que houvesse condições iguais de competitividade, uma chance de que ele pudesse reconquistar a mulher sem ter que se preocupar que fosse tarde demais por ela já ter entregado o coração a outro. Tentou pensar em quem poderia ser. Devia ser alguém que ela já conhecia. Alguém que estivesse esperando nos bastidores. Ah, meu Deus, e se fosse um dos amigos dele? Alguém que até tivesse ido à festa? James se sentiu mal só de pensar.

Finn abriu a porta quando ele chegou e James podia jurar que a expressão do filho mudou do entusiasmo para algo como medo ao assimilá-lo como sósia do Grizzly, o Homem da Montanha ali parado. James se arrependeu de não ter se barbeado, mas quem diria que sua barba cresceria tanto em apenas uma semana? Uma vez dando-se conta de que realmente era seu pai, Finn permitiu que ele o abraçasse, depois recuando um instante para dizer:

— Você está com um cheiro engraçado.

— Você também — retrucou James, e Finn riu.

James procurou em volta por Stephanie quando Finn o conduziu à cozinha, mas não havia sinal dela. Ele tinha esperança de que talvez pudessem ter uma conversa franca antes que ela saísse. Ele escutou Finn lhe contar sobre os detalhes de sua semana ("Sebastian tinha vomitado no tapete e era uma coisa marrom com uma bola no meio que parecia um rato morto"), com o ouvido ligado nos passos das escadas. Com o passar dos minutos ele percebeu que ela estava evitando ter que passar mais tempo com ele do que o necessário.

— Onde está a mamãe? — perguntou ele a Finn, quando houve uma pausa em suas histórias.

— Lá em cima — disse Finn. — Ela vai sair.

— Ah — exclamou James, tentando parecer casual, sabendo que não condizia com as normas da boa paternidade envolver o filho em seus dramas pessoais com Stephanie. — Com quem ela vai sair?

Por sorte Finn não pareceu perceber que estava sendo usado e simplesmente deu de ombros e disse:

— Sei lá.

Por volta das 18h15, ele a ouviu descendo as escadas e se preparou. Ela ficou andando para lá e para cá, impedindo-o de cercá-la, dizendo-lhe que pediria ao táxi que a levasse para casa que o levasse de volta ao hotel, garantindo assim que não havia a menor chance de eles levarem um papo tranquilo mais tarde. Ela ficou levemente estupefata ao vê-lo, mas não fez qualquer comentário sobre sua aparência desgrenhada. Despediu-se de Finn com um beijo rápido e em seguida saiu. Ela estava especialmente bem arrumada, ele notou. Jeans e saltos altos, sempre uma das combinações favoritas dele, com uma blusa justa azul-clara. Ao ouvir a porta se fechar ele se recostou na cadeira, abatido.

Umas seis horas depois, tendo permitido que Finn ficasse acordado até bem depois de seu horário de ir dormir, às 20h30, porque queria companhia, James estava cochilando no sofá quando ouviu a porta da frente se abrir e fechar. Sentou-se, com os olhos turvos.

— O táxi está esperando lá fora — disse Stephanie, ao entrar na sala.

James esfregou os olhos.

— Você se divertiu?

— Sim, obrigada.

Não parecia haver uma porta aberta para conversa, então ele só disse:

— Certo, tudo bem, acho que é melhor eu ir então.

E se levantou. Stephanie parecia meio instável, como se tivesse bebido uma taça de vinho a mais.

— Quando precisar de mim novamente, é só me dizer — disse ele. — Quero passar o máximo de tempo possível com o Finn.

— Se você pudesse se arrumar um pouco mais da próxima vez... — disse Stephanie. — Acho que não é bom para ele ver você desse jeito.

Quanta solidariedade, pensou James ao ir embora.

40

Em Lower Shippingham, Katie ainda estava se sentindo uma minicelebridade. Num povoado qualquer notícia é uma manchete, e uma história daquelas podia manter a máquina de fofocas funcionando por semanas. Quase todo mundo tinha alguma ligação com James, nem que fosse apenas a do vizinho que o chamara uma vez para ver seu hamster doente. O consenso agora parecia ser que "Ele sempre foi meio estranho", embora se essas mesmas pessoas dessem sua opinião umas duas semanas atrás, teriam dito que ele era cativante, prestativo e confiável. Katie estava saboreando seu status de mulher injustiçada ("Como ele pôde fazer isso logo com ela? Uma mulher tão doce, tão vulnerável"): as senhoras mais velhas se aproximavam dela na loja do povoado para lhe dizer que ela estava melhor sem ele e que haveria um homem por aí que a trataria como uma princesa, como ela merecia.

Seu negócio ainda estava progredindo, tanto porque as pessoas queriam ajudá-la ("A coitadinha precisa ficar ocupada") quanto porque queriam ouvir seu lado da história ("Sabia que ele tentou seduzir Simone Knightly? Como se duas mulheres não fossem o suficiente"). Por falar nisso, Simone havia se deliciado contando a Katie uma versão fortemente reescrita da noite em que, embriagada, ela se jogara em cima de James, que a fez parecer a vítima e James, o predador. Richard, ela disse a Katie, ficou furioso, e ameaçou acabar com James se ele voltasse a mostrar a cara em Lower Shippingham.

Sam McNeil dissera a Katie que o conselho realmente decidira que James teria que derrubar o anexo da clínica, mas como não tinham seu endereço, havia uma chance de que ele não recebesse o comunicado antes do término do prazo, e, nesse caso, ele receberia uma multa também.

— Que irresponsabilidade — disse ela — ir embora sem comunicar a ninguém onde estaria.

Katie andava tentando resistir à sua proteção, mas, tudo indicava, Sam estava determinada a ser maternal com ela e não parava de insistir que ela fosse lhe visitar para um drinque ou um jantar. Enquanto ela tinha a intenção de alimentar o fogo sobre o anexo, Katie a acompanhara, mas agora ela esperava poder se livrar do cobertor sufocante que a amizade de Sam representava. Era hora de se divertir, fazer novas amizades e viver um pouco.

Ela nunca conhecera bem Sally O'Connell, a recepcionista de James, mas decidira que agora era o momento de reparar isso. Sally também fora maltratada por James, então agora elas tinham algo em comum, e, além disso, ela podia ser uma arma útil. Portanto, numa manhã, munida com um saco de biscoitos feitos em casa e com seu sorriso mais aberto e simpático, ela bateu na porta da casa de Sally e se reapresentou.

— Então, eu acho que você realmente não devia deixar que ele saísse dessa impune — disse ela, depois de ter tomado uma xícara de chá com biscoitos, as duas sentadas à mesa da cozinha dos pais de Sally. — Existem leis para esse tipo de coisa. Ninguém pode sair por aí despedindo as pessoas de repente, sem qualquer motivo aparente.

— Eu não fiz nada de errado — disse Sally, se defendendo.

Katie, é claro, sabia disso, mas não podia admitir que ela própria tivesse feito a denúncia.

— Mesmo que tivesse...

— Não fui eu — disse Sally outra vez, e Katie achou que ela iria chorar.

Ela tentou outra linha de ação:

— Sei disso. Só quero dizer que mesmo que James tivesse decidido culpá-la por tudo, ainda assim era errado ele simplesmente se livrar de você. Existem *procedimentos*. — Ela não fazia ideia de em que consistiam tais procedimentos, mas estava certa de que James estaria encrencado se Sally fizesse o estardalhaço necessário. — Advertências oficiais e coisas do tipo. Você deveria conversar com o Conselho do Cidadão.

Sally deu um gole no chá.

— Não sei — disse ela. — Vou começar a trabalhar com Simon e Malcolm na semana que vem. Acho que não vale a pena.

Katie havia lido que essa apatia era comum entre a geração mais jovem atualmente e que muito pouca coisa os motivava além do desejo de se sentarem no sofá e jogarem video game o dia todo. Dando uma olhada na cozinha da família de Sally, não parecia que eles pudessem comprar muitos video games, muito menos alguma coisa onde sentar para jogar.

— Talvez ele lhe deva dinheiro — disse ela. — Aposto que eles o fariam pagar algum tipo de indenização.

Ela podia jurar que Sally se animara.

— Então, o que exatamente eu devo fazer? — perguntou Sally, servindo mais chá.

A única nuvem no horizonte de Katie era Owen. Ela conseguira evitá-lo desde a noite da festa, ou melhor, a manhã após a noite da festa, mas ainda estava sofrendo com a ideia de que ele pudesse ter se aproveitado dela em seu estado vulnerável. De agora em diante ela pretendia ficar totalmente no controle do relacionamento que viesse a ter com um homem. Nada de ficar sentada em casa esperando que ele ligasse nem passar horas preparando um empadão exatamente como ele gostava. Da próxima vez que namorasse alguém, seria do modo dela, ele teria que adaptar sua vida em torno da dela.

Entretanto, Lower Shippingham era um lugar pequeno e evitar dar de cara com alguém não era uma perspectiva realista. Portanto, foi inevitável que umas duas semanas depois da festa ela encontrasse Owen saindo da loja de produtos orgânicos quando ela estava para entrar. Ele sorriu ao vê-la. Katie pensou em fingir que não o vira, mas isso parecia meio radical já que ele estava parado bem diante dela, então o cumprimentou do modo mais indiferente que conseguiu.

— Como vai você? — perguntou Owen de modo carinhoso.

— Bem.

Katie se mexeu como que para passar por ele e entrar na loja. Owen, que agora parecia meio confuso, ela achou, não deu espaço como ela esperava que fizesse.

— Com licença — disse.

— Você está bem? — perguntou Owen. — Será que eu fiz alguma coisa que a aborreceu?

Katie bufou.

— O que você acha?

— Para ser franco, Katie, não faço a menor ideia, mas você está dando a impressão de estar fula da vida.

Katie estava ciente de que as duas freguesas dentro da loja estavam olhando para eles, intuindo o drama. Ela agarrou Owen pelo braço e o levou para a rua.

— Bem, já que você perguntou, não, eu não estou bem, e sim, você fez algo que me aborreceu. Não me diga que não consegue imaginar o que possa ser.

— Na verdade, não consigo mesmo, mas tenho certeza que você vai me dizer — disse Owen, parecendo irritado.

— Então você não se lembra de me levar para a cama na noite da festa de James?

— Eu me lembro de *pôr* você na cama, se é isso que quer dizer.

— E você comigo.

— Eu não tinha outro lugar onde dormir. Qual é o seu problema?

Katie hesitou. Isso não parecia tão óbvio quanto ela imaginara.

— E você simplesmente achou que devia tirar minha roupa antes?

Owen olhou em volta como quem verifica se ninguém está escutando. Ao falar de novo, foi num sussurro exasperado:

— Não, *você* tirou toda a sua roupa. Bem, não toda, eu consegui impedi-la de tirar a roupa de baixo também. Qual é, Katie? Você está constrangida porque tentou ir para a cama comigo, é isso? Porque só o que eu achei que estava fazendo era ajudá-la. Oferecendo um lugar para você ficar em vez de deixá-la andando por aí no estado em que se encontrava.

Katie ficou estupefata. Ela tinha feito a proposta a ele? Ah, meu Deus, isso era humilhante. Mesmo assim, ela precisava descobrir exatamente o que acontecera entre os dois.

— Então... você não fez... *nós* não fizemos...?

— É claro que não. Você estava cega de tão bêbada. Nossa, você realmente tem uma péssima opinião sobre mim.

— Ah, droga, Owen. Mil desculpas. Eu só achei que...
Ela foi parando de falar, sem saber bem o que dizer.

— O quê? Você simplesmente achou que eu devia estar tão desesperado que faria sexo com você quando você estava praticamente em coma? Muito obrigado.

— Eu só não conseguia me lembrar, só isso. Quando acordei e você estava lá, bem...

— Deixa pra lá — disse ele, indo embora. — É claro que eu devia ter me aproveitado de você já que sou um grande perdedor.

— Por Deus, eu realmente sinto muito — gritou ela para ele, e então percebeu Sam McNeil, parada no vão da porta, observando o desenrolar de toda a cena.

— Deseja alguma coisa? — disse Katie agressivamente e Sam tentou fingir que estivera examinando os tomates cereja durante todo o tempo.

Katie deu meia-volta e saiu andando, corando de fúria. Como poderia saber que entre um milhão de homens Owen seria um dos que se comportariam impecavelmente?

41

James desistira de procurar um apartamento. Tudo era caro demais, longe demais ou simplesmente deprimente. Além disso, o hotel estava satisfeito em aceitar o pagamento com cartão de crédito, o que significava que ele podia continuar com a cabeça bem enterrada na areia no que se referisse a sua situação financeira. Harry concordara que ele podia trabalhar um dia a mais na clínica e ele ainda tinha algumas economias, que provavelmente segurariam as pontas por algum tempo. Ele não gostava de pensar por quanto tempo. Vendera o carro por um preço ridiculamente baixo, pois já fora arrombado duas vezes, estacionado na rua, do lado de fora de sua casa e de Stephanie, e agora ele estava ao telefone, tentando explicar a um corretor imobiliário de Lincoln exatamente por que era uma boa ideia vender um prédio com um grande anexo que devia ser derrubado.

— Não vale a pena perder meu tempo — dizia o homem. — Quer dizer, imagino que poderia ser anunciado como um projeto de renovação, mas então você espera o quê, pedir cinquenta por cento do valor real?

James pensou em sua clínica maravilhosamente equipada, que fora reformada havia apenas quatro meses, e teve vontade de chorar.

— E qual é a alternativa? — perguntou, com raiva do corretor, sem saber bem por quê. Afinal de contas, não era culpa dele.

— Bem, você derruba o anexo, arruma tudo e depois anunciamos. Vou conseguir um preço muito melhor.

— Tudo bem — disse James, sentindo que não estava nada bem. — Volto a falar com você.

A única coisa que sabia era que não poderia ir até Lower Shippingham para resolver essa confusão. Não tinha dúvidas de que a essa altura estava sendo considerado um pária no povoado e era covarde demais para querer se arriscar a dar de cara com Katie. Ou Sally ou Simone ou praticamente qualquer um. Tentou pensar em alguém por lá que fosse confiável para fazer o trabalho sem supervisão, mas o único empreiteiro com quem tinha alguma relação — e que construíra o anexo — era o namorado de Sally O'Connell, Johnny, e não achou que ligar para ele fosse uma boa ideia. Teria que se arriscar e procurar uma das grandes firmas de Lincoln e pedir que fizessem isso, embora só Deus soubesse quanto lhe custaria.

Ele sabia que chegara a hora de sentar com Stephanie e ter uma conversa de adultos sobre o que aconteceria a seguir, mas estava com muito medo de que ela começasse falando do divórcio; além disso, ela parecia estar evitando ficar sozinha com ele. Quando ele ia pegar Finn ou passar uma noite com ele na casa, Cassie sempre parecia estar lá também, até depois de Stephanie sair. Depois, quando ela retornava, sempre deixava o táxi lá fora, com o motor ligado, para levá-lo de volta ao hotel. Ele sabia que ela estava se encontrando com alguém. Era óbvio. E desconfiava que houvesse outras noites, quando deixava Finn com Natasha ou Cassie, em que nem voltava para casa. Depois do comentário dela naquela primeira noite, ele fizera um verdadeiro esforço para se arrumar direito, mas não sabia se ela havia sequer reparado.

Ele queria fazer a coisa certa com ela. É claro que não estava planejando tentar persuadi-la a vender a casa da família para que os dois pudessem comprar alguma coisa menor. Era ele o culpado por tudo, portanto era ele quem deveria se sacrificar e, além disso, queria que Finn ficasse o mais bem acomodado possível. Porém, ele estava apavorado com a ideia de acabar ficando sem nada. Medo de que, depois de vender a clínica por qualquer fração do que valia, suas contas no cartão de crédito estivessem tão grandes que o dinheiro simplesmente seria engolido e ele ficaria sem lugar onde morar e sem uma poupança que lhe garantisse a liberdade.

Ele era veterinário, pelo amor de Deus, e estudara durante anos não só para poder passar seus dias fazendo algo que adorava, mas também para ganhar um bom dinheiro. No longo prazo, pensou, ele poderia se estabelecer por conta própria ali, embora fosse necessário capital para cobrir os custos iniciais. Ele sondara, sem muito ânimo, várias outras clínicas para ver se conseguia preencher seus dias de folga, mas ninguém demonstrara interesse.

Talvez pudesse conseguir trabalho dois dias por semana fazendo algo totalmente diferente, mas o quê? Ele não sabia fazer mais nada. Além disso, precisava desses dias de folga para não perder Steph de vista. Ele pegara a mania de rondar a casa furtivamente de vez em quando. Por sorte, estando em Londres, seus antigos vizinhos nem sequer pestanejavam. Havia observado as idas e vindas dela, tentando adivinhar quem ela estaria namorando, se realmente houvesse alguém. Nas últimas três semanas, além das quatro noites que ele ficara com Finn, ela saíra pelo menos três outras vezes. Por sorte, havia um pequeno espaço verde quase na frente da casa, onde ele podia se sentar com seus sanduíches e sua garrafa d'água, esperando pelo retorno dela. Não vira qualquer sinal de homem com ela, o que lhe dava esperança. De modo realista, ele sabia que havia alguém, mas até ver a prova ele podia se convencer de que ela só havia saído para tomar uns drinques com as amigas. Ele pensara em segui-la quando ela saísse à noite, acenando para um táxi e usando aquela fala clássica dos filmes, siga aquele carro, mas sabia que, por mais lamentável que tivesse se tornado, não estava *tão* lamentável assim. Se ela tivesse conhecido alguém de quem gostasse, acabaria levando a pessoa para casa. Enquanto isso, ele precisava fazê-la perceber o que estava perdendo. (E o que era mesmo? Ele pensou. Um homem lamentável com barba por fazer que morava num hotel barato e comia feijão de lata à noite por não ter onde cozinhar e nem dinheiro para pedir comida. Pior, um homem que se comprovara não confiável e em quem não valia investir emocionalmente.)

Decidiu sair para dar uma caminhada. As quatro paredes do seu quarto no hotel o estavam sufocando e só havia aqueles programas diurnos da TV para assistir. Ligou para Stephanie e deixou uma mensagem dizendo que pegaria Finn na escola. Ele não fazia ideia se ela estava ou não trabalhando no momento, embora ela sempre desse a impressão de estar ocupada quando falava com ele, mas, é claro, isso poderia ser uma simples desculpa para desligar o telefone. Depois ligou para Cassie e lhe disse a mesma coisa. Ela pareceu contente de ter uma tarde de folga, como ele sabia que ela ficaria.

Subiu a Chalk Farm Road rumo a Belsize Park, um pouco ofegante com o esforço. Ao chegar ali, ele se sentia em casa, as ruas eram mais arborizadas e a perspectiva de ser assaltado era bem mais remota. Hoje em dia, ele tinha dificuldade de lembrar por que havia detestado tanto esse lugar. Sem dúvida, parecia um oásis de calma em comparação às cercanias do hotel. Ele chegou aos portões da escolinha cinco minutos antes e ficou lá parado, meio acanhado entre as jovens mães e até mais jovens *au pairs*. Poucas semanas atrás ele teria visto aquilo como uma grande oportunidade, um campo de caça onde teria usado o fato de se interessar o bastante pelo filho para vir apanhá-lo na escola como uma ferramenta de flerte. Agora não podia estar menos interessado. Havia uma única mulher que queria impressionar.

A fisionomia de Finn se iluminou ao ver James esperando por ele, mas em seguida ele deve ter se lembrado dos amigos em volta, pois consertou a expressão, assumindo uma fisionomia que devia considerar mais mal-humorada e, portanto, mais adulta e disse:

— O que é que *você* está fazendo aqui?

James riu e, resistindo ao impulso de descabelá-lo, deu-lhe um tapinha nas costas.

— Dei uma folga a Cassie — disse ele. — Achei que a gente podia fazer uma boa limpeza na gaiola do David.

E então Finn disse uma coisa que fez o coração de James parar:

— A mamãe quer que você também conheça Michael?

Michael. Então era esse o nome dele. Por um instante James achou que fosse vomitar o macarrão instantâneo que comera no almoço junto à cerca viva. Ele deu uma rápida vasculhada mental em todos que conhecia... amigos, pais dos colegas de Finn, pessoas com quem Stephanie trabalhava. Não conseguiu se lembrar de nenhum Michael. Respirou fundo.

— Quem é Michael?

Inconsciente da reação que provocara no pai, Finn disse alegremente:

— É o novo namorado da mamãe. Ele vai lá em casa hoje à noite pra eu conhecer ele.

— Sei. Que horas? — James estava tentando, sem sucesso, parecer descontraído.

— Não sei — disse Finn, cansado do assunto agora. — Provavelmente quando a mamãe chegar em casa.

Ah, meu Deus. Tendo dado folga a Cassie, James sabia que teria que ficar com Finn até Stephanie chegar em casa. Por outro lado, isso era exatamente o que ele andava querendo — saber quem Stephanie estava namorando, saber com quem estava competindo.

— Quanto tempo depois que a mamãe chegar em casa, você acha? Eles trabalham perto um do outro? O que é que ele faz?

— Por que você está fazendo tantas perguntas? — perguntou Finn, mal-humorado. — Você não gosta que a mamãe tenha um namorado?

— Não muito, não — disse James, infeliz, e depois se arrependeu.

— A mamãe disse que você tem uma namorada.

— Não tenho. Tive, mas não tenho mais. Foi uma coisa muito feia que eu fiz.

— Ter uma namorada é feio? — perguntou Finn, e James não soube se ele estava falando sério ou não.

— Quando você já tem uma esposa, é.

— Bem, isso é óbvio — disse Finn. — Todo mundo sabe.

42

Desde que ouvira a mensagem de James, dizendo que estava indo pegar Finn na escola, Stephanie tentara de todos os modos retornar a ligação. Hoje não. Ela sempre ficava contente que Finn visse o pai, mas não aquela tarde. Tinha lhe custado algumas noites de sono decidir que valia a pena apresentar Michael ao seu filho. E depois alguns outros dias de ansiedade antes que conseguisse sugerir o encontro tanto para Michael quanto para Finn. Após umas duas semanas de relacionamento ela começara a mencionar o nome de Michael em casa, como se nada fosse. Não fazia ideia se esse era o modo certo de informar o filho de que tinha um novo parceiro sem traumatizá-lo para sempre, mas realmente não conhecia outro modo, e fazer Finn se sentar e fazer um grande anúncio tornaria um simples namoro uma coisa monumental.

Finn ficara notavelmente à vontade com a coisa toda, o que a deixou preocupada de que ele não tivesse entendido bem o que seu relacionamento com Michael representava, então um dia, quando ela estava preparando a comida favorita dele, cubos de peixe empanados e vagem, ela disse, do modo mais casual possível:

— Sabe, o Michael é meio que meu namorado.

Finn meramente revirou os olhos e disse:

— Você é muito velha pra ter namorado.

O que não a deixou se sentindo melhor.

Dois dias depois, ele lhe falou, sem mais nem menos:

— A mãe de Arun tem um namorado.

Ela esperou para ver se ele acrescentaria alguma coisa e, vendo que tinha ficado quieto, a única coisa que conseguiu dizer foi:

— Ah... Tem?

— Que nem você — disse ele, e depois saiu para brincar com Sebastian e ficou por isso mesmo.

Com Michael a perspectiva fora um pouco mais difícil. Não porque achasse que ele não se interessaria por Finn, ao contrário, sempre perguntava por ele e ainda não havia bocejado quando ela estava no meio de uma história sobre alguma coisa engraçadinha que Finn fizera e que, no fundo, ela sabia, só era fascinante para um pai ou uma mãe. O que a preocupava era que lhe perguntar se queria conhecer seu filho era como lhe perguntar se suas intenções eram sérias. Era como estar a um passo de lhe perguntar se gostaria de ir morar com ela.

Mas no fim foi ele quem acabou sugerindo. Eles estavam na inauguração de uma galeria de arte em Shoreditch, mais uma vez cercados pela gente bonita que morava naquela região. Na verdade, Stephanie andava bem cansada da quantidade de cultura que lhe estava sendo enfiada goela abaixo ultimamente. Eles haviam ido a exposições, shows e instalações, sendo que todas pareciam acontecer no raio de um quilômetro da Hoxton Square e todas pareciam atrair as mesmas 35 pessoas.

Stephanie nunca se sentira à vontade com todo o lance de Hoxton. Dava uma sensação de final dos anos 1990 e um pouco propositadamente maneiro demais. A maioria dos amigos de Michael eram artistas plásticos e músicos, embora ela desconfiasse que metade deles na verdade tinha empregos diurnos em departamentos de contabilidade e a outra metade esbanjava o dinheiro de suas famílias abastadas. Eles conseguiam fazer com que ela se sentisse inadequada sem, ela tinha certeza, querer, com suas citações obscuras e seu modo surrado não estou nem aí de ser chique, o qual, ela sabia, lhes consumira horas para aperfeiçoar. Ela sempre se sentia bem-vestida demais, com estilo demais e de modo geral... convencional demais. Sem exceção, eles eram todos legais com ela e se esforçavam para incluí-la, mas às vezes ela só queria ter uma conversa mais banal, como, por exemplo, falar de algum programa de TV ou de um filme sem legendas que vira recentemente.

De qualquer modo, dois desses amigos levaram seus filhos à exposição, um menino de 6 anos e uma menina de 8. Ambos precoces ao extremo, ficaram pontificando sobre o significado por trás das pinturas, de tal modo que Stephanie teve vontade de lhes dar um tapa. Ou talvez fosse nos pais que tivesse tido vontade de bater, ela não tinha certeza. Michael comentara que Stephanie tinha um filho e, em algum ponto da conversa, dissera que estava ansioso para conhecer Finn e, além disso, que um de seus grandes arrependimentos era nunca ter tido filhos. Pia, sua ex-mulher, é claro, nunca quisera. É claro, disseram os amigos, deixando Stephanie por fora.

Mais tarde ela lhe perguntou o que ele quisera dizer com aquilo e ele respondeu que Pia era modelo e sua maior preocupação sempre fora manter a forma. Agora Stephanie sentia-se inadequada em mais dois modos. Primeiro, a mulher dele fora modelo, uma mulher escolhida na multidão devido à sua perfeição física, algo que nunca faria uma mulher normal se sentir ótima, e, segundo, implícito no que ele dissera, havia uma sugestão, sim, sugestão de Pia, não de Michael, de que a geração de um filho desfigura o corpo feminino. Não fazia muito tempo que ela conseguira reprimir sua tendência de compartilhar com Michael sua paranoia, sabendo que nada era menos atraente do que expor uma necessidade de confirmação de que era bonita, e desviara a conversa para o prazer e a satisfação advindos da maternidade e como isso valia qualquer sacrifício físico. Ao parar de falar sentiu um pouco de pena de Michael, pois ela se entusiasmara um pouco demais e não era culpa dele que sua mulher não quisesse ter tido um filho. De repente lhe pareceu natural convidar Michael para passar algum tempo com Finn, e ele prontamente concordou.

O plano era que Michael a encontraria no ateliê no final da tarde e ele iriam até a casa dela juntos. Michael e Finn poderiam passar algum tempo juntos enquanto Stephanie preparasse o jantar e depois Finn, que estaria muito bem comportado, iria dormir sem reclamar, deixando-os na companhia um do outro. Agora a mensagem de James mudara tudo.

Stephanie já tinha lhe mandado quatro mensagens quando Michael chegou para buscá-la. Era óbvio que desligara o telefone, provavelmente para evitar que ela ligasse pedindo para deixar Finn na casa de Arun ou de Cassie. O telefone da casa não atendia, o que a fez pensar que a caminho de casa eles haviam parado no parque. É claro que também tentara Cassie. Ela estava relutante em trazê-la de volta da inesperada tarde de folga, mas pensou que, se explicasse exatamente qual era a situação e lhe prometesse outro dia de folga, ela compreenderia. Infelizmente, ela também parecia ter previsto tal chamada e estava fora de alcance. Agora Stephanie precisava decidir se dizia a Michael que houvera uma mudança de planos e decepcionar Finn ou se deveria aguentar o tranco e apresentar, ao mesmo tempo, o namorado ao seu ex-marido e ao filho. Por fim contou a Michael exatamente o que estava acontecendo e ele tomou a decisão por ela: eram todos adultos, Stephanie e James estavam separados, qual era o mal de ficarem todos juntos na mesma sala?

Quando o táxi dobrou a esquina da Belsize Avenue, Stephanie começou a se sentir mal. Não conseguia imaginar como James iria reagir ao fato de que ela estava para aparecer com um homem a reboque, mas tinha certeza de que ele não levaria numa boa. Em parte sentiu que faria bem a ele ver que ela seguira em frente — e que conseguira atrair outro homem e um bem bonitão e bem-sucedido — mas no fundo ela apenas queria que essa fosse uma experiência positiva para Finn.

Antes mesmo que conseguisse virar a chave na fechadura, a porta se abriu e lá estava James, sorriso largo posto no rosto e a mão estendida para Michael apertar. Finn devia ter lhe contado o que estava acontecendo, pensou ela, agradecida.

— Você deve ser Michael — disse James, sacudindo virilmente o braço dele. — Prazer em conhecê-lo. Oi, Steph, recebeu meu recado?

— Sim — disse ela, vacilante. — Tentei retornar.

James recuou para deixá-los entrar. Não dava impressão de que fosse sair logo.

— Finn está na cozinha, Michael — dizia. — Está louco para conhecer você.

— Certo — disse Michael, seguindo-o pela casa.

Nossa, James era inacreditável. Agia como se ainda fosse o dono da casa, o que, é claro, em parte, era. Michael olhou para trás com expressão interrogativa e ela fez uma careta que esperava transmitir "Não tenho ideia do que fazer".

Finn estava na expectativa, sentado à mesa da cozinha. James acenou para ele, como se fosse um prêmio de exibição.

— Finn, este é Michael. Michael, este é Finn.

— Oi, Finn — disse Michael, e estendeu a mão.

Finn, que nunca apertara a mão de ninguém, ficou olhando para ele, desconfiado, deixando a mão pendurada no ar. Seu rosto, pensou Stephanie, estava com a aparência de ter sido lavado quase até a alma. Pensando bem, assim como o de James.

— Aperte a mão de Michael — disse James, e frouxamente Finn obedeceu.

Ele estava comendo um sanduíche de queijo com *Marmite* quando eles chegaram e Stephanie notou que Michael, de modo sub-reptício (ou assim ela achou), esfregou a mão na perna de sua calça cargo depois que Finn a soltou. Sabia que ele não tinha experiência com crianças e sentiu pena, tentando achar um modo de fazê-lo conversar com seu filho. Seria tão mais fácil se James tirasse o time de campo e os deixassem a sós, mas sabia como ele era: estragaria tudo, sentando-se na cozinha, monopolizando a companhia de Finn, dando algumas alfinetadas em Michael e se exibindo, mostrando o quanto era maravilhoso e bem-sucedido, embora ela não tivesse tanta certeza do quanto esse último fato era ainda condizente com a realidade.

Na verdade, ela não sabia bem como James estava sobrevivendo no momento. Fez uma anotação mental de que precisava se sentar com ele e discutir as finanças; só que ela não conseguia encarar a ideia de ficar a sós com ele nenhum tempo a mais do que o necessário, e eles não podiam ter esse tipo de conversa diante de Finn. De qualquer modo, ele ficaria se exibindo sobre alguma coisa, pois era o que costumava fazer. Então, se não fosse o trabalho, seriam suas proezas no campo de golfe ou talvez sua habilidade de fazer com que duas mulheres o amassem ao mesmo tempo.

Sua corrente de pensamentos se interrompeu abruptamente quando ela notou James se levantar da cadeira onde estava sentado em frente a Finn e Michael.

— Bem — disse ele jovialmente —, é melhor eu ir e deixar vocês se conhecerem.

Estendeu a mão e submeteu Michael a outra sacudida de braço.

— Prazer em conhecê-lo, Michael — disse James outra vez. — Com certeza não será nosso último encontro. Finn, comporte-se. Steph, até mais. Pode deixar que eu sei o caminho.

E ele foi embora, assim, sem mais nem menos.

— Achei que você tinha dito que ele era difícil — disse Michael mais tarde, quando eles estavam bebendo vinho no sofá, depois de Finn ter ido dormir.

— E é. Não sei o que deu nele.

No fim, a coisa toda fora um grande sucesso. Michael, que não era um apaixonado por animais, observara Finn pondo David na parte fechada de sua gaiola para passar a noite e dera um jeito de se mostrar interessado. Eles conversaram um pouco sobre futebol, embora o que Michael dissera sobre o Leeds United precisar de um novo ponta esquerda fora um pouco demais para a cabeça de Finn, que começara a bocejar um pouco.

Finn, sem dúvida inspirado pelo estado de espírito demonstrado pelo pai, ficara no modo "Finn bonzinho", fora bem-educado e não ficara falando sem parar ou com a boca cheia de cenoura. Fora para a cama obedientemente às 20h30, dizendo "Prazer em conhecê-lo", exatamente como James fizera, e lá ficara desde então.

Stephanie aninhou-se a Michael. No que diz respeito a momentos em que se apresenta o novo namorado ao filho à vista do futuro ex-marido, tudo saíra muito bem.

43

Havia algo catártico em empunhar uma marreta, algo másculo, pensou James, embora sentisse que a qualquer momento estava se arriscando a ter uma parada cardíaca. As paredes do anexo estavam se mostrando muito mais sólidas do que imaginara. Sorte sua ter contratado os serviços do único empreiteiro local que se preocupou em erguer estruturas duradouras. A marreta estava mal abrindo um entalhe e ele já suava por quatro homens.

James chegara em Lower Shippingham tarde, na noite anterior, e dormira no apartamento em cima da clínica. Saíra da casa de Stephanie (como agora considerava aquela residência) num certo tumulto emocional. Ficara mal com o fato de Michael ser um bonitão de carteirinha, por ser tão esmeradamente estiloso — algo que James nunca se interessara em ser e, na verdade, nem saberia por onde começar se quisesse, mas parecia ser uma qualidade que Stephanie, com sua paixão por moda, devia achar atraente. Também por ele ter um trabalho que não só impressionava, como também era maneiro. James não sabia como poderia competir com um homem desses, alguém tão fundamentalmente diferente dele próprio. Deu-se conta de que, lá no fundo, uma vez tendo conseguido reconhecer que Stephanie podia realmente estar namorando outro homem, ele se consolara com a ideia de que o cara devia ser gordo ou baixo, ou ambos, e que talvez trabalhasse com contabilidade ou como analista de sistemas. Talvez tivesse mau hálito — embora isso fosse possível, ele não se aproximara o suficiente de Michael para conferir. Mas não parecia fazer o gênero. O fato de o cara ser artista fora o golpe que o magoara mais. James não possuía um único osso artístico no corpo.

Por outro lado, ele ficara exultante por ter se comportado tão bem. Por certo Steph ficara impressionada. Sabia que ela ficaria agradecida por ele ser tão... o quê?... adulto?... em relação à coisa toda, que ficaria pensando no quanto ele evoluíra. Todos os seus instintos estavam lhe dizendo para ficar, não deixar os dois juntos, que fazer isso seria desistir. Mas sua mente racional, a que ele valorizava mais, insistira em que ele agisse como adulto.

Se ele conseguisse reconquistar Stephanie — e agora isso estava parecendo uma perspectiva bem remota —, precisaria fazer com que ela visse por si mesma que Michael não era o homem para ela. Isso significava, é claro, ter que correr o risco, não insignificante, de ela de fato perceber que Michael *era* o homem para ela, mas isso era inevitável. E depois de fechar a porta e de ter afugentado o imenso desejo de passar a noite se escondendo atrás dos arbustos para espiá-los pela janela, ele se sentiu incrivelmente orgulhoso de si mesmo. Só o que podia fazer agora era se comportar bem, fazer tudo direito e esperar que um dia ela o recebesse de volta. Tudo o mais não dependia dele.

Animado com esse sentimento, ele decidiu que devia começar a agir e dar um jeito em sua vida. Foi direto à estação e pegou um trem para Lincoln. No caminho lembrouse de Jack Shirley, um moleque cujo gato ele ressuscitara uma vez, quando o bichano tinha caído de uma árvore. Jack pegara o gato e fora correndo até a clínica, louco de desespero. Quando o gato se recuperou, Jack admitiu em meio a lágrimas que, como estudante pobre, não podia pagar a conta. Ofereceu-se para pagar com serviços, mas James, tocado pelo afeto do rapaz pelo animal, recusou a oferta. Jack, cheio de gratidão, insistiu que James ficasse com seu número de telefone, caso pensasse em alguma coisa que ele pudesse lhe fazer numa futura ocasião e James imediatamente se esqueceu da coisa toda. Agora Jack estava bem feliz de estar ali ajudando e convencera o irmão, Sean, que estava passando umas férias com ele, a acompanhá-lo. James, que recebera o orçamento de 2 mil libras da firma de construtores, estava encantado.

O plano de James era o seguinte: segundo seus cálculos, eles levariam dois dias para derrubar o anexo e recuperar a parede externa original da casa. Supondo, é claro, que esses dois dias começassem às 7 horas e acabassem às 22. Ele fez um estoque de risoto instantâneo e de Coca Zero, sem intenções de pôr os pés nas ruas de Lower Shippingham mais que o necessário. Na terceira manhã estaria a caminho de Londres outra vez e a consulta seria em alguma imobiliária local. Quando fosse vendida, James usaria o dinheiro para comprar um apartamento de um quarto em Londres, perto de Finn e do trabalho, reiniciando assim sua lenta ascensão social.

Com a ajuda de Jack e Sean o serviço transcorreu de modo jovial e alegre. Os rapazes eram agradáveis, trabalhadores e engraçados, ambos interessados demais em garotas, motocicletas e cerveja para terem se envolvido nas fofocas sobre a desgraça de James. A conversa deles consistia principalmente de histórias de noitadas de excessos, intercaladas com informações sobre bandas de que ele nunca ouvira falar e debates sobre qual bebida embriagava mais com mais rapidez, *Snakebite* ou vodca pura. Era bem relaxante ouvir os dois tagarelando sobre nada em particular. Lembrou-o de como era sua vida naquela idade: sem complicações e cheia de possibilidades. Teve vontade de dizer a eles para não estragarem tudo, para pensarem bem antes de agir e aprenderem a valorizar o que tinham, mas sabia que eles só o achariam um coroa chato, por fora, metido e que lhes dava lição de moral a qual nem sequer prestariam atenção. Esta era a questão. Só se aprende através da experiência. Os erros dos outros não ressoam com os da gente. É preciso cometer os próprios.

Na hora do almoço, eles haviam conseguido derrubar quase uma parede inteira, e James mandou os rapazes para um almoço rápido no pub enquanto ele fervia a água para seu risoto de frango instantâneo. Olhou a pequena cozinha, que ficava ao lado da recepção. Engraçado pensar que havia passado tantos anos de sua vida ali. Adorava ter sua própria clínica. Sempre achara que era do status oferecido por ela que ele gostava, do fato de ser um reconhecido pilar da comunidade, mas agora lhe ocorria que o verdadeiro prazer era ser o chefe do seu próprio mini-império, a liberdade gerada pelo trabalho autônomo, a camaradagem da pequena equipe que reunira cuidadosamente. Exceto Sally. Ela, claramente, fora um engano. E para ser justo, Simon e Malcolm também não se mostraram tão bons assim no fim. Era entusiasmante pensar num recomeço um dia, dar um tempo e começar com o pé direito. Ele decidiu que encararia isso como um desafio. Um novo começo.

Jogou numa caixa o que sobrara de quando ele fora embora na primeira vez e deixou tudo pronto para pôr no lixo. Depois se sentou e ficou esperando pelos rapazes, que chegaram em 35 minutos, Sean trazendo uma caneca de cerveja para ele. Às 19h30 toda a estrutura estava abaixo; eles carregaram a caminhonete do pai do rapaz com o entulho, e então os três se amontoaram juntos e levaram tudo para o aterro, alguns quilômetros estrada acima. James estava exausto. Estava velho demais para todo esse esforço físico.

Jack o levou de volta para a clínica e James se despediu após uma recusa relutante ao convite de acompanhá-los ao *Fox and Hounds*. Não havia nada para fazer, ele não tinha TV nem rádio e nem sequer uma lata de cerveja para beber, então subiu para o apartamento e se deitou na cama por fazer, adormecendo quase de imediato.

Na manhã seguinte ele acordou às 6, todo duro e dolorido, mas louco para continuar com o trabalho. Tinha uma hora para esperar até que os dois rapazes chegassem, então enfrentou com bravura uma corrida leve pelos limites do povoado, tomando cuidado para não chegar perto demais das casas dos conhecidos, embora não pudesse imaginar quem pudesse estar de pé tão cedo, a não ser os fazendeiros. Tomou uma chuveirada fria — esquecera-se de ligar o boiler — engoliu uma lata de Coca Zero e ficou esperando. Jack e Sean apareceram pontualmente às 7 horas, bocejando e se espreguiçando, cheio de histórias sobre a noite anterior, sete canecas de cerveja e a filha adolescente do policial local.

Dessa vez eles terminaram às 17h30; e tirando as marcas dos alicerces, era como se o anexo nunca tivesse existido. Bem, quase. Pelo menos, estava tão bom quanto seria possível ficar sem ter que pagar por profissionais, pensou James.

Mais uma vez, ele estava com sono no minuto em que sua cabeça tocou o lugar onde o travesseiro estaria, se houvesse um travesseiro. Mais uma vez, ele acordou às 6, foi dar uma corrida, tomou banho e dessa vez ficou esperando pelo corretor de imóveis aparecer às 9.

Faltando cerca de vinte minutos, houve uma forte batida na porta e James, impressionado com o entusiasmo do corretor, que interpretou como um sinal de que sua propriedade afinal era desejada, foi atender. Parado na soleira estava Richard. James ficou momentaneamente surpreso com a expressão em sua fisionomia, que, por certo, não era a de alguém que estivesse só passando para tomar um chá. Richard não era tão amigo assim de Katie, pelo que ele se lembrava, e, além disso, não houvera aquela vez em que, embriagados, eles não tinham levado um papo sobre a impossibilidade da monogamia? Ele não podia imaginar que Richard estivesse bravo por causa dela. Devia estar fazendo a leitura errada dos sinais, e se forçou a arrumar a fisionomia num sorriso de boas-vindas.

— Oi, cara — disse ele. — Que bom...

A frase ficou pela metade quando um punho cerrado — o punho de Richard — grudou no rosto de James. James caiu para trás contra a parede, escorregando para baixo, a mão no rosto onde o soco fora desferido.

— Qual foi? Que foi que eu fiz?

— Como se você não soubesse — disse Richard, nada elucidando.

James pensou em revidar, mas Richard era uns bons 7 centímetros mais alto e frequentava regularmente a academia de musculação em Lincoln. Decidiu ficar sentado no chão. Com certeza era mais difícil bater num homem abaixado.

Esfregou a face. A dor era inacreditável.

— O que aconteceu entre mim e Katie é entre mim e a Katie. E Stephanie, obviamente. Não tem nada a ver com o seu senso machista de justiça.

Richard deu uma risada. O tipo de risada amedrontadora que o chefe da quadrilha solta num filme, logo antes de cortar fora a língua de alguém com os dentes e engoli-la.

— Isso não tem nada a ver com Katie. Tem a ver com a minha mulher.

Ah, meu Deus, pensou James. Simone.

— Não foi culpa minha, ela é que se jogou em cima de mim — disse, sabendo que era seu fim.

— *Ela* se jogou em cima de *você*? — bufou Richard.

— Como se estivesse desesperada a esse ponto.

James respirou fundo. Ele iria apanhar de qualquer modo, então tinha duas escolhas: contar a verdade e talvez plantar uma semente de dúvida na cabeça de Richard sobre o estado do casamento deles, ou mentir e permitir que Richard e Simone se unissem em seu ódio por ele.

O James reformado, o James legal escolheu a última opção. O que teria a ganhar contribuindo para o fim do casamento de Richard e Simone?

— Tudo bem — disse ele, preparando-se para o ataque furioso. — Desculpe, Richard, eu estava bêbado. Sei que não é desculpa. Dar em cima da Simone foi uma das coisas mais baixas que já fiz. Afinal de contas, você é... era... meu amigo. Eu simplesmente não estava raciocinando direito na hora.

Richard deu um passo na direção dele e James se sentiu encolher contra a parede. Merecia isso, não por causa de Simone, obviamente, mas pelo modo como tratara Stephanie e Katie. Não importava que fosse ser punido pelo crime errado. Se tivesse matado alguém, mas fosse condenado por ter matado outra pessoa, qual era a diferença? Continuava sendo um assassino e merecia ficar atrás das grades. De um modo estranho, ele achou que poderia se sentir melhor consigo mesmo se levasse uma surra. Ficaria se sentindo mais como um homem.

Houve uma fração de segundo em que Richard hesitou e James achou que, afinal, sairia dessa numa boa, e nessa fração de segundo deu-se conta de que realmente não queria levar uma surra, por mais correto que isso parecesse. Richard, claramente não acostumado a brigar, levou o braço para trás, depois jogou lentamente um punho desajeitado na direção de James. Este, vendo o soco vindo a meio quilômetro de distância — e que convenientemente chegara uma vez em segundo lugar no torneio de boxe sub 15 no clube de Frome —, instintivamente se levantou num salto e lançou o próprio punho direto no nariz aquilino de Richard, fazendo com que respingasse como um morango esmagado no rosto bronzeado. O ruído que acompanhou o golpe, um efeito sonoro de um filme barato de kung fu, quase o fez rir, tamanho clichê representava. Richard caiu de costas, estatelando-se no chão, mas por uma técnica de desvio, parecia, do que pela força do soco, que fora forte, mas nem tanto. Não havia por que James atingi-lo de novo. Era ridículo demais e, além disso, não era uma briga que ele tivesse pedido.

James estendeu o braço e puxou Richard, agarrando sua mão relutante e apertando-a como quem diz "tá acabado".

— Só para você saber, nada aconteceu entre mim e a Simone, seja o que for que ela tenha lhe contado.

Richard estava esfregando o rosto.

— Bem, por que ela iria inventar? — perguntou ele, a raiva aparentemente não de todo dissipada.

— Não faço ideia — disse James. — Por que não pergunta a ela?

Ouviram uma tossida e James deu uma olhada. Um rapaz num terno grande demais, que só poderia ser o corretor de imóveis, estava parado na porta, nervoso, analisando a cena. James limpou a mão levemente ensanguentada nas calças e a estendeu.

— Estávamos treinando — disse ele, apontando para Richard, que, usando um terno marrom para ir trabalhar, não poderia dar menor impressão, mesmo se tentasse, de ser um homem em treinamento. — Ficamos meio entusiasmados demais. Sabe como são essas coisas.

O corretor, que se apresentou como Tony, aquiesceu como se essa fosse a explicação mais normal do mundo, embora os olhos arregalados denunciassem que não acreditava em nenhuma palavra.

Enfim, a propriedade valia umas 25 mil libras a menos do que teria valido se o anexo tivesse permanecido e umas 10 mil libras a menos do que se tivesse sido demolida profissionalmente ("...porque eles vão ter que se dar ao trabalho de tirar os alicerces de concreto para poderem fazer um jardim..."), portanto toda a viagem fora uma falsa economia. Quando ele foi embora, James já nem se importava mais.

— É só enfiar umas plantas nuns vasos e dizer que é um pátio — disse ele ao corretor perplexo, gesticulando para o retângulo de concreto que tomava metade do espaço que seria o jardim.

— Ah, eu não poderia fazer isso — disse o corretor, que não devia ter mais de 17 anos e parecia ter acompanhado o pai no dia do leve-seu-filho-para-conhecer-seu-trabalho.

— Tudo bem, então procure uma venda rápida — disse James, ao perceber que, ao contrário dos corretores de Londres, que prosperavam com a hipérbole, este realmente parecia ter algum senso de ética. — Preciso do dinheiro. Simplesmente se livre do imóvel.

44

Katie passara a levar Stanley cedo para a caminhada, passando pela parada onde Owen esperava pelo ônibus que o levava ao hospital em Lincoln. Se ele ficou surpreso ao vê-la, não demonstrou, mas afinal ele não era de demonstrar muita coisa, grunhindo um "Olá" em resposta ao seu trinado "Oi" e depois indo em direção ao ônibus o mais rapidamente possível. Era irritante. Parte dela sentia que ele devia se considerar sortudo de ter alguém como ela lhe dando tanta atenção, enquanto a outra parte tinha vontade de agarrá-lo pelos ombros, sacudi-lo e gritar na cara dele: "O que há de errado comigo?"

Ela ficava aborrecida por se importar. O cara era um perdedor, todo mundo sabia. Ela sabia que estava sofrendo a clássica reação de ser rejeitada. Podia ser um clichê, mas era irritantemente verdadeiro: o minuto em que alguém começa a agir como se não estivesse mais interessado é o momento em que se começa a pensar que talvez, afinal, a gente esteja interessada. Alguém que normalmente se rejeitaria sem pensar duas vezes de repente assume uma aura de ser desejável. Quando ela o olhava objetivamente, ainda não o considerava atraente, mas o fato de ele ter cuidado dela, de não ter se aproveitado de sua vulnerabilidade o deixara, de algum modo, mais bonito. Ele era um bom homem. Precisava de um trato para se transformar de um caso de caridade em alguém realmente apresentável. E homens bons são raros, como ela descobrira. Se fosse sequer pensar em se meter em outro relacionamento, não cometeria o erro de escolher o bonitão bem-sucedido. Concentraria sua atenção em alguém que fosse bom e carinhoso. Alguém que, ela esperava, a tratasse tão bem quanto ela o trataria. E esse alguém, ela desconfiava, podia ser Owen.

Essa manhã, entretanto, ela se distraíra de sua missão pela visão de um homem de aparência muito familiar, com o rosto vermelho, correndo pelo campo, nos limites da cidade. Aquilo momentaneamente a deixou paralisada. James voltara. Ela não podia acreditar que ele tivera a cara de pau de voltar. E tão cedo. Enfiou a mão no bolso para pegar o celular, mas então se deu conta de que 6h20 era meio cedo para ligar para Stephanie.

Na verdade, fazia algum tempo que não sabia dela. De fato, as únicas vezes que se falaram desde a grande noite fora devido ao seu esforço de ligar. Sabia que Stephanie achava que ela tinha exagerado um pouco, mas James merecia, depois de tudo o que tinha feito. Além disso, ela se sentiu melhor. Sempre acreditara em carma. Se ela não tivesse intervindo, outra coisa teria lhe acontecido de qualquer modo: uma perna quebrada, um bilhete de loteria premiado perdido, um acidente na estrada. Ele devia ficar agradecido a ela. Poderia estar morto se ela não lhe tivesse garantido a punição merecida de outras maneiras.

James estava bem distante e parecia perdido nos próprios pensamentos, o bastante para não notá-la, pelo que ela ficou agradecida: não tinha nada a lhe dizer. Stanley estava se esticando na guia, o focinho farejando, lutando para confirmar a distância se aquele realmente era o antigo dono que passava na corrida. Com medo de que ele latisse ou se desvencilhasse da coleira e saísse correndo, com o rabo abanando, inconsciente da inadequação de seu entusiasmo, Katie o puxou para a direção contrária e foi para casa. Teria que ir sem espreitar Owen por uma manhã. Talvez fosse uma coisa boa. Talvez o fizesse pensar em onde ela estava.

Agora a rotina matinal em Belsize Avenue frequentemente incluía Michael fazendo sua torrada sem glúten com geleia orgânica na cozinha enquanto Stephanie tentava convencer Finn a vestir o uniforme. Ele dormia lá três ou quatro noites por semana e, embora ainda não tivesse descoberto como se comunicar com um menino de 7 anos, ele e Finn estavam se acostumando com a presença um do outro. Ela sabia que Michael preferiria que eles saíssem mais e Stephanie sabia que estava usando Finn como desculpa, mas, basicamente, ela já vira o máximo de grupos de jazz e instalações de arte underground que conseguia digerir. Não sabia se conseguiria sobreviver a outro papo sobre cinema francês com os amigos de Michael sem conseguir se conter e perguntar, "Alguém já viu *Ratatouille*? Isso é o que eu chamo de filme". Ela pensou em falar com ele a respeito, sugerindo que talvez pudessem sair para tomar um drinque, só os dois, ou talvez assistir a algum sucesso de bilheteria, mas era difícil dizer que não aprecia os amigos de alguém, especialmente quando esse alguém é o seu namorado. Ela tinha a sensação de que Michael mais se ofenderia do que acharia engraçado. Então, por agora, evasão, não honestidade, era a melhor política.

Nas noites que ficavam em casa, faziam grandes jantares e ouviam música — por sorte, pensou Stephanie, ela não tinha nada de jazz em seu iPod, então eles encontravam um denominador comum em Norah Jones e Seth Lakeman — e ficavam namorando e conversando no sofá. Ao contrário de James, Michael estava sempre interessado nos detalhes do seu dia e, ainda mais diferente de seu futuramente ex-marido, ele entendia o trabalho dela e não o achava trivial. Raramente lhes faltava assunto. Michael era apaixonado por tantas coisas e eles geralmente ficavam acordados até tarde, o que significava que ela nunca conseguia sair da cama cedo o bastante para deixar de fazer tudo num ritmo louco.

A última vez que eles saíram juntos, três noites antes, tinham ido ao Fifteen com Natasha e Martin, pois Stephanie finalmente decidira que era hora de seu namorado e sua melhor amiga se conhecerem adequadamente. Michael estava nervoso, ainda não tinha superado muito bem o constrangimento de Natasha tê-los flagrado no ateliê. Stephanie lhe dissera para se comportar o melhor possível, mas ficou claro que Natasha já tomara vinho antes de sair de casa.

— Bom ver você vestido — disse ela ao apertar a mão de Michael.

Stephanie não conseguiu conter o riso, mas ao olhar para Michael ele nem sequer esboçara um sorriso.

— Ah, Michael, deixa disso — disse ela. — Acho que agora a gente já pode rir do que aconteceu.

— Para ser franco, eu preferia esquecer — retrucou ele, não de modo irritado, pois Michael nunca deixava de ser razoável e bem-educado, mas de um modo que declarava: "Por favor, dá para gente mudar de assunto?" Então Stephanie o tirou do impasse e mudou de assunto.

Contudo, a noite foi boa, ela achou, embora tivessem tido uma conversa bem intensa sobre o estado do mundo e Michael tivesse usado algumas referências cinematográficas obscuras num certo momento, que deixaram Natasha e Martin parecendo dois coelhos flagrados pelos holofotes, sem saber o que dizer. Uma vez, Stephanie se adiantara, dizendo "Este não é aquele com a Juliette Binoche?" e

Michael olhou como se ela tivesse dito "Michael Winner não é o maior diretor de todos os tempos?" e falou "Não, aquele é *Chocolate* e nem sequer é um filme francês, só se passa na França. Há uma grande diferença", ou seja, tudo o que ela já sabia: só estava tentando salvar os amigos.

Mas, em suma, eles pareceram se dar bem. Natasha era extremamente transparente quando não gostava de alguém, então o fato de ela estar sorrindo para Michael quando falava era por certo um bom sinal. Depois Michael comentou que os amigos de Stephanie eram "muito boa companhia" e que Martin era "bem informado" e "atencioso", e não era incrível que ele tivesse se educado numa escola pública de uma área pobre quase sem dinheiro? Sendo que ele fez tudo isso soar como um grande elogio.

— Ufa! — disse ela. — Para mim é muito importante que você goste dos meus amigos.

— Pois bem, gostei — disse ele, abraçando-a de um modo que ela adorava, pois fazia com que se sentisse segura e confiante. — Eu me diverti bastante.

Ela encontrara James várias vezes desde o dia em que ele ficara lá esperando por ela e Michael chegar em casa. Ele gostava de dar uma passada lá e ficar com Finn sempre que ela permitia e como ele ainda parecia estar se comportando muito bem, ela tendia a dizer sim na maioria das vezes. Ela os deixava sozinhos — ainda não tinha vontade de passar mais do que o tempo necessário com ele — e o som de Finn rindo histericamente de alguma piada infame confirmava seu acerto ao deixar James visitá-lo. Desde aquela primeira vez, ela sempre garantia que ele já tivesse saído na hora que Michael estivesse para chegar. Não mais por temer como James agiria, mas porque, francamente, era meio... estranho ficar conversando educadamente com seu marido e o novo namorado ao mesmo tempo.

    O telefone tocou quando estava saindo do banho e ela pensou em ignorar, mas ao olhar para o visor e ver que era Katie, a curiosidade foi maior. Elas não se falavam havia umas duas semanas. Stephanie andara pensando em ligar para saber como Katie estava se saindo sozinha, mas nunca conseguia se animar. Katie lhe deixara umas duas mensagens, parecendo bem positiva, mas ainda a fim de falar sobre James e sobre o cretino que ele era e será que haveria mais alguma coisa que pudessem fazer para se vingarem? Algumas semanas antes Stephanie tentara lhe dizer que, em sua opinião, elas deviam seguir em frente, tentando ver como a vida seria no futuro, mas não tinha certeza de que Katie havia concordado. Agora, diante do telefone tocando e o nome de Katie brilhando, ela não podia simplesmente rejeitar a chamada, então decidiu que seria curta e, se possível, leve.

— Oi, Katie.

Katie foi direto ao assunto:

— Adivinha. Acabei de ver James. — Pausou como que esperando que Stephanie reagisse, admirada.

    Stephanie, que tinha uma vaga ideia do que James estava fazendo em Lower Shippingham, não se surpreendeu.

— Na clínica? — perguntou. — Ele comentou que iria lá dar um jeito para poder vendê-la.

Katie arfou.

— Você sabia e não me avisou? Eu quase tive um infarto quando o vi.

— Eu não imaginava, desculpe. Ele só vai ficar aí por uns dois dias e eu sabia que ele não ia querer dar de cara com você. Nem com ninguém, na verdade.

— Por quanto ele está vendendo? — perguntou Katie, e disse a Stephanie que andara pensando em trocar seu chalé por um lugar onde pudesse morar e que também acomodasse seu negócio em plena expansão.

Encontrar um lugar com umas duas salas de tratamento e talvez contratar alguém por meio período para lidar com os clientes menos importantes. Dar um salto, havia muito necessário, no plano residencial.

— Não faço ideia — disse Stephanie. — Ele quer vender logo, acho. Está quase sem dinheiro. — Assim que falou, ela se arrependeu. Era pessoal demais, uma arma por demais tangível para dar a alguém que não hesitaria em usá-la. — O que eu quero dizer é que está tudo amarrado à casa e eu não tenho intenção de me mudar.

— Muito certo também. — E então, mudando de assunto, Katie perguntou com gentileza: — E você, como está se adaptando?

— Ah, bem, sabe como é — disse Stephanie, sem contar nada. — Na verdade estou até surpresa de estar tão bem. Está tudo completamente acabado com ele.

— Nossa, eu também — disse Katie. — Mas deve ser mais difícil para você. Afinal, tem o Finn.

— Finn está bem — disse Stephanie. — Estamos os dois bem.

45

Até então o dia havia sido cansativo. Bertie Sullivan, o adorado pug de Charles Sullivan, vereador do Partido Conservador de Westminster, estava com dificuldade de respirar. Amarrado na mesa de operações, o cão estava com os olhos revirados para cima enquanto James tentava desesperadamente decidir o que seria melhor fazer. Fora uma operação de rotina. Bertie tivera um abscesso num dos molares, que precisara ser arrancado. Era um procedimento que James já fizera... o quê?... provavelmente umas mil vezes ao longo dos anos. Nunca dera nada errado.

Aquela manhã, no entanto, ele não estava pensando direito. Tony, o corretor, lhe telefonara para dizer que, após várias semanas sem nenhum possível comprador, haviam recebido uma proposta pela clínica. Uma oferta muito baixa, mas que, segundo Tony, refletia o estado do lugar e que, por isso, ele aconselhava James a aceitar, visto que ele estava precisando muito de dinheiro. A proposta, informou a James, viera de uma Srta. Katie Cartwright, uma moça muito simpática que não tinha nada a vender e um saldo bancário bem saudável devido ao seu próspero negócio. Talvez o senhor a conheça, disse ele, "sendo Lower Shippingham um lugar tão pequeno". Ela era muito bonita, James se lembraria se já a tivesse visto. Na verdade, ele mesmo estava pensando em convidá-la para sair, pois ela mencionara que era solteira. James não se dera ao trabalho de comentar. Dizer agora "Ah, sim, eu vivia com ela", parecia um convite a uma conversa que ele não queria ter.

    Ele disse a Tony que precisava pensar a respeito, refletir sobre o assunto por algumas horas. A oferta era tão baixa que não lhe permitiria começar uma vida nova, mas, por outro lado, poderia pagar as dívidas e dar entrada num pequeno apartamento numa parte de Londres não muito duvidosa. Um lugar onde Finn pudesse ir e passar a noite, nem que James tivesse que lhe emprestar a própria cama e dormir no sofá. Não havia dúvida de que teria que sair do Chalk Farm. Quanto mais ficava lá, mais sentia que estava virando um daqueles solteiros desesperançados dos seriados da TV. Ele se sentia como um caixeiro-viajante dos anos 1970, vivendo de uma mala, vestindo roupas cada vez mais puídas, se alimentando de comida pronta e contando os centavos. Além disso, Stephanie nunca encontraria sentido em voltar para ele enquanto ele estivesse vivendo daquele jeito. Havia também o fator Katie. Se vendesse a clínica para ela por um preço tão baixo, talvez ela sentisse que estavam quites. Talvez ele fosse se sentir um pouco melhor em relação a como a tratara.

    Ele estava pesando os prós e contras e se entregando à rotina usual de flagelo em relação ao seu comportamento no passado, quando percebeu que Bertie estava asfixiado. Olhando dentro da boca do animal ele pode ver, alojado no fundo da garganta, um pedaço de algodão, tendo lá caído, sem dúvida, enquanto James calculava o valor da comissão da imobiliária ou quais seriam os advogados mais baratos de Lincoln. Amanda, a enfermeira, tinha dado uma saída para verificar outro paciente enquanto ele acabava. Afinal de contas, ele não fizera isso umas mil vezes? Pensou em chamá-la, depois decidiu que era mais simples e rápido lidar sozinho com a situação em vez de explicar como conseguira deixar cair uma bola de algodão na garganta de um paciente tão valioso. Não era preciso entrar em pânico, só precisava retirar o algodão. James tentou com os dedos e depois com um fórceps, ficando cada vez mais nervoso. Antes que conseguisse pensar se deveria fazer uma traqueostomia, Bertie amoleceu. Como ele parecia aparentemente inconsciente, James facilmente conseguiu pescar o algodão. Jogou-o no chão. Quando Amanda voltou, encontrou-o tentando enfiar o tubo de oxigênio num cão que, aparentemente, estava em perfeita ordem até cinco minutos antes.

— O que aconteceu? — Ela se apressou até a mesa para ajudar.

Relutante, James tirou a atenção de Bertie.

— Não faço ideia. Ele estava bem um minuto atrás.

Não conseguiu confessar. Não agora, não junto com todo o resto que estava acontecendo. É claro que ele perdera pacientes antes, dezenas deles de diferentes formas, mas nunca, pelo que se lembrava, isso acontecera devido à falta de concentração. Tudo bem, todo mundo comete erros, mas não havia como confessar o fato de ter errado no mais básico dos procedimentos porque estava pensando sobre a própria vida e na bagunça em que a transformara. Além disso, não seria um consolo para Charles Sullivan saber que no momento em que seu amado cão morrera, James estava cogitando se procurava algum lugar para morar no Swiss Cottage ou no Queen's Park. Seria melhor que nunca soubesse. Seria melhor sugerir que Bertie devia ter um coração fraco não diagnosticado ou um duvidoso sistema brônquico. Seria melhor que Amanda pudesse testemunhar que James estava tentando desesperadamente salvar a vida do cão e não que ele fora responsável por sua morte.

Quando James ligou para dar a má notícia, Charles Sullivan ficou extremamente perturbado, mas agradecido pelos esforços que aparentemente tinham sido feitos para manter o animal vivo. Ele recusou uma investigação post mortem, como os donos de animais geralmente fazem, e, em vez disso, pediu para recolher o corpo do animal com a intenção de enterrá-lo no parque. Quando ele chegou, com os olhos vermelhos de tanto chorar, deu um abraço másculo em James e o agradeceu novamente. James, que estava se sentindo um merda, derramou lágrimas genuínas ao dizer a Charles o quanto sentia.

Em algum ponto da carreira de um veterinário ocorria uma morte por erro humano, ele sabia disso, mas a culpa que sentiu foi arrasadora. Pensou em Finn e em como ele se sentiria caso algo acontecesse a Sebastian e tentou não pensar na filha de 10 anos de Charlie, que fora com ele trazer Bertie. Ao chegar à Belsize Avenue às 18h15 para a visita pré-combinada com Finn, ele estava profundamente infeliz.

— Oi cara — disse ele quando Finn abriu a porta, a fisionomia animada pela perspectiva de passar um tempo com o pai.

Stephanie estava na cozinha, falando com Natasha ao telefone. Ela pretendia passar a noite arrumando os armários só para ficar longe de James — uma pilha para doação, outra para as coisas não usadas havia mais de um ano e a terceira para coisas que com certeza guardaria. Michael estava trabalhando, fotografando o celebrado elenco na noite de estreia de uma peça qualquer e com Finn sendo entretido por James, ela teria chance de passar algum tempo consigo mesma, um luxo que estava cada vez mais raro atualmente. Entretanto, parecia de bom-tom dar um alô ao marido.

— Como vão as coisas? — perguntou ela, achando que ele não parecia muito bem, mas sem realmente querer nem esperar qualquer outra resposta que não fosse "Tudo bem".

— Uma merda, para ser honesto.

Stephanie olhou rapidamente para Finn.

— Desculpe — disse James —, não muito bem. Tive um péssimo dia.

Então ela não teve opção a não ser se sentar e escutar os detalhes do que acontecera. Quando ficou óbvio que era uma história que faria Finn ter pesadelos, ela o mandou escovar David para mostrar a James como estava cuidando bem do bichinho.

Finn suspirou, sabendo que iria perder alguma coisa.

— Não tô a fim — disse ele, petulante.

— Já sei — disse James. — Dá uma boa limpada na gaiola e depois eu te mostro como dar um banho nele.

— Legal — disse Finn, correndo para o jardim.

Cética, Stephanie olhou para James.

— A gente pode dar banho em porquinhos-da-índia?

— Na verdade não, mas só uma vez não vai fazer mal.

Quando Finn acabou, James já tinha contado tudo a Stephanie: a briga com Richard, a oferta de Katie para comprar a clínica, a preocupação com a situação financeira e sua participação na morte prematura de Bertie. Stephanie resistiu à vontade de dizer "pois bem, foi você que provocou tudo isso". Na verdade, ela percebeu que estava sentindo um pouco de pena dele.

— Se eu fosse você, pegaria o que fosse possível pela clínica. Se estiver realmente encrencado a gente pode falar sobre a venda da casa, talvez. Conseguir algo menor para mim e Finn.

Ela falava sério. Não queria mais puni-lo.

Mas James não aceitaria isso.

— De jeito nenhum. Não foi por isso que eu te contei... quer dizer, eu não gostaria que você pensasse que eu estava tentando conseguir alguma coisa. Você e Finn não fizeram nada de errado. Nada me faria tirar a casa de você. Eu só preciso me reerguer, só isso. E você tem razão, vender a clínica é um começo. E depois, talvez, eu consiga mais trabalho aqui. Por fim me estabelecer por conta própria. Vou dizer ao corretor para aceitar a oferta.

Stephanie percebeu que ele ainda se sentia esquisito ao mencionar o nome de Katie na frente dela. Como se ela ainda se importasse.

— Você não se importa que eu venda para... ela... não é? — perguntou ele, nervoso.

— É claro que não. Não seja bobo. Na verdade, acho que é uma ótima ideia. Você deve algo a ela também, James.

Secretamente Stephanie esperava que Katie considerasse esse o retorno de que necessitava: ferrar James em algumas milhares de libras e depois seguir em frente. Não podia culpá-la. Era compreensível que ela quisesse ver sangue.

James pôs a mão no braço dela e Stephanie enrijeceu. Precisou se conter para não puxar o braço abruptamente, para não afastar antes dele.

— Obrigado, Steph, por ser tão... boa em relação a tudo isso. Eu não mereço você... quero dizer... não merecia.

Stephanie deu uma batidinha sem ânimo no braço dele; ele tirou a mão, como se soubesse que fora um gesto inapropriado.

— Tudo bem — disse ela. — Eu quero que você se saia bem, tanto quanto você. Pelo bem do Finn. Para que a gente possa seguir em frente, sabe.

Nossa, ela queria que ele parasse de olhar para ela daquele jeito, uma cruza de filhote ferido e criança esperançosa. Ela se levantou para impor certa distância física entre eles e, felizmente, Finn entrou, com David nas mãos. James, para lhe dar crédito, saiu de seu estado de autopiedade e entrou no modo papai divertido.

— Certo, a primeira coisa que você precisa saber é que só pode fazer isso uma vez por ano.

Stephanie riu. Sabia que ele estava esperando que Finn esquecesse todo o lance de dar banho no porquinho-da-índia quando os 12 meses tivessem se passado. Ela os deixou sozinhos, esperando que David não ficasse muito traumatizado com a experiência. James garantiria que isso não acontecesse, ela sabia, porque, ao contrário do modo como ele estava se sentindo agora, James era tanto um bom pai quanto um bom veterinário. Só como marido é que não prestava.

46

Katie foi tomada de surpresa por James aceitar tão rapidamente sua oferta pela clínica. Esperava que ele insistisse num preço mais alto ou até que não aceitasse para não ter que encarar o constrangimento de lidar com ela. Nem conseguiu esperar para ligar para Stephanie e lhe contar.

— Ótimo — disse Stephanie quando ela lhe deu a notícia. — Muito bem.

Stephanie não pareceu tão contente quanto ela esperava e então ela se deu conta do possível motivo.

— Ah, minha nossa, Stephanie, espero que você não ache que estou fazendo isso para tentar ferrar você na grana também. Droga, eu nem tinha pensado nisso. Você quer que eu recue e suba a oferta? Se você quiser, eu faço isso.

Ela ficou realmente chateada por nem sequer ter lhe passado pela cabeça que se James aceitasse um preço tão baixo pela clínica, afetaria Stephanie também, uma vez que eles iriam acertar um acordo de divórcio. Ela nunca iria querer que Stephanie sofresse mais do que já sofrera.

— Não é isso — disse Stephanie. — Isso nem me ocorreu. É só que... sei lá... estou com um pouco de pena dele no momento...

Katie não conseguiu se conter e foi logo se adiantando, antes que Stephanie tivesse chance de acabar de falar:

— Com pena dele? Depois do que ele fez? Qual é...

Então Stephanie lhe contou o quanto ele estava deprimido na última vez que o vira e que ele ainda estava morando num hotel barato, além de uma história sobre a morte de um cachorro, que, embora Katie adorasse cães, parecia levemente cômica. Tudo parecia meio trivial. O cara não estava morrendo de câncer, nem no corredor da morte, só estava com pena de si mesmo porque cavara a própria cova e agora estava tendo que entrar e deitar. Stephanie comentou que o cachorro era de um vereador do Partido Conservador e Katie deu uma risada, dizendo que isso devia ter sido o pior dos pesadelos para James, uma potencial desavença com tal pilar da comunidade, mas Stephanie disse que ele não parecia mais se importar com esse tipo de coisa: só estava chateado por ter cometido um erro tão terrível; de qualquer modo, pelo que Charles Sullivan tinha ficado sabendo, Bertie morrera de causas naturais.

— Meu Deus! — Katie se ouviu dizer. — Se eu descobrisse que algo assim tivesse acontecido com o Stanley teria ficado furiosa.

Assim que acabou de contar a Katie sobre o cachorro, Stephanie percebeu que não deveria tê-lo feito. Houvera uma ponta de entusiasmo na voz de Katie ao se despedir e Stephanie sentiu como se tivesse carregado a arma e entregado a ela. Pensou em retornar a ligação e dizer, "Esqueça o que acabei de contar, eu inventei" ou até em ir direto ao ponto e pedir que ela não fizesse nada a respeito, mas sentiu que isso alimentaria as chamas. Só restaria torcer para que o entusiasmo com as novas dependências e a satisfação com a pequena vitória que tivera tirasse de Katie o desejo de vingança.

Ela passou o dia fazendo compras com Meredith para a iminente premiação do seriado. Meredith fora indicada para a categoria de melhor atriz especificamente por um angustiante episódio em que descobrira que o homem com quem estava para se casar já tinha mulher e três filhos, que convenientemente tinham acabado de se mudar para o mesmo bairro. Ela concorria com uma atriz cujo personagem morrera após uma longa luta contra um câncer (uma batalha que ela estava vencendo bravamente, até pedir aos produtores por um substancial aumento de salário) e outra cujo alter ego havia sido preso recentemente por venda de drogas. Não havia dúvida, ela confidenciara a Stephanie, morte sempre vencia as premiações porque os jurados sabiam que essa seria a última chance que teriam de bajular o talento daquela atriz específica. Porém, estimulada pelo seu triunfo no BAFTA, ela pretendia ir em frente e detoná-las com um traje, cuja escolha se alegrava em deixar inteiramente nas mãos de Stephanie.

No momento elas estavam na Ronit Zilkha, Meredith no provador, experimentando uma criação estrondosa após a outra enquanto Stephanie andava lá fora como um pai na expectativa. Ela estava apavorada com o fato de que estava perto da hora do almoço e sem dúvida teria que convidar Meredith para pelo menos dois pratos no restaurante da Harvey Nichols. Atualmente ela estava gostando bastante de Meredith — era fácil sentir-se afável em relação a alguém que seguia cegamente suas instruções —, mas elas não tinham muito sobre o que conversar. Além disso, ela queria um tempo sozinha para pensar na bomba que Michael lhe jogara naquela manhã.

Entretanto, Meredith não gostou de nada, e às 13h45 elas finalmente se sentaram para uma refeição de vieiras e sopa de abóbora, Stephanie vasculhando o cérebro para encontrar algo sobre o que falar. Por sorte, Meredith matraqueou por algum tempo sobre uma nova trama em que estava envolvida e sobre o quanto era injusto que parte do elenco tivesse conseguido permissão para tirar umas férias das filmagens para a lucrativa estação de pantomima enquanto outros — ela incluída — não. Stephanie tentou parecer solidária com o fato de que Meredith passaria o próximo inverno ganhando apenas 4 mil libras por semana em vez de 10 mil, mas não foi fácil. Depois disso, a conversa encalhou numa pausa e Stephanie, desesperada para preencher o silêncio, se flagrou dizendo:

— Sabe, meu namorado quer que a gente vá morar junto.

— Nossa! — disse Meredith, largando o garfo. — Não levou muito tempo.

— Quase três meses — disse Stephanie. — É muito cedo? Acho que deve ser.

Por que ela estava falando com Meredith sobre isso? A madame lésbica dentro do armário. Provavelmente nunca tivera um relacionamento na vida.

— Isso depende. Uma vez eu fui morar com uma pessoa depois de uma semana.

Stephanie quase engasgou. Mas conteve a vontade de fazer a pergunta que mais queria.

Meredith ainda falava:

— Mas, para ser franca, foi uma bobagem fazer aquilo. Eu fui embora um mês depois.

Stephanie riu.

— Bem, isso me dá a maior força.

— Acho que se você está preocupada de ser muito cedo então é muito cedo.

— É isso que eu acho.

Para ser sincera, ela não sabia o que achava. Michael fizera o comentário durante o café da manhã como se estivesse discutindo um novo tipo de cereal matinal ou a situação da bolsa de valores. Tinha sido tão nada a ver que a princípio ela dera uma risada, mas então ele disse que estava falando sério e que era loucura manterem duas casas quando passavam tanto tempo juntos. Além disso, ele estava levando a relação a sério e queria lhe dar uma segurança maior. Faria mais sentido, disse, se ele vendesse o apartamento, e depois, se ela quisesse, ele poderia usar o dinheiro para comprar metade da casa dela. Ele sabia que ela não iria querer se mudar.

O primeiro pensamento de Stephanie fora quanto a Finn. Ele e Michael se davam bem, embora não tivessem muito em comum, e, quanto a isso, Michael não era e nunca seria pai dele. E então ela pensou em como se sentia e não havia nada além de um branco total. Tinha a sensação de que devia ter se sentido exultante. Era a promessa de toda uma nova vida com um homem gentil, decente e que claramente a adorava. Não havia chance de que Michael fosse jamais se meter numa vida secreta em algum outro lugar, fugindo para o interior, e de ter alguma outra coitada que ele seduzira para amá-lo por alguns dias da semana. Ele era inteligente e talentoso. Só havia uma ansiedade pendente nele, pairando em algum canto de seu cérebro, que ela não conseguia definir bem.

— Bem — continuou Meredith —, ou você diz a ele que quer esperar um pouco mais ou então faz uma tentativa. Faça um teste por umas duas semanas e depois decidam. Mas não vá prometendo que é permanente antes de ter certeza.

Stephanie suspirou.

— Você tem razão, sei que tem. Mas, para ser franca, estou com medo. E se eu disser que não e depois ele nunca mais fizer a proposta?

Por que ela estava contando tudo isso a Meredith? Realmente não fazia ideia.

Meredith bufou.

— Ora... aí você fica como está, só você e Finn. É tão ruim assim? Qual é, Stephanie, não me diga que você virou uma daquelas mulheres que prefere ficar com o Maníaco do Parque a estar sozinha?

Stephanie riu.

— Não, não é nada disso.

— Se ele realmente estiver na sua, vai querer morar com você daqui a seis meses. Caso contrário, será a prova de que você estava certa de esperar, não acha?

— Faz sentido. Acho que só não estou entendendo por que não estou pulando de alegria. Quero dizer, quem imaginaria seis meses atrás que eu encontraria outra pessoa tão rápido? Alguém atraente, gentil, inteligente e que me ama... — Ela foi parando de falar, sem saber o que mais dizer.

— Mas? — disse Meredith, erguendo uma sobrancelha.

Stephanie olhou para ela com ar inquisidor.

Meredith continuou:

— Havia um "mas" vindo.

— Mas... sei lá. Mas... ele é um pouco... ele não é... Ele gosta de jazz e de cinema estrangeiro. Todos os amigos dele são artistas, fotógrafos e músicos. Ou, pelo menos, estão tentando ser. Não que haja algo de errado nisso, só que eles levam tudo tão a sério. Assim como ele. — Ela não fazia ideia se Meredith entendia o que ela estava falando. Ela mesma mal entendia. — Acho que era a isso que meu "mas" se referia... "Mas ele é um pouco descolado demais."

Meredith fez que sim.

— Ele parece...

— Chato? Não, ele não é chato, não é mesmo, só um pouco... sério.

— Na verdade eu ia dizer que ele parece interessante. Só não sei se ele é muito a sua cara, se você me entende. Desculpe se isso parecer presunçoso.

Stephanie suspirou.

— Às vezes eu queria que ele ficasse um pouco mais solto.

— Bem, se você realmente insiste em aceitar o conselho de uma velha solteirona amargurada que nunca viveu com ninguém, exceto por aquelas quatro semanas em 1989, então é isto que eu acho... — Meredith, sempre a atriz, pausou como que para causar efeito. — Não faça nada. Não há pressa. Você não tem nada a perder esperando, só um pouco de sono, talvez.

— Será que este é o único conselho que as pessoas sempre têm a dar? Não faça nada?

— Eu sou preguiçosa por natureza. Fazer nada sempre me parece a melhor resposta.

Stephanie sorriu agradecida.

— Obrigada, Meredith, aprecio sua atenção.

— É claro que ela tem razão — disse Natasha, toda convencida. — Embora eu não entenda por que você foi pedir conselho àquela uva-passa velha infeliz quando podia falar comigo.

— Bem, ela disse exatamente a mesma coisa que você teria dito, então qual é a diferença? Além disso, eu gosto dela.

— Desde quando?

— Desde que ela decidiu que eu sou um gênio. Na verdade, ela anda um doce ultimamente.

Natasha bufou.

— Da próxima vez, você vai sair com ela para um encontro amoroso. Não é de admirar que ela esteja tentando descartar Michael, deve achar que tem uma chance.

— Tá bom, vamos dar o fora dos anos 1970.

— Só me diga uma coisa — disse Natasha, subitamente séria. — Quando foi a última vez que você o fez rir?

— Fazer ele rir? — Stephanie ficou indignada. — Do que você está falando? Achei que gostava dele. Ele gosta de você.

— Eu gosto dele, ele é inteligente e atencioso. Só não é uma companhia exatamente hilária, é isso que estou dizendo.

— Eu gosto da companhia dele. Ele é gentil, inteligente e adulto. Além disso, ele nunca vai me enganar.

— Ótimo! E eu consigo entender por que isso é a coisa mais importante no momento, mas... só não significa que você deveria tornar permanente, só isso. Não até pelo menos ter certeza e claramente você não tem.

Stephanie sentou-se pesadamente no sofá. De repente sentiu-se infeliz. Oprimida por uma onda de autopiedade pouco característica, ela caiu em prantos.

Natasha ficou apavorada.

— Eu não tinha a intenção! Ah, meu Deus, desculpe, Steph.

Stephanie raramente chorava e, por conseguinte, sempre que o fazia era como se tudo que tivesse acumulado desde a última vez visse uma oportunidade e viesse jorrando para fora, e ela não conseguia mais parar. Agora tentava dizer:

— Não, não tem nada a ver com o que você acabou de dizer.

Mas estava muito difícil falar e chorar ao mesmo tempo, e o choro venceu. Ela balançou a cabeça na esperança de que Natasha entendesse o que ela queria dizer. Entendendo ou não, Natasha sentou-se ao lado dela e ficou impotente lhe dando tapinhas na perna. Stephanie sabia que devia estar deixando-a inquieta, mesmo sem pensar que durante todos os anos de amizade Natasha nunca a vira chorar, mas não tinha como parar. Nem sequer sabia o motivo pelo qual estava chorando, só que se sentia vazia e desamparada e que toda sua vida estava uma droga.

— É bom para você colocar tudo para fora — dizia Natasha. — Sempre enfrentou tudo com coragem. Simplesmente não é... natural. Olhe só para você. A maioria das pessoas teria se desmantelado depois do que aconteceu, mas você mal perdeu o fôlego. Não é saudável.

— O que você quer dizer? Eu estava tentando controlar as coisas, achei que era o certo a fazer.

— Não é uma crítica, Steph. Só estou dizendo que ninguém poderia passar pelo que você acabou de passar sem ter um colapso em algum momento. Só levou mais tempo do que levaria pra maioria, só isso. É uma coisa boa. Se eu não detestasse tudo e qualquer coisa Nova Era estaria dizendo coisas como "Você não começa a se curar até que se permita despedaçar completamente". Mas é óbvio que eu nunca vou dizer isso, então só vou dizer que todas aquelas coisas, como se vingar do James...

— Que você disse que era uma coisa boa.

— ... que eu disse que era uma coisa boa... e Michael serviram como autopreservação. Ajudaram você a passar pelo pior. Deram a você algo em que se concentrar. Ajudaram a adiar o momento quando você realmente absorveu o que tinha acontecido até agora, até você estar forte o bastante para lidar com tudo. E agora que você expulsou tudo de dentro de você, já pode seguir adiante, só isso.

— Eu e Michael estamos bem, tá bom? — disse Stephanie, na defensiva. — Eu sei que você não gosta dele, mas isso é problema seu. — Ela ignorou os protestos de

Natasha. — Você nunca gostou de James e agora não gosta de Michael.

Assim que acabou de falar, ela soube que era uma coisa infantil de dizer. A verdade era que Natasha tivera razão de ficar desconfiada de James: ela sempre pensou no que era melhor para Stephanie. E se Stephanie tivesse pensado um pouco sobre o assunto, teria percebido que também devia concordar com o que Natasha dissera sobre sua relação com Michael. Mas ela não estava a fim de se permitir pensar nisso.

— Eu vou deixar que ele se mude lá para casa — disse ela, de modo meio petulante. — Ele tem razão... a gente se dá bem.

— Bem, se é isso que você quer fazer, bom para você — disse Natasha. — Eu só queria garantir que você tivesse certeza. Fico realmente feliz por você, se isso a deixar contente.

Ela estendeu os braços para dar um abraço na amiga, mas Stephanie não estava a fim. Estava cheia de ouvir Natasha lhe dizer o que era certo e o que era errado, o que fazer. Convenientemente, ela se esqueceu de que era sempre ela quem pressionava Natasha a lhe aconselhar; Natasha era quem ela chamava à 1 ou às 2 da madrugada, quando não sabia o que fazer; Natasha sempre largava tudo para escutá-la resmungar quando havia um problema.

Stephanie se levantou e pegou o casaco.

— Preciso ir — disse ela com frieza, saindo sem se despedir.

47

O único erro profissional que James cometera, o único que de fato interessava se ele fosse pensar bem no assunto, fora não ter posto as mãos para o alto e assumido a culpa pelo que acontecera a Bertie. Charles Sullivan podia ter se zangado, poderia ter se retirado dali e confiado os cuidados de seu gato e do cachorro remanescente a outra clínica veterinária, poderia até ter ameaçado processá-lo, mas o que quase certamente não teria feito seria exigir que Harry despedisse James. E mesmo com a improbabilidade que o fizesse, não tivesse o comportamento recente de James sido tão instável, sua aparência tão desleixada, Harry certamente não lhe teria dado ouvidos. Do modo como as coisas estavam, Harry ficou tão preocupado com o estado mental de James que, ao receber a ligação de uma mulher, alegando ser assistente de Charles Sullivan, e ser informado de que Charles tinha motivos para acreditar que James realmente havia matado Bertie por incompetência — prova, o algodão que ficara alojado na garganta de Bertie —, ele não pensou duas vezes em chamar James para se explicar.

— Realmente foi um erro — disse James de imediato, acreditando (erroneamente, é claro) que Amanda, a enfermeira, tivesse presumido o que acontecera e feito o relato.

— Você está me dizendo que é verdade? Que teve culpa pela morte do cachorro de Charles Sullivan e então tentou encobrir o fato?

— Desculpe — disse James. — Mas você sabe como é, essas coisas acontecem.

— Não, não, James — disse Harry. — Você não está entendendo. Não estou bravo pelo que aconteceu ao Bertie, e sim por você me fazer passar por idiota. Estou bravo por você me pôr numa situação em que tive que defender seus atos sem conhecimentos dos fatos.

James trocou o apoio de um pé para o outro.

— Sinto muito — murmurou.

— Foi o fato de você ter me enganado — continuou Harry, a pleno vapor agora. — O fato de eu ter sido colocado numa situação em que fui forçado a blefar para não parecer que estava por fora do que acontecia na minha própria clínica. Precisei dizer a ela que já estava investigando o que havia acontecido. Com certeza dá para você entender o quanto isso é inaceitável, não dá?

— Não vai acontecer de novo — murmurou James, olhando para o chão.

— Eu sei que não vai, James, porque... e sinto muito, mesmo... eu vou ter que despedir você.

James olhou para cima pela primeira vez. Isso não podia estar acontecendo.

— Por favor, não faça isso, Harry.

Harry ainda estava falando:

— Nós podemos fazer isso do modo oficial com todos os requisitos legais que possa acarretar ou você pode simplesmente concordar em sair no fim da semana. Você é quem decide como fazer.

James não teve dúvida de que o certo era o que iria fazer. Era o que devia ter feito a princípio, ou não estaria metido nessa encrenca toda. Era o que devia ter feito havia um ano também, quando Katie e Stanley apareceram na clínica.

— Tudo bem — disse ele. — Vou cuidar dos horários já marcados e depois vou embora. Não se preocupe, não vou tornar as coisas mais difíceis do que já estão para você.

— Obrigado — disse Harry, voltando a se concentrar na papelada sobre sua escrivaninha para indicar que a conversa acabara.

Atordoado, James saiu para o corredor. Era isso. Ele estava desempregado. Há alguns dias tinha seu próprio negócio bem-sucedido, uma bela casa e uma igualmente bela mulher (sem mencionar uma amante, mas isso ele estava tentando atenuar até em seus pensamentos íntimos), e agora estava sem trabalho, morando sozinho num motel e sem amor num curto espaço de três meses. Ele não tinha emprego, nem casa, nem companheira, nem dinheiro, nem autoestima. Nem dignidade, pensou amargamente.

O passo seguinte provavelmente seria deixar o cabelo crescer, mudar-se para a rua, onde ficaria sentado numa caixa de papelão o dia inteiro, talvez com um cachorro de aparência repulsiva amarrado numa corda. Ele ouvira dizer que era possível alugá-los por algumas horas com os Fagins modernos que tinham dezenas deles. Quanto mais magro, melhor. Tudo indicava que era muito mais provável que as pessoas dessem dinheiro para o cachorro de um sem-teto do que para a própria pessoa. Isso praticamente resumia o mundo, pensou James na maior infelicidade. Talvez devesse virar alcoólatra ou se viciar em crack, embora não fizesse a mínima ideia de como sustentar qualquer desses vícios agora. Nossa, nem um vagabundo ele sabia ser. Que triste era isso. Ele teria que se voltar para o crime para sustentar um vício que ainda nem sequer tinha. Não era de admirar que Stephanie não o quisesse mais. Ele estava pensando no que seria melhor, comprimidos ou enforcamento, quando o telefone tocou. Olhando para o identificador ele viu: Finn. É claro, Finn. Finn ainda o amava. Finn era um motivo para seguir em frente.

— Oi, amigo — disse ele, os olhos ficando marejados ao pensar no filho.

— Cadê você? — Finn parecia zangado. — Você tinha prometido vir aqui.

James entrou em pânico. Ir aonde? Olhou para o relógio. Já eram 15h55. Como é que isso tinha acontecido? Droga, pensou, o coração acelerando. A partida de futebol de Finn. Algum tempo antes, quando estava se sentindo mais como um ser humano normal, havia prometido ao filho que certamente compareceria ao jogo e que acertaria com Harry para que outro dos veterinários atendesse seus pacientes. A partida começava às 16 horas. Droga.

— Fiquei preso. Estou saindo agora. Desculpe, Finnister, eu devia ter ligado.

Ele começou a encher os bolsos com chaves e dinheiro para uma saída rápida.

— Você esqueceu! — gritava Finn agora. — Nunca faz nada comigo. Eu te odeio.

James ficou escutando Finn pressionar o botão para encerrar a chamada. Que ótimo! Passou apressado pela recepção de cabeça baixa. Viu Cheryl Marshall e seu beagle, Rooney, sua consulta das 16 horas, observando-o na expectativa. Ele estava tão concentrado em evitar o olhar de Cheryl que quase esbarrou em Harry, que estava vindo do lado contrário, carregando um cachorrinho que devia estar a caminho da sala de cirurgia.

— Tenho uma emergência na família — murmurou, sem parar.

— E os seus pacientes? — protestou Harry.

— Não trabalho mais para você, Harry — gritou ele em resposta enquanto saía correndo para a rua. — Vai se ferrar — acrescentou, como medida de segurança, embora mais tarde pensasse que isso podia ter sido um bombardeio exagerado.

Portanto, fazer a coisa certa dessa vez realmente significava ferrar o patrão em favor do filho. Nossa, estava complicado. Devia-se aprender esse tipo de coisa na escola: "Como manter a moral elevada", "Honestidade para iniciantes" ou "Como seguir o caminho da honestidade".

Stephanie odiava ficar na beira do campo com os outros pais. Não que não gostasse de ver Finn jogar, quase explodia de orgulho cada vez que ele estava com a bola e, às vezes, chegava a gritar "ataque esse" num entusiasmo meio exagerado. O que a incomodava era a conversa forçada com as mães dos colegas de time — eram sempre as mães, exceto pelo pai de Shannon Carling, cuja mulher havia morrido logo após o nascimento de Shannon e que trabalhava em horários flexíveis para poder cuidar da filha — e a ilusão de que, por todas terem filhos e filhas da mesma idade, necessariamente teriam outras coisas em comum. A maioria delas era bem legal, e com algumas ela até tinha amizade, mas a animação forçada da torcida incessante durante os jogos a exauria. Além disso, ela estava de péssimo humor porque James não aparecera para ver Finn como havia prometido. Não que ela se importasse se ele estivesse lá ou não, mas sabia que o filho estava profundamente desapontado. E, para ser justa, isso não tinha nada a ver com James atualmente. Ele vinha se esforçando ao máximo para provar o pai carinhoso e presente que era.

Ela olhou para o relógio novamente — 16h15. Finn corria pelo campo, coração a mil, com uma fisionomia infeliz. Olhou em volta para ver se havia sinal de James — ele dissera a Finn que estava a caminho — bem quando ele apareceu na entrada da escola, corado e suando, correndo como se estivesse sendo perseguido. Todas as outras mães se viraram para olhar, e ela sabia que elas estavam divididas entre pensar que se sentiam agradecidas por seus maridos não andarem por aí feito uns idiotas e sentir ciúmes e certa tristeza por Stephanie ter um marido — se bem que em breve ex — que se dava ao trabalho de ir aos eventos escolares.

— Você veio correndo? — perguntou Stephanie depois que ele se sentou pesadamente na grama ao lado dela.

Ele fez que sim, sem fôlego para falar.

— Bem, antes tarde do que nunca — disse ela, logo se odiando por ser tão mordaz e por falar tamanho clichê.

James não respondeu. Em vez disso, assim que conseguiu recuperar o fôlego, levantou-se e começou a gritar, incentivando Finn, que se virou, radiante, ao ouvir a voz do pai, a raiva esquecida daquele modo que as crianças são capazes de perdoar tão instantaneamente. Eles não se falaram outra vez até o fim da partida, quando Finn veio correndo, exultante com a vitória de 5 a 4, jogando-se contra o pai e lhe perguntando se ele iria tomar chá com eles.

Stephanie notou que James lhe lançou um olhar nervoso.

— Ah, não, acho que... — começou a dizer, e Stephanie o interrompeu. Aquilo deixaria Finn contente e, de algum modo, compensaria pelo desapontamento anterior.

— Tenho certeza de que o papai adoraria, se não tiver outra coisa para fazer — disse ela, e deu um jeito de abrir um sorriso.

James retribuiu o sorriso, agradecido.

— Não. Não tenho outra coisa para fazer.

* * *

Stephanie achou James meio desanimado durante o jantar, muito cedo. Ela esperava acabar de comer até as 18 horas para depois poder se esconder na sala enquanto James e Finn corriam um atrás do outro pelo jardim por umas duas horas antes que ele voltasse para o Travel Motel. Ele brincando com Finn, recorrendo às antigas piadas ensaiadas, que os faziam cair na gargalhada, mas que deixava quase todo mundo de fora sem achar graça. No entanto, ele não parecia estar envolvido naquilo. Finn não notou, é claro, tão empolgado estava porque seu pai testemunhara seu passe crucial, que gerara o terceiro gol, mas Stephanie suspeitava que havia algo errado, algo mais do que seus desgostos usuais e qualquer coisa que fosse, ele iria querer compartilhar. Ela não estava certa de poder lidar com qualquer novo problema que James pensasse ter: já estava com um bom prato servido, tentando achar uma hora e ocasião propícias para comunicar a Michael a boa notícia. Andava adiando, não sabia por quê.

Por volta das 19h30, Finn estava exausto e pronto para ir dormir, e tudo indicava que James não iria a lugar algum. Relutante, ela abriu uma garrafa de Cabernet Sauvignon e lhe ofereceu uma taça.

— Eu bem podia tomar a garrafa inteira. Não preciso levantar amanhã para ir trabalhar — disse ele, com uma risada forçada, esperando que ela lhe perguntasse o que ele queria dizer, o que, é claro, ela fez.

Assim que James chegou na parte sobre a assistente de Charles Sullivan, Stephanie sabia aonde a história iria chegar.

— Era uma mulher? — perguntou ela.

— Quem era uma mulher? — retrucou James, evidentemente confuso com esse aparte.

— A assistente dele. A pessoa que ligou era uma mulher, você sabe?

A testa de James formou diversas rugas transversais.

— É, acho que sim. O que isso tem a ver?

Stephanie sabia que não podia lhe contar. Ou, pelo menos, se chegasse a fazê-lo, precisaria pensar muito bem antes.

— Eu só estava pensando. Mas continue.

Quando ele chegou no ponto em que Harry o despedira Stephanie soltou um forte suspiro. Certo, então isso já tinha ido longe demais. Além de qualquer outra coisa, o fato de James estar completamente sem trabalho iria afetar tanto a ela quanto, e isso era o mais importante, a Finn.

— Eu não sei o que vou fazer — disse James, se lamentando, e estava com uma expressão tão patética que só o que ela sentiu foi pena.

— Acho que então vamos ter que vender a casa — disse ela, e James parecia pronto para cair em prantos. — Comprar dois lugares menores.

— Não. Eu já disse a você que isso não vai acontecer. Não é por isso que estou te contando. Eu vou resolver isso, prometo.

Ele continuou contando a história, chegando à parte em que gritara com Harry ao sair correndo para chegar a tempo de ver a partida de Finn. Ela não conseguiu deixar de rir do modo como ele descreveu o olhar boquiaberto de Harry.

— Você realmente mandou ele se ferrar?

— Mandei.

— Já era tempo, eu acho.

— Ele gesticulava como querendo me matar, mas estava com o chihuahua de alguém na mão, então ficou parecendo menos machão do que pretendia, acho — disse James, rindo de si mesmo.

— Você devia ir à polícia. Dizer que ele estava ameaçando você com o bicho. Aquilo é uma arma letal.

— O chihuahua estava usando um casaco cor-de-rosa — acrescentou ele, rindo pra valer agora. — E esmalte na unhas. Eu consegui ver direitinho que o cachorro estava com as unhas pintadas. De rosa também.

Stephanie enxugou os olhos.

— Devia estar indo fazer uma plástica no focinho.

— Silicone para aumento de tetas — disse James. — Em todas as oito.

— Quer outra taça de vinho? — ofereceu Stephanie, e depois se perguntou de onde tinha vindo isso.

— Obrigado — disse ele, estendendo a taça para ela servir.

Assim que James foi embora — quase duas horas e meia depois, e durante todo o tempo em que eles conversaram e riram, ele exibira uma notável falta de autopiedade —, Stephanie tentou ligar para Katie. O que ela fizera era inacreditável. Tudo bem, as duas tinham concordado que James devia pagar. Ela corou ao se lembrar de que isso fora ideia dela. Bem, para ser justa, fora Natasha quem pusera lenha na fogueira para que ela pensasse assim. Natasha e seus conselhos. Ela se esforçou para não pensar no modo como falara com a amiga. Nesse ritmo, acabaria não sobrando nada em que ela pudesse pensar que não a deixasse desconfortável.

O celular de Katie tocou, tocou e acabou caindo na caixa postal. Stephanie deixou um recado, tentando parecer muito mais simpática do que se sentia porque queria garantir que ela retornasse a chamada. "Oi, é Stephanie, me liga! Faz séculos que a gente não se fala." Depois fez o mesmo com o telefone fixo de Katie. Uma hora mais tarde, ela tentou os dois outra vez e a mesma coisa aconteceu.

Deixou outros recados, dessa vez dizendo que Katie não se preocupasse com a hora tardia, se pudesse ligar para Stephanie ainda hoje, seria ótimo, obrigada. Ela deixou o celular ligado ao lado da cama e foi dormir exasperada.

Dormiu mal. Entrou em pânico sobre o que Katie poderia fazer em seguida. A mulher claramente havia perdido a cabeça e não estava com intenção de parar. Fazer James pagar pelo que fez era uma coisa. Arruinar sua vida completamente era outra bem diferente. Stephanie sempre acreditara que a punição devia combinar com o crime. Ela queria que James se sentisse humilhado, assim como ele a fizera se sentir. Quisera fazê-lo se sentir magoado, envergonhado e arrependido. Mas a verdade era que as duas, ela e Katie, haviam conseguido se recuperar. Apesar de qualquer coisa que ele lhes tivesse feito, elas ainda tinham seus trabalhos, suas casas e seus amigos. Ainda tinham alicerces onde se reconstruir. Era simplesmente demais tirar de James tudo o que ele tivera na vida, deixá-lo sem nada. Sem mencionar que magoar James desse jeito iria inevitavelmente magoar Finn também. Finn, que já tivera tudo, mas perdera o pai, provavelmente perderia sua casa e o jardim que ele amava. É claro que eles poderiam conseguir um lugar menor, pois na verdade a casa era grande demais para os dois, mas não era essa a questão. A questão era que neste momento Finn necessitava de um pouco de estabilidade.

Às 6h30, ela se levantou e fez um chá, tentando se distrair com uma coisa ou outra para não ligar para Katie cedo demais. Fez bastante barulho aspirando o chão do lado de fora do quarto de Finn para que ele se levantasse e fosse ver o que estava acontecendo. Depois de tê-lo deixado na escola e voltado para casa, já eram 9 horas. Uma hora respeitável para telefonar para alguém.

Mais uma vez os telefones de Katie tocavam sem parar e ela não atendia. Stephanie se convencera durante a noite de que Katie realmente a estava evitando, podendo agora imaginá-la de pé, com o celular na mão, vendo quem ligava, antes de decidir se atendia ou não. Ela deixou duas mensagens tensas, educadas, que não soavam tão animadas quanto as que ela conseguira deixar no dia anterior: "Katie, eu realmente quero falar com você, sabe, só para saber como você está. Me ligue." Isso era loucura, Katie poderia deixar de atender suas ligações pelo resto da vida se decidisse. Devia haver outra coisa que ela pudesse fazer.

Ao chegar em casa, ou melhor, ao hotel, que agora era a coisa mais próxima que James tinha de uma casa, ele estava se sentindo um pouco pior fisicamente, tendo bebido quatro taças de vinho, mas surpreendentemente animado para um homem que perdera o emprego. Stephanie o reanimara, bem como ele esperava. Umas poucas horas rindo sobre a situação trágica em que ele se encontrava o deixaram se sentindo outra pessoa.

48

Por fim, Katie não aguentava mais. Estava exausta de se levantar às 5h30 para se maquiar e arrumar o cabelo para que Owen praticamente a ignorasse na parada de ônibus. Chegara a hora de ir às vias de fato. Stanley, achando que agora essa era sua nova e permanente rotina, estava pacientemente esperando junto à porta de entrada às 6h10, a guia pendurada na boca frouxa. Katie verificou se estava com o troco — oitenta centavos, ela achou que custava, e depois, é claro, outros oitenta para o trajeto de volta. Achava que não precisaria pagar pelo cachorro. Owen não teria escapatória: quando ele entrasse no ônibus, ela faria o mesmo.

Ela pegou o celular, que desligara na noite anterior e decidiu não ligá-lo de novo. Ficara nervosa com as mensagens que Stephanie havia deixado. Não pelo que ela dissera, tudo soando perfeitamente simpático, mas pelo modo como falou, a tensão que Katie podia ouvir em sua voz, um tom quase imperceptível de aborrecimento. E Katie sabia por quê. Stephanie devia estar zangada por não tê-la consultado antes de ligar para a clínica. Katie pensou em ligar para ela, mas quando teve a ideia, veio também o ímpeto de simplesmente executá-la. Sempre fora impulsiva. Além disso, tivera a sensação de que Stephanie não aprovaria e tentaria dissuadi-la do intento. Ultimamente Stephanie andava reprovando tudo. De todo modo, no que dizia respeito a Katie, Stephanie nunca teria lhe contado o que aconteceu com o cachorro se inconscientemente não quisesse que ela fizesse algo a respeito. Ela deixaria passar alguns dias antes de retornar a ligação, deixaria que ela se acalmasse um pouco.

Ela se foi pela alameda com seus chinelos de dedo cor-de-rosa, a saia longa arrastando um pouco na poeira. Owen lhe dissera uma vez que preferia mulheres simples, e não como sua ex-mulher Miriam, com seu cabelo escovado e os sapatos de salto agulha. Ele apreciava mulheres mais preocupadas com coisas mais importantes do que a aparência ou, pelo menos, do que o custo e a etiqueta de suas roupas. Mulheres reais. Mulheres, ele confidenciara a Katie, protetoras, maternais, suaves. Hoje ela deixara o longo cabelo solto, encaracolado em volta dos ombros. Estava com os brincos de pingentes de prata e jade que certa vez ele admirara e uma blusa frente única, sem sutiã, o que talvez fosse um pouco demais para sua idade, mas com certeza chamaria a atenção dele. Estava frio lá fora, então ela pôs o casaquinho de capuz rosa bebê em cima. Poderia tirá-lo assim que dobrasse a esquina da parada de Owen.

Ela chegou cedo demais e ele não estava lá, então teve que dar uma volta no quarteirão para estar passando por acaso quando ele chegasse. O tempo era crucial — cedo demais — e ela teria que dar outra volta, um minuto de atraso e ele já estaria dentro do ônibus e fora de vista. Ao retornar, ela viu a jaqueta verde acolchoada dele e seu coração acelerou. Nossa, ela realmente estava mal. Respirou fundo umas duas vezes para se acalmar. Pareça descontraída, pensou.

Owen estava com o olhar fixo na estrada, na direção em que o ônibus viria.

— Oi — disse ela, para chamar a atenção, e ele se virou lentamente, não parecendo exatamente surpreso ou satisfeito por vê-la.

— Oi — disse ele numa voz seca, virando-se de novo, obviamente esperando que ela continuasse caminhando.

Certo, pensou ela, isso talvez seja mais difícil do que eu esperava. Sentou-se no banco de madeira ao lado dele.

— Como é que estão as coisas? — perguntou ela.

Relutante, Owen se virou para encará-la.

— Bem.

— Estou com saudades das nossas sessões — disse Katie. — Você pensa em voltar?

— Não tenho tempo.

— Estou trabalhando à noite agora. E nos fins de semana. Vou abrir um spa na antiga clínica veterinária.

— Que bom para você — disse ele, parecendo sincero.

— É o que sempre quis.

Com certeza ele estava cedendo, pensou Katie, mesmo que não tivesse mordido a isca para voltar a fazer acupuntura. O ônibus dobrou a esquina e Owen se levantou. Katie se levantou também, o troco na mão.

— Bem, então tchau — disse Owen ao embarcar.

Katie o seguiu.

— Ah, eu também estou indo. Tenho uma coisa para fazer na cidade. — Assim que acabou de falar, ela percebeu o quanto soava pouco convincente. O que ela poderia ter para fazer em Lincoln às 6h30 da manhã? — Vou nadar — acrescentou rapidamente. — Vou ao centro de lazer. Eles abrem bem cedo atualmente para as pessoas que trabalham poderem ir antes, sabe.

Owen olhou para ela ceticamente.

— Com o Stanley?

— Ele espera do lado de fora. Lá tem um espaço onde se pode deixar o cachorro...

Ela parou de falar. Soava ridículo. Era óbvio que estava mentindo. Owen se sentou no fundo do ônibus e ela ao lado dele. Ela o tinha cativo por 18 minutos. Decidiu ir com tudo:

— Na verdade, Owen, eu estava pensando que devia aceitar aquele seu convite para jantar.

— Jantar?

Ela não conseguiu ter certeza se ele realmente havia esquecido ou se estava sendo obtuso de propósito. Era óbvio que continuava com raiva dela. Talvez só quisesse fazê-la sofrer um pouco.

— Você disse que queria me levar para jantar, não lembra? Para me agradecer pela paciência enquanto você me pagava o que devia.

Owen deixava envelopes com dinheiro por baixo da porta regularmente, sempre quando ela estava fora, e só faltavam 20 libras para ele saldar a dívida.

— Você e James — disse ele. — Eu convidei você e o James para jantar fora.

Nossa, ele estava sendo difícil.

— Bem, é óbvio que isso não vai acontecer agora. Então pensei que você poderia convidar só a mim. Era a mim que você devia, de qualquer modo — acrescentou ela, soando um pouco mais áspera do que pretendia. Por que ele não podia simplesmente dizer sim?

— Desculpe, Katie, acho que minha namorada não ia gostar.

Foi como se Katie tivesse levado um soco. Quase com sucesso, ela tentou não demonstrar o choque:

— Sua namorada?

Owen deu um sorriso tão nervoso que ela percebeu que ele tinha previsto exatamente o quanto isso a magoaria e estava preocupado.

— Danielle Robinson. Ela mora na vila. Você a conhece?

Katie a conhecia. Danielle Robinson era uma moça simples, inofensiva. Bem, na verdade uma mulher, tinha mais de 30 anos, e trabalhava na clínica médica. Certamente, podendo escolher entre ela e Katie, Owen não hesitaria.

— Ah, bem, tenho certeza de que ela vai entender. Não é como se você estivesse noivo nem coisa parecida, é? Quero dizer, há quanto tempo vocês estão namorando?

— Uns dois meses — disse Owen, e Katie quase caiu do assento. Dois meses? Todo esse tempo em que ela estava se levantando às 5h30 e passando saltitante na frente de Owen na parada de ônibus ele estava saindo com outra? — E sim — continuou ele —, ela entenderia porque é boa e atenciosa, sem ser nada possessiva, mas mesmo assim eu não me sentiria bem com isso. Desculpe.

— Mas ela é tão... comum — Katie deixou escapar.

Isso era ridículo. Owen sempre tivera a maior queda por ela, Katie sabia.

Ele olhou para ela com expressão de pena.

— Nossa, Katie, o que aconteceu com você? Eu sempre achei que você fosse uma mulher tão doce. Sinto muito por tudo pelo que você passou, sinto mesmo, mas não deixe que isso mude quem você é.

Eles ficaram sentados em silêncio por alguns minutos e então Katie se levantou e deu sinal.

— Eu achei que você fosse ao centro de lazer — disse Owen enquanto ela seguia pelo corredor.

— Mudei de ideia — retrucou ela, puxando a guia de Stanley para fazê-lo se apressar.

Depois de descer do ônibus, ela atravessou a estrada vendo onde poderia pegar o ônibus que a levasse de volta. Como ele ousava ficar lhe dando lição? Entre todas as pessoas, o que logo Owen sabia sobre ser uma boa pessoa? O homem que havia jogado o vaso Moorcroft da mulher pela janela do jardim de inverno e feito só Deus sabe o quê com um pernil de porco. O homem que lhe havia confidenciado elaboradas fantasias sobre como se vingar da mulher e do amante dela. Sua paixonite por ele se dissipou num minuto e ela passou mal de pensar no modo como o perseguira de forma tão espalhafatosa.

Ela pegou o celular do bolso. Assim que o ligou, ele soou. Outra mensagem de Stephanie, dizendo "Me liga". Devia ter chegado depois de ela ter desligado o telefone na noite anterior. Depois ele tocou, avisando que havia mensagem na caixa postal. Escutou por tempo suficiente para ouvir a voz de Stephanie e então o desligou de novo. Não precisava disso agora.

49

Cada vez que ela acabava com uma taça de champanhe, algum garçom de passagem enchia seu copo de novo até que Stephanie não fizesse mais ideia de quantas havia bebido, ciente apenas de que a sala estava rodando e da premente necessidade de beber água antes que desmaiasse ou bancasse a tola ou ambos. Meredith a pegara de surpresa ao convidá-la para a premiação como sua convidada. Natasha teria tido um dia e tanto falando sem parar sobre Stephanie ser a nova amiga de Meredith e sobre o que iria usar no casamento, mas, é claro, Stephanie não lhe dissera nada a respeito, pois a andava evitando, algo nada fácil, visto que trabalhavam no mesmo lugar. Stephanie passara a semana trabalhando de casa ou visitando clientes nas casas delas, deixando uma mensagem ocasional e curta na secretária eletrônica do ateliê para Natasha, pedindo-lhe que fizesse uma coisa ou outra.

Quando Meredith ligou, ela pensou: "E daí?" Afinal, sua agenda não estava lotada de compromissos sociais e ela poderia conseguir algumas novas clientes (não sabia bem como, talvez abordar as pessoas ao acaso e dizer "Você está horrorosa, já pensou em contratar uma estilista?"). Além disso, Michael estaria lá como um dos fotógrafos oficiais, registrando os felizes vencedores com seus troféus, portanto ela sempre poderia se sentar com ele nos bastidores e fingir que era sua assistente, se tivesse vontade.

Finalmente ela havia lhe dito na noite anterior que achava que ele tinha razão, era hora de morarem juntos.

— Mesmo? — disse Michael, o sorriso tomando conta de todo o seu rosto. — Mesmo? Você tem certeza?

— Só preciso falar com Finn — disse Stephanie, sorrindo diante da reação dele.

— É claro. E, é claro, se ele achar que é cedo demais, a gente pode esperar. Qualquer coisa que ele quiser.

Ele queria que tudo fosse feito bem certinho e que todo mundo ficasse contente. Ficou em êxtase, pediu uma garrafa de champanhe e ficou apertando a mão dela. Era boa a sensação de ter sido ela pessoa a deixá-lo tão feliz.

Ela sabia que teria de contar a James mais cedo ou mais tarde. Desconfiava que ele não receberia bem a notícia, pois estava claro que ainda acalentava esperanças de reconciliação um dia, por mais que ela tivesse deixado claro que isso nunca iria acontecer. Ela simplesmente precisava aproveitar seu momento. Nossa, tudo era muito complexo.

Hoje James estava passando o dia com Finn enquanto ela supervisionava o cabelo e a maquiagem de Meredith. Assim que ela lhe falou sobre o convite de Meredith, ele disse que adoraria ficar com Finn para passarem a noite em seu minúsculo apartamento conjugado na Finchley Road. Finalmente, ele decidira alugar um apartamento enquanto esperava para encontrar algo que pudesse comprar, se mudara havia uma semana, depois de entrar num acordo com o senhorio segundo o qual não pagaria o primeiro mês se o decorasse inteiramente e fizesse alguns pequenos consertos. Não era muito serviço, visto que o lugar inteiro media 4,5 por 5,1 metros.

Ele contara a ela e a Finn que a cama virava sofá durante o dia. Havia um fogão de duas bocas, uma geladeira e um micro-ondas num canto com um pequeno banheiro do outro lado. Por menor que fosse, agora as paredes estavam pintadas e o local estava limpo, havia privacidade e não era o hotel barato.

James dissera a Finn que ele podia passar a noite lá sempre que quisesse. Ele, James, dormiria num colchão inflável no chão, que comprara especialmente para isso. Desde então, Finn andava importunando Stephanie para ir. Ela não sabia se seria uma boa ideia, mas ao comentar com James sobre seus planos para a noite e ele novamente se oferecer, ela não pôde deixar de achar que seria a opção mais sensata. Finn quase desmaiou de tão empolgado.

Ela tomou um bom copo de água com gás e a cabeça imediatamente desanuviou. Olhou em volta, procurando Meredith, que quase certamente bebera ainda mais que ela ao celebrar a vitória inesperada. Ela fizera um discurso, agradecendo praticamente todo mundo que conhecia, inclusive Stephanie, embora tivesse parado, ainda bem, antes de chegar a Deus. Agora ela se deleitava com os elogios insinceros que jorravam de produtores e diretores, que ainda ontem nem a cogitavam para um teste de elenco, quanto mais para contratá-la. Até Stephanie sabia que suas notas promissórias de empregos futuros, caso ela viesse a sair do seriado, só seriam resgatáveis nas próximas poucas semanas ou até que outra de suas colegas de elenco assumisse a coroa e o cetro do mês. Mas ela estava contente que Meredith estivesse aproveitando seu momento sob os holofotes.

Stephanie olhou para o relógio. Já era quase meia-noite. A cerimônia se prolongara demais, só terminando às 22h10. Seguira-se o jantar, copiosamente regado a vinho. Stephanie sentou-se entre um dos diretores do seriado e a mulher de um ator, candidato a algum prêmio. Ambos mostraram interesse em utilizar seus serviços e tinham ficado com seu número, portanto não fora uma noite inteiramente perdida. Michael viera se despedir cerca de uma hora atrás — precisava ir embora, fazer a seleção de fotos, deixando as melhores disponíveis para os jornais da manhã. Ele lhe perguntara se ela queria acompanhá-lo e ela devia ter dito que sim, mas lhe pareceu falta de educação levantar-se e ir embora quando estava no meio do carré de carneiro. Então prometeu ligar para ele quando estivesse a caminho de casa.

Agora, no entanto, o pessoal estava indo para o salão ao lado para dançar e, sem dúvida, beber mais e ela decidira que já bebera o suficiente. Não era nada fácil conversar com pessoas desconhecidas, que provavelmente não tinham nenhum interesse em conversar com a gente. Fora uma noite divertida, uma experiência — nem que fosse por ter lhe ensinado que os eventos que parecem glamourosos do lado de fora, muitas vezes podem ser bem entediantes quando se está lá dentro — e ela queria ir dormir.

Ela tomou outro copo de água por medida de segurança e abriu caminho até onde Meredith estava sendo cortejada para se despedir. Como Stephanie previra, Meredith abraçou-a junto ao seio volumoso, agradecendo-lhe novamente por tudo, como se o bom gosto de Stephanie para lhe vestir tivesse arrebatado o prêmio.

— Ele é um cara legal — disse Meredith.

Michael a fotografara com o troféu e claramente dera um jeito de cativá-la mais dessa vez do que da primeira em que haviam se encontrado.

— É mesmo — disse Stephanie, abraçando-a de novo. — Decidi deixá-lo se mudar lá para casa.

Meredith sorriu.

— Ora, bom para você. Se decidiu que é a coisa certa a fazer, então é. Fico contente por vocês dois. E como é que o seu marido recebeu a notícia?

A fisionomia de Stephanie despencou.

— Ainda não contei — disse. — Ele está numa situação muito difícil no momento. Na verdade, ah, meu Deus, nem sei se devia estar contando isso a você...

Meredith puxou Stephanie para se sentarem e enfiou outra taça de champanhe em sua mão.

— O que foi agora?

E Stephanie se flagrou lhe contando toda a história: o plano de se vingar de James, o modo como aquilo tinha ido longe e como agora ficara fora de controle.

— O negócio é que eu estou me sentindo culpada. Nunca quis que chegasse a esse ponto — ela se surpreendeu dizendo.

— A vingança faz coisas estranhas com as pessoas — disse Meredith, parecendo uma tia em agonia, embora fosse só a fala enrolada. — Pode fazer com que a gente se sinta ótima ou tão baixa quanto a pessoa a quem estiver punindo. Obviamente essa Katie está na primeira opção.

— Eu acho que estou na última. Achei que fosse me fazer sentir mais forte. Para ser franca, por algum tempo fez.

— Mas agora você está se sentindo péssima?

— Exatamente. Você parece conhecer a sensação por experiência própria.

Meredith riu.

— Aquela pessoa de quem te falei, com quem vivi. Não terminou por eu ter percebido que tinha cometido um erro. O que aconteceu, de fato, é que eu cheguei em casa um dia e ela estava na cama com uma de nossas amigas.

Stephanie pausou, a taça de vinho a meio caminho dos lábios. Meredith acabara de dizer "ela"? Sua vontade foi de abraçá-la e dizer "obrigada por confiar em mim" e depois lhe dizer para parar de pensar que precisava viver uma mentira, que agora o mundo era diferente. Porém, temia ter ouvido mal, ou que Meredith fosse ficar constrangida se ela chamasse atenção para isso, então só ficou lá sentada e esperou pelo que ela disse em seguida:

— De todo modo, eu decidi me vingar. Ela era atriz também e eu soube que tinha conseguido uma grande oportunidade, um papel fixo num longo seriado. Liguei para o produtor, fingindo ser a empresária dela e disse que ela não poderia aceitar. Depois liguei para a empresária dela, fingindo ser alguém da produtora, e disse que eles tinham mudado de ideia. Eu sempre fui boa para imitar sotaques.

Stephanie riu.

— Foi engenhoso, isso eu garanto.

— Eu sei. E por alguns meses eu me senti maravilhosa. Poderosa, até. Então, cerca de um ano depois, soube que ela ainda estava sem trabalho e comecei a me sentir mal. De verdade. Eu tinha afetado toda a vida dela, toda a sua carreira. Tudo bem, ela não devia ter feito o que fez, mas o fato de eu fazer uma coisa errada não mudava as coisas para melhor. Não anulava o que ela tinha feito. Só significava que nós duas estávamos agindo de modo errado.

Stephanie suspirou.

— Não sei o que fazer.

— Bem, do modo como eu vejo só há duas coisas que você pode fazer. Convencer Katie de que ela precisa parar ou contar tudo a James: deixe que ele se arme contra ela.

— Ah, meu Deus.

— Mas primeiro você precisa descansar e pensar no assunto. Venha, eu te ajudo a encontrar seu casaco.

Quando o táxi de Stephanie finalmente parou diante de sua casa, ela notou que todas as luzes estavam apagadas e xingou James silenciosamente por não pensar no quanto isso poderia ser desagradável para ela, chegando em casa tarde. Ela o deixara com Finn jogando futebol no jardim com a mochila pronta para ele passar a noite fora. James o levaria de volta de manhã — não cedo demais, eles haviam concordado, caso Stephanie estivesse de ressaca e precisasse dormir um pouco mais. Ela entrou e quase tropeçou na mochila de Finn no chão do vestíbulo. Em cima havia um bilhete: "Stephanie", dizia, "Finn não conseguiu se acomodar no apartamento. Disse que estava com medo e queria ir para casa, então eu o trouxe de volta. Estou dormindo no sofá. Desculpe. Vou sair logo de manhã antes que você acorde. Espero que tenha se divertido. James."

Na cozinha ela encontrou os restos do jantar deles — massa com molho de tomate, um dos favoritos de Finn — num Tupperware. Os pratos e as panelas estavam bem arrumados na máquina de lavar louça. Na ponta dos pés, Stephanie foi até a porta da sala e a abriu sem fazer barulho. Só conseguiu distinguir uma forma que devia ser James sob uma pilha de cobertas.

Sem realmente saber o que estava fazendo, ela tirou os sapatos e entrou na sala. Estava tomada pelo desejo de olhá-lo enquanto dormia, inconsciente do que estava fazendo. Ela sentia como se não o conhecesse mais. Ele já não se parecia com o homem com quem fora casada todos aqueles anos. Mas afinal não acabara que ela de fato não conhecia o homem com quem estava casada? O homem com quem se casara era bem-sucedido, confiante e bonito. Nunca teria deixado a barba crescer e usado a mesma roupa durante dias. Com certeza, nunca teria feito macarrão com molho de tomate para o filho. Ela preferia esta versão, este estranho deitado em seu sofá, que levava seriamente suas responsabilidades e que ela não podia imaginar tendo duas mulheres ao mesmo tempo, tão sobrecarregado estava com a culpa do que fizera no passado. Mas então, mentalmente, ela se resguardou: também nunca imaginara que o velho James pudesse ter duas mulheres ao mesmo tempo. Essa era a questão. Ele a enganara. Ela precisava se lembrar de que aquele homem era capaz de enganar abusivamente. No entanto, ela não queria mais magoá-lo. Magoá-lo não a fizera se sentir melhor como tinha achado que se sentiria. Meredith tinha razão — agora eles eram duas pessoas que tinham se comportado mal. Qual era o sentido daquilo?

Ele parecia incrivelmente tranquilo ali deitado, e um desejo de lhe afagar a testa, como sempre fazia quando Finn estava doente, se apoderou de Stephanie. James se mexeu e o ruído a tirou de seu devaneio. Pensou "o que estou fazendo?" e se virou rapidamente, quase derrubando um porta-retratos. Eu bebi demais e preciso dormir.

James se mexeu de novo.

— Oi — disse ele, sonolento.

— Eu estou bêbada — disse Stephanie, como se isso fosse algum tipo de explicação para ela estar ali de pé olhando para ele. — Eu só estava... procurando uma coisa.

James meio que se sentou e ela ficou ciente de se sentir meio acanhada com ele ali, de peito nu.

— Que bom. Você se divertiu?

— Sim, foi ótimo. Mas preciso dormir.

— Quer um chá? — disse, e ela tentou se lembrar da última vez que ele se oferecera para lhe fazer isso tarde da noite.

Não havia como tomar a iniciativa e contar a ele que a responsável por tudo que estava lhe acontecendo era ela.

— Não, obrigada. Eu realmente preciso dormir.

— Boa-noite, então — disse ele, puxando o edredom novamente.

— Boa-noite.

50

Havia várias coisas que Stephanie preferiria fazer a se sentar num trem por mais de duas horas rumo a Lincoln para confrontar Katie. Entre elas arrancar o braço e assistir a um show inteiro do Westlife sóbria. Mas ela não via outra saída. Era preciso impedir que Katie continuasse agindo desse modo, mesmo sem saber o que iria lhe dizer. Só o fato de voltar a Lower Shippingham já era ruim o bastante. Ela corria o risco de dar de cara com pessoas que mal conhecia querendo lhe dar as condolências pelo fim do casamento. Engraçado que apenas alguns meses antes ela havia achado uma boa ideia — um tipo perverso de graça, na verdade — aparecer sem ser anunciada na festa de aniversário de James. Dessa vez seu plano era chegar e partir o mais rápido possível. Se pelo menos conseguisse calcular como iria lidar com a situação...

Ela estava se dirigindo para a plataforma na estação de King's Cross quando o celular tocou. Era Pauline, sua sogra. Nem James nem Stephanie haviam tido a coragem de dar a ela e a John a notícia da separação. Isso lhes partiria o coração. Stephanie interceptara Finn por duas vezes quando ele começava a dizer algo sobre o papai ir visitá-lo ou sobre o quarto dele no hotel. Então acabara pedindo a Pauline que ligasse para seu celular, pois atualmente andava muito ocupada. Stephanie realmente não queria pedir a Finn que mentisse.

Naquele momento ela pensou em não atender. Não estava disposta para um papo acolhedor sobre o quanto todos estavam felizes, além de ficar sempre preocupada que Pauline percebesse que ela estava mentindo. Todavia, sentiu-se mal. Sabia que Pauline se preocupara com o custo de fazer uma ligação para celular, pois achava que uma conversa de cinco minutos equivaleria a falar com alguém nos Estados Unidos por umas duas horas. Se caísse na caixa postal, ela entraria em pânico, sem saber se devia ou não deixar uma mensagem e quanto aquilo poderia custar.

Relutante, Stephanie pressionou o botão para atender.

— Oi, Pauline. Eu já ligo — disse ela, como sempre.

— Tudo bem, querida — disse Pauline, e Stephanie achou que ela parecia meio abalada. Quase perguntou se estava tudo bem, mas faria isso pagando do próprio bolso e cortou a chamada sem se despedir, retornando a ligação em seguida.

— Alguma coisa errada? — perguntou assim que Pauline atendeu.

— Não. Bem, contanto que você e James estejam bem, então não há nada de errado.

Stephanie ficou descontroladamente nervosa.

— Por que a gente não estaria bem?

Por Deus, eles realmente precisavam contar a ela. Isso era ridículo. Tinha uma leve desconfiança de que o verdadeiro motivo para James ter lhe pedido que ainda não dissesse nada aos seus pais era por esperar que a situação toda se acomodasse e então eles nunca precisariam saber. Ela ficou agitada.

— É só que... eu recebi uma ligação. Eu ia ao cabeleireiro hoje de manhã...

Pauline nunca conseguia simplesmente passar uma informação, sempre tinha que fornecer a história completa dos acontecimentos que levavam a ela, o que estava vestindo, como se sentia. Stephanie precisou se conter para não gritar: "Só me conta. Aconteceu alguma coisa?"

— ... você sabe, eu sempre vou às quintas. Custa metade do preço se a gente for antes das 10 horas e eles abrem às 8, o que é conveniente para mim porque, como você sabe, eu acordo cedo. Ah, e eu estava meio atrasada porque encontrei a Mary Arthur no caminho. Lembra da Mary? Ela apareceu aqui um dia em que você e o James estavam. Acho que foi num Natal. Uma baixinha. Bem gordinha.

Stephanie revirou os olhos. Olhou para o grande relógio no saguão da estação. Ainda faltavam dez minutos para o trem partir.

— Lembro sim — disse rapidamente, na esperança de que seu tom desse a entender que ela não queria desviar a conversa para as virtudes de Mary.

— Ela estava passeando com o cachorro. Uma gracinha. Peludo. Não sei que raça é.

Stephanie não conseguia mais aguentar:

— Então, o que aconteceu? Depois do cabeleireiro.

— Bem, a questão é que eu só cheguei em casa depois das 9h30. Eu já tinha passado no supermercado, o Morrisons, sabe... é muito movimentado lá de manhã, gente entrando a caminho do trabalho.

Ela esperou que Stephanie concordasse, o que ela não fez, pausando na esperança de que Pauline chegasse logo ao ponto.

— E quando cheguei em casa havia uma mensagem na secretária eletrônica. Eu falei que John tinha ido ao correio?

— De quem? — perguntou Stephanie, sentindo-se mal. — De quem era a mensagem?

— Bem, é por isso que estou ligando para você, querida. Era de alguém que dizia ser amiga sua e de James.

Disse que precisava falar com um de nós dois. E eu achei que algo devia ter acontecido. Um acidente ou algo assim. Meu Deus, eu preciso de um conhaque.

— Ela disse o nome? — perguntou Stephanie, sabendo a resposta.

— Katie, acho. Mas vocês estão bem, não estão?

— Nós estamos bem — disse Stephanie.

Precisava desligar o telefone. Precisava encontrar Katie logo.

— Bem, por que será que ela ligou para nós? Você sabe?

— Não faço ideia. E ouça, Pauline, nem se dê ao trabalho de retornar a ligação. Ela não é bem uma amiga, ela é... bem, só alguém que a gente conhece, mas meio maluca. Não perigosa, não maluca assim — acrescentou rapidamente, de repente com medo de que Pauline fosse ter pesadelos com uma assassina com um machado —, só meio boba, a cabeça não bate bem.

— Ao dizer isso, ela achou que talvez fosse verdade; talvez Katie estivesse meio debilitada mentalmente.

— E se ela ligar de novo, não atenda.

Ela pensou em contar tudo a Pauline ali mesmo, dizendo "de fato, eu e James nos separamos, e Katie era a outra, mas não quero que você se preocupe porque estamos bem", mas não cabia a ela. Era James que devia esclarecer tudo com a mãe dele e, de qualquer modo, ela não achava que pudesse aguentar ouvir a dor e desapontamento na voz da sogra.

— Como é que eu vou saber que é ela? — perguntou Pauline, nervosa.

— Bem, então simplesmente não fale com ela. Diga que está ocupada e que retornará a ligação. Enquanto isso eu vou falar com ela e ver o que ela quer. É provável que tenha perdido nossos números ou coisa parecida e queira falar com um de nós — disse ela, num súbito acesso de inspiração.

— Eu posso dar o seu número a ela. Ou é melhor dar o de James?

Ah, meu Deus.

— Só tente não conversar com ela, Pauline. Ela tem um senso de humor muito estranho, pode falar coisas capazes de aborrecer você. Como eu disse, ela não bate bem.

Não havia como Pauline não ter captado que havia algo de errado. Apesar de toda a sua encenação de velhinha doce, por certo ela não era burra. Mas contanto que Stephanie conseguisse impedi-la de falar com Katie, depois poderia dizer a James que ele precisava conversar com seus pais e lhes dar a notícia o quanto antes.

— Tudo bem, se é isso que você quer — disse Pauline, cautelosa.

Stephanie correu para o trem. Já não fazia ideia se ir a Lincoln era o certo, mas se Katie decidisse nunca atender seus telefonemas ou retornar as chamadas, não lhe sobravam muitas opções. Mesmo sem muita esperança de conseguir impedir Katie de fazer qualquer coisa que estivesse planejando, ela sentiu que precisava fazer algo. Não havia escapatória: precisava da ajuda de James. E pedir a ajuda dele significava lhe contar toda a verdade.

— Adivinha — disse ele todo animado ao atender o telefone. — Consegui um emprego.

Ele fez uma pausa, triunfante, esperando pela reação dela, mas Stephanie não podia se permitir uma distração e, além disso, mal captara o que ele acabara de lhe dizer.

— James, eu tenho uma coisa para te contar, mas não pode ser agora. Preciso que você ligue para sua mãe e fique falando com ela pelo máximo de tempo possível.

O ideal seriam duas horas e meia — disse ela, e quase riu de tão ridículo que era. — Ela acabou de me contar que alguém chamado Katie está tentando ligar para ela. Acho que ela vai contar tudo.
— Nossa! Como foi que ela... quer dizer...
— Mais tarde eu conto os detalhes. Vou tentar ligar para Katie, fazer com que mude de ideia.
— Você precisa do número dela?
— Na verdade, já tenho. Ah, e estou indo para lá. Lower Shippingham. Para falar com ela.
Stephanie ouviu James balbuciar de um modo que sob outras circunstâncias teria sido cômico. Claramente, isso era demais para ele absorver de uma só vez.
— Prometo explicar tudo mais tarde. O mais importante agora é não deixar que Pauline e John sejam pegos no meio da nossa bagunça, certo? Só a mantenha no telefone pelo máximo de tempo que puder e, espero, Katie vai cansar de tentar. É só o que a gente pode fazer.
— Eu vou te encontrar lá — disse James, e Stephanie descobriu que ficara aliviada. Na verdade, não queria ter que lidar com isso sozinha. — Ligo para você mais tarde — disse ele, e desligou.

Stephanie sentou-se e começou o tedioso processo de ligar continuamente para o número de Katie, esperando que ela respondesse. Deixou mensagens intermináveis, pedindo que ela não se rebaixasse ao ponto de magoar Pauline e John. Semanas antes, Stephanie dissera a James que não se importaria de manter segredo sobre a existência de Katie se ele achasse que isso era o melhor. Eles poderiam simplesmente dizer que haviam se distanciado, que era uma separação amigável, preservando a imagem de santidade do filho deles. Ela faria tudo para causar o mínimo de mágoa a Pauline e John. Por que então ele não lhes contara na época? Agora, pelo menos, eles estariam acostumados com a ideia de separação. Já teriam imaginado o filho conhecendo outras mulheres. A coisa toda teria sido menos indutora a um enfarto.

51

Depois de uma meia hora, Stephanie parou um pouco para descansar o polegar latejante e quase em seguida o telefone tocou com uma voz lhe dizendo que havia uma nova mensagem.

— Estamos fora de perigo por enquanto — disse a voz de James. — Eu os convenci a irem visitar uns amigos. Retorne a ligação.

Stephanie respirou fundo. Agora que já não havia possibilidade de Katie encontrar Pauline e John, ela precisava encarar o fato de que precisaria esclarecer as coisas com James. Não que achasse que ele se zangaria com ela — afinal, não tinha esse direito —, era só que não estava com nenhuma vontade de lhe contar. Relutante, ela discou o número dele.

— Estou na estrada — gritou ele ao atender. — Você não precisa se envolver nisso, Steph. Eu criei o problema. Eu vou resolver.

Stephanie fechou os olhos.

— Em parte eu também criei o problema. Vou explicar quando a gente se encontrar.

Ela ignorou suas súplicas para que explicasse o que aquilo queria dizer. Seria difícil o bastante, sem ser interrompida a cada dois minutos porque o trem entrou num túnel ou pelo homem do carrinho de bebidas lhe perguntando se ela queria o saquinho de amendoins como cortesia com o café.

Eles concordaram em se encontrar na estação de Lincoln e de lá irem juntos de carro até Lower Shippingham. Não chegava a ser um plano, mas era tudo o que tinham.

Katie se cansou de ligar para o número de Pauline e John. Parecia estar permanentemente ocupado. Só tinha sido um capricho, de todo modo. Não que ela estivesse tentando magoar os pais de James. Com certeza não era esse seu objetivo principal, pelo menos, e ela estava tentando não pensar se isso seria uma das consequências, mas queria punir James por sua humilhação com Owen. Ela não tinha dúvida de que se James não tivesse agido do modo como agira, ela não teria se jogado para o primeiro homem disponível — bem, de fato indisponível, como acabara ficando claro — e depois não teria sido rejeitada. Num ônibus. Às 6h30. Enquanto fingia estar indo nadar.

Ela supunha que James já devia ter contado aos pais sobre o fim de seu casamento. O que sabia com certeza era que ele nunca falaria das razões por trás disso. Não era tão corajoso. Ela só estava planejando comentar com a mãe dele que era uma amiga do filho e estava tentando encontrá-lo, e deixar as coisas por aí. Depois desligaria o telefone o mais rápido possível, deixando aquela bomba ainda intacta palpitando em segundo plano. Ligou novamente para o número. Dessa vez tocou, tocou e foi para a secretária eletrônica outra vez. Ela não se deu ao trabalho de deixar um segundo recado. Não fazia sentido. Poderia tentar mais tarde. Mesmo que nunca conseguisse falar com eles, pensou sorrindo, em algum momento os pais de James acabariam comentando que uma pessoa chamada Katie, dizendo ser amiga dele, tinha deixado uma mensagem. Isso acabaria com ele. Ela cogitou se Pauline e John somariam dois e dois e se lembrariam de que Katie era o nome da mulher que James lhes apresentara em Lincoln meses antes. Isso os faria pensar.

Ela voltou a se concentrar em seu plano de negócios. O banco concordara em lhe emprestar certa quantia para os custos iniciais, desde que ela pudesse mostrar exatamente como o dinheiro seria usado e quando poderia devolvê-lo. De algum modo ela tinha a sensação de não estar muito a fim de fazer aquilo. Não conseguia realmente se entusiasmar com a ideia de contrair uma dívida e de ter que trabalhar em tempo integral para pagá-la. O modo como havia trabalhado antes lhe caía bem: a vida vinha em primeiro lugar e o trabalho, em segundo. Caso não sentisse vontade de trabalhar, podia tirar o dia de folga. Agora ela tinha responsabilidades, prestações, projeções, e não sabia se gostava disso.

Fizera isso pela perseguição, agora ela se dava conta. O importante fora forçar James a lhe vender a clínica por uma fração do que realmente valia. Essa fora a vitória. Ela não tinha o verdadeiro desejo de ser uma mulher de negócios. Porém, os contratos já tinham sido assinados. Já não seria possível cair fora agora sem perder o depósito, algo que com certeza não podia se permitir. Estava se sentindo irracionalmente aborrecida com James pôr tê-la colocado numa posição em que teria que sacrificar a vida toda ao trabalho.

Pegou o telefone e ligou para o número de Pauline e John outra vez. Secretária eletrônica.

Quando James chegou para buscar Stephanie no café da estação em Lincoln, ela já estava em sua terceira xícara e pensava seriamente em pegar um trem de volta para Londres. Isso era loucura. O que eles iriam fazer? Amarrar

Katie numa cadeira para impedi-la de ligar? Na verdade, não era uma má ideia. Porém, ela não sabia se aparecer com James a reboque fosse bom. Contudo, havia algo quase animador na ideia de que em breve tudo estaria esclarecido. Ela nunca entendera direito os católicos e seu amor pela confissão — talvez porque nunca tivesse tido nada pesando muito em sua consciência que necessitasse confessar —, mas agora podia ver que seria catártico tirar tudo do peito.

Começando a sentir que estava sobrecarregada de cafeína, ela tentava ignorar os olhares impacientes dos fregueses que esperavam por mesas, com xícaras quentes na mão, quando James passou pela porta e se jogou na cadeira diante dela.

— Faz tempo que você chegou? — perguntou ele, como se estivessem se encontrando para tomar um chá e bater um papo amigável.

— Não importa — disse Stephanie. — Precisamos de um plano.

Eles decidiram seguir para Lower Shippingham e conversar no carro. Uma vez a caminho, Stephanie respirou fundo e contou a história desde o início: como vira a mensagem de texto e entrara em contato com Katie, o fato de elas terem se encontrado, seus planos para desmantelar a vida dele. James escutou em silêncio. Quando ela chegou na parte sobre Katie ter sido responsável pelos problemas com os impostos e a Secretaria de Planejamento, ela se forçou a olhar para ver como ele estava reagindo. Seu rosto estava corado, e ela sabia que estava furioso ou constrangido pelo modo como tratara Sally, mas que ele não iria dizer nada.

— Desculpe — disse ela finalmente ao acabar de contar tudo.

— Tudo bem — disse ele. — Não foi mais do que eu tenha merecido.

— Bem, na verdade, acho que foi. Um pouco demais. Claro, você merecia a maior parte. — Ela pensou ver um pequeno sorriso abrindo caminho nos cantos da boca dele. Decidiu brincar com a sorte: — Especialmente o jantar. Aquilo foi inspirador.

Ele chegou a rir.

— Ideia sua?

— Esforço conjunto. Aquilo me fez sentir melhor, James. O que posso dizer?

— Nem consigo acreditar que eu queria tanto impressionar aquela gente, para ser franco.

— Eu nem consigo acreditar num monte de coisas a seu respeito — disse ela, e depois se arrependeu. Eles não precisavam enumerar todos os seus defeitos de novo. Ele claramente já os conhecia. Então ela tentou aliviar o clima novamente. — Como o fato de você servir bouillabaisse. Você odeia bouillabaisse.

— Foi a única coisa que eu encontrei. Eles realmente precisam melhorar o cardápio no Joli Poulet.

Stephanie sorriu.

— Então, o que vamos fazer quando chegarmos lá?

— No Joli Poulet?

— Muito engraçado.

James tirou a mão da direção e enxugou a testa.

— Eu esperava que você tivesse um plano. Só não queria arrastar minha mãe e meu pai nisso, é só.

— Nem eu — disse Stephanie.

— Não posso acreditar que ela tenha se dado ao trabalho de tentar magoá-los. Não se parece nada com a Katie Bem, você deve saber disso, imagino.

— Acho que ela não levou na boa... o que você fez... E acho que ter se vingado a fez se sentir melhor. Ela está mudada, isso posso garantir.

— Ah, meu Deus. O que vamos fazer?

As estradas eram muito familiares. Cada entroncamento, cada engarrafamento potencial, cada retorno acessível estava impresso em seu cérebro, o que vinha bem a calhar, pois ele estava totalmente incapacitado de se concentrar no caminho que fazia. Ele não pensara duas vezes ao se oferecer para ir até Lincoln encontrar Stephanie, mas assim que se pôs a caminho começou a se arrepender da decisão. Ele realmente não fazia ideia do que havia entre Stephanie e Katie, embora tivesse calculado que elas pareciam ter tido algum contato. Provavelmente, Stephanie havia encontrado o telefone de Katie em seu celular e ligara para ela, ou talvez tivesse sido Katie que se comunicara primeiro, ligando e dizendo: "Parece que estou vivendo com o seu marido." A julgar pelo seu comportamento atual, isso era bem possível. Talvez Katie nunca tivesse sido a mulher doce e ingênua que aparentava ser. De algum modo ele se sentiu melhor achando que isso poderia ser verdade.

Stephanie estava pálida e parecia ansiosa quando ele a viu a uma mesa no canto do café e o coração dele deu uma acelerada, como que para lembrá-lo de que era dela que realmente gostava. Ela lhe deu um meio sorriso ao vê-lo, mas em seguida desviou o olhar rapidamente, como se não soubesse bem o que lhe dizer. Ele se sentou.

Não foi fácil absorver o que Stephanie estava lhe contando, ainda mais porque ele estava dirigindo. Ele se sentiu tolo, exasperado e humilhado, tudo ao mesmo tempo, como se tivesse sido o alvo de uma brincadeira elaborada, na qual todos estivessem participando menos ele. Quando ela chegou na parte da Receita Federal, ele quase explodiu, mas então se deteve. O que Stephanie parecia querer dizer é que Katie levara as coisas longe demais, agira sozinha. Além disso, de qualquer modo, que direito ele tinha de reclamar por ter sido maltratado? Foi em relação a Sally que se sentiu péssimo. Sentiu-se corar ao se lembrar do modo como falara com ela, das coisas que dissera.

— Fico péssima pensando em Sally — disse Stephanie, como se pudesse ler a mente dele. — Ela nunca poderia ter sido envolvida nessa história toda.

— Eu vou procurá-la e explicar tudo. Pedir desculpas — disse ele, e Stephanie se ofereceu para ir junto, o que o fez se sentir um pouco melhor diante da perspectiva.

— Você pode dizer que ela imaginou a coisa toda. Foi tudo como um sonho, como em *Dallas* — disse, e ele riu.

Stephanie tinha o dom de sempre conseguir fazê-lo rir quando ele estava na pior.

Quando ela abriu a porta e viu o ex-namorado com sua em breve ex-mulher lá parados, Katie já havia se esquecido completamente de ter ligado para os pais dele. Cansara-se bem rapidamente da ideia, depois de ter se dado conta da improbabilidade de que qualquer dos dois viesse a atender e quase imediatamente começou a se sentir mal por ter deixado um recado. Tentar magoar James era uma coisa, mas aborrecer seus pais idosos também talvez fosse levar as coisas longe demais. Afinal, eles pareciam bem legais, quando ela os conheceu, muito vulneráveis. Desde quando ela se tornara o tipo de pessoa que se dá ao trabalho de prejudicar dois velhos de 75 anos? Ele fizera isso com ela. Ele a deixara assim. Ela tentou se lembrar exatamente do que dissera na secretária eletrônica: que era uma amiga dele e de Stephanie e estava tentando se comunicar com eles. Seria suficiente para James ter um enfarto caso comentassem com ele, mas não o bastante para que eles soubessem que havia algo de errado e ficassem preocupados. Não havia necessidade para ela fazer algo mais. Qualquer coisa a mais seria cair de uma vingança justificável para algo mais obscuro, e ela gostava de pensar que lá no fundo ainda havia uma pessoa boa que esperava para ressurgir, uma vez que James tivesse sido expulso de seu sistema.

— Stephanie, oi — disse ela, surpresa ao abrir a porta. Então, notou quem mais estava lá, parado logo atrás dela, como se temesse a recepção, e acrescentou: — O que ele está fazendo aqui?

52

Ao abrir a porta, Katie não estava em sua melhor forma, Stephanie achou. Parecia mais velha, mais desgastada, menos como algo saído de um desenho da Disney. Ela, sem dúvida, ficara estupefata ao ver James, mas quem poderia culpá-la? Nem Stephanie entendia o que eles estavam fazendo juntos.

— Katie, nós viemos pedir que você pare. Eu sei que isso deve parecer meio estranho. Confie em mim, não é só você que acha isso. Mas já foi longe demais. Envolver os pais de James é fora de propósito.

Katie olhou nervosamente na direção de James.

— Do que você está falando? — disse ela, sem ser convincente.

— Eu contei tudo a ele. Passei o dia tentando falar com você. Se você tivesse atendido, eu teria explicado... quero dizer, depois de ter conseguido fazer você prometer que deixaria Pauline e John em paz.

— É melhor vocês entrarem — disse Katie, e recuou para dentro da sala bem quando Stanley, percebendo exatamente quem estava parado na porta, veio rapidamente e se jogou em cima de James.

— Certo — Stephanie se ouviu dizer. — É claro, o cachorro.

Foi difícil para ela imaginar James morando naquele minúsculo chalé feminino. Era bem aconchegante, até gracioso, mas o gosto de James sempre fora pelas linhas masculinas, monocromáticas, puras, com tudo parecendo ter saído das páginas de uma revista, algo que ficara mais difícil de ter depois do nascimento de Finn.

— Ah, você pintou — disse James, ao entrarem, falando pela primeira vez desde a chegada.

Katie ficou calada. Stephanie notou que ela evitava até olhar para James, se conseguisse. É claro, eles não tinham se falado nem se visto desde que a coisa estourara. Stephanie, por outro lado, havia se acostumado a ter que lidar com ele diariamente.

Katie se movimentava na cozinha, fazendo café, sem nem perguntar se eles queriam. James estava sentado, cabisbaixo, claramente desejando não estar ali.

Stephanie decidiu assumir o controle das coisas e seguiu Katie até o quartinho dos fundos, fechando a porta para que elas tivessem impressão de privacidade, embora fosse evidente que James conseguiria ouvir tudo que elas diziam. Difícil, pensou ela. Eu não vim até aqui só para me preocupar em não o magoar.

— Katie, eu realmente sinto muito pegar você assim de surpresa — disse ela. — É só que as coisas ficaram fora de controle. Tudo bem, a gente queria que ele pagasse...

— Você queria — disse Katie, e Stephanie estava bem ciente de que James estaria todo ouvidos do outro lado da porta.

— Sim, eu queria. Eu sei que foi ideia minha e que você nunca teria pensado em se vingar. Não era da sua natureza, dava para ver. Mas a verdade é que eu segui em frente e acho que você também deveria, talvez. Assim como James, pelo amor a Finn se não por ninguém mais. Não é bom para um garotinho ver a vida do pai se despedaçar.

Katie largou a caneca que estava segurando.

— Você tinha razão. Disse que aquilo ia fazer eu me sentir melhor, e fez. E isso é bom, não é?

— Claro que é. Mas você pode dizer francamente que *ainda* a está fazendo se sentir melhor? Não é mais saudável deixar as coisas seguirem seu rumo? — acrescentou ela, tentando pensar numa maneira de colocar as coisas de modo a se conectarem com as sensibilidades Nova Era de Katie. — Você precisa... se purificar, qualquer coisa assim. Tem o seu novo negócio para tocar. É uma coisa boa como resultado de tudo isso, não é?

— Eu não estou de fato interessada no negócio — disse Katie de um jeito petulante. — Eu gostava das coisas como eram, só eu e os meus clientes, sem me preocupar com funcionários e esquemas de aposentadoria e quem vai ficar na recepção. Eu só queria forçá-lo a vender para mim por um preço bem baixo. Só queria que ele me compensasse de algum modo, só isso.

— Então faça isso e venda o prédio por um valor maior. Você pode trabalhar com aromaterapia e ganhar dinheiro com o imóvel.

Katie deu de ombros.

— De todo modo acabou, Katie. Agora que James sabe de tudo, acabou. Só, por favor, não magoe os pais dele. Você é melhor que isso. Isso foi a primeira coisa que me chamou atenção em você, o quanto você é legal. Foi por isso que acreditei em você assim que me disse que era inocente nisso tudo. Foi por isso que gostei de você, o que, se a gente pensar bem, foi estranho.

— Eu nunca tive intenção de contar a eles. Não mudei tanto assim.

— Então por que ligou para eles?

— Para assustar James, acho.

— Bem, você conseguiu isso. E agora?

— O que você quer dizer? — disse Katie, na defensiva.

— Basta ou você está planejando mais alguma coisa?
Katie olhou para ela calmamente.
— Stephanie, não fui eu quem começou isso.
— Eu sei — disse Stephanie. — Eu sei que fui eu. Mas agora estou lhe pedindo que pare. Por favor. Katie, você vale mais que isso.
— Ser legal não me levou longe, levou?
— Ser legal me fez gostar de você apesar de tudo que aconteceu — disse Stephanie. — Ser legal me fez acreditar em você quando disse que tinha sido magoada assim como eu. É o que faz você ser *você*.
Katie suspirou.
— Tudo bem, eu vou parar. Por sua causa, não por causa de James. Por você e Finn.
Stephanie sentiu como se um peso lhe tivesse sido tirado dos ombros. Ela deu um abraço em Katie.
— Então, está feito, né? Podemos todos seguir em frente com nossas vidas?
— Acho que sim — disse Katie, e retribuiu o abraço de Stephanie, o que Stephanie tomou como um sinal de que ela dizia a verdade.
— Nós vamos sair do seu caminho — disse ela, e fez menção de voltar para a sala. Quanto antes saísse de lá, mais cedo conseguiria chegar em casa e simplesmente esquecer esse capítulo de sua vida.
Contudo, James parecia ter outras ideias. Ele estava bem atrás da porta, parecendo cheio de propósito, e, assim que ela saiu, seguida por Katie, ele disse:
— Eu gostaria de dizer algo.
Ah, meu Deus, pensou Stephanie.
— Está tudo bem, James — disse ela. — Vamos embora.

— Não — disse ele. — Não até que eu tenha dito o que tenho para dizer.

Ele não planejara fazer um discurso. Não pretendia dizer coisa alguma, se fosse possível, sabendo que havia muito mais probabilidade de Katie escutar Stephanie do que ele. Só estava lá para dar apoio moral, para apoiar Stephanie, caso ela precisasse. Nos últimos meses, ele conseguira deixar Katie totalmente fora de seus pensamentos. Era como se ela nem existisse. Não passava de uma mancha sobre a tela de um radar. Bem grande, por certo. Seu desejo de esquecê-la era por amor a Stephanie. Agora, encarando a realidade que ela representava, ali diante dele, reconheceu que lhe devia uma explicação. Ele se apaixonara por sua ingenuidade, doçura e natureza confiante e depois destruíra exatamente essas coisas que acreditara amar. Assim como o que fizera com Stephanie havia sido cruel, fora igualmente cruel para Katie, e se ele estava tentando ser uma pessoa melhor, precisava reconhecer isso e assumir toda a responsabilidade pelo que fizera às duas mulheres.

— Katie — começou ele —, eu queria me desculpar pelo modo como a tratei. Foi imperdoável. Fui fraco, burro, desonesto e, basicamente, um idiota. E um cretino. E qualquer outra coisa que você queira me chamar...

Katie, na verdade, só o olhava impassivelmente, como quem diz "disso eu já sei".

Stephanie só parecia estar querendo dar o fora dali.

— O negócio é que — continuou ele, decidido a se defender — eu cometi um grave engano. Entende, a verdade é que eu nunca deixei de amar Stephanie. Só não conseguia enxergar isso.

Ele olhou para Stephanie para ver se ela reagira a essa declaração, mas ela estudava o chão.

— Acho que foi uma crise de meia-idade, não sei. Creio que você pode analisar meu comportamento melhor que eu... você entende dessas coisas — disse ele, voltando a olhar para Katie, que agora o encarava bem nos olhos, como que o desafiando a mentir para ela de novo. — E eu usei você para sentir que ainda era jovem ou atraente ou sei lá o quê. É lamentável, eu sei. E então, antes que eu me desse conta do que estava acontecendo, tinha começado a gostar de você. Na verdade, a amá-la. Eu realmente achava isso... desculpe, Steph...

Agora ele olhou para Stephanie novamente. Ela ainda admirava o tapete.

— De qualquer modo, eu queria que você soubesse disso. Nunca tive a intenção de te magoar, de magoar nenhuma de vocês duas. Fui um imbecil achando que podia ter o melhor de dois mundos e depois percebi que ter o que realmente queria significava ter meu casamento, minha mulher e meu filho. Mas aí já era tarde demais. Portanto, queria que vocês duas soubessem o quanto eu me arrependo de tudo e que nunca tive a intenção de atrapalhar a sua vida, Katie, mas acabei percebendo que é a Stephanie que eu sempre amei. E ainda amo. E eu faria qualquer coisa para ela me aceitar de volta.

Ninguém disse nada por um instante, e a declaração de James ficou lá pairando no ar. E então Katie se virou para Stephanie e disse:

— Você não vai aceitá-lo de volta, vai?

Quando James acabou de falar, Katie percebeu que não sentia nada por ele. Nenhuma atração, raiva, nem ressentimento. Tudo tinha acabado, restando-lhe uma grande sensação de vazio. Se ela fosse honesta, teria admitido que se sentia bem.

— Você não vai aceitá-lo de volta, vai?

— Não! — disse Stephanie, indignada, olhando para cima pela primeira vez em um bom espaço de tempo. — Claro que não. — Então ela lançou um olhar de esguelha para James e acrescentou: — Na verdade, estou prestes a ir morar com outra pessoa. Ou melhor, ele está indo morar comigo. Desculpe — disse ela, olhando novamente para James. — Eu pretendia te contar.

James parecia ter sido atropelado por um caminhão.

— Michael? — perguntou ele, e Stephanie fez que sim.

— Desculpe — disse ela novamente, e Katie começou a cogitar se estava de fato ouvindo aquilo.

— Por que você está se desculpando com ele? E quem é Michael?

Ela ficou irritada com Stephanie. Não só por causa da guinada que ela dera no que se referia a James ou pelo fato de que decidira revelar todo o plano delas para ele sem saber se Katie concordava, mas porque, agora ela percebia, Stephanie conseguira seguir adiante a ponto de outro homem gostar dela o bastante para lhe propor uma vida em comum. Era ciúme, puro e simples. A vida de Stephanie tinha se resolvido bem enquanto Katie meramente se humilhara perseguindo alguém por quem nem estava interessada. A antiga Katie... a verdadeira Katie... teria ficado contente por ela, teria tido prazer pelo simples fato de que ainda houvesse finais felizes por aí, não importando para quem fossem. Ela precisava tentar trazer a outra Katie de volta. A outra Katie era feliz.

— Nossa! — forçou-se a dizer quando Stephanie contou, e achou que até dera a impressão de realmente ser verdadeira. — Fico realmente contente por você. Que ótimo.

James emitiu uma espécie de grunhido, parecendo um animal ferido, e Katie viu que a notícia o deixara arrasado. Será que realmente lhe passara pela cabeça que tinha alguma chance de reconquistar Stephanie? Depois de tudo que acontecera? Deu-se conta de que, na verdade, estava com pena dele. Agora que ela se libertara de todos os sentimentos negativos, parte de seu velho eu retornava e ela conseguia se sentir mal por ele de um modo que nunca imaginou ser capaz. Era terrível sofrer por amor não correspondido, especialmente depois de tê-lo e perdê-lo. Ela conseguiu lhe dar um meio sorriso de solidariedade, que ele correspondeu com um olhar que continha tanto alívio, tanta gratidão, que ela instantaneamente se sentiu bem consigo mesma.

Stephanie estava se dirigindo para a porta.

— Eu realmente preciso ir — disse ela. — Preciso estar de volta antes que Finn chegue em casa.

— Volte de carro comigo — disse James. — Ou posso levá-la à estação se você preferir — acrescentou, nervoso.

Depois de Stephanie concordar que não fazia sentido ela pegar o trem quando ele estava com o o carro bem ali na frente, ele foi ao banheiro, deixando-a sozinha com Katie.

— Que confusão, hein?

Katie, sustentada pela satisfação de saber que estava sendo uma boa pessoa, sorriu.

— Parece que ele mudou. Parece que aprendeu a lição.

— Olha só — disse Stephanie, correspondendo ao sorriso carinhosamente —, Katie voltou.

53

Nem Stephanie nem James comentaram o discurso dele durante o trajeto de volta. Stephanie decidiu que a única coisa que poderia fazer se quisesse sobreviver à viagem era ligar o rádio e fingir que dormia. Não queria precisar lhe dizer que não havia chance.

Eles deram uma breve parada na casa de Sally O'Connell, e James pediu sinceras e submissas desculpas, as quais Sally aceitou de bom grado.

— Acho que eu poderia ter processado você por demissão injusta — disse Sally —, mas eu nunca faria algo assim.

— É porque você é uma pessoa melhor que eu — disse James. — Ou, pelo menos, do que eu era. Estou tentando melhorar.

Às 15 horas, ficou óbvio que eles não conseguiriam estar em casa quando Cassie chegasse com Finn da escola, então Stephanie ligou, pedindo-lhe que ficasse até eles chegarem, o que, por sorte, ela concordou em fazer, pois Stephanie não sabia bem o que teria feito se ela não concordasse. Realmente não pensara bem nisso ao embarcar no trem de manhã.

Ao chegarem em casa, ela estava exausta, mas James quis entrar para ver Finn e ela sabia que não tinha o direito de dizer não. Quando o lanche de Finn ficou pronto, pareceu falta de educação não oferecer algo a James, e foi só quando eles estavam todos sentados à grande mesa da cozinha que ela se lembrou do que ele dissera naquela manhã.

— Você disse que conseguiu um emprego? — perguntou ela. A manhã parecia ter sido um ano antes.

— Consegui! — Ele parecia satisfeito consigo mesmo, a fisionomia se iluminou de entusiasmo, de um modo como ela não via há meses, talvez anos. — São só três dias por semana e o salário não é grande coisa, mas é no Centro de Resgate Cardew em Kilburn. É um centro de caridade e eles atendem as pessoas da comunidade que não podem pagar por veterinários, além de receberem vira-latas. Nada de cães dentro de bolsas ou gatos com garras arrancadas para não arranharem almofadas de seda. Problemas de verdade, sabe.

— Que ótimo — disse ela. — Fico muito contente por você.

— Posso pegar um cachorro? — perguntou Finn, com os olhos arregalados. — Um que alguém leve e que ninguém mais queira. Um velho ou com três patas, algo assim.

James riu.

— Talvez. Pergunte a sua mãe.

— Mam...

— Não — disse Stephanie, antes que ele pudesse falar. — Pelo menos por enquanto.

— Já sei — disse James —: se chegar um só com *duas* patas, prometo que fica para você.

— *Uma* pata — disse Stephanie —, e sem um olho. Aí a gente faz negócio.

Stephanie precisava pensar. Michael devia se mudar na semana seguinte e ela ainda não comentara nada com Finn, quanto mais abrir espaço no armário e jogar fora qualquer coisa constrangedora que Michael pudesse encontrar, como pomada para hemorroidas ou meias-calças modeladoras. Fazia alguns dias que não se viam, pois ele estava fora fotografando alguma banda para uma revista. Não lhe contara sobre a excursão a Lincoln com James nem sobre seu encontro com Katie. Tinha a sensação de que ele não entenderia. Por outro lado, Natasha entenderia, se elas estivessem se falando, mas Stephanie estava tão decidida a evitar a amiga ultimamente que Natasha entendera e já nem tentava ligar para ela. Elas ainda estavam se comunicando por mensagens de texto e recados deixados no ateliê. Stephanie sabia que, tendo sido a agente de toda essa situação, seria ela quem deveria dar o primeiro passo.

— Sinto muito, sinto muito, sinto muito — disse ela quando Natasha atendeu o telefone.

— Imagino que você esteja sentida — disse Natasha, e Stephanie pôde ouvir que havia um sorriso em sua voz.

— Eu nunca devia ter descontado em você. Pedi o seu conselho, mas como não gostei do que você disse, fiquei na defensiva. Foi uma bobagem minha. E desleal...

— E infantil...

— ... e infantil, sim, obrigada.

— E ingrata.

— Tá bom, pode ir parando agora. Estou tentando ser sincera uma vez na vida. A questão é que eu ferrei tudo e sinto muito e queria que fôssemos amigas de novo.

— Aceito, óbvio. Como vai Michael?

— Bem. Vai se mudar para cá semana que vem.

— Ótimo — disse Natasha, dando a impressão de tentar ser sincera.

— É? — disse Stephanie. — Já não tenho tenta certeza.

— Bem, não espere que eu lhe dê conselhos. Nunca mais. Agora você está por conta própria nesse departamento.

* * *

Em retrospectiva, Stephanie pensou depois, teria sido melhor ter esperado até depois do jantar para dar a notícia a Michael. Assim eles não teriam precisado ficar lá sentados por vinte minutos mastigando a massa e tentando pensar no que dizer um para o outro.

Michael ficara bem calmo e razoável, como ela sabia que ele ficaria: drama não fazia seu estilo. Sem dúvida, ficara chocado. Ele estava lhe contando de um livro que estava lendo sobre o Afeganistão ou Azerbaijão, ela não lembrava bem qual porque não conseguia se concentrar, tão fixada estava na tentativa de resolver como iria desviar a conversa para o relacionamento deles. Por fim, não conseguiu mais esperar e, assim que ele fez uma pausa para recuperar o fôlego, ela se ouviu dizendo:

— Preciso falar com você sobre uma coisa.

Imediatamente ele percebeu que havia alguma coisa errada, é claro. Todo mundo sabia que uma frase dessas nunca era prelúdio para uma boa notícia. Ele largou o garfo e limpou a boca, esperando o machado cair.

Mentalmente Stephanie repassara várias vezes o que pretendia dizer. Havia até tentado falar com Natasha, mas esta se recusara a levar a sério e não parara de encenar Michael entrando num colapso histérico, batendo no peito e gritando: "Por quê? Por quê?"

Por fim, Stephanie desistiu.

— Bem, se tudo der errado — disse ela, rindo — vai ser culpa sua. Espero que esteja satisfeita.

Agora ela se esquecera de todas as palavras treinadas e só podia pensar em chavões, como "Não é nada com você, é comigo" e "A gente devia ser só amigos", esses dois que ela tivera o bom-senso de não dizer. Então ela foi pelo método curto e grosso.

— Acho melhor a gente não se ver mais.

Depois se recostou na cadeira e esperou para ver qual seria a reação dele.

— Tudo bem — disse ele, baixinho. — Algum motivo?

— Bem — disse ela —, eu acho que me precipitei. — Este, lembrou-se, era o ângulo que decidira explorar, em parte verdade, mas deixando de fora o lance de como ela sabia que não iriam durar porque ele não tinha muito senso de humor. — Eu devia ter lidado com tudo que estava acontecendo com James antes de me envolver com outra pessoa. Só que eu conheci você, e você realmente é muito legal e eu fiquei toda lisonjeada e sem que eu percebesse a gente já estava namorando sério e eu, bem... eu sinto muito.

Ela esperou que ele a acusasse de bagunçar com a vida dele, de brincar com seus sentimentos, de usá-lo, mas, é claro, sendo Michael, ele só concordou, com tristeza, e disse:

— Bem, se essa é a sua decisão, eu tenho que aceitar. Mas eu bem queria que você mudasse de ideia.

— Se eu tivesse conhecido você alguns meses depois... — disse ela, incapaz de interromper o clichê que forçava o caminho para fora de sua boca — ... as coisas poderiam ter sido diferentes. Mas eu sinto que preciso ficar sozinha por um tempo, me organizar. Descobrir o que realmente quero.

— Você vai voltar para o James?

— Não! Por que as pessoas não param de me perguntar isso?

Michael abocanhou uma garfada cheia, claramente pensando no que iria dizer em seguida. Mesmo que ele estivesse facilitando as coisas, ela desejou que, pelo menos uma vez, ele se zangasse ou até chorasse. Ele era tão desprovido de paixão, ela pensava agora, tão engessado pela boa educação. Aquilo a enlouqueceria depois de alguns anos. Ela estava fazendo a coisa certa.

— Bem, é óbvio que fiquei aborrecido — disse ele, revelando o que, sem dúvida, não mostrava. — Eu achei... Bem, eu achei que a gente tinha algo especial. Mas respeito sua honestidade. Talvez daqui a alguns meses, se você quiser, a gente possa tentar outra vez. Eu gostaria de ser seu amigo, pelo menos.

Stephanie pensou nas noites de jazz, nas vernissages e nos filmes de arte e se forçou a dizer:

— Claro, eu também gostaria.

Eles acabaram de comer a massa e a salada, numa conversa forçada mas civilizada, e depois Stephanie bocejou, dizendo que não comeria sobremesa, estava exausta e tinha que se levantar cedo de manhã. Lá fora, eles se abraçaram e se beijaram no rosto.

— Vou esperar que você me ligue — disse Michael. — Não quero forçar nada.

— Tudo bem, ótimo — disse ela, sabendo que provavelmente ela não o faria. Nunca fora de ficar amiga de seus ex.

Em casa, James estava vendo TV na sala. Levantou-se quando a ouviu entrar.

— Não pedi para o táxi esperar — disse ela. — Achei que a gente podia tomar um vinho.

James voltou a se sentar.

— Certo.

Stephanie parecia ter chorado.

— Você está bem? — perguntou ele, hesitante.

Ela se sentou no sofá.

— Terminei com o Michael — disse ela.

O coração de James pulou no peito, mas ele tentou não demonstrar o quanto a notícia o deixara feliz.

— Sinto muito, ele parecia ser um cara legal.

Ah, claro, agora que Michael estava fora do quadro era fácil ser generoso.

— Não sinta. A decisão foi minha.

Lá estava seu coração de novo, ameaçando bater para fora do peito. Fique frio, disse ele a si mesmo.

— Sei.

Stephanie olhou para ele, que lhe alcançava uma taça de vinho.

— Não vá tendo ideias. Não significa... entende? Eu só quero ficar sozinha.

O coração de James parou, fazendo um barulho. Tudo bem, então este não era o final romântico com o qual fantasiara.

— Claro — disse ele, conseguindo soar calmo e maduro. — Então — continuou —, conte. Ele chorou?

Stephanie sorriu, como ele esperava.

— Não!

— Ameaçou se atirar de um prédio bem alto se você não mudasse de ideia?

Ela riu.

— Não!

— Então não parece que ele se incomodou. Talvez já estivesse de saco cheio de você.

Tudo bem, essa última frase talvez fosse uma aposta meio alta. Ou ela se ofenderia ou acharia hilário.

Ela jogou uma almofada nele, rindo.

— Na verdade, ele achou que eu iria voltar para você, provando que obviamente ficou mentalmente prejudicado.

James sorriu. Isso era tudo que queria, estar de volta à sua antiga relação relaxada com Stephanie, e ter a chance de lhe provar o marido valioso que era. E um dia, esperava, talvez até reconquistá-la. Fazê-la rir bastava por enquanto.

Stephanie acenou para James quando o táxi foi embora e fechou a porta. Estava completamente sozinha pela primeira vez em dez anos. Bem, sozinha com Finn, nada mau. Sem marido, sem Michael. Era uma boa sensação. Não havia pressa de entrar em outro relacionamento. Primeiro, ela passaria algum tempo se organizando, tendo certeza do que queria. Ainda havia um obstáculo que ela e James precisariam saltar: contar a Pauline e John que o casamento acabara. Também não havia pressa de fazer isso. Ela só iria esperar e ver o que aconteceria.

Agradecimentos

Agradeço a Louise Moore, Clare Pollock, Kate Cotton, Kate Burke e a todo o pessoal da Penguin, e a Jonny Geller, Betsy Robbins, Alice Lutyens, Doug Kean e a qualquer um de quem eu tenha me esquecido da Curtis Brown, e a Charlotte Willow Edwards por sua valiosa pesquisa e a todas as pessoas que responderam ao questionário dela, inclusive Louise Riches, por seus conhecimentos veterinários, Jess Wilson, da Jess Wilson Stylists (www.threeshadesred.com/jesswilson), Jessica Kelly, Jeffery M. James e Steve Pamphilon.